KB167505

경이로운 도시 2

La ciudad de los prodigios

LA CIUDAD DE LOS PRODIGIOS
by Eduardo Mendoza

Copyright © 1986 by Eduardo Mendoza
All rights reserved.

Korean Translation Copyright © 2010 by Minumsa

Korean translation edition is published by arrangement with
Eduardo Mendoza c/o Agencia Literaria Carmen Balcells, S.A.
through Imprima Korea Agency.

이 책의 한국어 판 저작권은 임프리마 코리아 에이전시를 통해
Agencia Literaria Carmen Balcells, S.A.와 독점 계약한 (주)민음사에 있습니다.

저작권법에 의해 한국 내에서 보호를 받는 저작물이므로
무단 전재와 무단 복제를 금합니다.

세계문학전집 256

경이로운 도시 2

La ciudad de los prodigios

에두아르도 멘도사

김현철 옮김

민음사

차례

5

1

1799년 브뤼메르 18일에 나폴레옹 보나파르트의 손에서 탄생했던 19세기는 빅토리아 여왕의 죽음과 더불어 그 종말을 향해 달려가고 있었다. 19세기에는 왕의 침실 바깥에서, 유럽의 거리거리에서 제국 근위병들의 말발굽 소리가 우레와 같이 울려 퍼졌고, 아우스터리츠에서, 보로디노에서, 워털루에서, 그리고 그 이외의 여러 유명한 전쟁터에서 대포들이 불을 뿜었다. 그러나 지금은 직물 기계가 돌아가는 소리와 내연기관에서 흘러나오는 소리밖에 들리지 않았다. 19세기는 다른 세기와 달리 비교적 전쟁이 적었던 시대였다. 그 대신 새로운 발명과 발견의 시대였다. 한마디로 19세기는 경이로운 세기였다. 이제 인류는 떨리는 심정으로 20세기의 문지방을 넘어가고 있었다. 지금까지와는 비교할 수도 없는 급격한 변화가 인류를 기다리고 있었다. 그러나 잦은 변화에 지칠 대로 지친 사람들은 내일 또 세상이 어떻게 변할지 몰라 애를 태웠다. 더 이상 사람들은 변화를 달가워하지 않았고, 심지어 약간의 변화에도 겁을 집어먹기도 했다. 미래의 모습을 예견하는 점쟁이들도 적지 않았다. 이제 머지않아 미래의 모습이 나타날 것이다, 전기에너지, 라디오, 자동차, 비행기, 의학과 약리학의 발달로 세상은 급변할 것이다. 사람들은 그렇게 예언했다. 통신수단과 운송수단을 비롯한 삶의 모든 환경이 급변할 것이다, 자연도 어느 정도 길들여질 것이다, 밤과 낮을, 추위와 더위를 조절할 수 있게 될 것이다, 인간의 두뇌가 자연의 섭리를 마음대로 조종할 수 있게 될 것이다, 인간의 창조력이 뛰어넘을 수 없는 장애물은 없을 것이고, 인간은 몸의 크기를 변화시킬 수 있을 것이고, 원한다면 남자가 여자로, 여자가 남자로 바뀔 수도 있을 것이다, 이제까지 들어 본 적이 없는 속도로 하늘을 날게 될 것이고, 필요하다면 자신의 모습을 보이지 않게 할 수도 있을 것이다, 외국어를 두 시간 안에 배울 수 있게 될 것이고, 삼백 년이나 그이상까지 수명을 연장할 수 있을 것이다, 인간보다 지능이 훨씬 뛰어난 생명체들이 달과 다른 행성이나 그보다 훨씬 더 먼 우주로부터 우리를 찾아와 자신들의 발명품을 우리의 발명품과 비교해 볼 것이고, 자신들의 이상한 몸을 사상 처음으로 우리에게 보여 줄 것이다. 사람들은 꿈속에서 미래의 모습을 그려 보았다. 그들이 꿈꾸는 미래는 일종의 천국이었다. 예술가들과 철학자들만이 사는 이상향, 그곳에서는 어느 누구도 일할 필요가 없었다. 우울한 미래를, 폭군들이 지배하는 불행한 미래를 예언하는 사람들도 있었다. 가톨릭교회는 기회가 있을 때마다 사람들에게 호소했다. 진보는 항상 주님의 뜻에 따라 이루어지지는 않는다, 주님의 뜻은 로마교황의 뜻과 일치한다.(교황의 무류성은 1870년 7월 19일에 선포되었다.) 그러니 진보보다는 교황을 통해 전달되는 주님의 뜻에 따라야 한다. 유독 가톨릭교회만이 진보를 곱지 않은 시선으로 바라보았던 것은 아니었다. 이 세상의 왕들과 권력자들 대부분이 가톨릭교회와 함께 진보를 불안한 시선으로 지켜보았다. 진보가 수반한 변화로 모든 기본 원칙들이 뒤흔들리기 시작했고, 기득권자들의 시대가 끝나 가고 있다는 징조가 곳곳에서 나타났다. 그러나 오직 한 사람, 독일 황제만은 그들과 생각이 달랐다. 독일 황제는 크루프 회사에서 끊임없이 쏟아져 나오는 오십 톤이 넘는 대포들을 황홀한 심정으로 바라보며 이렇게 생각했다. 주여, 진보에 복을 내려 주소서, 그리고 제가 파리를 폭격할 수 있도록 도와주소서. 이런 상황에서 세월은 흘러갔다. 1913년 8월의 어느 날 오후였다. 오노프레 부빌라는 바르셀로나 항구에 서서 화살처럼 흘러가는 덧없는 세월에 대해 곰곰이 생각하고 있었다. 오노프레는 몇몇 상자를 배에서 하역하는 작업을 감독하기 위해 그곳에 서 있었다. 상자에 든 내용물은 선하증권에 쓰여 있지 않았다. 처음에는 세관 직원들이 그런 점을 지적하며 하역 작업을 허락하지 않았다. 그러나 오노프레가 거액을 내밀자 눈을 감아 주었다. 오노프레는 어떠한 증거도 남기지 않았다. 그는 다가오는 배를 멍하니 바라보며 일거리를 찾아 이 부두로 처음 찾아왔던 날을 떠올렸다. 당시에는 거의 모든 배들이 돛단배였고, 오노프레 역시 어린아이에 불과했다. 그러나 이제 바르셀로나 항구는 완전히 변해 있었다. 어느덧 여름도 막바지에 이르렀다. 저물어 가는 황혼을 배경으로 배의 굴뚝과 돛대가 흔들거리고 있었다. 오노프레도 이제 머지않아 사십 대로 접어들 참이었다. 그는 홀로 쓸쓸한 기분에 잠겨 부두에 정박한 배들을 바라보았다. 상복을 차려입은 서기가 오노프레에게 다가와 배 밑바닥에서 상자를 꺼낼 준비를 마쳤다고 전했다. 포장은 어때, 깨진 곳은 없던가? 오노프레가 서기에게 지나가는 투로 물었다. 여러 경로를 통해 입수한 정보에 따르면 조만간 전쟁이 터질 모양이었다. 만일 전쟁이 터진다면, 오노프레가 예견한 대로 일이 진행된다면, 시장에 무기를 공급할 능력이 있는 사람은 누구라도 단시일 내에 엄청난 돈을 벌어들일 수 있었다. 오노프레는 소총, 포탄, 수류탄, 화염방사기 등과 같은 기본적인 전쟁 무기를 스페인으로 밀수해 들여왔다. 오노프레의 대리인들은 유럽 국가의 대사관들을 누비고 다녔다. 오노프레 혼자만 그런 생각을 했던 것은 아니었다. 오노프레는 새로운 동지를 구해야 했고, 새로운 적을 만들어야 했다. 그는 함정을 피해야 했고, 경쟁자를 물리쳐야 했다. 또한 그는 장차 전쟁에 돌입하게 될 나라들의 간첩들과도 접선해야 했다. 다른 도시들과 마찬가지로 바르셀로나에도 각국에서 파견된 간첩들이 우글거리고 있었다. 어쩌자고 내가 지금 이런 일을 벌이는 거지? 오노프레는 생각했다. 오노프레의 장남은 선천적인 저능아였다. 오노프레의 장남은 세기가 바뀌는 순간에 태어났다. 모두들 좋은 징조라고 생각했다. 그러나 이내 그가 정상인으로 자랄 수 없다는 사실이 밝혀졌다. 오노프레의 장남은 피레네 산맥에 있는 레리다 지역에서 단조롭게 살아가고 있었다. 어느 종교 단체가 오노프레의 아들을 맡아 키우고 있었다. 오노프레는 그 단체에 후원금 조로 거금을 내놓았다. 그러나 오노프레는 단 한 번도 그 단체를 찾아가지 않았다. 오노프레의 둘째 아들은 사산아였다. 그 후로 두 딸아이가 태어났다. 수많은 시련을 딛고 꿋꿋하게 살아남았던 아내에 대한 사랑도, 극단적인 조치를 취해 가며 쟁취했던 그 사랑도, 두 번씩이나 연속된 불행 앞에서는 힘을 쓰지 못했다. 오노프레에게 버림받은 마르가리타는 이제 뚱보가 되고 말았다. 그녀는 홀로 살아가며 하루 온종일 케이크와 초콜릿을 먹어 댔다. 음식으로 위안을 삼았던 것이다. 사람들은 오노프레로부터 호감을 얻기 위해 마르가리타에게 유혹적인 단 음식을 끊임없이 갖다 바쳤다. 그렇게 오노프레 주변에는 점수를 따기 위해 알랑거리는 사람들이 많았다. 오노프레는 그만큼 돈이 많았고 권력이 막강했다. 하지만 그는 여전히 주변인이었다. 바르셀로나 지도층 인사들은 오노프레를 존경했다. 그들은 오노프레가 돈을 벌어들이는 방식보다는 그가 돈을 쓰는 방식 때문에 오노프레를 존경했다. 그들에게 있어서 돈은 그 자체가 목적이었다. 그들은 권력을 얻기 위한 수단으로 돈을 사용하지 않았다. 그들은 나라를 이끌어 가는 주도권을 잡기 위해, 그들의 구미에 맞게 정치판을 짜고 정부를 구성하기 위해 돈을 쓰지 않았다. 그들은 그런 생각은 해 보지도 않았다. 그들도 때로는 중앙 정치판에 뛰어드는 경우가 있기는 했으나 그건 마지못해 하는 짓이었다. 왕의 권유에 못 이겨 나가는 경우도 종종 있었다. 그럴 경우 그들은 좋은 관리로서 나라에 봉사했다. 그들은 구체적인 목표 없이 효율적으로 임무를 수행할 뿐이었다. 그들이 지키려고 애를 썼던 카탈루냐의 이익에 반대되는 일일지라도,

그들 개인의 이익에 반대되는 일일지라도 묵묵히 수행할 뿐이었다. 그들은 항상 마음속 깊은 곳에서 스페인의 나머지 지역과 따로 떨어진 별세계에서 살고 있다고 생각했다. 그러나 그들은 스페인으로부터 독립해서 살기를 원하지 않았고, 독립할 수 있는 방법도 알지 못했다. 어쩌면 모든 일이 순식간에 벌어져서 그랬는지도 모른다. 그들에게는 하나의 통일된 계층으로 합칠 수 있는 시간도 없었고, 경제적으로 독립할 수 있는 틈도 없었다. 이제 그들은 역사에 뿌리를 내리기도 전에 시들어 갔고, 역사의 진행 방향을 바꿀 수도 없었다. 하지만 오노프레는 달랐다. 오노프레는 마음 내키는 대로 흥청망청 돈을 썼다. 오노프레의 변덕과 모순적인 태도에 사람들은 당혹스러워하며 불안해했다. 이제 오노프레는 선체의 밧줄과 쇠사슬이 서로 부딪치는 소리를, 선체가 삐걱거리는 소리를, 선체를 두드리는 파도 소리를 듣고 있었다. 많은 배들이 필리핀과 다른 지역을 돌아다니며 오노프레가 거래하는 화물을 실어 날랐다. 오노프레가 직접 소유한 배도 몇 척 있었다. 그래도 소용없었다. 바르셀로나 사람들은 천민 출신인 오노프레를 여전히 깔보며 하찮은 인간으로 취급했다. 사람들은 필요한 경우에만 오노프레를 찾았다. 오노프레의 도움이 필요하지 않은 경우에는 그를 모르는 척했다. 오노프레의 이름은 그 어떤 초청장 명단에도 나와 있지 않았다.

일 년 전에는 이런 일이 있었다. 옛날부터 명성이 자자했던 우트 후작이 한 떼의 지도층 인사들을 이끌고 오노프레를 찾아왔다. 큰 은혜나 베푼다는 듯 거들먹거리는 모습이 가관이었다. 그들은 오노프레를 찾아온 이유를 장황하게 늘어놓았다. 그들 중 대부분은 전에 오노프레와 거래를 했던 사람들이었다. 개중에는 오노프레와 불법적인 거래를 했던 사람도 있었다. 그러나 그들은 오노프레에게 밥을 얻어먹고 난 뒤에는 그를 다시 모르는 척했다. 마치 그런 일이 없었다는 듯 시치미를 떼며 그를 외면했던 것이다.

"이렇게 찾아 주시니 무한한 영광입니다. 무슨 일로 오셨는지요?"

오노프레가 그들에게 물었다. 그들은 서로 자리를 양보해 가며 예의를 차린답시고 입에 발린 말만 지루하게 떠들어 댔다. 당신이 말씀하시지요, 아니, 아닙니다, 당신이 말씀하시지요, 천만에요, 당신이 말씀하시는 것이……. 그들은 그렇게 떠들어 댔다. 오노프레는 사람들의 얼굴을 하나하나 살펴보며 진득이 기다렸다. 만국박람회 이사회에 참여했던 사람들도 있었다. 오노프레가 날이 밝기 무섭게 만국박람회 공사장으로 달려가 무정부주의자들의 선전물을 뿌리고 손수 만든 발모제를 팔았을 무렵에 그들은 힘깨나 쓰는 세력가들이었다. 만국박람회 이사회에 참여했던 사람들은 그동안 거의 대부분이 죽었다. 리우스 이 타울레트는 1889년에, 그러니까 만국박람회가 끝난 직후에 죽었다. 마누엘 히로나 이 아그라펠은 1905년에 죽었다. 그는 만국박람회에 왕의 대리인으로서 참석했던 인물로, 자기 돈을 들여 성당 외벽을 새롭게 치장했으며, 바르셀로나 은행을 설립했다.(그러나 바르셀로나 은행이 파산하는 바람에 수많은 가정이 파괴되었고 카탈루냐 중산층이 붕괴되었다.) 마누엘 두란 이 바스는 1907년에 죽었다. 그런 식으로 이사회에 참여했던 사람들은 하나하나 죽어 나갔다. 살아남은 사람들은 이제 다 늙어 빠진 노인네가 되어 있었다. 그들은 오노프레가 과거에 어떤 인물이었는지 알 턱이 없었다. 그들이 의기양양하게 행진을 벌일 때, 시멘트 푸대 뒤에 숨어 그들을 부럽다는 듯 처다보던 한 꼬마가 있었다. 그러나 이제 그 꼬마는 어른이 되어 그들을 아니꼽다는 듯 꼬나보고 있었던 것이다.

"우리가 이렇게 찾아온 이유는 말입니다, 당신이 바르셀로나를 지극히 사랑하고 계시다는 것을 잘 알기 때문입니다. 당신이라는 존재 자체와 당신의 헌신적인 노력 봉사에 힘입어 바르셀로나는 날로 성장하고 있습니다. 그리고 우리는 당신이 매우 자상한 분이라는 사실 또한 익히 알고 있습니다."

"이번에는 또 얼마나 내놓으라는 겁니까?"

오노프레가 비꼬는 투로 물었다.

"문제는 말입니다."

그들은 얼굴색 하나 바꾸지 않고 말을 이었다. 그들은 하나같이 늙은 악어, 즉 맹랑하고 요사스러운 늙은이들이었다.

"외무성으로부터 전갈이 하나 왔는데, 왕가의 혈통을 지닌 어떤 분께서, 그러니까 왕실에 속한 귀하신 분께서 조만간 우리 도시를 방문하신답니다. 개인적으로 방문하시는 거랍니다. 따라서 공식적으로 사용할 수 있는 예산이 없습니다. 우리 입장을 이해해 주시리라 믿습니다. 하지만 우리는 그런 일은 허용할 수 없습니다. 외무성에서도 지적한 바와 같이, 국왕 폐하의 입장을 고려한다면, 주여, 우리 국왕 폐하께 은혜를 베푸소서! 다시 한 번 반복하지만, 아무런 준비도 없이 왕실 자손을 맞이할 수는 없는 노릇입니다. 간단히 말씀드리겠습니다. 그 귀하신 분과 수행원들이 식사를 하시고 즐기실 수 있는 비용이 필요합니다. 적어도 우리가 무슨 말을 하는지는 아실 겁니다. 우리는 우리의 개인 돈으로 그 비용을 마련해야 하는 겁니다."

오노프레는 일단 그 손님이 대체 누구인지 물어보았다. 그들은 한동안 망설인 끝에 아무에게도 얘기하지 않겠다는 조건으로 그 비밀을 털어놓았다. 손님은 다름 아닌 혜세 공국의 알릭스 공주였다. 바로 그녀가 그 유명한 알렉산드라 표도로브나였던 것이다. 그녀는 빅토리아 여왕의 손녀이자, 러시아 황제 니콜라이 2세의 황후였다. 오노프레는 그 말을 듣고 싸늘한 표정을 지었다. 그는 로마노프 왕조에 대해 전혀 관심이 없었다. 그는 로마노프 왕조를 바보들의 집단이라고 평가했다. 반면에 그는 레닌과 트로츠키 같은 러시아 볼셰비키 혁명가들의 활동을 예의 주시하고 있었다. 런던과 파리에서 활동 중인 오노프레의 정보원들은 그에게 볼셰비키 혁명가들의 활동에 대해 꾸준히 보고를 올렸다. 당시 볼셰비키 혁명가들은 런던과 파리에서 활동하고 있었다. 오노프레는 때때로 그들의 무모한 활동에 자금을 대고 싶은 충동을 느꼈다. 미래의 사업을 생각하면 그것도 좋은 방법인 것 같았다. 늙은이들과는 더 이상 얘기해 봤자 소용없을 것 같았다. 시간 낭비일 뿐이었다. 이 늙은이들이 요구하는 바를 들어준다고 해서 내게 무슨 이득이 있단 말인가? 이 늙은이들에게 잘 보여 봤자 무슨 소용이란 말인가? 오노프레는 그렇게 생각했다. 오노프레는 알고 있었다. 그 늙은이들은 바보 명청이들이 아니었다. 오히려 그 반대였다. 그들 중 대다수는 매우 영리한 투자자들이었다. 그러나 그들은 오노프레와는 달리 자기 코앞에서 벌어지는 일이 아니면 아무것도 알지 못했다. 사무실을 벗어난 바깥세상에서 벌어지는 일들에 대해서는 전혀 모르고 있었다. 어두운 뒷골목에서 겨우 겨우 살아가는 가난한 사람들, 미친 사람들, 눈먼 사람들의 삶에 대해서는 아무것도 모르고 있었다. 반면 오노프레는 그런 세상을 너무나 잘 알았다. 오노프레는 최근 들어 느낄 수 있었다. 바로 그런 세상에서 혁명의 기운이 서서히 싹터 오고 있었던 것이다.

"내게 맡기시지요. 알아서 처리하겠습니다."

오노프레가 대답했다.

그들은 계단을 내려가면서도 감사하다는 말을 그치지 않았다. 그라시아 산책로에 늘어선 저택들로 그들을 모셔 가기 위해 마차들이 길게 줄을 서서 대기하고 있었다. 가랑비가 내리고 있었다. 마차 지붕과 말 등에 덮인 모포가 빗물에 젖어 반짝거렸다. 가스 가로등과 마차의 등불 주위로 노르스름한 후광이 만들어졌다. 오노프레는 현관에 서서 늙은이들을 향해 잘 가라고 손을 흔들었다. 내 모든 재산과 내 모든 권세는 딸아이들에게 넘어가겠지, 그리고 거지발싸개 같은 새끼들이 내 딸아이들을 침대에 눕히려 덤벼들 테지, 바보 같은 계집년과 결혼을 했으니 이런 꼴을 당해도 싸지, 뭐. 오노프레는 그렇게 생각했다. 러시아 황후와 그 수행원들이 푸에르타데라파스에 도착해 신분을 숨기고 배에서 내렸다. 오후로 접어들 무렵에, 다시 말해 오노프레가 늙은이들과 만나고 있을 무렵에 떨어지기 시작했던 가랑비는 몇 시간 전에 그쳤다. 땅바닥에 생긴 물웅덩이에는 잎이 무성한 가로수가 비쳤고, 가로수 나뭇가지들은 물기를 머금은 불쾌한 바람결에 몸을 떨고 있었다. 하필이면 황후 폐하께서 도착하시는 날에 이렇게 날씨가 궂을

게 뭐람. 우트 후작이 투덜거렸다. 오노프레와 우트 후작은 후작의 마차에서 담배를 피우고 있었다. 영국산 말 네 필이 끄는 그 마차는 마호가니로 만든 브로엄 마차였다. 그들 뒤쪽에서는 한 떼의 합승 마차들과 세를 낸 기다란 사륜마차들이 황후 일행을 숙소로 모시기 위해 대기하고 있었다. 황후 일행은 리츠 호텔에서 묵을 예정이었다. 오노프레는 우트 후작의 말에 아무런 대꾸도 하지 않았다. 오노프레는 이틀 전에 조앙 부빌라가 보낸 편지를 한 통 받았다. 오노프레는 아버지가 보낸 편지일 것이라고 생각했다. 그러나 편지를 읽어 보고는 그 편지를 보낸 사람이 동생이라는 것을 알 수 있었다. 오노프레는 그동안 동생의 존재를 까맣게 잊고 있었다. 동생은 편지에 아버지가 앓아누워 죽을 날만을 기다리는 상태라고 썼다. '아버지를 살아 계실 때 뵙고 싶다면 서둘러야 합니다.' 편지에는 그렇게 쓰여 있었다. 오노프레는 1907년 가을에 어머니의 장례식에 참석하기 위해 잠깐 동안 집에 다녀온 적이 있었다. 그 후로 지금까지 아버지를 보지 못했다. 오노프레가 어머니의 장례식에 참석했을 때 어린 동생은 보이지 않았다. 아버지는 동생이 아프리카에서 군 복무를 하고 있다고 알려 주었다. 아프리카에서는 아랍 민족과의 전쟁이 끊이지 않았다. 어머니를 묘지에 묻고 집으로 돌아올 때에야 아버지와 아들은 마을 사람들로부터 벗어나 두 사람만의 오붓한 시간을 보낼 수 있었다. 앞으로 어떻게 살아가야 할지 막막하기만 하구나. 아버지는 아들에게 그렇게 말했다. 아들은 아무 말도 하지 않았다. 아버지는 뭔가를 찾아 헤매는 눈길로 사람들이 들락거리면서 어질러 놓은 집 안을 둘러보았다. 아들이 보기에는 죽은 어머니가 어디선가 불쑥 다시 나타나기를 기대하는 듯한 눈치였다. 네 어미가 병에 걸릴 줄은 꿈에도 생각지 못했다. 아버지가 잠시 후 말을 이었다. 최근에 네 어미는 약간 허리를 구부린 채 돌아다녔고, 입맛을 잃었는지 잘 먹지도 못했단다, 다른 증상도 있었는지 모르겠지만 나는 전혀 눈치채지 못했지, 어느 날 오후에 집으로 돌아와 보니 네 어미가 저기 저 작은 의자에 앉아 죽어 있더구나, 벽난로 앞에 있는 저 의자 말이다, 네 어미가 좋아했던 의자야, 냄비에 든 물이 아직 끓지 않은 것으로 봐선 죽은 지 얼마 되지 않은 모양이더라, 그런데 손을 잡아 보니 얼음장처럼 차갑더구나. 아버지가 말을 하는 동안 오노프레는 집 안에 있는 문이란 문은 모조리 열어 보며 모든 것을 유심히 살펴보았다. 대부분의 시골 여자들과 마찬가지로 오노프레의 어머니도 무언가를 버리는 법이 없었다. 그래서 집은 쓸모없는 잡동사니로 가득 차 있었다. 낡아 빠진 침대 시트 자투리, 밑이 빠져 버린 냄비, 망가지고 흰개미가 갉아 먹은 실감개 등이 눈에 띄었다. 오노프레는 지난 과거를 떠올렸다. 자신과 어머니만 남겨 두고 아버지가 쿠바로 떠나 버렸던 날과, 그 후로 어머니와 함께 겪어야 했던, 말로는 다 표현할 수 없는 고통스러운 나날들을 생각해 보았다. 중요한 일이 있어 바르셀로나로 돌아가 봐야 합니다. 지금 바로 출발해야 합니다. 오노프레는 큰 소리로 외쳤다. 바소라 역에 도착해 기차에서 내리면서 오노프레는 바보처럼 사람들을 붙잡고 마차꾼 토네트 아저씨에 대해 물어보았다. 사람들은 그가 누구인지조차 모르고 있었다. 마침내 한 사람이 나타나 마차꾼이 오래전에 죽었다고 알려 주었다. 그래서 오노프레는 두 마리 말이 끄는 사륜

마차를 빌려야 했는데, 그 마차는 지금 집 앞에서 병아리와 닭들에 둘러싸인 채 오노프레를 기다리고 있었다. 지금 바로 떠나야 합니다. 오노프레가 반복했다. 아버지는 천연덕스럽게 말을 늘어놓았다. 내가 무슨 생각을 하는지 알겠니? 아버지가 말을 멈추자 무거운 침묵이 흘렀다. 닭들이 울어 대는 소리와 말파리가 윙윙대며 날아다니는 소리가 침묵을 한층 더 무겁게 만들었다. 아들이 아무 대답도 없자 아버지는 말을 이었다. 내가 생각해 봤는데 말이다, 나도 너를 따라 바르셀로나로 가고 싶구나, 너도 알다시피 시골 생활은 나하고는 전혀 맞지 않아, 나는 도시에서 살아야 어울릴 그런 사람이야, 게다가 지금은 나 홀로 남은 데다……. 오노프레는 시계를 들여다본 후 모자와 지팡이를 집어 들고 문을 향해 걷기 시작했다. 아버지가 아들을 바짝 뒤쫓았다. 너도 알다시피 나는 세상 경험이 많은 사람이다, 쓸데없이 나이만 처먹은 촌뜨기가 아니란 말이야, 나는 확신한단다, 나한테 맞는 일자리를 네가 찾아낼 수 있을 거다, 네가 사업을 해 나가는 데 내가 어느 정도 도움이 될지도 모르잖니, 그저 일만 시켜 다오, 네게 경제적인 부담을 주지는 않을 테니까. 오노프레는 마차에 시선을 고정한 채 집을 빠져나왔다. 무화과나무 그늘 밑에 주저앉아 구름같이 몰려든 파리 떼에 둘러싸여 꾸벅꾸벅 졸고 있던 마부가 오노프레가 집에서 나오는 것을 보고 자리에서 벌떡 일어나 마차를 향해 달려갔다. 말에 고삐가 채워져 있었다. 떠날 준비가 완벽하게 갖추어져 있었다. 말씀만 하십시오, 손님. 마부가 말했다. 마부는 어깨가 넓고, 얼굴이 동그랗고, 머리카락을 완전히 밀어 버린 남자였다. 그는 쿠바에서 웨일러 장군의 지휘 아래 싸웠던 역전의 용사였다. 진짜로 바쁜 모양이로구나. 아버지가 말했다. 나는 하루 종일 네 아이들을 돌봐 줄 수도 있단다. 오노프레가 마차에 오르며 대답했다. 약속드리겠습니다, 머지않아 조앙이 아프리카에서 돌아올 겁니다, 조앙이 돌아오면 다시 예전처럼 살 수 있을 겁니다. 마드리드에 압력을 넣어 조앙을 지체 없이 제대시키도록 하겠습니다. 마부가 고삐를 잡고, 마차 브레이크를 풀고, 채찍을 치켜들었다. 아버지는 있는 힘을 다해 아들의 종아리를 붙잡고 늘어졌다. 오노프레야, 제발 부탁이다, 날 홀로 두고 떠나지 마라, 나 혼자서는 살 수 없단다, 나는 내 몸뚱이 하나 건사할 줄도 모른단다, 얘기를 나눌 사람 하나 없이 어떻게 그 기나긴 겨울을 홀로 지낸단 말이냐, 틀림없이 살아남지 못할 거야, 제발 부탁이다, 오노프레야. 오노프레는 윗도리 안주머니에 손을 집어넣어 지니고 있던 돈을 모두 꺼냈다. 그러고는 세어 보지도 않고 몽땅 아버지에게 내밀었다. 이 돈이면 조앙이 돌아올 때까지 편안하게 살 수 있을 겁니다. 오노프레가 말했다. 그러나 아버지는 돈을 받으려 하지 않았다. 이러지 마세요, 아버지, 어서 받아요. 오노프레는 짜증스럽게 소리쳤다. 좋습니다, 바소라에 도착하면 돈을 더 찾아 보내 드리겠습니다. 아버지는 양손으로 있는 힘껏 붙들고 있던 아들의 종아리를 놓고 돈을 받았다. 오노프레는 마부를 쳐다보며 거만하게 고개를 끄덕였다. 마차가 달리기 시작했다. 우트 후작의 마차 창문으로 누군가가 고개를 내밀었다. 기름등잔 빛에 얼굴이 드러났다.

"돈 오노프레, 잠깐 나오실 수 있습니까? 이 주변을 서성거리던 놈을 하나 붙잡았습니다."

방금 도착한 남자가 말했다.

"무슨 일인데 그래?"

우트 후작이 물었다. 오노프레의 부하가 분명한 그 남자는 후작의 질문에 대답하지 않았다.

"황후 폐하께서 도착하실지도 모르니, 당신은 마차에서 기다리시오. 내가 가서 무슨 일인지 알아보고 금방 돌아오겠소."

오노프레가 후작에게 말했다.

오노프레는 마차에서 내려 그 남자의 뒤를 따랐다. 남자가 오노프레에게 길을 비춰 주기 위해 기름등잔을 높이 쳐들었다. 두 사람은 밧줄 더미를 우회하고 물웅덩이를 건너뛰어 한 떼의 사람들이 모여 있는 곳에 도착했다. 다섯 남자가 빙 둘러서서 여섯 번째 남자를 두드려 패고 있었다. 이 남자는 두드려 맞는 동안 안경을 잃어버렸다. 이제 그만. 오노프레가 명령했다. 누군가? 그가 물었다. 저희도 모르겠습니다, 몸을 수색해 보았습니다만, 무기는 없었습니다, 연필 깎는 칼이 하나 나왔을 뿐입니다. 오노프레 부빌라는 침입자를 쳐다보며 그곳으로 어떻게 파고들었는지 물었다.

"그리 어렵지 않았습니다."

침입자는 심하게 얻어맞는 통에 엉망으로 구겨진 옷을 매만지며 대답했다.

"경비가 지나치게 삼엄하더군요."

말하는 투로 봐서 외국인은 아니었다. 하지만 멘셰비키 같지도 않았고, 허무주의자 같지도 않았으며, 러시아 황후에게 해를 끼칠 의도가 있는 사람으로도 보이지 않았다. 오노프레는 그 남자에게 도대체 누구이며 그곳에서 무슨 짓을 하고 있었는지 물었다. 남자는 신문기자라고 주장하며 자신이 일하고 있는 신문사 이름을 댔다.

"람블라스 거리를 어정거리고 있었는데, 마차들이 한곳으로 달려가는 것을 보고 낌새가 이상하다는 걸 느낄 수 있었습니다. 아주 중요하거나 매우 위험한 인물이 도착했구나 싶었죠. 그래서 감시망을 교묘히 피해 기어들어 와 이곳에 숨어 있었던 겁니다. 그런데 재수가 없으려니 이렇게 발각되어 신나게 얻어터진 겁니다. 자, 이제 날 어떻게 처리하실 겁니까?"

신문기자는 오노프레에게 당돌하게 따졌다.

"처리하긴 뭘 어떻게 처리해? 아무 일도 없을 거요. 사실 말이지, 당신은 신문기자로서 임무에 충실했을 뿐이잖소. 하지만 지금은 경우가 경우이니만큼, 내 당신에게 특별히 부탁 하나 하겠소. 당신이 여기서 목격한 것을 절대로 외부에 알리지 마시오. 물론 당신이 이 불행한 사고로 입은 피해는 내가 전부 보상해 드리리다. 그래야 도리겠지."

오노프레는 그렇게 말하며 윗도리 안주머니에서 지폐를 한 묶음 꺼냈다. 그리고 그중에서 세 장을 뽑아 신문기자에게 내밀었다. 신문기자는 돈을 거절했다.

"나는 뇌물 따위는 받지 않습니다, 선생."

신문기자가 소리쳤다.

"뇌물이라니, 그런 말도 안 되는 소리를. 이건 단지 우정의 표시일 뿐이오. 당신에게 개인적으로 호감이 있어서 이러는 거요."

오노프레가 말했다.

"그 말도 기사에 써넣어야겠군요."

신문기자가 위협적인 투로 말했다. 오노프레는 그 무례한 말을 용서한다는 의미로 피식 웃어 보였다.

"그건 당신 판단에 맡기겠소. 이거 점점 당신과 깊이 사귀고 싶은 생각이 드는걸요. 나는 지금까지 신문기자들과 좋은 관계를 유지해 왔소. 나 오노프레 부빌라라고 합니다."

"오노프레 부빌라? 이런, 용서해 주십시오, 부빌라 씨."

신문기자가 정색을 하며 말했다.

"이거 몰라 뵈어 정말 죄송합니다. 어쩌다가 안경을 잃어버려 알아뵙지 못했습니다. 지금까지 제가 함부로 지껄였던 말을 용서해 주시기 바랍니다. 그리고 염려 마십시오. 이번 일에 대해서는 죽을 때까지 입도 뻥긋하지 않겠습니다."

오노프레의 사업에 대한 기사는 1903년 9월에 처음이자 마지막으로 신문에 딱 한 번 실렸다. 바르셀로나 항구를 포함하여 여러 시설물을 개보수하려는 시도가 수차례 있었으나 여러 가지 복잡한 사정으로 전혀 이루어지지 않았을 때의 일이었다. 그 과정에서 뒷구멍으로 엄청나게 돈을 벌어들인 사람들이 있었다. 오노프레는 신문기사를 읽고 그 기사를 작성한 기자에게 다음과 같은 내용의 쪽지를 보냈다. '당신과 얘기를 좀 나누고 싶습니다.' 오노프레의 쪽지를 받은 신문기자 역시 짤막한 답장을 그에게 보냈다. '당신이 장소와 시간을 정하십시오. 하지만 산세베로에서 새벽에 만나는 일은 없도록 합시다.' 그 말은 명백하게 몇 년 전 오노프레가 조앙 시카르트를 함정에 빠뜨려 살해했던 사건을 암시하는 것이었다. 그러나 오노프레는 화를 내지 않았다. '당신은 그만큼 중요한 인물이 아닙니다. 내 사무실로 찾아오시오. 서로 좋은 쪽으로 합의점을 찾을 수 있으리라 믿습니다.' 다음 날 신문기자가 오노프레의 사무실에 나타났다. 값을 부르시오, 입을 다무는 대가로 얼마를 원하는 거요, 빨리 끝내 버립시다, 쓸데없는 일에 허비할 시간이 없소이다. 오노프레가 신문기자에게 말했다. 내가 돈에 팔릴 거라고 누가 그럽디까? 신문기자가 애매한 미소를 지으며 물었다. 당신은 내가 어떤 사람이라는 걸 너무나 잘 알고 있소, 내게 바라는 것이 분명 있을 것이오, 그런 게 없었다면 나를 찾아오지도 않았을 거요. 오노프레가 말했다. 신문기자는 종이에 숫자를 몇 개 갈겨쓴 후 오노프레에게 보여 주었다. 터무니없는 액수였다. 상대방의 화를 부추기는 일종의 명백한 도발 행위였다. 오노프레가 싱긋이 웃으며 입을 열었다. 자신을 과소평가하시는군, 나는 그보다 많은 액수를 예상했는데, 자, 여기 있소이다. 오노프레는 서랍에서 두툼한 봉투 하나를 꺼내 신문기자에게 내밀었다. 신문기자는 봉투 속을 힐끗 들여다본 후 잠깐 동안 말이 없었다. 그는 아무 말 없이 자리에서 벌떡 일어나 모자를 쓰고 사무실을 빠져나갔다. 신문기자가 첫 번째 길모퉁이를 도는 순간 사내 네 명이 그를 덮쳤다. 사내들은 오노프레가 건네준 봉투뿐만 아니라 신문기자가 지니고 있던 돈(하루 용돈으로 쓰려고 집에서 가지고 나온 돈이었다.)까지 빼앗은 후 신문기자의 두 다리를 부러뜨렸다.

신문기자가 오노프레에게 인사를 하고 돌아갔다. 오노프레는 우트 후작의 마차로 돌아가려고 했다. 그러나 그 순간 황후 일행이 움직이기 시작했다. 마차들이 오노프레 곁을 지나갔다. 마차 유리창이 삐거덕거렸고, 쇠붙이가 덜커덕거렸다. 오노프레는 그 육중한 마차에 깔리지 않기 위해 부두에 쌓아 둔 궤짝들 사이로 몸을 피했다. 염소 몇 마리가 마차 창문으로 머리를 내밀었다. 염소 수염이 오노프레의 뺨을 스쳤다. 오노프레는 고약한 염소 냄새에 인상을 찌그렸다. 이런 젠장, 염소들이 여기 왜 있는 거야? 염소들이 시끄럽게 울부짖는 바람에 오노프레는 목소리를 높였다. 염소를 돌보는 러시아 농부가 뭐라고 설명했지만 오노프레는 한마디도 알아들을 수 없었다. 마침내 얼굴이 퉁퉁 붓고 경기병 군복을 입은 한 남자가 나타나 엉터리 프랑스어로 오노프레에게 설명했다. 이번 여행길에 어머니를 따라 나선 러시아 황태자가 다른 나라에서 차를 마실 때 따라 주는 우유를 믿지 않는다는 것이었다. 심지어 염소들이 먹을 건초조차 멀리 떨어진 대초원에서 구해 꾸려 왔다고 했다. 또한 황후가 아끼는 가구까지 실어 왔다고 했다. 침대, 거울 달린 옷장, 낮은 소파, 피아노, 사무용 책상 따위와 더불어 옷 가방이 백여섯 개였고, 신발과 모자를 담은 상자도 수십 개였다. 오노프레는 마차들의 행렬이 다 지나갈 때까지 궤짝들 사이에 서서 한참을 기다려야 했다. 이윽고 부두에 오노프레 혼자 남게 되었다. 그런 소동이 벌어지는 동안 오노프레를 기다리는 사람은 단 한 명도 없었다. 고의로 그랬는지 실수로 그랬는지 알 수 없었다. 오노프레의 구두와 각반과 바짓가랑이는 진흙투성이였다. 프록코트에까지 진흙이 튀어 있었다. 실크 모자는 동물들이 싸지른 똥 더미에 처박혀 있었다. 오노프레는 실크 모자를 걷어찼다. 그는 람블라스 거리에서 삯마차를 잡아타고 집으로 갔다. 집에 도착하자마자 그는 서둘러 옷을 갈아입었다. 그러는 동안 오노프레의 마차들 중에서 가장 빠른 이륜마차가 준비를 마치고 그를 기다리고 있었다. 오노프레가 부랴부랴 리츠 호텔에 도착했을 때는 연회가 이미 시작된 뒤였다. 그 연회는 오노프레가 구상하고 비용까지 댄 연회였다. 오노프레는 연회 상석으로 달려갔다. 상석에는 황후와 황태자와 유수포프 왕자와 여러 유명한 초대 손님들과 연회를 주최한 카탈루냐 측 인사들이 앉아 있었다. 오노프레가 상석에 도착해서 보니 남아 있는 의자도 없었고 그를 위한 식기도 없었다. 우트 후작이 당황해하는 오노프레를 보고 자리에서 일어나 오노프레의 귀에 속삭였다. 얼빠진 사람처럼 왜 이곳을 기웃거리는 거요, 당신 자리는 저쪽에 있어요, 세 번째 테이블에 가서 앉아요. 오노프레는 목소리를 죽여 따졌다. 나도 황후 곁에 앉고 싶단 말입니다! 그런 말도 안 되는 소리를! 후작은 깜짝 놀란 듯 정색을 하고 속삭였다. 당신은 귀족이 아니잖소, 황후 폐하께 실례라도 범하겠다는 거요, 뭐요? 오노프레가 당시 상황을 떠올리고 있는 동안 기중기들이 배의 갑판에서 무시무시한 독일산 곡사포들과 지금까지 그 어떤 전쟁터에서도 볼 수 없었던 엄청나게 큰 대포들을 들어 올리고 있었다. 그 대포들은 고각포들이었는데, 오노프레가 거액을 들여 프랑스 군사령부에서 빼돌린 것이었다. 오노프레는 그 엄청나게 큰 궤짝을 바라보며 전율을 느꼈다. 그것은 만족감에서 오는 전율이었다. 최근 들어 오노프레는 그와 같은 감정을 좀처럼 느낄 수 없었다. 그는 일 년 중 대부분의 시간을 지루하게 보냈다. 밤이면 밤마다 집에 들어앉아, 서재에 틀어박혀, 단 한 번도 들여다볼 생각을 하지 않던 책들 수백 권에 둘러싸여 아바나 시가를 피우며 감상에 젖어 과거를 회상했다. 많은 세월이 흘렀지만 오돈 모스타사(오노프레는 이제 그의 죽음을 아쉬워하고 있었다.)와 더불어 흥청망청 보내던 그 밤들이 생생하게 떠올랐다. 매음굴에서 밤을 보내고 증기로 흐릿해진 창문을 통해 새벽 여명이 밝아 오는 모습을 지켜보던 때가 잊히지 않았다. 빈 술병들, 먹다 남은 음식들, 카드와 주사위, 벽에 처박혀 잠을 자는 벌거벗은 여자들, 여기저기 흩어진 옷가지들 사이에서 오노프레와 오돈 모스타사는 달콤한 피로를 느끼며 누워 있었다. 순진하기 짝이 없었던 두 사람은 젊음의 열기를 마음껏 발산했던 것이다.

2

마드리드에서는 모하메드 토레스가 땀을 뻘뻘 흘리고 있었다. 대서양의 산들바람에 익숙해진 그는 마드리드에서는 숨쉬기조차 힘들어했다. 탕헤르에 있는 그의 저택과 꽃이 만발한 정원은 대서양의 산들바람 덕에 항상 시원했던 것이다. 모하메드 토레스는 팔라시오데오리엔테에 있었다. 그는 파리에서 클레망소를 만난 뒤 고국으로 돌아가는 길에 마드리드에 잠깐 들른 참이었다. 모하메드 토레스가 몸에 뿌린 고약한 향수 냄새 때문에 안토니오 마우라는 속이 뒤집혔다. 지금까지 그 술탄국은 프랑스와 영국이 서로 다투는 바람에 아슬아슬하게 독립을 유지하고 있었다. 그런데 이제 독일이 모로코 해안에 해군기지를 건설하고, 독일에서 생산한 상품을 팔아먹기 위해 시장을 개척하려 하고 있었다. 새로운 상황에 직면한 프랑스와 영국은 그간의 악감정을 버리고 1904년 4월에 협정을 체결했다. 이제 프랑스는 모로코를 차지할 준비에 착수했다. 술탄과 수상을 허수아비로 만들고 모로코를 알제리에 편입시키려 했던 것이다. 스페인 왕 알폰소 13세는 술탄이 보낸 외무성 장관의 하소연을 귀담아 들으며 생각에 잠겼다. 의외로 간단하게 문제를 해결할 수 있을 것 같았다.

"강경하게 맞서면 되겠지."

알폰소 13세가 제안했다.

"폐하의 혜안이 놀라울 따름입니다."

압둘 아지즈가 보낸 밀사가 대답했다.

"하지만 저희로서는 강대국의 도움을 거절할 수 있는 입장이 아닙니다. 그들의 도움을 거절할 경우 왕위뿐만 아니라 저희 주인이신 술탄 압둘 아지즈 폐하의 목숨마저 위험해질 수 있습니다."

"돈 안토니오, 자네 의견은 어떤가?"

알폰소 13세가 총리를 향해 몸을 돌리며 물었다. 안토니오 마우라는 입장이 난처했다. 스페인 군대가 아프리카에 계속 남아 있어야 한다고 주장하는 것은 계속 골칫덩어리를 안고 살아가야 한다고 주장하는 것과 마찬가지였다. 그것은 나날이 궁핍해져 가는 국가로서는, 최근에 해외 식민지를 모조리 잃고 맥이 빠진 국가로서는 감당하기 버거운 일이었다. 그러나 스페인 군대가 아프리카에서 철수해야 한다고 주장하는 것은 유럽 국가들 사이에서 그나마 간신히 유지하고 있던 기득권을 완전히 버리겠다는 것과 다름없었다. 안토니오 마우라는 그런 내용을 간단히 요약해서 알폰소 13세에게 보고했다.

"그러거나 말거나."

알폰소 13세가 퉁명스럽게 내뱉었다.

안토니오 마우라가 국왕을 한쪽 구석으로 데려갔다. 안토니오 마우라가 국왕과 귓속말을 나누는 동안 모하메드 토레스는 벽에 걸려 있는 두 폭짜리 거대한 그림을 감상했다. 유디트와 살로메가 서로 다투는 모습을 그린 그림이었다. 두 여자는 피가 낭자한 전리품을 서로에게 자랑삼아 보여 주고 있었다. 세례 요한과 홀로페르네스의 거무죽죽한 입에서 퉁퉁 부어오른 커다란 혀가 빠져나와 있었다. 모하메드 토레스는 인간의 형상을 그림으로 표현하는 것을 금지한 예언자 마호메트, 즉 무함마드의 명령을 떠올렸다. 국왕과 총리가 비밀 회동을 마치고 돌아왔다.

　"폐하께서는 모로코를 운명의 손에 맡기려고 하셨습니다만, 제가 그 생각을 단념하시도록 설득했습니다. 폐하의 통찰력은 누구도 따라갈 수 없는 경지에 있습니다."

　안토니오 마우라가 말했다. 술탄이 보낸 외무성 장관은 알폰소 13세를 향하여 이마에 손을 대고 세 차례 몸을 숙여 경의를 표했다.

　"그리고 저는 폐하께 이 문제와 관련된 다른 사항들에 대해서도 상세히 설명해 드렸습니다. 사실상 쿠바를 잃은 후 우리 군대는 특별히 할 일이 없습니다. 아시다시피 할 일 없이 빈둥대는 군대는 언제나 위험하기 짝이 없습니다. 할 일이 없으면 군인은 게을러지고, 진급도 할 수 없습니다. 또한 저는 폐하께 광산 채굴권에 관한 사항과 모로코에 대한 스페인의 투자에 대해서도 말씀드렸습니다."

　안토니오 마우라 총리는 오른손을 가슴에 올려놓았다. 당시 열여덟 살이었던 알폰소 13세는 총리의 어깨를 손바닥으로 툭

툭 두드렸다.

"라이슐리에게 돈맛을 한번 보여 주도록 하지."

알폰소 13세가 말했다.

그로부터 오 년 후, 자식들을 아프리카 전쟁터로 떠나보내야 하는 어머니들이 다시 한 번 길거리로 쏟아져 나왔다. 쿠바에서 전쟁이 벌어졌을 때와 똑같은 상황이 연출되었다. 어머니들은 기차역을 점거하고 철로에 주저앉아 기차가 떠나지 못하게 막았다. 아프리카로 떠나는 군인들에게 그리스도 수난상을 나누어 주기 위해 역을 찾아온 가톨릭 단체 소속 귀부인들은, 여자들을 깔아뭉개는 한이 있더라도 어서 빨리 기차를 출발시키라고 기관사와 화부들에게 소리쳤다. 안 됩니다, 우리가 저 여자들을 깔아뭉개면 기차에 타고 있는 저 여자들의 자식새끼들이 어디 잠자코 있겠습니까? 기관사와 화부는 그렇게 대답했다. 어머니들은 "마우라를 타도하라!"라고 외치며 울부짖었다. 한쪽에서는 "마우라 만세!"라고 환호하는 소리도 들렸다. 때는 1909년 7월의 어느 무더운 월요일이었다. 일이 점점 꼬여 들기 시작하자 우트 후작이 오노프레 부빌라의 집을 직접 찾아왔다.

"우리는 이제 망했소!"

우트 후작이 소리를 질렀다. 머리카락은 엉망으로 헝클어져 있었고, 넥타이는 풀려 있었다.

"주지사는 비상사태를 선포하기를 거부했고, 폭도들은 거리를 점령했소. 교회는 불타오르고, 마드리드는 항상 그렇듯 수수방관하고 있을 뿐이오."

오노프레 부빌라는 양각 무늬가 새겨진 가죽 상자를 우트 후작에게 내밀었다. 상자에는 아바나 시가가 가득 들어 있었다. 우트 후작은 얼떨떨한 표정으로 시가를 사양했다.

"아무 일도 없을 겁니다. 걱정 마십시오. 최악의 상황이라고 해 봤자 고작 당신 집에 불을 지르는 걸로 끝날 겁니다. 가족들은 어디 있습니까?"

오노프레가 물었다.

"여름이 끝날 때까지 시체스 해변에서 지낼 겁니다."

"당신 저택은 안전합니까?"

"물론이오."

"그럼 잘됐군요. 이렇게 하시지요. 시체스로 가서 부인과 자녀들과 함께 며칠 지내도록 하시오."

오노프레가 우트 후작에게 충고했다.

"나도 그렇게 할까 생각해 봤지만 그건 불가능한 일이오. 내일 이사회가 열리거든."

우트 후작은 그렇게 말했지만 잠시 후 생각을 바꾸었다.

"이곳에 남아 있다니. 이건 미친 짓이야, 미친 짓."

오노프레는 스페인산 셰리를 두 잔 따랐다. 마음을 진정하는 데 특효약입니다, 당신의 건강을 위해. 오노프레가 말했다. 길거리에서 요란한 대포 소리가 들려왔다. 이번 사태를 계기로 혁명이 일어날 수 있을까? 오노프레는 생각했다. 그 순간 아득한 과거에 있었던 일들이 뇌리를 스쳤다. 오노프레는 한때 만국박람회 노동자들에게 혁명을 선전하고 다닌 적이 있었다. 당시 오노프레는 나이도 어린 데다 굶주림에 허덕이고 있었다. 오노프레는 자신이 입으로 떠들어 대는 일들이 절대로 실현되지 않기를 빌고 또 빌었다. 이제 그는 부자였고, 자신이 늙어 간다는 것을 자각하고 있었다. 그러나 한 줄기 희망의 빛이 자신의 영혼을 일깨우는 것을 막을 수는 없었다. 마침내! 오노프레는 생각했다. 어디 어떻게 되나 한번 지켜보자.

"당신의 건강을 위해."

우트 후작이 술잔을 들어 올리며 말했다. 후작은 단숨에 술을 다 마셔 버렸다. 후작은 트림을 하고 손등으로 입술을 훔쳤다. 오노프레 부빌라는 후작의 거리낌 없는 시원시원한 행동에 감탄을 금치 못했다. 하기야, 저 친구는 남들에게 증명해 보일 게 하나도 없는 처지니까. 오노프레는 생각했다.

"당신은 이번 사태를 어떻게 생각합니까?"

우트 후작이 오노프레에게 물었다.

"한번 알아맞혀 보시지요."

오노프레는 그렇게 되물으며 아바나 시가에 불을 붙이고 한 모금 깊게 빨아들였다. 이상하게도 마음이 차분히 가라앉았다.

"나는 참석해야 할 이사회도 없는 몸입니다. 그러나 이곳에 남아 있습니다. 나는 바르셀로나에서 벗어날 생각이 없습니다. 당신은 대체 무엇을 걱정하는 겁니까?"

오노프레는 후작의 일그러진 얼굴을 보고 덧붙였다.

"저들은 한 줌의 불쌍한 놈들일 뿐입니다. 저들에게는 무기도 없고 지도자도 없습니다. 놀고 싶은 만큼 놀도록 그냥 내버려 두면 됩니다. 놈들은 지금 우리가 겁을 집어먹기를 바라고 있습니다. 다른 목적은 없어요."

오노프레는 이제 이십여 년 전에 자신이 참여했던 시위에 대해 생각하고 있었다. 경찰들, 말들, 칼날들, 포탄을 장착한 대포들이 새록새록 눈앞에 떠올랐다. 그러나 그런 일들을 후작에게 들려줄 수는 없는 노릇이었다.

"저들이 이긴다고 한번 가정해 봅시다."

오노프레는 창밖을 내다보며 말을 이었다. 여름날 오후의 새파란 하늘 위로 시커먼 연기 기둥이 피어오르고 있었다. 위치로 보건대 라발 지역에서 화재가 발생한 모양이었다. 산 페드로 데 라스 푸에야스 교회일 수도 있었고, 산 파블로 델 캄포 교회일 수도 있었다.(실제로 화재가 발생한 곳은 산 파블로 델 캄포 교회였다.)

"무슨 일이 벌어질지 아시겠습니까? 저들은 우리에게 달려와 도움을 요청할 겁니다. 승리를 쟁취하고 몇 시간만 지나면 완전 난장판이 되고 말 겁니다. 그렇게 되면 지금 우리를 필요로 하는 것보다 더욱더 애절하게 우리를 원하게 될 겁니다. 나폴레옹을 한번 생각해 보십시오."

우트 후작은 경황이 없는 와중에도 비어져 나오는 웃음을 참을 수 없었다. 오노프레는 심각한 표정으로 창문 곁을 떠나 후작에게 다가갔다. 오노프레는 방금 전에 머스킷 총으로 무장한 일개 중대가 달려가는 것을 목격했다. 몇몇 군인들은 손에 삽을 들고 있었고 또 몇몇은 곡괭이를 들고 있었다. 그 중대는 공병 부대였다. 저런 장비를 가지고 대체 어디로 가는 걸까. 오노프레는 궁금했다. 그들은 어딘가에서 바리케이드를 쌓는 중이었을 것이다.

"그런 날은 아직 멀었습니다."

오노프레는 안락의자에 다시 엉덩이를 내려놓으며 덧붙였다.

"그러나 언젠가는 그런 날이 올 겁니다. 암브로시, 당신과 내가 이 세상에 살아 있는 동안 그날이 반드시 찾아올 겁니다. 바로 그날 전 지구에서 혁명이 일어날 겁니다. 그래서 사유

재산과 착취와 억압과 부르주아 계층의 원칙과 이론을 바탕으로 한 기존 질서는 완전히 사라지게 될 겁니다. 돌 하나도 돌 위에 남지 않고 모든 것이 무너져 내릴 겁니다. 먼저 유럽이 무너지고 그 후에 나머지 세상이 무너질 겁니다. '모든 노동자들에게 평화를, 모든 억압받는 자들에게 자유를, 모든 정부 관리들과 착취자들과 독재자들에게 죽음을'이라는 구호와 함께 모든 정부와 모든 교회가 파괴되고 말 겁니다. 그와 함께 모든 제도가, 모든 법률이 파괴되고 말 겁니다. 종교적인 것이든, 사법적인 것이든, 경제적인 것이든, 사회적인 것이든, 경찰 업무와 관련된 것이든, 대학과 관련된 것이든, 모든 법률이 사라질 겁니다. 그래서 지금 재갈이 물려 있는 사람들이, 노예 상태에 빠져 있는 사람들이, 가혹한 괴롭힘에 시달리고 있는 사람들이, 착취당하고 있는 사람들이 그들의 주인으로부터 벗어나, 공식적인 것이든 비공식적인 것이든 그 모든 보호자들로부터 벗어나, 마침내 완전한 자유를 쟁취하게 될 겁니다. 단체는 단체로서, 개인은 개인으로서 말입니다."

우트 후작은 도저히 믿을 수 없다는 듯 눈을 휘둥그레 뜨고 오노프레를 바라보고 있었다.

"지금 대체 무슨 말을 하는 거요?"

후작의 물음에 오노프레는 느닷없이 웃음을 터뜨렸다.

"아무것도 아닙니다. 얼마 전에 전단지 한 장이 우연히 굴러 들어 와 읽어 보았더니 그런 내용이 적혀 있더군요. 내가 이래 봬도 기억력 하나는 끝내주거든요. 나는 뭐든 읽기만 하면 아주 달달 외워 버리는 재주가 있답니다. 내 마누라와 딸내미들은 지금 부달레라에 있습니다. 내 장인 장모의 집에서 지내고 있습니다. 나와 함께 저녁이나 먹도록 하지요. 어쨌든 오늘은 클럽에 가긴 글렀으니까 말입니다."

오노프레와 우트 후작이 저녁을 먹고 있을 때였다. 요란한 소리가 들리기 시작하더니 점점 더 소리가 커져 갔다. 방바닥이 흔들리고, 샹들리에가 춤을 추고, 식탁에 놓여 있던 크리스털 술잔이 짤랑거리고, 그릇이 들썩거렸다. 오노프레는 집사에게 무슨 일인지 알아보라고 했다. 집사가 돌아와 오노프레에게 보고했다. 새하얀 흉갑을 입고 새카만 군모 깃털을 휘날리는 흉갑 기병 연대가 칼집에서 뽑아 든 칼을 어깨에 걸치고는 거리를 행진하고 있다는 것이었다.

"중무장 기병대까지 동원한 것을 보면, 주인님 생각보다 사태가 심각하고 급박하게 돌아가는 모양입니다."

집사가 더듬더듬 덧붙였다.

"할 수 없이 여기서 주무셔야 할 것 같습니다."

오노프레가 우트 후작에게 말했다. 후작이 고개를 끄덕였다.

"내 잠옷을 한 벌 빌려 드리겠습니다. 잘 맞을지는 모르겠습니다만."

"그런 건 신경 쓰지 않아도 됩니다."

우트 후작은 식탁을 정리하고 있는 하녀를 곁눈으로 흘끗거리며 대답했다.

"몸을 따뜻하게 할 수 있는 나 나름대로의 방법이 있으니까."

날이 밝을 때까지 대포 소리가 끊임없이 들려왔고, 콩을 볶는 듯한 기관총 소리도 그치지 않았다. 그리고 저격수들이 발사하는 총소리도 이따금 들려왔다. 다음 날 아침이었다. 오노프레와 우트 후작은 아침을 먹기 위해 식당에서 다시 만났다.

우트 후작은 눈이 퉁퉁 부어 있었고, 눈가에 그늘이 져 있었다. 조간신문은 아직 배달되지 않았다. 집사가 와서 시장 상점들이 문을 열지 않았다고 알려 주었다. 도시는 마비되어 있었다. 외부 세계로 통하는 길은 완전히 막혀 있었다.

"그리 오래가지 않을 거야. 식료품은 충분히 갖추어 두었나?"

오노프레가 집사에게 물었다.

"물론입니다, 주인님."

집사가 대답했다.

"이게 대체 어찌된 일이야!"

우트 후작이 소리쳤다.

"폭도들에게 포위되어 꼼짝도 할 수 없다니. 게다가 아무런 준비도 하지 못했으니……."

후작은 커피를 따르는 하녀를 뚫어지게 쳐다보았다. 하녀는 얼굴을 붉히며 후작의 시선을 외면했다.

"돈을 좀 빌려 줄 수 있겠소?"

후작이 오노프레에게 물었다.

"말씀만 하십시오. 얼마든지 빌려 드리겠습니다. 돈은 어디에 쓰시려고?"

"저 사랑스러운 아이에게 보답을 하고 싶어서 그럽니다."

후작이 집게손가락으로 하녀를 가리키며 말했다.

"부탁이 하나 더 있는데 말이오, 오늘부로 저 아이를 내보내시는 게 좋을 거요."

"왜요?"

"잠자리 기술이 영 시원치 않아."

우트 후작이 말했다.

오노프레는 하녀를 쳐다보았다. 하녀는 잔뜩 겁에 질려 있었다. 아직 열다섯 살도 채 안 된 소녀였다. 시골에서 올라온 지 얼마 되지 않았지만 생김새가 참하고 하는 짓이 조신해 궂은일은 시키지 않고 식사 시중을 들게 했던 것이다. 오노프레는 알 수 있었다. 우트 후작의 말대로 저 아이를 집에서 내보내면 다음 상황은 보지 않아도 뻔했다. 사창굴로 빠지거나 굶어 죽을 것이다. 이름이 뭐지? 오노프레가 하녀에게 물었다. 오딜리아라고 합니다, 주인님. 하녀가 대답했다. 오딜리아, 이 집이 마음에 드나? 오노프레가 물었다. 네, 주인님, 너무너무 마음에 듭니다. 하녀가 대답했다.

"그렇다면 이렇게 하도록 합시다."

오노프레가 우트 후작을 향해 말했다.

"당신이 만족하지 못했다면 저 아이에게 돈을 줄 필요가 없습니다. 돈은 그냥 가지십시오. 그리고 오딜리아는 계속 이 집에 머물 겁니다. 나는 저 아이 월급을 두 배로 올려 주겠습니다. 이렇게 하면 되겠지요?"

오노프레는 마음이 너그러워서 그렇게 결정한 게 아니었다. 꿍꿍이속이 따로 있어서 그랬던 것도 아니었다. 오노프레는 인간들이 칭찬하는 말을 믿지 않았다. 단지 내 집에서는 내가 왕이라는 사실을, 내 집에서는 내가 하고 싶은 대로 한다는 사실을 손님에게 보여 주기 위해 그런 결정을 내렸던 것이다. 오노프레와 우트 후작은 한동안 서로를 노려보았다. 마침내 우트 후작이 껄껄대며 웃었다. 그렇게 한 주가 지나갔다. 나중에 사람들은 그 주를 '비극의 일주일'이라고 불렀다. 오노프레와 우트 후작은 카드놀이를 하거나 끊임없이 잡담을 나누며 시간을 보냈다. 우트 후작은 말을 능숙하고 막힘 없이 잘하는 사람이었다. 오노프레 부빌라에게 후작은 귀중한 정보의 보물 창고였다. 우트 후작은 바르셀로나의 모든 상류 계층 가문과 연줄이 닿아 있었고, 그들의 비밀을 속속들이 알고 있었다. 후작을 부추겨 비밀을 털어놓게 만드는 일은 식은 죽 먹기였다. 후작은 아무리 사소한 사건일지라도 미주알고주알 까발렸다. 마치 그런 이야기를 즐기는 것 같았다. 오노프레는 후작이 들려주는 시시껄렁한 이야기를 통해 그 신비스럽고 알쏭달쏭하고 조금은 쓸쓸한 듯한 세상을 어느 정도 엿볼 수 있었다. 그 세상으로 통하는 문은 오노프레가 두드릴 때마다 언제나 굳게 잠겨 있었던 것이다. 오노프레는 밤마다 저녁을 먹고 나서 집사를 옥상으로 올려 보내 주변 상황을 살펴보도록 했다. 집사가 돌아와 안전하다고 보고하면, 오노프레와 우트 후작은 옥상으로 올라가 난간에 기대어 아바나 시가를 피우고 코냑을 마시며 불길이 치솟아 오르는 주변 풍경을 감상했다. 그런 식의 단조로운 일상에 지친 두 사람은 주지사에게 우스갯소리가 섞인 쪽지를 한 장 보냈다. '이번 사태를 당장에 끝장내도록 하시오. 아바나 시가가 다 떨어져 간단 말이오.' 그 주는 오노프레에게 아주 소중한 일주일이었다. 그때 오노프레는 누구와도 비교할 수 없는 막역한 친구를 얻었다고 믿었다. 그러나 지금 연회석상에 황후와 함께 나란히 앉아 있는 우트 후작을 보는 순간 그 모든 것이 일장춘몽이었음을, 덧없는 착각이었음을 뼈저리게 느끼지 않을 수 없었다.

상석 식탁 위에 로마노프 왕조의 문장이 새겨진 비단 닫집이 세워져 있었다. 살롱의 벽들도 역시 비단으로 뒤덮여 있었다. 이번 행사를 위해 특별히 주문 제작한 석고상들이 이동식 받침대 위에 놓여 살롱 네 귀퉁이를 장식하고 있었다. 천장에는 촛불이 세 줄씩 늘어선 샹들리에 여섯 개가 매달려 있었다. 샹들리에와 가지 촛대와 더불어 밀초 사천 개가 실내를 밝히고 있었다. 상석을 제외한 모든 식탁에 놓인 포크와 나이프는 모두 은제였고, 상석에는 금으로 만든 포크와 나이프가 놓여 있었다. 식기들은 모두 세브르 도자기였다. 오노프레는 그 휘황찬란한 모습을 바라보며(이번 연회를 준비하기 위해 얼마나 많은 돈이 들어갔는지 오노프레는 정확히 알고 있었다.) '비극의 일주일'을 다시 한 번 떠올렸다. 오노프레는 떠들썩한 연회와는 상관없이 혼자 생각에 잠겨 있었다. 그때 옆자리에 앉아 있던 사람이 묵직한 목소리로 생각에 잠긴 오노프레를 깨웠다. 신사 양반, 당신 지금 혁명에 대해 생각하고 있지요? 옆에 앉아 있던 사람이 그렇게 말했다. 오노프레는 처음으로 그 사람에게 눈길을 주었다. 사십 대로 보이는, 키가 크고 마른 남자였다. 외모는 시골 사람들처럼 투박했으나 밉상은 아니었다. 뒤얽힌 턱수염이 복장뼈까지 늘어져 있었다. 쪽빛 수도복을 입어서인지 실제보다 키가 더 커 보였고 몸이 더 말라 보였다. 남자의 몸에서 지독한 냄새가 흘러나왔다. 식초와 향과 양의 냄새가 뒤섞인 듯했다. 그 남자의 전체적인 인상과 상대방을 빨아들일 듯 초롱초롱 빛나는 눈빛을 보며 오노프레는 다음과 같이 생각했다. 이 녀석도 그저 그런 수도사들과 같은 놈이겠구나, 무식하고, 버릇없고, 교활하고, 미신에 빠져 살고, 광신적이고, 비열하고, 천박하고, 권력자들의 꽁무니에 달라붙어 얻어먹기나 하는 그런 놈들 말이지. 나중에 오노프레는 그 남자의 이름을 알게 되었다. 그는 다름 아닌 그리고리 예피모비치 라스푸틴이었다. 당시 라스푸틴은 황후의 총애를 한 몸에 받고 있었다. 황태자가 혈우병에 걸렸을 때, 그 병을 고칠 수 없다고 포기했던 다른 모든 의사들과는 달리 라스푸틴은 그 병을 끝까지 고쳐 주었고, 그걸 계기로 황후의 사랑을 받게 되었다. 라스푸틴에 대한 이상한 소문들이 떠돌았다. 라스푸틴은 사람에게 최면을 걸 수 있는 능력이 있다, 그는 예언 능력이 있다, 그는 다른 사람들의 생각을 읽을 수 있으며 마음만 먹으면 기적을 일으킬 수 있다. 라스푸틴의 영향력은 그때부터 서서히 커지기 시작했다. 마침내 그는 궁전을 장악했고, 그 자신이 독재자로 변했다. 라스푸틴은 매관매직을 서슴지 않았다. 성공하느냐 실패하느냐, 부자가 되느냐 가난뱅이로 떨어지느냐 하는 문제는 다 라스푸틴의 손에 달려 있었다. 그러다 지금 리츠 호텔에서 카탈루냐의 전통 음식을 맛보고 있는 유수포프 왕자를 중심으로 라스푸틴을 제거하기 위한 음모가 꾸며졌으며, 마침내 그는 1916년에 암살당하고 말았다. 라스푸틴이 죽고 얼마 지나지 않아 그가 예견했던 혁명이 일어났고, 그 혁명으로 로마노프 왕조는 예카테린부르크 요새에서 요절나고 말았다. 그러나 그 당시, 그러니까 라스푸틴이 황후와 함께 바르셀로나를 방문했을 때만 해도, 그의 영향력은 별 볼 일 없었다. 라스푸틴은 오노프레 부빌라에게 몇 년 전에 있었던 '피의 일요일' 사건에 대해 들려주었다. 그는 그 비극적인 사건을 직접 목격했다고 말했다. 라스푸틴은 겨울 궁전 삼 층에서 아나스타샤 공주(아나스타샤 공주는 당시 갓난아이 상태를 막 벗어난 나이였다.)를 품에 안고 황태자의 손을 잡고 있었다. 바로 옆 발코니에서는 세르게이 대공이 아이들을 놀려 대고 있었다. 라스푸틴, 아이들을 잘 덮어 줘, 날씨가 몹시 춥단 말이야. 세르게이 대공이 이따금 라스푸틴에게 잔소리했다. 세르게이 대공은 당시에 세력이 가장 막강했던 사람이었다. 그는 차르 니콜라스의 전적인 신임을 얻고 있었던 것이다. 그해 2월에 칼리아예프라는 무정부주의자가 세르게이 대공이 타고 가던 마차에 폭탄을 던졌다. 마차와 말들과 세르게이 대공은 시커먼 연기를 내뿜는 파편 쪼가리가 되고 말았다. 겨울 궁전 이 층에서는 블라디미르 대공이 참모 장교들의 조언을 들어 가며 그때그때 적절한 조치를 취하고 있었다. 서두르지 말고 차근차근 일을 처리해야 한다. 블라디미르 대공이 말했다. 시위대가 광장으로 접어들 때 블라디미르 대공은 시위대를 그대로 통과시켰다. 대체 뭘 원하는 거야? 차르가 시위대에게 물었다. 우리는 헌법을 원합니다, 폐하. 시위대가 대답했다. 으음. 차르가 신음을 토해 냈다. 블라디미르 대공은 시위대를 향해 발포하도록 명령했다. 몇 분 후 시위대는 뿔뿔이 흩어졌다. 이번 일은 썩 잘한 일이야, 내 생각엔 그래. 블라디미르 대공은 그렇게 말했다. 광장에는 천여 구가 넘는 시체가 나뒹굴고 있었다. 이제 라스푸틴은 그날 주도권을 잡지 못했던 것을 후회하고 있었다. 나는 혁명을 작살내는 방법을 잘 알고 있어요. 라스푸틴이 말했다. 그는 게걸스럽게 음식을 먹어 댔다. 식인귀가 따로 없었다. 오노프레 부빌라는 그 남자에 대해 자못 호기심이 동했다. 이야기를 나누면 나눌수록 첫인상이 그대로 들어맞았음을 알 수 있었다. 그러나 오노프레는 그 미친놈에게 점점 끌려가고 있었다. 알 수 없는 노릇이었다.

"오노프레 부빌라, 당신 맞아요?"

오노프레는 플랫폼에 서서 말을 걸어오는 남자를 쳐다보았다. 마른버짐이 잔뜩 핀 촌스러운 얼굴, 젊은 나이인데도 이마에 깊게 자리 잡은 주름살, 쑥 들어간 눈, 얇은 머리카락. 그렇소, 내가 오노프레 부빌라요. 오노프레가 대답했다. 저 조앙입니다. 플랫폼에 서 있던 남자가 말했다. 두 형제는 덤덤한 표정으로 악수를 나누었다. 오노프레가 동생을 두 번째로 만났을 때 동생의 나이는 스물여섯 살이었다. 오노프레는 하루 전에 죽은 아버지의 장례식에 참석하기 위해 고향을 찾아오는 길이었다. 형님께서 제시간에 도착하지 못해 유감입니다. 동생이 말했다. 아버지는 마지막 순간까지 형님을 찾았습니다. 오노프레는 아무 말도 하지 않았다. 마차 한 대가 오노프레를 향해 달려왔다. 몇 년 전 오노프레의 어머니가 죽었을 때 오노프레를 역에서 집까지 태우고 간 바로 그 마차였다. 역시 쿠바에서 군 복무를 했다는 바로 그 마부가 여전히 마차를 몰고 있었다. 많은 시간이 흘렀지만 마부는 오노프레를 기억하고 있었다. 다시 모시게 되어 영광입니다. 마부가 오노프레에게 인사를 건넸다. 걸어서 가도 됩니다. 아주 가깝거든요. 조앙이 말했다. 오노프레는 마부에게 돈을 듬뿍 집어 주었다. 기억해 줘서 고맙소이다. 오노프레가 말했다. 조앙은 오노프레와 마부의 수작을 아니꼽다는 듯 흘겨보았다. 아버지의 시체가 놓여 있는 제단은 바소라의 노인 요양원을 관리하는 수녀들의 기도실 내에 마련되었다. 노인 요양원은 튼튼한 건물에 자리 잡고 있었다. 돌로 벽을 쌓고 슬레이트로 지붕을 얹은 건물이었다. 건물 창문은 모두 쇠창살로 막혀 있었고, 정원 주위로 높은 담벼락이 세워져 있었다. 그리고 요양원 양쪽 끝에 커다란 아파트가 들어서 있었다. 요양원에 수용된 노인네들이 창문에 붙어 서서 정원 오솔길을 걸어가는 오노프레를 쳐다보았다.

"저 노인네들이 당신이 오는 걸 어떻게 알았는지 모르겠네요."

원장 수녀가 건물 입구에서 오노프레 형제를 맞이하며 말했다.

"이런 곳에서는 비밀이 없어요. 노인네들의 관심에 대해 너무 신경 쓰지 마세요."

원장 수녀가 은밀한 어조로 덧붙였다.

"가여운 당신 부친께서는 간혹 정신이 말짱해지면 만나는 사람마다 붙들고 당신에 관한 얘기를 하곤 했어요. 당신 부친께서 우리 요양원으로 들어오신 이후로 쭉 그분을 보살펴 온 소코로 수녀에게 물어보시면 아실 겁니다. 소코로 수녀, 내 말이 맞죠?"

원장 수녀가 몸을 뒤로 돌리며 물었다. 원장 수녀 뒤에 몸집이 작고, 얼굴이 갸름하고, 피부가 거의 투명할 정도로 새하얀 수녀가 한 명 서 있었다. 그 수녀는 오노프레와 조앙 앞에서 부끄러운 듯 눈을 내리깔았다. 수녀가 입을 벌렸지만 아무 소리도 들리지 않았다.

"당신 부친께서는 정신이 들 때면 항상 같은 말만 반복하셨어요."

원장 수녀가 다시 말을 이어 나갔다.

"그러니까, 당신이 부친을 찾아 이곳으로 올 거라는 말만 했지요. 당신 부친은 당신이 틀림없이 돌아올 것이라고 굳게 믿고 있었어요. 당신이 오면 당신과 함께 바르셀로나로 갈 거라고 말했어요. 바르셀로나에서 둘이서 편안하고 화려하게 살 거라고 말이죠. 그래서 몇몇 노인들은 당신 부친의 말을 곧이곧대로 믿고 당신 부친을 질투하기에 이르렀고, 심지어 원한을 품기까지 했어요. 아마도 당신 부친이 잘난 척 뻐긴다고 여겼던 모양이에요. 하지만, 앞서도 말씀드렸듯이 그런 일은 간혹 가다 있을 뿐이었어요. 당신 부친은 상상력이 대단한 분이었어요. 진짜 대단한 양반이었죠."

원장 수녀는 오노프레와 조앙을 요양원 안으로 안내하며 계속해서 떠들었다. 복도는 무척이나 길었고 사람은 전혀 보이지 않았다. 복도 양쪽으로 굳게 닫힌 문들이 줄줄이 늘어서 있었다. 타일이 깔린 바닥이 유독 눈길을 끌었다. 바닥은 너무나 깨끗해 그 위를 걸어가는 사람의 모습을 거울처럼 그대로 비춰 주었다. 오노프레 일행은 모퉁이를 돌았다. 건장하게 생긴 수녀 한 명이 무릎을 꿇고 앉아 걸레로 바닥을 닦고 있었다. 수녀는 수녀복 위에 회색 앞치마를 두르고 있었다. 방금 걸레질을 한 바닥에서 톡 쏘는 냄새가 올라왔다. 드디어 아버지의 시신이 안치된 곳에 도착했다. 오노프레는 관 속에 누워 있는 아버지의 홀쭉하게 야윈 얼굴을 맥없이 바라보았다. 커다란 촛불 두 개가 이리저리 흔들리며 아버지의 얼굴을 비춰 주고 있었다. 그 표정 없는 창백한 얼굴에서는 파란만장했던 과거의 흔적을 하나도 찾아볼 수 없었다. 이제 관을 덮어도 됩니다. 오노프레가 말했다.

"당신 부친이 우리와 함께 있을 동안에 말입니다."

원장 수녀가 다시 이야기를 시작했다.

"앞서 말씀드렸던 바와 달리, 당신 부친은 이곳에서 몇몇 노인들과 친하게 지냈습니다. 그 노인들이 명복을 비는 기도에 참석하고 싶어 하는데, 허락해 주시겠습니까?"

두 수녀가 한 떼의 노인네들을 데려왔다. 노인네들은 하나같이 다리를 질질 끌며 걸었다. 그들 중 몇 명은 오노프레의 아버지가 살아 있을 때 얼굴 한 번 보지 못한 사람들이었다. 그러나 그들은 거짓말을 둘러대며 그 쓸쓸한 무리에 끼어들기로 작정했다. 무료하던 차에 예기치 않았던 볼거리가 생겼으니 그 기회를 놓치고 싶지 않았던 것이다. 모두들 누더기를 걸치고 있었다. 우리는 사람들의 자선에 의지해서 산답니다, 그래서 늘 경제적으로 아주 쪼들립니다. 원장 수녀가 설명했다. 의식이 끝나고 묘지로 떠날 준비를 하고 있을 때였다. 소코로 수녀가 오노프레의 옷소매를 잡아당겼다. 이쪽으로 오세요, 보여 드릴 게 있어요. 그녀는 오노프레의 귀에 속삭였다. 그러고는 파란색으로 칠해진 좁은 문으로 오노프레를 끌고 갔다. 수녀가 수녀복 허리춤에 차고 있던 커다란 열쇠를 꺼내 문을 열었다. 어둠침침한 벽장이 나타났다. 수녀는 벽장 안으로 들어갔다가 완성되지 않은 버들가지 바구니를 하나 손에 들고 나왔다.

"우리는 환자들에게 바구니 짜는 방법을 가르치고 있어요. 이건 당신 부친께서 만드신 거예요. 그런데 당신 부친께서는 손재주가 없어서 이 이상 완성하지 못했어요. 사실 말이지만, 당신 동생 분께서 부친을 이곳으로 모시고 왔을 때는 부친의 건강 상태가 아주 좋지 않았어요. 벌써 일 년 전 일이네요. 당신 부친께서 버들가지 값을 지불하셨어요. 그러니 이건 당신들 거예요."

오노프레는 장례식을 마치고 묘지에서 돌아오는 길에 동생을 레스토랑으로 데리고 갔다. 오래전에 오노프레가 아버지와 함께 밥을 먹으러 들어갔다가 우연히 발드리치, 빌라그란, 타페라를 만났던 바로 그 레스토랑이었다. 두 형제는 아무 말 없이 수프를 떠먹었다. 수프를 다 먹고 다음 음식이 나오기를 기다리고 있을 때 오노프레가 말을 꺼냈다. 나도 되도록이면 일찍 오려고 노력했어, 진짜야, 그러나 그럴 수 없었어, 황후 폐하와 저녁 약속이 있었거든, 그래서 늦어진 거야.

"나는 황후가 뭐 하는 사람인지 모릅니다. 그리고 형님을 원망하지도 않습니다. 제게 굳이 사과하지 않아도 됩니다."

조앙이 말했다.

"이건 두말할 필요도 없는 얘기지만, 아버지 때문에 들어간 돈은 내가 모두 돌려주도록 하겠다."

"땅을 팔아 버릴까 생각 중입니다."

조앙은 방금 전에 형이 했던 말을 듣지 못한 것처럼 엉뚱한 이야기를 꺼냈다.

"그러기 위해서는 형님의 동의가 필요합니다. 동의서를 하나 작성해 주십시오."

조앙이 오노프레를 뚫어지게 쳐다보았다. 오노프레는 아무 말도 하지 않았다. 조앙은 오노프레의 침묵을 계속 말하라는 뜻으로 받아들였다.

"땅을 팔고 바르셀로나로 갈 생각입니다. 잠깐, 아무 말도 하지 마시기 바랍니다.”

조앙은 오노프레가 입을 열려고 하자 서둘러 덧붙였다. 오노프레는 동생의 얼굴에서 어머니의 모습을 발견했다. 두 사람 사이에 놓인 포도주 병이 어느새 바닥을 보이기 시작했다. 오노프레는 겨우 한두 모금 마셨을 뿐이었다.

“목소리를 낮춰. 우린 이곳에서 잘 알려진 사람들이야. 사람들이 우리들 말에 귀를 기울이고 있단 말이다.”

오노프레가 타일렀다.

“다른 사람들이 듣든 말든 무슨 상관입니까!”

조앙이 소리를 질렀다.

“그러서?”

오노프레가 싱긋 웃었다.

“넌 네가 생각하는 것만큼 그렇게 똑똑한 놈이 아냐. 그만 진정하고 내 말 잘 들어. 나도 생각해 둔 바가 있어.”

오노프레가 손뼉을 쳤다. 레스토랑 종업원이 달려왔다. 오노프레는 포도주 병을 다시 채워 달라고 부탁했다.

“네가 지금 무슨 생각을 하는지 나도 잘 알아. 아직까지 서로에 대해 잘 알지 못했지만, 한배에서 태어난 자식들인데 다르면 얼마나 다르겠냐. 한 핏줄이니 서로 비슷할 테지. 넌 농사짓는 데 싫증이 난 거야. 시골에서 사는 게 지겨워 그러는 거지. 그렇지 않냐? 내가 그걸 모를 것 같아? 네 심정 충분히 이해하고도 남아.”

오노프레가 조앙 쪽으로 포도주 병을 밀었다. 조앙은 기계적으로 술을 마셔 댔다. 조앙은 어느 정도 취해 있었다. 술을 마실수록 쑥 들어간 눈에 품고 있던 독기가 서서히 부드러워졌다.

"땅은 아무것도 아냐. 난 그걸 잘 알고 있어. 진짜 돈은 숲에서 나오는 거야. 그러니 이제부터 우리가 뭘 사야 할지는 답이 이미 나와 있어. 이제부터는 숲을 사들이는 거야. 숲은 힘들여 가꿀 필요도 없어. 저 혼자 쑥쑥 잘 크니까. 다른 사람들이 와서 나무를 베어 가지 못하도록 감시만 하면 되는 거야. 도시에서는 나무를 구하기 위해 엄청난 돈을 쏟아붓는단 말이지. 숲은 우리의 보물단지야. 하지만 이곳에 남아 그 보물단지를 지킬 사람이 필요하단 말이야."

"그따위 헛소리로 지금 누굴 속이려는 겁니까? 숲은 모든 사람들의 것이에요. 어느 누구도 숲을 독차지할 순 없단 말입니다."

그러나 조앙은 목소리를 낮추었다. 조앙 역시 오노프레 부빌라의 영향력에서 벗어날 수 없었던 것이다. 이제 직접 얼굴을 마주 대하고 보니 그동안 쌓여 왔던 원한이 한 발짝 뒤로 물러나는 듯싶었다. 호기심과 욕심이 뒤섞인 감정이 조앙의 의지를 서서히 무너뜨려 갔다.

"맞아, 지금까지 숲은 모든 사람들의 것이었지. 다시 말해 숲의 주인이 없었다는 말이야. 하지만 말이다, 만일 계곡 전체가 공유지로 변한다면, 교구의 재산이 아니라 시의 재산으로 변한다면, 사유재산이 아닌 모든 땅은, 주인이 없는 모든 땅은 공유지로 변하게 된다. 그러면 시청에서, 다시 말해 시장이 그 땅을 관리하게 된다는 얘기지. 조앙, 너 시장이 되어 볼 생각은 없느냐?"

"없습니다."

조앙이 대답했다.

"알았다. 두고 보자. 생각이야 바뀔 수도 있는 거니까."

오노프레는 뚜렷한 이유는 없었지만 어떡하든지 동생을 이기고 싶었다. 오노프레는 동생에 대해 아는 게 별로 없었다. 동생의 눈에서는 분노와 증오밖에 찾아볼 수 없었다. 그날의 대화는 그렇게 끝났다. 오노프레는 물심양면으로 헛심만 쓰고 아무런 성과도 거두지 못했다. 소총으로 무장한 세관원 두 명이 불쑥 부두에 나타났다. 오노프레는 흠칫했다. 세관원들은 깜짝 놀라는 오노프레를 보고 손을 모자챙까지 들어 올렸다. 죄송합니다, 돈 오노프레, 놀래 드릴 의사는 전혀 없었습니다, 밀수한 담배 상자를 찾는 중입니다. 세관원들이 말했다. 오노프레는 아버지 장례식 이후로 동생 조앙을 만나 보지 못했다. 조앙이 시장이 되었을 때도 가 보지 않았고, 조앙이 어떻게 지내는지도 알아보지 않았다. 푸에블로누에보에 있는 오노프레의 창고로 목재와 코르크가 정기적으로 배달되었다. 오노프레의 고향에는 목재와 코르크가 풍부한 산들이 많았던 것이다. 오노프레는 생각했다. 그래, 내게 더 이상의 가족은 없어, 조앙과 병신으로 태어난 사내아이 하나와 발라당 까진 두 딸밖에 다른 피붙이는 없어, 바보 같은 놈들이나 자기 뿌리를 잘라 내는 법이지. 오노프레는 그렇게 생각했다.

3

오노프레와 조앙은 식사를 끝내자마자 곧장 헤어졌다. 두 형제 사이의 냉랭한 분위기는 해소되지 않았으나 한 가지 합의점을 이끌어 낼 수 있었다. 이제 오노프레는 홀로 바소라의 거리를 서성이고 있었다. 동생 조앙은 날이 훤할 때 돌아가겠다면서 2시 30분에 집으로 출발했다. 그러나 오노프레가 타고 갈 기차는 8시나 되어서야 출발할 예정이었다. 어린 시절에는 눈이 휘둥그레질 정도로 화려하고 멋지게 느껴졌던 바소라는 이제 더럽고 촌스러워 보였다. 공기는 숨을 쉬기 힘들 정도로 탁했고, 스쳐 지나가는 행인들은 지저분하기 짝이 없었다. 그을음이 대가리 속까지 들어찬 꼬락서니로군. 오노프레는 생각했다. 오노프레는 발길 닿는 대로 정처 없이 걸었다. 어디로 가는지 신경 쓰지 않았다. 이윽고 정신을 차리고 보니 양쪽으로 아케이드가 늘어선 거리에 도착해 있었다. 오노프레는 어느 집으로 들어가 이 층으로 올라갔다. 문을 두드렸다. 친절한 인상에 등이 굽은 여자가 문을 열었다. 오노프레는 그 여자에게 예전에 이곳에서 박제사가 살지 않았느냐고 물었다. 여자가 오노프레에게 안으로 들어오라고 청했다. 그렇습니다. 여자가 대답했다. 오노프레가 물어본 박제사는 바로 그 여자의 아버지였다. 아직 살아 계십니다만, 이젠 연로하셔서 몇 년 전부터는 일에서 손을 놓으셨습니다. 박제사 부녀는 함께 살고 있었다. 그동안 박제사가 모아 놓았던 돈으로 그럭저럭 살아갔지만 그다지 쪼들리는 편은 아니었다. 여자가 박제사를 데리고 나왔다. 오노프레는 박제사에게 물었다. 아주 오래전에 원숭이를 한 마리 박제해 달라고 부탁드린 적이 있는데, 기억하시겠습니까? 박제사는 오노프레의 질문에 즉시 기억한다고 대답했다. 지금까지 여러 동물을 수도 없이 박제해 보았지만, 원숭이를 박제한 것은 그때 딱 한 번뿐이었습니다, 지금 기억하기로는 대단히 어려운 작업이었습니다. 원숭이의 내부 구조가 어떻게 생겼는지도 몰랐던 데다, 원숭이가 너무 작았고, 또한 뼈가 무척이나 약해져 있었기 때문에, 일을 하는 데 꽤나 애를 먹어야 했습니다. 시간도 많이 걸렸지요. 하지만 일을 끝내 놓고 보니 상당히 괜찮더군요. 박제사는 자기 솜씨에 대해 자부심이 대단했다. 그러나 몇 달이 지나도 원숭이 주인이 나타나지 않더군요. 박제사는 수십 년이 지났는데도 원숭이 주인을 생생하게 기억하고 있었다. 원숭이 주인은 말입니다, 흰색 양복을 입고, 밀짚모자를 쓰고, 지팡이를 들고 있었습니다. 그리고 어린아이 한 명을 데리고 왔더군요. 보시다시피 지금 이 나이에도 정신 하나는 멀쩡하답니다. 늙은 박제사가 이윽고 말을 멈추었다. 아버지, 이제 그만하세요. 박제사의 딸이 아버지를 말렸다. 그녀는 오노프레 부빌라에게 따로 설명했다. 아버지는 너무 쉽게 흥분하시는 경향이 있어요. 한번 흥분하시면 좀처럼 잠을 못 이루시거든요. 이제 그만 돌아가 주세요. 원숭이는 어떻게 됐습니까? 오노프레는 여자의 요청을 무시하고 물었다. 늙은 박제사는 기억해 내려고 애를 썼다. 그는 먼지가 타지 않도록 원숭이를 한동안 옷장에 보관했다. 그러나 아무리 세월이 흘러도 아무도 원숭이를 찾으러 오지 않자 그 원숭이를 작업실 선반에 전시해 놓았다. 그래서요? 그다음에는 어떻게 됐습니까? 오노프레가 물었다. 그다음은 생각나지 않아요. 박제사가 대답했다. 박제사의 딸이 아버지를 돕기 위해 나섰다. 난 알아요, 아버지, 카타수스 씨가 그 원숭이를 가져갔잖아요. 기억 못 하세요? 아, 그랬지, 맞아! 박제사가 소리쳤다. 카타수스 씨와 그의 처남은 덩치가 큰 짐승들을 사냥해서 박제사에게 박제를 부탁했다. 그들은 박제사에게 가장 훌륭한 고객이었다. 노루보다 작은 짐승은 없었습니다, 어떤 때에는 멧돼지까지 잡아 왔어요. 카타수스 씨와 그의 처남은 원숭이를 보고 대번에 반해 버렸다. 주인이 찾아가지 않은 원숭이는 몇 년 동안이나 선반에 놓여 있었다. 박제사는 그 특별한 손님들에게 잘 보이려고 원숭이를 선물했다. 잘못을 저지른다고는 생각하지 않았다.

카타수스 가족은 도시 외곽의 외딴집에서 살고 있었다. 오노프레는 기차역 옆에 위치한 마차 주차장에서 쿠바 전쟁에 참전했던 마부를 다시 만났다. 마부는 카타수스 가족이 사는 집을 알고 있었다. 오노프레는 카타수스의 집에 도착해 하인에게 명함을 건네주었다. 오노프레는 현관에서 기다리는 동안 생각해 보았다. 이 무슨 멍청한 짓이야, 생각 없이 함부로 덤벼들었다가는 망신살만 뻗칠 텐데, 주책없이 감상에 젖어 이게 대체 무슨 꼴이람, 아직 시간이 있을 때 그만두는 게 좋겠어. 오노프레가 그런 생각에 잠겨 있을 때 카타수스가 직접 오노프레를 맞이하러 나왔다. 카타수스는 예순 살이 넘은 나이였지만 기운이 넘치고, 쾌활하며, 싹싹해 보이는 남자였다. 부빌라 씨, 이렇게 만나 뵙게 되어 영광입니다! 카타수스가 소리쳤다. 카타수스는 오노프레에 대한 소문을 자주 들어 오노프레가 어떤 사람인지 잘 알고 있었다. 오노프레와 카타수스는 공통으로 아는 친구들이 많았다. 게다가 카타수스는 며칠 전에 오노프레가 러시아 황후를 위해 베풀었던 연회에 대해서도 소문을 들어 알고 있었다. 이런 촌구석에서 그런 일은 대단한 관심을 불러일으키지요. 카타수스가 호탕하게 웃으며 솔직하게 말했다. 그건 그렇고, 이런 촌구석까지 무슨 일로 찾아오셨는지요? 카타수스가 물었다. 개인적인 일로 왔습니다. 오노프레는 간단하게 대답했다. 내가 그 원숭이에 대해 이토록 집착을 보이는 게 좀 우스꽝스럽게 보일지도 모르겠습니다. 오노프레가 말했다. 아니, 아닙니다, 천만의 말씀입니다. 카타수스가 친절하게 대답했다. 다만 당신의 소원을 풀어 드리지 못할까 싶어 그게 걱정일 뿐입니다. 카타수스는 오노프레에게 다음과 같은 내용을 들려주었다. 카타수스의 처남 에스클라산스는 양조장 주인이었다. 그는 어느 날 박제사의 집에서 원숭이를 발견하고 한 가지 묘안을 생각해 냈다. 자신이 생산하는 독한 증류주에 '원숭이 술'이라는 상표를 붙이기로 했던 것이다. 그는 박제사를 구슬려 원숭이를 차지한 다음 그 원숭이를 상품 광고를 위한 모델로 사용하려고 했다. 그러나 바르셀로나에서 그의 일을 대행해 주던 변호사가 편지를 보내왔다. 이름이 같은 상표가 오래전에 이미 등록되었다는 내용이었다. 말 그대로 우연의 일치였다. 똑같은 이름의 아니스 술이 이미 시장에 나와 있었던 것이다. 그래서 원숭이는 한동안 아이들이 가지고 노는 장난감 신세로 전락했다가, 아이들이 자라 어른이 된 후로는 다락방에 처박혔다. 그러다 결국 좀이 슬어 누더기가 된 끝에 쓰레기통으로 들어가고 말았다.

"정말 대단하십니다."

카타수스가 잠시 말을 멈추었다가 다시 이었다.

"그렇게 오랜 시간이 지났는데도 그 원숭이를 찾으러 오시다니 말입니다. 하지만 원숭이가 어떤 길을 걸어왔는지 알게 되셨으니 그것으로나마 위안을 삼으시면 좋겠군요."

카타수스가 괘종시계를 쳐다보았다. 오노프레를 그만 내쫓고 싶지만 그 방법을 몰라 쩔쩔매는 듯싶었다. 오노프레 역시 그 집에서 어서 빨리 빠져나갈 궁리를 하고 있었다.

"기차가 출발하려면 아직 두 시간 이상이나 남아 있는 데다가, 또 기차역도 엎어지면 코 닿을 거리에 있으니, 이렇게 하시죠. 안으로 들어갑시다. 음식을 조금 차려 놨는데 함께 드시죠. 보시다시피 가족끼리 오붓이 모여 조촐한 파티를 하는 중이거든요."

오노프레는 카타수스를 따라 널찍한 식당으로 들어갔다. 천장은 소란반자로 꾸며져 있었고, 가구는 모두 떡갈나무 재질이었다. 열두세 사람이 식당에 모여 있었다. 카타수스가 한 사람 한 사람 소개해 주었다. 오노프레는 건성건성 인사를 주고받았다. 그들 중 몇 명은 카타수스의 아들과 며느리 들이었다. 나머지 사람들은 촌수가 먼 친척들이었다. 오노프레가 마지막으로 인사를 나눈 사람은 산티아고 벨탈이라는 상당히 별스러운 사내였다.

"산티아고는 발명가입니다."

카타수스의 그 한마디에 그 남자에 관한 모든 정보가 들어 있었다. 카타수스의 조롱하는 듯한 말투와 다른 사람들끼리 서로 주고받는 찡긋거리는 눈짓으로 오노프레는 산티아고 벨탈이 어떤 종류의 사람인지 어느 정도 짐작할 수 있었다. 가난하고 불운한, 혹은 야무진 데가 없거나 정신이 좀 모자란, 그래서 친척들 사이에서 천덕꾸러기 노릇을 하는 그런 사람인 모양이었다. 산티아고 벨탈은 그 후로 오노프레의 인생에서 떼려야 뗄 수 없는 인물이 된다. 당시 산티아고 벨탈은 겨우 스물아홉 살이었지만 겉모습은 그 두 배쯤으로 보였다. 피골이 상접한 몰골에 아주 지친 듯한 모습이었다. 무슨 강박증에 시달리는지 잘 먹지도 못하고 잘 자지도 못하는 모양이었다. 기름기가 질질 흐르고, 가늘고 희멀겋게 색이 바랜 머리카락, 툭 튀어나오고 축축이 젖은 두 눈, 기다란 코와 커다란 입, 가느다란 입술과 커다란 이, 그 모든 것이 우스꽝스러움을 더해 주었다. 몇 번이나 꿰맸는지 모를 정도로 낡은 모직 재킷, 칙칙한 빛깔의 올이 풀린 넥타이, 껑충한 바지, 짚으로 삼은 샌들 등이 그의 모습을 한층 기괴하게 만들었다. 산티아고 벨탈은 다른 친척들의 동정심에 의지해 살아가는 것이 분명해 보였지만 자기 앞 식탁에 놓인 케이크와 과자에는 거의 손도 대지 않았다. 오노프레는 산티아고 벨탈을 한참 동안 쳐다보았다. 갑자기 다른 청년의 모습이 오노프레의 눈앞을 스치고 지나갔다. 오노프레가 끝내 속을 알 수 없었던 그 미친 젊은이. 마음속에 환상을 가득 품고 쿠바로 건너갔지만 의지가 꺾인 채 다시 돌아와야 했던 그 젊은이. 그래도 그 젊은이의 환상은 여전히 살아 있었다. 방금 전 오노프레가 참석했던 장례식의 그 가엾은 젊은이 모습 위로 산티아고 벨탈의 모습이 겹쳐졌다. 그 순간 엉뚱한 생각이 오노프레의 머리를 스치고 지나갔다. 나는 나도 모르는 사이에 사라져 버린 원숭이를 찾아 이곳으로 왔다. 그런데 원숭이 대신 저 미친놈을 만나게 되었구나. 오노프레가 사람들과 의례적인 인사말을 나누자마자 카타수스가 원숭이 이야기를 꺼내기 시작했다. 그러나 원숭이 이야기는 식탁에 앉아 있던 한 사람에 의해 중단되었다. 그 사람은 원숭이가 비상하게 지능이 뛰어난 짐승이라고 말했다. 어떤 여행기에서 읽은 적이 있는데, 고대 이집트 사람들은 신의 존재를 믿는 대신 원숭이들을 숭배했다고 하더군요. 그 사람이 덧붙였다. 다른 신사 하나가 나섰다. 확실한 소식통에 따르면 말입니다, 고대 이집트에서와 달리 중국과 일본에서는 원숭이 고기를 먹는다고 하던데요. 원숭이 고기가 아주 고급 요리라고 하더군요. 그 신사가 덧붙였다. 세 번째 남자가 나섰다. 그건 아무것도 아닙니다, 남아메리카의 어느 지역에서는 악어 고기와 뱀 고기도 먹는다고 하더군요. 한 사람이 잽싸게 끼어들었다. 그게 아마 칠레일 겁니다. 고모들 중 한 명이 양모 상인과 결혼했는데, 그 두 분이 칠레로 이민을 가셨거든요. 그러자 그의 부인이 나서서 남편의 잘못을 바로잡았다. 당신이 말하는 그 친척분들은 칠레가 아니라 베네수엘라로 이민 가셨어요, 참 한심한 일이로군요, 같은 피붙이인 시댁 쪽 사람들이 기억 못 하는 일을 피 한 방울 섞이지 않은 나 같은 사람이 기억하고 있으니 말입니다. 뱀을 잡아먹는다는 이야기를 꺼냈던 남자가 이번에는 뱀을 요리하는 방법에 대해 떠들어 대기 시작했다. 일단 뱀을 잡아 죽입니다, 그러고는 톱을 사용해 뱀을 토막 냅니다, 한 뼘 정도의 길이로 토막 내는 겁니다, 그리고 바늘과 실을 이용해 토막들을 다시 꿰맵니다, 그리고 그걸 소시지마냥 비계나 기름으로 튀겨 냅니다, 이 요리에 곡식류를 곁들이면 그게 바로 남아메리카 사람들의 주식이 된다 이겁니다. 어느 부인이 피부에 흰 점이 생겼다고 불평했다. 그러자 다른 부인이 그녀에게 보이 온천에 가서 몸을 담그면 효과가 있다고 충고했다. 한 소년이 어른들 얘기에 끼어들었다. 파리의 길거리는 자동차로 넘쳐 난다고 하던데요, 게다가 거기에서는 자동차에 치여 죽은 개나 고양이, 심지어 당나귀 시체까지 흔히 볼 수 있다고 했어요. 그때까지 사람들의 대화를 듣고만 있던 나이 지긋한 신사 한 명이 소년의 말에 토를 달았다. 자동차 유행은 많은 가정에 불행을 가져다줄 거요. 거의 대부분의 사람들이 노신사의 말에 동의했다. 카타수스가 한마디 덧붙였다. 하지만 그렇다 해도 도도히 흘러가는 진보의 물결을 거스르진 못할 겁니다, 특히 과학 분야에 있어서는 말입니다. 그런 식으로 오후 시간이 흘러갔다. 오노프레 부빌라는 한마디도 하지 않고 사람들의 대화를 듣고만 있었다. 오노프레는 입을 꾹 다물고 있는 산티아고 벨탈을 힐끔힐끔 쳐다보았다. 산티아고 벨탈은 오노프레와 달리 사람들의 대화에 전혀 관심을 보이지 않았다. 자기 생각에 푹 빠져 있는 듯싶었다. 이따금 산티아고 벨탈의 눈이 초롱초롱 빛을 발하는 순간이 있었다. 그럴 때면 어딘지 위험한 구석이 있는 인물처럼 보이기도 했다. 그러나 아무도 그를 주시하지 않았기 때문에 그의 눈빛을 알아차린 사람은 없었다. 어떤 때는 그의 이마에 그늘이 지고 눈에 슬픈 빛이 어리기도 했다. 그러나 다른 사람들은 그런 것조차 감지하지 못했다. 산티아고 벨탈의 표정은 시시각각 변했지만 피곤에 지친 기색만은 한결같았다. 산티아고 벨탈은 오노프레가 은밀하게 자신을 관찰하고 있다는 사실을 전혀 눈치채지 못했다. 한 꼬마가 식당으로 뛰어드는 바람에 식당 분위기는 순식간에 변하고 말았다. 기껏해야 세 살이나 네 살 정도로 보이는 그 꼬마는 아직까지 주름 장식이 달린 유아복을 입고 있었다. 꼬마는 자기 어머니에게 달려가 무릎에 얼굴을 파묻고 울음보를 터뜨렸다. 어머니가 달래 보았지만 꼬마는 좀처럼 울음을 그치지 않았다. 잠시 후

꼬마는 울음을 그쳤다. 어머니가 무슨 일이냐고 물었다. 꼬마는 울먹이며 대답했다.

"마리아가 날 때렸어."

꼬마가 토실토실한 손으로 식당 문을 가리켰다. 문은 활짝 열려 있었다. 문밖은 가구가 하나도 없는 둥그런 홀이었다. 채광창으로 들어온 빛으로 홀은 환했다. 오노프레는 앉아 있는 자리에서 볼 수 있었다. 홀 한가운데에 삐쩍 마르고 볼품없이 생긴 소녀가 서 있었다. 소녀는 낡아 빠진 짧은 치마를 입고 있었다. 그래서 여기저기 기운 더러운 스타킹을 신고 있는 앙상한 다리가 그대로 드러났다. 오노프레는 그 소녀가 누군지 즉시 알 수 있었다. 오노프레가 호기심을 가득 품고 자신을 쳐다본다는 것을 눈치챈 소녀는 도전적인 눈초리로 오노프레를 쏘아보았다. 오노프레는 소녀와 상당히 떨어져 있었지만 그녀의 동그란 눈이 캐러멜 색임을 알아볼 수 있었다. 산티아고 벨탈이 자리에서 벌떡 일어나 딸을 향해 허둥지둥 달려갔다. 오노프레는 무례를 범하는 줄 뻔히 알면서도 자리에서 일어나 식당 문으로 가까이 다가갔다. 그리고 문가에서 발명가와 그의 딸이 나누는 대화에 귀를 기울였다. 카타수스가 오노프레 뒤로 다가와 속삭였다.

"신경 쓰지 마십시오, 부빌라 씨. 저들 부녀가 우리 집을 찾아올 때면 항상 벌어지는 일입니다. 모든 게 저 아이 잘못은 아니랍니다. 마리아는 이제 일곱 살입니다. 주변에서 벌어지는 일들을 이해할 수 있는 나이가 된 거죠. 저런 환경에서 지내기에는 좀 어려운 나이죠."

"저 아이 어머니는요?"

오노프레가 물었다. 카타수스는 어깨를 으쓱하고는 눈을 가늘게 떴다. 그 이야기는 꺼내지 않는 게 좋겠다는 의미로 오노프레는 받아들였다. 날카로운 소리에 오노프레와 카타수스는 뒤를 돌아보았다. 산티아고 벨탈이 딸아이의 뺨따귀를 후려친 것이었다. 상당히 거친 사내로군. 오노프레는 생각했다. 소녀는 몸의 균형을 잡으려고, 특히 울음을 터뜨리지 않으려고 애를 썼다. 저 아인 아버지를 존경하고 있어, 그래서 참는 거야, 저 남자는 심성이 나약하기 때문에 폭력을 휘두르는 거야. 오노프레는 그렇게 생각했다. 발명가 식당으로 돌아왔다. 얼굴이 창백했다. 발명가는 이런저런 말로 변명을 늘어놓기 시작했다. 무슨 말을 하는지 도무지 알아들을 수 없었다. 발명가의 헷갈리는 변명에 사람들은 웃음을 터뜨렸다. 옆에 서 있던 오노프레 부빌라는 발명가의 어깨에 손을 올려놓았다. 발명가의 빗장뼈가 손바닥에 느껴졌다. 딸아이를 데리고 이곳에서 나가세요. 오노프레가 발명가의 귀에 대고 속삭였다. 발명가가 오노프레를 잡아먹을 듯 노려보았다. 오노프레는 잔잔한 미소로 그 눈빛에 대답했다. 그만 진정하세요, 당신을 놀리는 게 아닙니다, 당신이 노려본다고 해서 내가 겁을 먹을 사람으로 보이나요? 난 당신을 죽여 버릴 수도 있어요, 하지만 당신을 지켜주기로 결심했답니다. 오노프레의 미소에는 그런 의미가 담겨 있었다. 오노프레는 발명가의 윗도리 호주머니에 명함을 찔러 넣었다. 산티아고 벨탈은 오노프레의 행동을 눈치채지 못했다. 그는 오노프레의 손을 뿌리치고는, 딸아이의 팔목을 붙잡고 홀 건너편에 있는 문을 향해 성큼성큼 걸어갔다. 딸아이가 발명가에게 질질 끌려갔다. 오노프레는 그 소동을 틈타 이 집에서 빠져나가기로 결정했다. 그는 사람들의 친절에 감사를 표했다. 그러고 나서 마차를 타고 역으로 돌아갔다. 오노프레가 탄 마차는 역으로 가는 길에 발명가와 그의 딸을 지나쳤다. 발명가와 딸은 큰 소리로 다투며 길을 걸어가고 있었다. 오노프레는 두 사람에게 들키지 않은 채 마차가 길모퉁이를 돌아갈 때까지 두 사람을 지켜보았다. 이제 수백만 명이나 되는 사람들이 베르덩과 마른의 참호에서 서로 죽고 죽일 준비를 하고 있었다. 오노프레는 전쟁터에서 필요한 물품이 부족하지 않도록 최선을 다했다. 오노프레와 산티아고 벨탈이 만난 후로 어느덧 일 년이 지났다. 오노프레는 산티아고 벨탈과 그의 딸을 까맣게 잊고 있었다. 기중기가 대포를 짐마차에 내려놓았다. 대포를 덮은 천막의 네 귀퉁이가 마차 고리에 단단히 매였다. 노새 여덟 마리가 한 조를 이루어 부두에서 보가텔까지 대포를 운반했다. 횃불을 든 사람들이 짐마차 앞에서 길을 열어 나갔고, 마부들이 고삐를 잡고 노새들을 이끌었으며, 총잡이들이 권총을 쥐고 짐마차 행렬을 호위했다.

4

카타수스의 조카가 말했던 것과는 달리 파리의 길거리에서 자동차의 모습은 완전히 사라지고 말았다. 지금은 짙은 어둠과 무거운 침묵만이 파리의 길거리를 지배하고 있었다. 유럽에서는 사 년에 걸쳐 전쟁이 끊이지 않았다. 총동원령이 내려졌으며, 그동안 공장들은 문을 닫았다. 어느 누구도 밭을 일구지 않았으며, 가축이란 가축은 군대를 먹여 살리기 위해 모조리 희생되었다. 전쟁에 뛰어든 국가들은 그들의 식민지나 중립국에서 더 이상 전쟁 물자를 공급해 올 수 없었다. 전쟁 당사자들은 이제 무기를 내려놓을 수밖에 없었다. 한 사람도 빠짐없이 모두들 굶주림에 시달렸다. 이제는 상대방보다 오래 버틸 수 있는 쪽이, 상대방보다 탄약과 식량을 더 많이 가지고 있는 쪽이 세계의 지배자로 군림하게 될 것이었다. 바르셀로나에서는 많은 사람들이 그런 절박한 상황을 이용해 먹으며 쾌재를 부르고 있었다. 이제 뭔가 팔아먹을 게 있는 사람이라면 누구나가 다 하룻밤 사이에 부자가 될 수 있었다. 눈 깜짝할 사이에 단 한 방으로 백만장자도 될 수 있었다. 바르셀로나는 펄펄 끓어올랐다. 해가 뜨는 순간부터 해가 지는 순간까지, 아니 하루 스물네 시간 내내 떠들썩거렸다. 론하 지역과 보르네 지역에서, 영사관과 공사관에서, 회사 사무실과 은행에서, 클럽과 레스토랑에서, 살롱과 의상실과 극장 휴게실에서, 도박장에서, 카바레와 사창굴에서, 호텔과 여관에서, 후미진 뒷골목에서, 어느 교회의 인적 없는 회랑에서, 진한 향수 냄새를 풍기며 숨을 헐떡이는 어느 창녀의 침실에서, 거래가 이루어졌고, 마구잡이로 가격이 정해졌고, 가격 담합이 이루어졌고, 뇌물이 오갔고, 공갈 협박이 난무했고, 일곱 가지 대죄가 서슴없이 자행되었다. 그 모든 행위는 다 계약을 성사시키기 위한 조치들이었다. 돈은 이 사람 저 사람 손으로 계속해서 돌고 돌았다. 엄청난 돈이 신속하게 움직였다. 서류가 황금을 대신했고, 말이 서류를 대신했고, 허울 좋은 상상력이 말을 대신했다. 많은 사람들이 떼돈을 벌었다고 여겼고, 또 많은 사람들이 떼돈을 탕

진했다고 여겼다. 그러나 사실은 그렇지 않았다. 포커 판에서, 바카라 판에서, 쉬멩 드 페* 판에서 거금(실제 돈도 있었고 가짜 돈도 있었다.)의 주인이 순식간에 바뀌곤 했다. 귀하고 값비싼 음식들(당시까지 스페인에서는 구경조차 할 수 없었던 음식들)을 개나 소나 다 먹을 수 있었다.(캐비아 샌드위치를 투우에게 먹이는 사람도 실제로 있었다.) 모험가들과 노름꾼들과 당시에 이름을 떨치던 요부들이 모두 바르셀로나로 몰려들었다. 오로지 한 사람 오노프레 부빌라만이 그 떠들썩한 잔치 분위기에서 멀찌감치 떨어져 있었다. 오노프레는 사람들 앞에 거의 나타나지도 않았다. 오노프레에 관한 터무니없는 소문이 떠돌았다. 오노프레가 돈을 벌 욕심에 머리가 돌았다고 얘기하는 사람도 있었고, 중병에 걸려 목숨이 위태로운 상태라고 주장하는 사람도 있었다. 기발한 상상력으로 빚어낸 소문들도 있었다. 어떤 사람들은 심각한 표정으로 이렇게 주장했다. 오노프레는 전쟁 상황을 꼼꼼히 분석하고 있다, 오노프레는 오스트리아가 전쟁에서 패배할 경우 합스부르크 왕가의 왕위를 자신이 사겠노라고 오스트리아 황제에게 제안했다, 오노프레는 러시아 황제를 퇴위시킨 혁명에 자금을 대 주었다, 그 대가로 독일은 오노프레의 이름으로 스위스 은행에 금괴 백 킬로그램을 예치했고, 오노프레에게 대공이라는 작위를 하사했다. 하나같이 말도 안 되는 헛소리들이었다. 오노프레가 개인적으로 고용한 사병들과 정보원들이 전쟁터와 각국의 총사령부와 참호와 점령지에서 벌어지는 일들을 오노프레에게 속속들이 알려

---

* '기차선로'라는 뜻.

왔다. 오노프레는 전쟁에 대해 너무나 많은 사실을 알고 있었다. 그는 이제 전쟁에 대해서도 관심이 시들해지고 말았다. 그때 오노프레는 수평선으로 몰려드는 먹구름을 지켜보고 있었다. 전쟁보다 더 심한 최악의 상황이 다가오는 것을 감지할 수 있었다. 오노프레는 혁명과 무정부 상태를 미리 내다보았던 것이다. 오노프레는 상상해 보았다. 폐허로 변한 유럽, 연기가 모락모락 피어오르는 그 폐허 더미에서 복수심에 불타는 허기진 사람들이 몸을 일으키고 있었다. 그들은 질서와 정직과 공정함을 기본 바탕으로 사회를 재건하려고 하고 있었다. 오노프레는 서구 문명을 자신의 사유재산으로 여기고 있었다. 그는 그런 서구 문명이 파괴되어 간다는 사실에 절망감을 느꼈다. 또한 그와 같은 불상사를 막기 위해 자신이 선택되었다고 자부했다. 그 특별하고 역사적인 사명이 자신에게 주어졌다고 굳게 믿었다. 이럴 수가 있단 말인가, 내 인생은 아무 보람도 없는 이상한 일들의 연속이로군. 오노프레는 종종 그렇게 중얼거렸다. 오노프레는 맨주먹으로 시작해 자수성가한 사람이었다. 스페인 제일가는 부자가 될 수 있었던 것도 그 자신의 피나는 노력 덕분이었다. 어쩌면 오노프레는 세상에서 제일가는 부자일 수도 있었다. 이제 오노프레는 자기 자신을 세상에서 가장 중요한 임무를 맡은 인물로 여겼다. 스스로를 새로운 메시아, 새로운 구세주로 믿었던 것이다. 이런 면에서 보자면 오노프레가 미쳤다는 소문도 사실로 인정할 수 있었다. 탄력을 받은 그의 사업은 그냥 내버려 두어도 승승장구했다. 오노프레는 밤낮을 가리고 않고 이 세상을 혼란으로부터 구해 내기 위해 온 힘을 쏟아부었다. 오노프레는 세상을 구하기 위해 돈과 불굴의 정신, 두둑한 배짱과 그동안 살아오면서 쌓은 경험을 몽땅 투자했다. 그에게 부족한 것은 단 하나였다. 자신의 그 엄청난 노력을 효과적으로 적절히 사용할 수 있는 방법이었다. 그러나 그 방법이 쉽사리 머리에 떠오르지 않았다. 오노프레는 점점 초조해지기 시작했다. 오노프레는 아무것도 아닌 일로도 부하들을 지팡이로 두드려 팼다. 부인과 딸들은 오노프레를 거의 만날 수 없었다. 마침내 1918년 11월 7일에, 그러니까 바이마르 공화국이 선포되기 이틀 전에, 오노프레가 그토록 찾아 헤매던 그 방법이 불을 보듯 선명하게 눈앞에 나타났다.

가엾은 브라울리오 씨는 사랑했던 사람이 죽어 버렸다는 충격에서 아직 헤어나지 못하고 있었다. 그뿐만 아니라 그 충격으로 병까지 앓았다. 그는 모든 활동을 접고 딸 델피나와 단둘이 정원이 있는 아담한 이층집에서 살았다. 그의 집은 예전에 그라시아 마을이 있었던 조용한 거리에 있었다. 그 지역은 바르셀로나 확장 공사 때 시에 편입되어 이제는 시내 중심지라고 할 수 있는 곳이었다. 브라울리오 씨와 델피나는 특별한 경우가 아니면 바깥출입을 하지 않았다. 델피나는 아침마다 리베르타드 시장으로 나가 장을 보았지만, 물건을 사면서도 꼭 필요한 말이 아니면 입을 열지 않았다. 델피나는 필요한 물건을 손가락으로 가리킨 후 상인이 부르는 값을 군소리 없이 치렀다. 상인 여자들은 왕년에 델피나가 시장에서 어떤 짓을 하고 다녔는지 전혀 몰랐기 때문에 델피나를 이상적인 손님으로 꼽았다. 저녁 무렵이 되면 브라울리오 씨와 델피나는 서로

팔짱을 끼고 솔 광장에 나타나 아카시아 그늘 밑으로 느릿느릿 한 바퀴를 돈 후 집으로 돌아갔다. 두 사람은 어느 누구와도 말을 섞지 않았고, 두 사람 사이에도 오가는 말이 없었다. 몇몇 이웃들은 솔직한 심정으로 인사를 나누고 싶어 했고, 또 몇몇 이웃들은 두 사람을 감싸고 있는 신비스러운 분위기를 걷어 내고 싶은 욕심으로 이런저런 말을 붙여 오기도 했다. 그러나 브라울리오 씨와 델피나는 사람들의 인사와 애정 어린 말을 못 보고 못 들은 척했다. 산책을 마친 두 사람은 정원 문을 쇠사슬과 자물통으로 단단히 걸어 잠갔다. 두 사람이 집으로 들어간 후에도 몇 시간 동안 창문에서 불빛이 흘러나왔다. 그 불빛은 10시경에 완전히 꺼졌다. 그들에게는 손님도 없었고 편지도 없었다. 두 사람은 신문도 잡지도 구독하지 않았다. 동네 교회에도 결코 발을 들여놓지 않았다. 그런 식의 철저한 은둔 생활은 온갖 억측이 나돌게 만들었다. 사람들은 모두 이렇게 생각했다. 브라울리오 씨는 엄청나게 많은 연금을 받고 있다, 그래서 그가 죽으면 그의 딸이 그 연금을 통째로 차지하게 될 것이다, 그가 죽을 날도 이제 얼마 남지 않았다. 그래서 델피나는 이상적인 배우자로 떠올랐으며, 한몫 잡으려고 호시탐탐 노리는 사냥꾼들에게 입맛 당기는 사냥감으로 부상했다. 그러나 델피나에게 접근하려고 시도했던 사냥꾼들은 초반부터 넘지 못할 장애물에 걸리고 말았다. 그 장애물은 바로 무관심과 침묵이었다. 사냥꾼들은 그 장애물 앞에서 이내 포기할 수밖에 없었다. 델피나가 느끼기에 시간은 참을 수 없을 정도로 더디게 흘러갔다. 시간은 꽁꽁 얼어붙은 빙하 덩어리처럼 완고했다. 사람들은 여기저기서 쑥덕거렸다. 델피나는 지금 아버지가 하루 빨리 죽기를 기다리고 있다. 아버지가 죽으면 그녀는 수녀원으로 들어갈 것이다. 그녀는 그녀가 받는 연금을 몽땅 지참금으로 수녀원에 내놓을 것이다, 그렇게 된다면, 그녀의 등 뒤로 수녀원 문이 닫히게 된다면, 그녀가 누구였는지, 그 어떤 비극이 그녀를 이렇게 살게 만들었는지 알 수 있는 기회를 영영 놓칠 것이다. 사람들은 그렇게 수군거렸다.

1918년 10월 말경이었다. 호기심꾼들이 그토록 비밀을 파헤치고 싶어 했던 그 부녀가 솔 광장에 모습을 드러내지 않기 시작했다. 몇 년 동안 깊은 잠에 빠져 있던 소문들이 단 며칠 사이에 활기차게 되살아났다. 병이 들었나 봐, 가엾은 양반 같으니. 사람들은 그렇게 떠들어 댔다. 사람들은 브라울리오 씨가 조만간 죽을 것이라고 점쳤다. 최근에 공원에 나왔을 때 보니 몰골이 말이 아니던데그래, 얼굴에 죽음이 쓰여 있더라니까, 글쎄. 이제 모든 사람들이 자기 나름대로 주장을 펼치기 시작했다. 델피나가 병에 걸렸을지도 모른다고 주장하는 사람도 있었다. 델피나가 병에 걸렸을 가능성이 동네 사람들의 호기심을 더욱더 자극했다. 의사 한 명이 이륜 유개 마차를 타고 브라울리오 씨의 집을 방문했다. 델피나가 직접 나와 자물통으로 잠긴 정원 문을 열었다. 아하, 병이 난 사람은 딸이 아니라 아버지로구나, 우리들 예상이 그대로 들어맞았잖아. 호기심꾼들은 그렇게 속삭였다. 그리고 두 의사가 다시 그 집을 방문했다. 의사들이 모여 상의라도 하는 모양이지. 사람들은 그렇게 추측했다. 의사들의 모임은 시작일 뿐이었다. 그 후로 전문의들과 간호사들과 일반의들이 그 집을 뻔질나게 드나들기 시작했다. 델피나는 매일 아침 리베르타드 시장으로 장을 보러 다녔다. 시장 상인 여자들은 델피나에게 브라울리오 씨의 안부를 물으며 하루 빨리 쾌차하시기를 기원한다고 말했다. 그러나 델피나는 필요한 것을 손가락으로 가리키고, 값을 지불한 뒤, 그대로 뒤돌아섰다. 말은 한마디도 하지 않았다. 그렇게 불안한 상태에서 10월이 지나고 11월이 시작되었다. 그 집과 두 사람을 둘러싼 조용한 분위기가 물러가고 불안한 분위기가 그 자리를 대신했다. 오랫동안 새로운 소식을 기다리고 있던 호기심꾼들에게 마침내 보상이 주어졌다. 하루는 동네 사람들이 지켜보는 가운데 으리으리한 자동차 한 대가 그 집에 도착했다. 동네 사람들은 자동차에서 내리는 남자를 금방 알아보았다. 그 남자의 사진이 신문에 뻔질나게 실렸던 것이다. 사람들은 궁금하기 짝이 없었다. 막강한 권력을 휘두르는 저 거물과 소심하게 숨어 사는 저 부녀가 도대체 무슨 관계가 있단 말인가. 딸이 저 사람을 불렀을 거야. 누군가 그렇게 말했다. 그러나 그 사람 말에 귀를 기울이는 사람은 한 명도 없었다. 동네 사람들은 모두 그 자동차를 가까이에서 구경하기 위해 달려들었다. 좌석은 붉은색 가죽으로 덮여 있었고, 여행용 모포는 검은색 담비 털로 만든 것이었으며, 경적과 헤드라이트는 순금이었다. 운전사는 아스트라한 모피 칼라가 달린 회색 먼지막이 코트를 입고 있었고, 하인은 금몰 견장이 달린 초록색 연미복을 입고 있었다.

대문에서는 집이 보이지 않았다. 나뭇가지를 치거나 잡초를 뽑아내는 사람이 아무도 없었다. 정원에는 야자나무 한 그루, 월계수 한 그루, 삼나무 몇 그루, 백 년이 넘어 화석에 가까운 편도나무 한 그루가 있었다. 편도나무 오른쪽에는 진흙탕으로 변한 연못이 있었고, 그 연못 위에는 여기저기 깨지고 시커먼 때가 낀 돌고래 조각상이 잡초로 덮여 있었다. 돌고래 입에서는 물이 한 방울도 나오지 않았다. 돌고래 주위로 온갖 색깔의 잠자리들이 떼를 지어 날아다녔다. 정원과는 달리 집 안은 비교적 깨끗해 보였다. 벽에는 장식물도 그림도 걸려 있지 않았고, 반쯤 열린 창문에는 커튼도 없었다. 모든 것이 반짝반짝 빛났다. 그러나 겉으로만 그렇게 보일 뿐이었다. 실내가 어두운 탓에 깨끗하고 단정하게 보이는 것이었다. 좀 더 밝은 곳, 그러니까 쪽창이나 블라인드를 통해 들어온 빛이 비치는 곳에서는 먼지와 세월의 흔적이 훤히 드러났다. 천장 구석구석에는 거미줄이 늘어져 있었고, 악취가 진동하는 더러운 옷에는 좀이 슬어 있었으며, 썩은 음식 찌꺼기를 먹고 살이 토실토실 오른 바퀴벌레들이 찬장에 들어앉아 날마다 수천 마리씩 새끼를 치고 있었다. 명암이 뒤섞인 집안 꼴은 바로 델피나의 모습이기도 했다. 델피나는 그 집과 마찬가지로 속으로 곪아 가고 있었던 것이다.

"당신을 부른 사람은 내가 아니라 아버지예요. 아버지가 당신을 마지막으로 한번 만나 보고 싶어 했어요."

델피나가 어둠 속에서 말했다. 델피나는 두꺼운 베일로 얼굴을 가린 채 대문을 열어 주었다. 그 사람에게 진실을 밝히기 전에는 자신의 얼굴을 보여 주고 싶지 않았던 것이다. 이제 집 안에서 보니 델피나는 유령처럼 보였다. 오노프레 부빌라는 무기를 가져오지 않은 것을, 무장한 하인을 자동차에 남겨 두고 온 것을 후회했다. 오노프레는 델피나의 목소리를 오랫동안 들지 못했지만 첫마디만 듣고도 그녀의 목소리를 즉시 알아들을 수 있었다.

"당신을 이곳으로 오도록 강요한 사람은 아무도 없어요. 당신에게도 무슨 생각이 있었으니 아버지의 부탁을 들어주려는 거겠죠."

델피나가 덧붙였다. 오노프레는 딱히 대답할 말이 없었다.

"올라가서 아버지를 만나 보세요. 두려워하지 마요. 간호사 한 명이 아버지와 함께 있으니까요. 나는 여기서 기다리겠어요."

오노프레는 계단을 올라갔다. 계단에 입힌 대리석이 빠져, 썩은 나무판자가 밖으로 드러나 있었다. 오노프레는 희미한 빛을 따라 걸었다. 방문이 하나 열려 있었다. 오노프레는 방으로 들어갔다. 지붕이 있는 침대가 하나 놓여 있었고, 그 침대에 브라울리오 씨가 누워 있었다. 침대 머리맡 탁자에 놓인 갓을 씌운 전등이 자주색 빛을 은은하게 비춰 주었다. 그 빛에 비친 브라울리오 씨의 얼굴은 꽃잎처럼 창백했다. 간호사는 커다란 안락의자에 파묻혀 코를 골고 있었다. 오노프레는 침대로 가까이 다가가지 않고도 알 수 있었다. 브라울리오 씨는 벌써 몇 시간 전에 숨을 거두었던 것이다. 오노프레는 방을 한 바퀴 돌았다. 침대 건너편에 상아를 박아 넣고 래커 칠을 한 화장대가 놓여 있었다. 크림 병과 화장품과 립스틱과 족집게와 속눈썹 인두기와 빗과 솔 따위가 화장대 위에 가지런히 정리되어 있었다. 타원형 거울 테두리에는 커다란 검은색 레이스 베일이 걸려 있었다. 오노프레는 화장대 맨 위 서랍에서 바다거북 등껍질로 만든 장식용 빗을 하나 발견했다. 브라울리오 씨는 생애 말년에 화가 이시드로 노넬의 모델 일을 하며 지낸다고 자랑하기도 했다. 이시드로 노넬은 집시 여인들의 초상화 화가로 이름을 날렸다. 그러나 이제 이시드로 노넬은 죽었다. 그래서 브라울리오 씨의 허풍이 사실이었는지 거짓이었는지 확인할 길이 없어지고 말았다. 장식용 빗 옆에 날이 예리한 칼 한 자루가 놓여 있었다. 브라울리오 씨는 몽상과 폭력 사이를 오가며 불운하게 살아왔던 것이다. 누군가가 오노프레의 어깨를 건드렸다. 오노프레는 비명을 내지를 뻔했다. 당신이 들어오는 소리를 듣지 못했소. 오노프레가 숨을 헐떡이며 말했다. 델피나는 아무 말도 하지 않았다. 저 양반이 죽은 걸 확인하고 나서야 당신은 나를 불렀어, 그렇지 않아? 오노프레는 알고 싶었다. 그러나 델피나는 가타부타 대답이 없었다. 그리고 저 간호사 말인데, 도대체 뭘 먹인 거야? 오노프레가 다시 물었다. 델피나는 어깨만 으쓱할 뿐이었다.

"우리가 마지막으로 만났을 때……."

드디어 델피나가 입을 열었다.

"그때 내가 말했지. 언젠가 때가 되면 한 가지 비밀을 네게 알려 주겠다고 말이야. 지금 그 비밀을 알려 주고 싶어. 앞으로는 다시는 만나 볼 일이 없을 테니까. 아버지도 죽었으니 더 이상 만나야 할 이유가 없는 거지."

"비밀이라니, 그게 대체 뭔데?"

오노프레가 퉁명스럽게 물었다. 한동안 침묵이 뒤를 이었다. 델피나의 머릿속에는 오로지 그 한 가지 비밀밖에 없었다. 감옥에 갇혀 고통스럽게 살아야 했을 때에도, 아버지와 함께 스스로 집에 틀어박혀 우울하게 살아야 했을 때에도, 델피나의 머릿속에는 한 가지 생각밖에 없었다. 그러나 오노프레는 델피나가 했던 약속을 기억하지도 못했고, 델피나의 얘기에 아무런 관심도 보이지 않았다. 델피나는 그동안 여러모로 상상해 보았다. 오노프레가 그 비밀 얘기를 듣고 어떤 반응을 보일지 수도 없이 생각해 보았다. 이런 반응을 보이면 이렇게 대처하고, 저런 반응을 보이면 저렇게 대응하기 위해 궁리에 궁리를 거듭했더랬다. 그러나 오노프레가 겨우 이따위 반응을 보일 줄은 단 한 번도 생각해 본 적이 없었다. 델피나로서는 기가 막힌 노릇이었다. 참고 참으며 지내 왔던 그 모진 세월이 아무런 성과도 없이 그냥 흘러가 버렸단 말인가. 델피나는 무거운 침묵이 흐르는 가운데 다시 한 번 과거의 그 장면을 회상해 보았다. 그녀는 그 순간을 회상하며 평생을 살아왔던 것이다. 빛바랜 사진과 같은 그 장면은 결코 잊히지 않았다. 1888년 봄, 해가 뜰 무렵이었다. 그녀가 그날을 위해 날마다 빨고 다림질한 그 낡은 잠옷을 찢어 대는 오노프레의 모습이, 땀이 흥건히 밴 오노프레의 벌거벗은 몸뚱이가, 어스름한 새벽빛을 받아 잔인하게 빛나던 오노프레의 눈이 떠올랐다. 두 사람은 하숙집 다락방에 있었다. 먼지가 내려앉은 창으로 새벽빛이 스며들고 있었다. 델피나는 오노프레가 찾아오기를 여러 달 전부터 기다려 왔다. 델피나가 들려주겠다던 그 비밀 이야기는 바로 그것, 델피나가 오노프레를 오랫동안 기다려 왔다는 사실이었다. 델피나는 하숙집 응접실에서 오노프레와 스쳐 지나간 바로 그 순간부터 오노프레에게 사랑을 느꼈다. 델피나는 수개월 동안 아래층 방에서 조심스럽게 걸어 다니는 오노프레의 발걸음 소리를 가슴 졸이며 듣고 있었다. 델피나는 밤이면 밤마다 침대에서 일어나 침실 밖으로 빠져나와 아래층을 살펴보곤 했다. 잠을 이룰 수 없었다. 델피나는 그 끝없는 기다림에 나날이 지쳐 갔다. 아버지가 밤 나들이를 위해 침실 밖으로 나올 때마다 델피나는 재빨리 몸을 숨겨야 했다. 이제 델피나는 등허리를 스치던 오노프레의 손길을, 입술에 느껴지던 아릿하고 까칠한 맛을 떠올리고 있었다. 오노프레가 이빨로 깨물었을 때는 온몸에서 힘이 다 빠져나가는 듯싶었다. 델피나는 감옥에 갇혀 있는 동안 세월의 무정함을 다시 한 번 절실히 깨달을 수 있었다. 시간이 지나면서 젖가슴에 새겨졌던 오노프레의 이빨 자국이, 허벅지와 종아리에 새겨졌던 멍 자국이 서서히 사라져 갔다. 델피나는 오노프레의 손길을 죽도록 그리워하기도 했지만 그와 동시에 슬픔과 절망에 휩싸이곤 했다. 델피나가 얘기한 비밀이란 바로 그것이었다. 오노프레가 델피나를 차지하기 위해 머리를 굴려 꾸며 대고 실행에 옮겼던 그 음모는 사실상 불필요한 것이었다. 오노프레가 델피나에게 요구했다면 그녀는 잠시도 망설이지 않고 그에게 몸을 내주었을 것이다. 델피나는 오노프레에게 기회를 주기 위해 그 난폭한 고양이 벨세부를 다락방 창밖으로 내팽개쳤다. 두 사람 사이를 가로막고 있던 장애물을 제거하기 위해 그렇게 잔인하고 가슴 아픈 일까지 저질렀던 것이다. 델피나는 자신의 비밀을 오노프레에게 솔직하게 털어놓기 위해 그 순간을 선택했다. 그녀는 비밀을 털어놓는 바로 그 순간 오노프레의 여자가 될 수 있으리라고 생각했다. 그러고는 곧바로 자살할 생각이었다. 그녀의 호주머니 속에는 치명적인 독약이 들어 있었다. 그래, 내 불행했던 삶을 이런 식으로 끝내는 거야. 델피나는 생각했다. 지금껏 살아오면서 행복했던 순간은 단 한 차례도 없었어, 아쉽지만 어쩔 수 없지, 이대로 끝내는 거야. 델피나는 종종 그렇게 생각했다. 그러나 델피나의 계획은 단 한마디 말로 어이없이 허물어지고 말았다. 처음에도 그랬다. 델피나는 사랑하는 사람에게 자기 몸을 바치고 싶었다. 그러나 난폭하게 강간당하는 것으로 끝났다. 전해 주려던 선물을 강탈당했던 것이다. 그런데 삼십 년이 지난 지금도 상황은 마찬가지였다. 델피나는 자신의 속마음을 밝히고 싶었다. 그러나 오노프레는 그녀의 말을 귓등으로도 듣지 않았다. 델피나는 말을 꺼내기 전에 얼굴을 가리고 있던 베일을 두 손으로 걷어 냈다.

"조금도 변하지 않았군."

델피나는 그 한마디로 빚을 청산했다.

그러나 오노프레는 델피나의 말을 듣고 있지 않았다. 오노프레는 심각한 문제에 대해 생각하고 있었다. 독일이 패망 직전에 놓여 있었다. 오노프레가 마음속 깊이 지지했던 독일은 폐허 더미로 변해 갔다. 이백만 명이 넘는 독일인이 전쟁으로 목숨을 잃었고, 사백만 명 정도가 부상을 당해 아무짝에도 쓸모없는 인간이 되고 말았다. 독일에서는 날마다 폭동이 일어나고 있었다. 며칠 전에는 키예프 해군 기지에서 독일 해군들이 반란을 일으켰고, 바이에른에서는 사회주의자들이 자치 공화국을 선언했고, 로자 룩셈부르크와 스파르타쿠스단 단원들이 노동자, 농민, 병사의 대표자로 구성된 평의회를 조직해 혼란을 조성했으며, 온건파들은 네덜란드로 도망간 독일 황제의 등 뒤에서 휴전을 협상하고 있었다. 브라울리오 씨가 죽어 침대에 누워 있듯 독일제국이 기진맥진한 채 쓰러져 있었다. 독일제국은 역사를 주도하려는 욕심과, 지도자들의 경박한 영웅주의로 인해 서서히 죽어 가고 있었다. 독일제국을 부활시킬 수 있는 자는 이 세상에 오노프레 단 한 사람뿐이었다. 오노프레는 다 죽어 가는 독일제국 때문에 골치를 썩이고 있는 판이었다. 그래서 델피나의 태도는 오노프레의 화를 부추기는 결과를 가져왔다. 오노프레는 델피나의 침묵에서 아무것도 알아낼 수 없었다. 그날 밤, 그 격렬했던 장면은 지금 차가운 재가되어 델피나의 손가락 사이로 흩어졌지만, 오노프레에게 그 장면은 이미 까맣게 잊어버린 과거지사일 뿐이었다. 그러나 오노프레는 델피나의 유황빛 눈동자에서 수상한 기운을 발견하는 순간 모든 것을 깨달을 수 있었다. 그녀의 눈동자에서 꾹꾹 눌러 참아 온 욕망의 불길을 감지했던 것이다. 오래전에 밤이면 밤마다 느꼈던 흥분이 되살아났고, 그녀를 차지하고 싶은 욕망에 가슴이 터질 것만 같았다. 바로 그 순간 오노프레는 정신이 맑아졌다. 그는 델피나가 얼굴을 가리고 있던 베일을 거칠게 벗겨 냈다. 베일이 하늘하늘 바닥으로 떨어졌다. 오노프레는 브라울리오 씨의 시신 곁에서 흘러나오는 희미한 빛에 의지해 델피나의 얼굴을 뚫어지게 쳐다보았다. 델피나는 떨리는 손가락으로 치마에 달린 고리를 풀기 시작했다. 델피나는 속치마 바람으로 눈길을 들어 오노프레를 쳐다보았다. 오노프레는 깊은 생각에 잠겨 있었다. 델피나의 몸은 그 순간 차갑게 식고 말았다. 날 어떻게 할 작정이야? 델피나가 물었다. 오노프레는 묘한 미소만 지어 보일 뿐이었다. 몇 년 전이었다. 우트 후작이 어느 날 갑자기 오노프레의 집으로 찾아와 별스러운 이야기를 꺼냈다. 강아지 오줌을 한번 맛보지 않겠소? 우트 후작은 오노프레에게 제안했다. 춥고 날씨가 변덕스러운 겨울밤이었다. 비가 간헐적으로 내렸고, 돌풍에 밀린 빗줄기가 유리창을 두드려 댔다. 오노프레는 여느 때와 마찬가지로 서재에 틀어박혀 있었다. 통나무들이 벽난로에서 타닥타닥 타들어 가고 있었다. 벽난로 불꽃이 우트 후작의 그림자를 커다랗게 만들었다. 후작은 습기 탓에 뼛속까지 얼어붙은 몸을 녹이기 위해 벽난로 가까이 다가갔다. 그는 연미복을 입고 있었는데, 연미복 안에 받쳐 입은 셔츠에는 산호로 만든 단추가 달려 있었다.

"좋습니다. 십 분만 시간을 주시면 준비하도록 하겠소."

오노프레가 대답했다.

집 바깥 도로에서 후작의 마차가 기다리고 있었다. 마차는 빗줄기를 뚫고 도시 한쪽 끝에서 다른 쪽 끝으로 달려가 도로 두 개가 만나는 지점에 조성된 삼각형 모양의 작은 광장에서 멈추었다. 그곳은 산 카예타노 광장이었다. 광장은 텅 비어 있었다. 광장 주변의 집들은 추위와 비 때문에 창문을 모두 닫아 두고 있었다. 그래서인지 사람이 살지 않는 빈집처럼 보였다. 백마를 타고 항상 후작의 마차를 호위하고 다니는 수행원이 말에서 뛰어내렸다. 그 바람에 수행원의 두 다리가 물웅덩이에 빠지고 말았다. 수행원은 고삐를 잡고 커다란 나무 문이 있는 곳으로 말을 끌고 가서 채찍 손잡이로 문을 두드렸다. 잠시 후 감시창이 열리며 한 줄기 빛이 그 감시창을 통해 흘러나왔다. 수행원은 감시창을 통해 누군가와 말을 주고받더니 우트 후작의 마차를 향해 신호를 보냈다. 우트 후작과 오노프레 부빌라는 마차에서 내려 물웅덩이와 낙수받이에서 떨어지는 물줄기를 피해 가며 나무 문을 향해 달려갔다. 두 사람이 문 앞에 도착하자 문이 열렸다. 그리고 두 사람이 안으로 들어서자

마자 수행원을 바깥에 세워 둔 채로 문이 다시 닫혔다. 오노프레와 우트 후작은 실크 모자를 벗기 전에 신분을 감추기 위해 망토로 얼굴을 가렸다. 두 사람은 횃불이 켜진 현관에 서 있었다. 석회를 칠한 벽에는 습기 탓에 곰팡이가 피어 있었고, 한때는 포스터 구실을 했을 성싶은 종잇조각이 누더기가 되어 있었다. 현관 안쪽에 있는 입구로 들어서니 어둠침침한 복도가 나타났고, 엄청나게 큰 황소 머리가 복도에 버티고 있었다. 황소의 피부는 물기에 젖어 반짝반짝 빛났지만, 유리를 깎아 만든 눈알이 하나 사라지고 없었다. 그리고 한때는 자랑으로 여겼을 리본은 징검바늘이 꽂힌 넝마로 변해 있었다. 두 사람을 위해 문을 열어 준 남자는 오십 대로 보였다. 그 남자는 한쪽 다리가 다른 쪽 다리보다 짧은 듯 절룩거리며 걸었다. 사실 그 남자가 절룩거렸던 이유는 일을 하다가 사고를 당했기 때문이었다. 이십여 년 전에 기계에 걸려 엉덩이뼈가 부러졌던 것이다. 이제 그는 다른 일을 할 수 없어 여러 가지 수단을 동원해 밥을 벌어먹고 있었다. 선생님들, 시간을 잘 맞춰 오셨습니다. 남자가 오노프레와 우트 후작에게 정중하게 말했다. 비꼬는 기색은 전혀 찾아볼 수 없었다. 이제 막 시작하려던 참이었습니다. 오노프레와 우트 후작은 그 남자를 따라 어두운 복도를 통과해서 어느 네모난 방에 도착했다. 바닥에 설치된 가스 분사기에서 뿜어져 나오는 푸르스름한 불꽃 때문에 방 안은 환했다. 가스 분사기는 반원형 공간을 비추고 있었다. 그 공간이 바로 무대였고, 가스 분사기는 무대의 각광 역할을 하고 있었던 것이다. 그 방에 여러 남자들이 모여 있었다. 모두들 얼굴을 가리고 있었다. 몇몇 남자들이 우트 후작에게 은근슬쩍 프리메이슨식 인사를 건넸고, 우트 후작 역시 같은 식으로 은밀하게 인사했다. 오노프레와 우트 후작을 안내했던 남자(알고 보니 사회자였다.)가 불꽃을 뛰어넘어 무대 정중앙에 자리를 잡았다. 절룩거리는 걸음 때문에 한쪽 바짓가랑이가 불길에 휩싸일 뻔했다. 그 모습을 보고 방 안에 있던 사람들이 자지러지게 웃어 댔다. 사회자는 사람들이 웃음을 그치고 주목할 수 있도록 큼큼거리며 목을 가다듬었다. 사람들이 웃음을 그치고 사회자를 주목했다. 마침내 사회자가 입을 열었다. 친애하는 신사 여러분, 여러분께서 허락해 주신다면 지금 바로 시작하도록 하겠습니다, 쇼가 끝나면 제 딸자식들이 여러분께 시원한 음료수를 제공해 드릴 겁니다. 사회자는 말을 마치고 불꽃을 다시 뛰어넘어 커튼 뒤로 사라졌다. 잠시 후, 불이 모두 꺼지고 방은 완전히 어두워졌다. 잠시 후 다시 어둠이 물러갔다. 희끄무레한 한 줄기 빛이 방을 이리저리 가로지르더니 석회를 칠한 무대 뒤 벽을 환하게 비추었다. 그러자 그 벽에 희미한 윤곽들이 나타나기 시작했다. 마치 현관 벽에 피어 있던 곰팡이 자국을 재현해 놓은 듯한 모습이었다. 희미한 윤곽들이 서서히 움직이기 시작하면서 객석에서 웅얼거리는 소리가 들려왔다. 그 윤곽들은 점점 뚜렷한 형태를 잡아 가기 시작했다. 폭스테리어 한 마리가 벽면을 가득 차지하고 있었다. 폭스테리어는 호기심 어린 눈으로 자신을 바라보는 사람들의 시선과 똑같은, 의아한 눈빛으로 사람들을 지켜보는 것 같았다. 그것은 일종의 사진이었다. 그러나 마치 살아 있는 강아지처럼 움직였다. 혀를 빼물고 귀와 꼬리를 흔들었던 것이다. 잠시 후 강아지가 옆으로 돌아섰다. 그러더니 뒷발 하나를 들어 올리고 오줌을 누기 시작했다. 사람들은 오줌 줄기를 피하기 위해 문을 향해 달려갔다. 실내는 불이 꺼져 어두웠다. 부딪히고, 넘어지고, 자빠지고, 난리도 그런 난리가 없었다. 마침내 불이 다시 켜지고 소동이 진정되었다. 이제 사회자의 세 딸이 무대를 차지하고 있었다. 사회자의 딸들은 아주 어리고 제법 예쁘장하게 생긴 처녀들이었다. 그녀들은 통통한 팔과 날씬한 종아리가 훤히 드러나는 옷을 입고 있었다. 그러나 사람들로부터 큰 호응을 얻지는 못했다. 공연은 초장부터 신사분들을 당황하게 만들었고 막판에는 곤혹스럽게까지 했다. 처녀들의 미모와 그녀들이 입고 있는 과감한 의상도 축 늘어진 분위기를 되살리기에는 역부족이었다. 보잘것없는 음료수가 제공되었다. 그날 밤의 축제는 한마디로 실패라고 할 수 있었다.

다른 많은 현대적인 발명품들과 마찬가지로 영화에 대해서도 그 기원을 둘러싸고 의견이 분분하다. 오늘날 많은 나라들이 그 대중적인 발명품을 자신들이 맨 처음 만들어 냈다고 주장한다. 그야 어떻든지 간에, 영화는 처음에는 대단히 환영을 받았다. 그러나 이내 실망이 뒤따랐다. 이러한 반응은 오해에서 비롯된 것이었다. 처음으로 영화를 구경했던 사람들은 스크린 위에 펼쳐진 장면과 현실을 혼동하지 않았다.(그 후에 발명된 전설이 우리에게 강요하는 것과 달랐다는 얘기다.) 그들은 현실 이상의 것을 본다고 여겼다. 다시 말해, 그들은 '활동사진'을 본다고 여겼던 것이다. 따라서 그들은 다음과 같은 생각을 품었다. 영사기만 있으면 어떤 이미지도 움직이게 할 수 있다. '우리는 앞으로 밀로의 비너스와 시스티나 성당의 천장화가 생생하게 살아 움직이는 모습을 눈을 휘둥그렇게 뜨고 쳐다보게 될 것이다. 더 이상 예를 들지 않아도 내 말이 무슨 뜻인지 알 수 있을 것이다.' 1899년 과학 잡지에 실린 글이다. 같은 해, 시카고의 어느 신문에는 다음과 같은 내용의 진위가 의심스러운 기사가 실렸다. '드디어 심슨이라는 기사가 엄청난 일을 해냈다. 심슨 씨는 우리가 이 지면을 통해 수도 없이 언급했던 키네토스코프라는 장치를 이용해 자신의 가족사진 앨범을 움직이게 만드는 데 성공했다. 수년 전에 교회 묘지에 묻힌 야스퍼스 아저씨가 긴 외투를 입고 굴뚝 모자를 쓴 채 식당 식탁 주위를 조용히 서성이고 있는 모습과 게티즈버그 전투에서 영웅적으로 싸우다 전사한 사촌 제레미의 모습을 보고 친구들과 친척들은 놀라움을 금치 못했다.' 1902년 8월에는, 다시 말해 앞에서 언급한 터무니없는 기사들이 신문에 실리고 삼 년이 지난 뒤에, 마드리드의 어느 신문에 다음과 같은 기사가 실렸다. 마드리드 출신의 한 사업가가 프라도 미술관과 계약을 맺어 벨라스케스의 「시녀들」이라는 작품에 등장하는 인물들과 고야의 「옷을 벗은 마하」에 등장하는 마하를 버라이어티 쇼에 출연시키기로 했다는 것이었다. 마드리드 출신 사업가의 그 계획을 반대하거나 찬성하는 편지들이 신문사로 물밀듯이 쏟아지기 시작했다. 그 신문사는 다음 날 전날의 기사를 취소한다는 광고를 냈지만 밀려드는 편지를 막을 수 없었다. 그리고 그 버라이어티 쇼를 둘러싼 논쟁은 1903년 5월까지 이어졌다. 그러나 당시에는 영화의 실체에 대해 사람들도 잘 알고 있었다. 영화는 전기에너지의 부산물이었으며, 어떤 분야에도 적용할 수 있는 단순한 호기심일 뿐이었다. 영화는 몇 년 동안 애벌레와 같은 상태를 벗어나지 못했다. 우트 후작이 오노프레 부빌라를 데리고 갔던 산 카예타노 광장과 같은 후미진 곳에서나 겨우 상영되었다. 그것도 다른 공연이 주를 이루는 유흥장에서 손님들을 유혹하기 위해 덤으로 얹어 주는 상품 역할만 했을 뿐이었다. 그러다 영화는 마침내 전혀 신용할 수 없는 천덕꾸러기 신세가 되고 말았다. 정신 나간 사업가들 네 명이 바르셀로나에서 문을 열었던 몇 개 안 되는 영화 상영관들은 몇 달 버티지 못하고 문을 닫아야만 했다. 몇몇 떠돌이 방랑자들만 지붕이 있고 어두운 곳에서 낮잠을 즐기기 위해 영화 상영관을 찾았으니 사업이 잘될 턱이 없었던 것이다.

절름발이 사내는 현관 처마 밑에 쭈그리고 앉아 비를 긋고 있었다. 몇 시간 전부터 빗줄기가 점점 굵어지고 있었다. 절름발이 사내는 오른손에 들고 있던 등불을 이따금 머리 위로 들어 올려 좌우로 천천히 흔들었다. 번갯불이 절름발이 사내가 웅크리고 있는 산 카예타노 광장을 비추었다. 절름발이 사내는 강풍에 휘어지는 나무들을 올려다보고 탁한 물줄기가 흘러가는 광장 바닥을 내려다보았다. 광장 한가운데에서는 검은색 말 두 마리가 거센 바람 소리에 겁을 집어먹고 발버둥치고 있었다. 어둠과 천둥소리 때문에 절름발이 사내는 그들이 도착했다는 사실을 알아채지 못했다. 그들은 이미 그곳에 도착해 있었던 것이다. 두 사람이 마차에서 내렸다. 절름발이 사내가 그들을 맞았다. 절름발이 사내는 등불로 어두운 현관과 복도를 밝히며 두 사람을 방으로 안내했다. 몇 년 전에 개가 오줌 누는 내용의 영화를 상영했던 바로 그 방이었다. 절름발이 사내가 헛된 기대에 부풀어 어렵사리 장만했던 영사기는 이제 모두에게서 잊힌 채 지하실 한구석에서 먼지를 뒤집어쓰고 있었다. 영사기는 가끔씩 먼지를 털고 밖으로 나와 혐오스러운 영화를 상영했다. 절름발이 사내가 그런 영화를 어디서 구하는지는 아무도 알 수 없었다. 우트 후작을 비롯해 취미가 별스러운 사람들은 그런 영화를 '매우 교육적인 영화'라는 평가와 함께 즐겨 감상했다. 그러나 솔직히 말해서 점잖은 품위를 손상시키는 추잡스러운 영화들이었다.

영화가 상영되는 방은 원래의 모습으로 되돌아가 있었다. 암홍색 벨벳 소파, 가죽 안락의자들, 대리석 테이블들, 청동 촛대가 놓인 직립형 피아노가 있었고, 천장에는 무지갯빛 유리구슬들로 장식한 전등이 매달려 있었다. 절름발이 사내의 맏딸이 나른한 표정으로 오동통한 손가락을 움직여 가며 피아노를 치고 있었다. 그동안 절름발이 사내의 맏딸은 온화하고 토실토실한 미인으로 변모해 있었다. 둘째 딸은 제빵, 제과 솜씨가 뛰어났다. 그에 반해 막내딸은 이렇다 할 재주가 없었다. 그러나 그녀의 모습에는 청순한 처녀티가 아직까지 그대로 남아 있었다.

"무시무시한 밤이로군요."

절름발이 사내가 입을 열었다.

"여느 해처럼 홍수가 난다고 해도 놀라지 않을 겁니다. 난로에 불을 지펴 놓았습니다. 십 분 이내에 방이 따뜻해질 겁니다. 원하신다면 요깃거리를 내오도록 하겠습니다. 둘째 딸년이 방금 오븐에서 일 킬로그램짜리 롤빵을 하나 꺼냈거든요."

오노프레 부빌라는 절름발이 사내의 제의를 정중하게 거절했다. 그러나 오노프레와 동행한 남자는 그리 까다롭게 굴지 않았다. 그 남자는 손짓, 발짓과 알아듣기 힘든 말을 섞어 가며 절름발이 사내의 제의를 받아들이겠다고 전했다. 절름발이 사내는 남자의 엉뚱한 행동에 겁을 집어먹었다. 오노프레와 동행한 남자가 허기를 달래고 있을 때 거칠게 문을 두드리는 소리가 들렸다. 절름발이 사내는 잽싸게 문으로 달려갔다. 어서 오십시오, 선생님. 복도 끝에서 절름발이 사내의 목소리가 들려왔다. 손님분들께서 이미 도착하셨습니다. 세 번째 신사가 망토로 얼굴을 가린 채 방으로 들어왔다. 오노프레 부빌라는 그 신사의 태도와 걸음걸이만 보고도 그가 누구인지 즉시 알 수 있었다.

"신사 여러분."

오노프레가 말을 꺼냈다.

"예상대로라면 더 이상 올 사람은 없습니다. 얼굴을 드러내도 좋다고 봅니다. 여러분의 비밀은 내가 알아서 철저히 보호해 드리겠습니다."

오노프레는 본을 보이기 위해 망토를 벗어 소파 위로 집어던졌다. 나머지 두 사람도 오노프레를 따라 망토를 벗었다. 두 사람은 다름 아닌 우트 후작과 칼레야 출신 거인 에프렌 카스텔스였다. 세 사람은 인사를 나누느라 한동안 시간을 보냈다. 이윽고 오노프레 부빌라가 두 사람에게 말했다.

"이렇게 날씨가 지옥처럼 궂은 날에 오시라고 해서 정말 죄송합니다만, 내가 지금부터 보여 드리려는 것이 꼭 지옥과 같기 때문에 군이 이런 날 오시라고 청한 겁니다. 물론 천국과 같은 것으로 생각하실 수도 있겠지만……."

그 순간 에프렌 카스텔스가 오노프레의 말꼬리를 잡아챘다.

"이리저리 말을 돌리지 맙시다. 멀미가 날 것 같으니 본론으로 곧장 들어가도록 합시다. 이러다간 빵으로도 모자라 저녁 식사까지 시켜야 할 판이니까."

오노프레는 친근한 미소로 에프렌 카스텔스를 진정시켰다.

"내가 지금부터 여러분에게 제안하고자 하는 바는 대단히 실질적인 일입니다. 하지만 본론으로 들어가기 전에 약간의 설명이 필요합니다. 되도록 짧게 끝내기 위해 노력해 보겠습니다. 여러분은 현재 유럽이 당면한 심각한 상황에 대해 잘 아실 겁니다."

오노프레는 최근 들어 자신이 노심초사하고 있는 비참한 상황을 생생하게 그려 냈다. 이에 대해 우트 후작은 유럽의 나머지 지역에서 벌어지고 있는 일들에 대해서는 전혀 관심이 없다, 프랑스와 영국이 그들의 국민들과 함께 지상에서 완전히 사라져 버리면 그 누구보다 자신이 먼저 앞장서서 축하 잔치를 벌이겠다고 말했다. 오노프레 부빌라는 우트 후작을 이해시키기 위해 애를 썼다. 고루한 민족주의 시대는 이미 지나갔다, 시대가 변한 것이다. 오노프레는 그렇게 주장했다. 그러자 우트 후작이 벌컥 화를 냈다. 당신 지금 사회주의 인터내셔널을 우리에게 선전하겠다는 거야, 뭐야? 우트 후작이 오노프레에게 따졌다. 두 사람 사이에 말다툼이 격렬해지자 에프렌 카스텔스가 끼어들었다. 음식을 입에 가득 담고 말을 하는 통에 무슨 말인지 알아듣기 힘들었다. 그러나 그 잡아먹을 듯한 기세에 우트 후작과 오노프레는 말다툼을 그쳤다.

"좋습니다. 내 말이 옳다는 것을 증명하기 위해 한 가지만 지적하겠습니다."

오노프레 부빌라가 마음을 진정하고 말을 이었다.

"전쟁은 이제 막바지에 이르렀습니다. 전쟁이 끝나면 우리는 어떻게 되겠습니까? 우리는 전쟁을 위한 사업을 펼쳐 왔습니다. 그런데 누구 말마따나, 자고 일어나 보니 전쟁이 끝나 버렸다. 그럼 우리 사업은 어떻게 됩니까? 그 의미가 뭘까요? 기업이 파산하고, 공장이 문을 닫고, 노동자들이 직장에서 쫓겨나게 됩니다. 그렇게 되면 어떤 일이 벌어질지 굳이 말로 설명하지 않아도 알 수 있을 겁니다. 길거리에서 폭동이 일어나고 암살이 자행될 겁니다. 당신들은 이렇게 말할지도 모릅니다. 그런 일은 이전에도 많이 겪었다. 그러니 그런 일쯤이야 간단하게 해결할 수 있다고 말입니다. 그러나 내 생각은 다릅니다. 이번에는 일이 그렇게 호락호락 넘어가지 않을 겁니다. 전대미문의 사태가 벌어질 겁니다. 한 나라의 문제로 끝나지도 않을 겁니다. 국경을 초월해서 벌어질 겁니다. 전 세계가 요동치게 될 겁니다. 우리가 귀에 못이 박이도록 들어 온, 바로 그 혁명이 일어날 거란 말입니다."

절름발이 사내의 맏딸은 피아노를 연주하고 있었고, 우트 후작은 이탈리아 뱃노래 가락을 자장가 삼아 꾸벅꾸벅 졸고 있었다. 절름발이 사내의 막내딸은 소파에 비스듬히 누워 있었다. 그녀는 다리를 소파 옆 탁자에 올려놓고 있었다. 그 바람에 치마가 무릎까지 말려 올라가 구두와 비단 스타킹이 훤히 드러났다. 그러나 그녀는 태무심한 표정이었다. 에프렌 카스텔스가 그녀의 그런 모습을 입을 헤벌쭉 벌리고 쳐다보고 있었다.

"그래, 겨우 그런 점쟁이 같은 말이나 하려고 우릴 다른 곳도 아닌 바로 이곳으로 불러냈단 말인가?"

에프렌 카스텔스가 물었다. 오노프레는 아무 말 없이 슬쩍 미소만 지을 뿐이었다. 이런 집이 아니면 그 누구도 우트 후작을 불러낼 수 없다는 점을 오노프레는 잘 알고 있었다. 우트 후작은 이런 집에서 모임을 하지 않았다면 결코 참석하지 않았을 것이다.

"잠깐 자리를 비워도 좋아. 시간은 많으니까."

오노프레가 에프렌 카스텔스에게 말했다.

에프렌 카스텔스는 절름발이 사내의 막내딸에게 눈짓을 보냈다. 두 사람은 어두운 침실 문을 가리고 있던 나무 구슬 커튼 뒤로 사라졌다. 나무 구슬이 서로 부딪치는 소리에 우트 후작이 잠에서 깨어났다. 우트 후작은 에프렌 카스텔스가 어디에 있는지 물었다. 오노프레 부빌라가 커튼을 가리키며 한쪽 눈을 찡긋했다. 우트 후작은 기지개를 켠 다음 오노프레에게 물었다. 저 친구가 돌아올 때까지 뭘 해야 하나?

"이런저런 얘기나 나누도록 하죠. 저 친구가 돌아오면 내가 생각해 둔 계획을 알려 드리겠습니다. 에프렌 카스텔스도 모든 일에 대해 알고 있어야 합니다. 모든 위험은 어차피 저 친구가 떠안게 될 테니까요. 어떤 위험이 도사리고 있는지는 알 턱이 없겠지만. 따라서 당신과 나는 서로 합의를 본 것처럼 행동해야 합니다. 우리 세 사람이 합작을 한다는 인상을 저 친구에게 심어 주어야 합니다. 우리 손에서 놀아나는 단순한 도구라는 사실을 저 친구가 절대로 알아채지 못하도록 조심해야 합니다. 그리고 만일 의견 일치가 되지 않을 경우에는 나중에 우리 둘이서 그 문제를 해결하면 됩니다. 항상 그래 왔던 것처럼 말입니다."

"알아들었소."

음모라면 사족을 못 쓰는 우트 후작이 대답했다.

"그건 그렇고, 도대체 그 계획이라는 게 뭔데 이렇게 거창하게 나오시는 겁니까?"

"그건 나중에 말씀드리겠습니다."

오노프레가 말했다. 바로 그 순간 에프렌 카스텔스가 절름발이 사내의 막내딸과 함께 방으로 들어왔다. 우트 후작이 자리에서 벌떡 일어났다. 곧 돌아오리다. 우트 후작은 그렇게 중얼거리며 절름발이 사내의 막내딸의 팔을 잡고 커튼 쪽으로 끌고 갔다. 에프렌 카스텔스는 안락의자에 털썩 주저앉아 담배에 불을 붙였다.

"저 기생오라비 같은 작자는 왜 오라고 한 거야?"

에프렌 카스텔스가 방금 전까지 우트 후작이 앉아 있던 의자를 턱으로 가리키며 물었다.

"우리 계획을 순조롭게 진행시키려면 저 친구의 협조가 절대적으로 필요해."

오노프레 부빌라가 설명했다.

"자넨 내가 제안하는 것을 모두 찬성하는 척하기만 하면 돼. 우리가 서로 합의했다는 인상을 풍기면 감히 반대하지 못할 거야. 그리고 만일 의견 일치가 되지 않을 경우에는 나중에 우리 둘이서 그 문제를 해결하면 돼. 항상 그래 왔던 것처럼 말이야."

"염려 붙들어 매시지. 그건 그렇고, 도대체 그 계획이라는 게 뭔데 이렇게 까다롭게 나오는 거야?"

"쉿!"

오노프레가 커튼 뒤에 있는 침실 문을 눈으로 가리키며 말했다.

"저 작자가 나오는 중이야."

교황 레오 13세는 현시대의 진보라는 개념에 입각하여, 여러 가지 난무하는 불경한 의견과 비윤리적인 태도에 대해 강경한 입장을 취하기로 결정했다.(전임 교황 비오 9세는 그러한 의견과 태도에 대해 그다지 강경한 입장을 취하지는 않았다.) 교황 레오 13세는 마음을 굳게 먹고 침실에 틀어박혔다. 아무도 나를 방해하지 못하도록 해 주게나. 레오 13세는 그날 밤 당직을 맡은 스위스 근위병 대위에게 그렇게 당부했다. 레오 13세는 날이 샐 때까지 심혈을 기울여 쓴 회칙 '임모르탈레 데이(Immortale Dei)'를 전 세계에 공표했다. 1885년에 있었던 일이었다. 그로부터 삼십 년 이상이 지난 지금 오노프레 부빌라는 과거를 회상하고 있었다. 어린 시절 어느 일요일이었다. 산 클레멘테 교구 교회에서 교황의 칙서를 낭독했다. 그 내용의 중요성을 강조하기라도 하듯 칙서는 먼저 라틴어로 읽혔다. 신자들이, 모든 마을 사람들이, 남자들과 여자들이, 어른들과 어린아이들이, 건강한 사람들과 병에 걸린 사람들이 똑바로 선 채, 고개를 숙이고, 두 손을 가지런히 맞잡고, 교황의 칙서를 경청했다. 칙서 낭독이 끝나자 사람들은 성호를 긋고 나무 벤치에 앉았다. 사람들이 나무 벤치에 앉는 순간 요란한 소리가 터져 나왔다. 벤치가 바닥에 고정되어 있지 않았을 뿐만 아니라 벤치의 다리 길이도 제각각이었던 것이다. 이윽고 실내가 조용해졌다. 주임신부(바로 그 세라피 달마우 신부였다. 오노프레는 그 신부에게서 세례를 받았다.)가 전혀 오류가 없는 교황의 칙서를 스페인어로, 다시 말해 카스테야노로 다시 한 번 읽었다.(당시까지만 해도 카탈루냐어는 교회 예배에서 사용되지 않았다. 그래서 카탈루냐에서는 많은 사람들이 카스테야노, 즉 스페인어와 라틴어가 하나의 신성한 뿌리에서 갈려 나온 같은 형식의 언어라고 믿었다.) 읽기를 마친 주임신부는 그 칙서에 담긴 뜻을 열심히 설명했다. 그러나 사람들은 거의 대부분 무슨 뜻인지 전혀 알아듣지 못했다. 오노프레는 어머니와 나란히 앉아 있었다. 오노프레의 어머니는 미사에 참석하기 위해 자신의 옷 중에서 가장 좋은 옷인 자잘한 꽃무늬가 찍힌 검은색 치마를 입고 있었다. 오노프레는 그 검은색 꽃무늬 치마를 떠올리는 순간 전쟁터를 연상하지 않을 수 없었다. 서부전선에서 전쟁 소식이 끊임없이 날아들었다. 독일 잠수함은 지중해 연안과, 유럽의 전쟁에 끼어든 미합중국으로 통하는 길목을 여지없이 파괴했다. 어린 오노프레는 어머니의 손을 건드렸다. 어머니가 돌아보자 오노프레는 신부가 지금 무슨 말을 하는지 물어보았다. 교황이 우리에게 보낸 편지란다. 우리보고 자기가 하는 말에 모두 복종해야 한다고 하는구나. 어머니가 대답했다. 편지라고요? 오노프레가 다시 물었다. 어머니가 고개를 끄덕였다. 그럼, 토네트 아저씨가 저 편지를 가져왔나요? 오노프레가 물었다. 당연하지, 그 사람이 아니면 누가 가져왔겠니? 어머니가 대답했다. 교황이 특별히 우리를 위해 편지를 보냈단 말이에요? 잠시 생각에 잠겨 있던 오노프레가 재차 물었다. 바보처럼 굴지 마라, 저 편지는 온 세상 사람들에게 보낸 거야. 어머니가 대답했다.

교황은 우리에 대해 아무것도 몰라, 우리 같은 사람이 이 땅에 살고 있다는 것조차 모를 거다. 어머니가 덧붙였다. 하지만 우리를 공평하게 사랑하시잖아요. 오노프레는 주임신부가 억지로 머릿속에 주입시킨 말을 그대로 따라 하며 항의했다. 글쎄, 그걸 누가 알겠니. 어머니가 토를 달았다. 남편이 쿠바로 떠나고 나서 구 년이나 지난 시점이었다. 하지만 그때 오노프레 부빌라의 마음을 사로잡았던 생각은 그런 것이 아니었다. 지금 생각해 봐도 그런 것이 절대로 아니었다. 오노프레는 교황이 로마에 산다는 사실을 알고 있었다. 지리에 관한 지식은 오노프레에게 하등 중요하지 않았다. 상상력만으로도 충분했다. 오노프레의 상상 속에서 로마는 아득히 먼 도시였고, 고향 마을 계곡을 둘러싸고 있는 산들 중에서도 가장 높은 산보다 천배나 높은 산 위에 자리 잡은, 가까이 다가갈 수 없는 요새 혹은 궁전이었다. 그곳은 세 가지 짐승, 즉 말이나 낙타나 코끼리 등에 타고 거대한 사막을 가로질러 가야만 닿을 수 있는 곳이었다. 그런 생각들은 주임신부가 아이들을 효과적으로 가르치기 위해 주일학교에서 사용한 『신성한 역사』라는 책의 삽화 때문에 생긴 것이었다. 그토록 성스러운 곳에서 살고 있는 신성한 교황이 산 클레멘테라는 보잘것없는 교구로, 그 존재조차도 알지 못하는 곳으로 단시간 내에 편지를 보냈다는 사실에 오노프레는 감탄을 금할 수 없었다. 오노프레는 그 당시의 기억을 떠올리며 그때 느꼈던 흥분을 다시금 실감할 수 있었다. 이게 바로 권력이라는 거야! 오노프레는 사무실에 자기 혼자 있다는 사실을 알고 있었지만 행여 누가 들을세라 목소리를 낮추었다. 오로지 그 전지전능한 권력만이 지금 전 세계를 위협하고 있는 파괴적인 물결을 막아 낼 수 있었다. 그러나 바로 그 권력은 교회만이 독차지할 수 있었고, 교회는 그 영광스러운 자리에 누워 잠에 빠져 버린 듯싶었다. 교회는 내부에서부터 사분오열되어 있었고, 사공도 목적지도 없이 이 풍진 세상을 떠돌고 있었다. 그럼에도 오로지 교회만이 가장 깊은 곳까지 파고들 수 있었다. 초라하기 짝이 없는 집의 가장 좁은 구석에도, 지구상에서 가장 형편없는 집구석의 벽에도 하다못해 그림 한 장씩은 걸려 있었다. 수락과 복종을 의미하는 기도문이 걸려 있었던 것이다. 오노프레는 감탄을 금치 못했다. 이 모든 일이 지금으로부터 이천 년 전에 어느 목수와 갈릴리 출신의 비천한 어부들에 의해 이루어졌다니. 오노프레는 손에 들어온 모든 정보를 분석해 보았지만 갈릴리가 어느 곳에 있는지 그때까지 알 수 없었다. 그의 전 재산이 갈릴리라는 곳에 달려 있었지만 세계지도에서 갈릴리를 꼭 집어 낼 수 없었다. 그 점이 오노프레를 초조하게 만들었다. 예수그리스도의 행적을 그대로 따라 한 사람들은 그 후로도 많았다. 율리우스 카이사르, 나폴레옹 보나파르트, 펠리페 2세……. 그들 모두는 굴욕적인 패배와 참담한 실패를 맛보아야 했다. 그들은 오로지 군사력에만 의지했고, 눈에 보이지 않는 연대감을 형성할 수 있는 영혼의 힘을 무시했다. 영혼의 힘은 수억 명에 이르는 사람들을 하나로 이어 줄 수 있고, 여러 방향으로, 무한 공간으로 퍼져 나가 사람들을 하나로 뭉치게 하는 능력이 있었다. 그러나 지금 오노프레 부빌라는 이렇게 중얼거렸다. 계획을 변경해야겠군, 영혼의 씨를 뿌려야겠다, 그 씨가 무한한 가지와 무한한 뿌리를 가진 튼튼한 나무로 자랄 수 있도록 돌보아야겠다.

절름발이 사내의 막내딸이 부엌에서 울고 있었다. 그날 밤 막내딸은 껄떡대며 달려드는 우트 후작을 네 번이나 받아 줘야 했으며, 거인 에프렌 카스텔스의 요구를 아홉 번이나 들어 줘야 했다. 그 결과 그녀는 피를 흘리며 엄청난 고통에 시달렸다. 절름발이 사내의 맏딸은 피아노 곁을 떠나 막내 동생을 침실로 데려가야 했다. 이제 맏딸이 둘째 딸을 도우며 부엌에서 빵을 굽고 있었다. 에프렌 카스텔스는 벌써 십사 킬로그램이나 되는 빵을 혼자서 먹어 치웠다. 에프렌 카스텔스는 빵 때문에 발기가 풀리지 않아 아파 죽겠다고 투덜대면서도 계속해서 빵을 먹었다. 창밖에서는 날이 밝아 오고 있었다. 하늘은 비를 잔뜩 머금고 무겁게 내려앉았다. 우트 후작의 눈이 퀭했다. 우트 후작과 에프렌 카스텔스가 침실로 자주 드나드는 바람에 이야기가 자꾸 중단되었지만 오노프레 부빌라는 그 두 사람에게 자신의 계획을 끝까지 들려줄 수 있었다. 우트 후작도 에프렌 카스텔스도 오노프레의 계획을 제대로 이해하지 못했다. 그 계획이 자신들과 무슨 관계가 있는지, 그 계획에서 자신들이 무슨 역할을 수행해야 하는지 전혀 이해하지 못했다. 두 사람은 오노프레의 정신 상태에 대해 의심을 품었다. 그러나 두 사람 모두 감히 입을 열어 물어볼 수 없었다. 사실 그들은 두려웠던 것이다. 무슨 말을 꺼냈다가는 지금까지 귀에 못이 박이도록 들어 온 그 애매모호한 장광설을 다시 듣게 되지나 않을까, 그게 두려웠던 것이다. 오노프레 부빌라는 싱긋이 미소 지었다. 밤을 꼬박 새웠지만 안색조차 변하지 않았다. 이제 사업이 시작되었다. 오노프레는 그 사업이 성공할 것을 철석같이 믿었다. 오노프레의 인생에 있어서 가장 야심찬 사업은 그런 식으로 시작되었다. 그것은 또한 오노프레의 인생에 있어서 가장 치명적인 실수이기도 했다. 애초부터 형편없이 꼬이기 시작한 일은 마지막 순간까지 제자리를 찾지 못했다. 결국 오노프레의 친구들과 동업자들은 그에게 등을 돌렸고, 오노프레는 다시 홀로 남게 되었다.

5

그 뒷골목에 자동차들이 줄을 지어 서 있었다. 겨울 햇살이 자동차 라디에이터 위에서 반짝였다. 마치 거울처럼 새파란 하늘을 반사하고 있는 흙받기 위로 하얀 구름 한 조각이 외로이 흘러갔다. 자동차들은 몇 미터쯤 나아가다가 멈추고, 한동안 조용히 기다리다가 다시 몇 미터쯤 나아가고를 반복했다. 마침내 골목길 끝에 도착한 자동차들이 오른쪽으로 방향을 틀었다. 자동차들은 더욱 좁고 어두운 골목길로 접어들었다. 햇빛이 전혀 닿지 않는 골목길이었다. 그 골목길로 접어들고 얼마 지나지 않아 자동차들은 드디어 커다란 철문 앞에서 멈추어 섰다. 철문 위에 작은 가스등이 달려 있었지만 한낮인 관계로 불이 꺼져 있었다. 철문 앞에 프록코트를 입고 실크 모자를 쓴 수위가 서 있었다. 수위는 자동차 문을 열었다. 자동차에서 신사가 내리자 수위는 모자를 벗고 허리를 굽힌 후 자동차 문을 닫았다. 그러고는 다시 모자를 쓴 다음 호루라기를 입에 물고 힘껏 불었다. 그 신호에 자동차 운전사가 차를 출발시켰고, 그 뒤에 서 있던 자동차가 문 앞으로 굴러 왔다. 계속 그런 식이었다. 이제 막 출발한 자동차는 그 두 번째 골목길에 도착했을 때 이전과 마찬가지로 다시 한 번 오른쪽으로 방향을 틀어 새로운 골목길로 접어들었다. 무척이나 좁은 그 골목길은 어느 광장으로 통해 있었다. 수위 앞에서 신사를 내려 주고 먼저 떠났던 다른 자동차들은 그 광장의 아카시아 그늘 밑에서 호루라기 소리가 다시 들려오기를 기다리고 있었다. 광장 한쪽 구석에 자리 잡은 술집 앞 보도에 테이블들과 의자들과 파라솔들이 늘어서 있었다. 파란색, 노란색, 빨간색 파라솔 술 장식이 산들바람에 나부꼈다. 술집에서 운전사들에게 맥주와 소다수를 섞은 포도주를 대접했다. 운전사들은 원하기만 하면 속을 채운 올리브 열매, 식초에 절인 멸치, 후추를 뿌리고 약한 불에 구운 감자, 식초에 절인 정어리 등도 맛볼 수 있었다. 광장으로 몰려드는 자동차 수가 늘어남에 따라 그 술집에서 허기를 달래는 운전사들의 수도 점점 불어났다. 12시 30분이 되자 이미 광장은 자동차로 가득 찼다. 단 한 대도 더 들어갈 틈이 없었다. 그러나 다행히 그곳에 와야 할 자동차들은 다 도착해 있었다. 한편, 수위의 예절 바른 인사를 받으며 자동차에서 내린 신사들은 철문에서 자신들의 자리로 안내되었다. 몇몇 아가씨들이 신사들을 안내했다. 신사들은 그 아가씨들에게서 도저히 눈을 뗄 수 없었다. 하나같이 젊고 아름답기도 했지만 특히 그 복장이 유별났다. 아가씨들은 가느다란 어깨끈이 달린 원통형 원피스를 입고 있었다. 젖가슴의 윤곽도 허리선도 보이지 않았다. 반짝이는 하얀 스팽글이 달린 원피스였는데, 그 끝자락이 무릎에서 일이 센티미터 정도 올라가 있었다. 아가씨들의 팔은 어깨에서부터 손톱 끝까지 훤히 드러나 있었고, 아가씨들의 다리 또한 밖으로 드러나 있었다. 아가씨들의 다리는 한결같이 길고 근육이 발달하여 튼튼해 보였다. 신사들이나 안내하는 일을 하기보다는 자전거 경주 선수에 더욱더 적합할 것 같은 다리들이었다. 아가씨들은 그런 해괴한 복장으로도 모자랐는지 아주 진한 화장을 하고 있었다. 그야말로 더덕더덕 화장을 칠하고 있었다. 짧고 부드러운 머리카락은 폭이 이 센티미터 정도 되는 비단 머리띠로 묶여 있었다. 신사들은 눈을 휘둥그레 뜨고 당황스러워하며 십자가를 그었다. 세상에, 당신은 이런 꼴을 한 번이라도 본 적이 있습니까? 신사들은 수군거렸다. 세상이 어떻게 되려고 저런 꼴을 하고 다니는지 모르겠소이다, 세상에 이럴 수가! 이제는 누가 남자고 누가 여자인지 구별할 수도 없네요, 계속 이런 식으로 나가다간 나까지 미쳐 버리고 말겠군요, 지금 무슨 말을 하는 겁니까? 이런 게 요즘 유행이란 말입니다, 내 한 가지만 말씀드리지, 내 딸년이 저런 꼴을 하고 다닌다면 당장에 발모가지를 댕강 부러뜨리고 말겠소, 이러다간 세상이 망하지, 망해. 사람들은 그렇게 수군거렸다. 시작부터 좋지 않아. 대체적인 의견은 그랬다. 우트 후작은 이런 꼴을 보려고 사업에 동참했나 싶어 후회막심이었다. 그는 오노프레 부빌라의 끈질긴 설득에 넘어간 자신이 원망스럽기만 했다. 우트 후작도 오노프레 부빌라도 그 순간 살롱에 모습을 드러내지 않았다. 공식적으로 사람들을 불러 모아 직접 대면한 사람은 에프렌 카스텔스였다. 에프렌 카스텔스는 바르셀로나 상류사회에서 명성을 누리고 있었다. 그는 행동에 있어선 진지했고, 위기가 닥치면 신중했으며, 돈과 관련된 문제에 있어선 정확했다. 그는 돈거래나 그 외에 다른 문제에 있어서 어떠한 스캔들에도 연관되지 않았다. 그는 모범적인 가장으로 인정받았다. 에프렌 카스텔스가 여자라면 사족을 못 쓴다는 사실은 잘 알려져 있었다. 사람들은 에프렌 카스텔스의 바람기에 대해 속닥거렸다. 하지만 에프렌 카스텔스의 바람기는 타고난 성질이어서 어쩔 수 없는 것이라고 간주될 뿐이었다. 그는 돈을 아낌없이 펑펑 써 댔고, 자선사업을 하면서도 잘난 체하지 않았으며, 안목 있는 미술품 수집가로 정평이 나 있었다. 비평가들과 예술가들과 미술품 상인들은 모두 그를 존경했다. 이제 에프렌 카스텔스는 자신의 명예를 걸고 모험에 나섰다. 나라면 저러지 않을 텐데 말이야. 우트 후작이 중얼거렸다. 오노프레 부빌라는 후작의 말에 가타부타 토를 달지 않았다. 우트 후작과 오노프레 부빌라는 그물창으로 가려진 관람석에 앉아 살롱에서 벌어지는 일을 지켜보고 있었다. 관람석은 거의 다 차 있었다. 살롱에 모인 사람들은 자신들이 연주자들이 출입하는 무대 뒤편 문을 통해 극장 안으로 들어왔다는 사실을 알아차렸다. 이게 대체 무슨 일이지? 사람들이 웅성대기 시작했다. 개인 연주회라도 있나, 이 벌건 대낮에, 이거 뭐하자는 짓이야? 스포트라이트 두 개가 무대를 비추었다. 커튼 앞에 에프렌 카스텔스가 서 있었다. 턱시도를 입고 무대 위에 서 있어서인지 실제보다 훨씬 더 커 보였다. 장난기 심한 한 사람이 「턱시도를 입은 거인」이라는 노래를 부르기 시작하자 참석자 전원이 낄낄대며 그 노래를 따라 불렀다. 이러다 창피만 당하고 끝나는 거 아냐? 우트 후작이 관람석을 내려다보며 중얼거렸다. 이거야 원, 내가 만약 저 친구 자리에 있었다면 창피해서 죽어 버렸을 거야. 오노프레 부빌라는 싱긋 웃었다. 저 친구, 당신 생각보다 훨씬 뻔뻔한 놈입니다. 오노프레는 발모제 장사를 할 때 발모제를 달라고 큰 소리로 외치던 에프렌의 모습을 떠올렸다. 그때에는 동업의 대가로 하루에 일 페세타를 에프렌에게 지불했다. 지금도 마찬가지야. 오노프레는 생각했다. 언제나 같은 꼴이란 말이지. 사람들의 노랫소리가 시들해지는 순간 에프렌 카스텔스는 그 걸걸한 목소리로 사람들을 순식간에 조용히 시킬 수 있었다. 사람들은 더 이상 농담거리가 생각나지 않아서인지 에프렌 카스텔스의 말에 귀를 기울였다.

"친구 여러분, 안녕하십니까. 격식은 차리지 않을 것이니 양해해 주시기 바랍니다. 여러분도 아시다시피 나는 단순한 사람입니다. 나는 여러분을 대할 때 항상 이익보다는 우정을 앞세웠습니다. 이런 사실을 부정할 사람은 아무도 없을 것이라 믿습니다. 내가 여러분을 이곳으로 불러 모은 이유는 돈이 필요해서가 아닙니다."

사람들은 의심스러운 눈초리로 서로를 쳐다보았다. 오노프레 부빌라가 우트 후작을 쳐다보며 한쪽 눈을 찡긋했다. 이미 말씀드렸다시피 저 친구는 투우를 다루는 방법을 잘 알고 있단 말입니다. 오노프레가 말했다. 문제는 단칼에 끝장낼 수 있느냐 하는 거지. 우트 후작이 대답했다.

"또한 쓸데없는 헛소리로 여러분의 귀중한 시간을 허비하도록 하고 싶지도 않습니다. 나는 말주변이 좋은 사람이 아닙니다. 다만 여러분과 솔직 담백하게 대화를 나누고자 합니다. 아주 잠시만 귀를 기울여 주시기 바랍니다. 나는 여러분이 오늘 이때까지 전혀 보지 못했던 것을 보여 드리고자 합니다. 오늘 이 순간까지 단 한 번도 본 적이 없었던 것을 말입니다!"

사람들은 에프렌 카스텔스의 말을 듣고 웅성거리기 시작했다. 에프렌 카스텔스가 농담을 한다고 생각했는지 이곳저곳에서 우스갯소리가 튀어나왔다. 에프렌 카스텔스는 목소리를 높여 사람들의 우스갯소리를 제압했다.

"여러분은 생애 처음으로 무언가를 잠시 동안 볼 것입니다. 그러나 여러분은 나중에 그것을 수천 번, 수백 번, 수십 번 반복해서 볼 수 있을 겁니다."

지금 뭐라고 지껄이는 거야? 우트 후작이 중얼거렸다. 숫자는 중요하지 않아요, 저 친구가 하는 대로 그냥 지켜보세요. 오노프레 부빌라가 대답했다.

"오늘 이 자리는 오로지 여러분만이 누릴 수 있는 특권입니다. 오늘 이 자리가 사업 세계에 있어서 무엇을 의미하는지 곧 아시게 될 겁니다. 내게 감사할 필요는 없습니다. 더 이상 말하지 않겠습니다. 이제 곧 불이 꺼질 겁니다. 염려하지 않아도 됩니다. 아무 일도 일어나지 않을 겁니다. 자리에 그냥 가만히 앉아 있으면 됩니다. 나는 나중에 다시 나와 무슨 일인지 설명해 드리겠습니다. 경청해 주셔서 감사합니다."

에프렌 카스텔스가 무대에서 사라지는 순간, 전기모터로 작동하는 커튼이 양옆으로 벌어지기 시작했다. 커튼이 완전히 열리자 커다란 스크린이 무대 전면에 나타났다. 스크린에는 꿰맨 자국이 보이지 않았다. 스크린은 천도 아니고 금속 물질도 아니었는데, 석면처럼 그 두 가지를 섞어 만든 것처럼 보였다. 그리고 에프렌 카스텔스가 예고했던 것처럼 불이 꺼졌다. 잠시 후, 기계가 돌아가는 소리와 피아노 소리가 들렸다. 누군가가 스크린 뒤에서 피아노를 치고 있었다.

"이런 제길, 지금 우리에게 영화를 보여 주려는 거야!"

관람석에서 누군가가 소리쳤다.

그 소리에 사람들이 웅성대기 시작했다. 만일 개 새끼가 나오는 거라면 당장 자리를 뜨고 말겠어. 누군가가 소리쳤다. 사람들의 목소리가 피아노 소리를 삼켜 버렸다. 스크린에서는 첫 번째 영상이 구체적으로 드러나기 시작했다. 언뜻 보기에 가난한 사람들이 사는 집 같았다. 오두막보다는 형편이 조금 나아 보였다. 촛불이 하나 켜져 있었다. 그 방의 안쪽 벽에 작고 흐트러진 침대가 하나 놓여 있었다. 방 가운데에는 식탁 하나와 의자 네 개가 있었다. 식탁 위에는 바느질 바구니, 실몽당이, 실패, 가위, 자투리 천 조각 등이 놓여 있었다. 누가 봐도 찢어지게 가난한 집이라는 것을 알 수 있었다. 관람석에서 낄낄거리는 소리가 들려왔다. 검은 옷을 입은 여인이 관객들을 등지고 식탁에 앉아 있었다. 겉으로 보기에는 살이 포동포동하게 찐 중년 여자 같았다. 여자의 어깨가 들썩거리고 있었다. 경련이 이는지 몸이 흔들렸다. 머리카락이 헝클어진 여자의 머리가 아래위로 흔들렸다. 관객들은 그 모습을 보고 여자가 고통을 겪고 있다는 사실을 알 수 있었다. 누군가가 소리쳤다. 누가 저 여자한테 차나 한 잔 갖다 주지 그래! 그 말에 모두들 웃음을 터뜨렸다. 오, 주여, 자비를 베푸소서. 우트 후작이 중얼거렸다. 조용히 해요. 오노프레 부빌라가 냉정하게 말했다. 스크린에서는 여자가 천장을 향해 두 손을 들어 올렸다. 여자는 힘겹게 자리에서 일어나려고 하다가 다시 의자 위로 쓰러지고 말았다. 관절이 어긋난 것 같기도 했고, 의욕이 없는 것 같기도 했으며, 그 두 가지가 한꺼번에 벌어진 것 같기도 했다. 관람석에서는 웃음소리가 더욱더 커졌다. 여자가 무슨 행동을 하든 가리지 않고 사람들의 웃음소리는 점점 더 커져 갔다. 오노프레 부빌라와 우트 후작이 앉아 있는 특별석으로 에프렌 카스텔스가 뛰어들었다. 어둠 속에서도 에프렌 카스텔스의 번쩍이는 눈을 알아볼 수 있었다.

"오노프레, 제발. 당장 영화를 중단시키게나."

에프렌 카스텔스가 애원했다.

"만일 영화를 중단시키는 놈이 있다면 내가 총으로 쏴 죽일 거야."

오노프레 부빌라가 이를 앙다물고 말했다.

"저 자식들이 웃어 대는 소리가 들리지 않는단 말인가?"

에프렌 카스텔스가 말했다. 스크린에 나온 여자와 마찬가지로 에프렌 카스텔스의 거대한 몸도 분노로 떨리고 있었다. 오노프레 부빌라는 에프렌 카스텔스의 턱시도 자락을 잡고 있는 힘을 다해 흔들었다. 언제부터 겁쟁이가 된 거야? 오노프레 부빌라는 에프렌 카스텔스에게 소리쳤다. 아가리 닥치고 기다려! 그 순간 웃음소리가 약간 수그러든 것 같았다. 세 사람은 그 물창으로 다가가 초조한 눈빛으로 스크린을 쳐다보았다. 고통에 시달리는 여자가 가까스로 의자에서 몸을 일으켜 관객들을 향해 돌아서 있었다. 여자의 얼굴이 스크린을 가득 채웠다. 관객들은 침묵을 지키고 있었다. 에프렌 카스텔스가 예고했던 바와 마찬가지로 관객들은 여자의 얼굴을 생애 처음으로 보고 있었다. 그 얼굴은 앞으로 수년에 걸쳐 전 세계의 모든 사람들이 수시로 보게 될 얼굴이었다. 바로 오네스타 라브루의 수심에 가득 찬 얼굴이었던 것이다.

육체적으로 그녀는 그야말로 형편없었다. 당시에는 몸매가 잘빠진 미녀들은 한물가고 남자인지 여자인지 구별할 수 없는 몸통이 좁고 비쩍 마른 여자들이 미녀로 취급받고 있었다. 오네스타 라브루는 몸매가 통통하고 남자처럼 생긴 여자였다. 그녀의 얼굴은 수수했고, 태도는 억지스럽고 뻔뻔하면서도 사근사근했다. 그녀의 의상은 평범했다. 그녀는 모든 면에 있어서 촌스럽고 상스러웠다. 하지만 1919년부터 그녀가 영화계에서 은퇴한 해인 1923년까지 거의 날마다 그녀의 사진과 기사가 신문에 실렸다. 모든 사진 잡지들이 판매 실적을 높이기 위해 그녀에 관한 기사(그녀가 결코 허락하지 않은)와 그녀와의 대담(그녀가 결코 하지 않은)을 실었다. 그녀는 날마다 이십 킬로그램이 넘는 편지를 받았다. 수많은 남자들이 편지로 그녀에게 사랑을 호소했고 결혼을 요청했다. 파렴치한 요구도 있었고, 죽이겠다는 협박도 있었고, 추잡한 내용도 있었고, 답장을 보내지 않거나 이런저런 요구 사항을 들어주지 않으면 자살하겠다는 으름장도 있었다. 욕을 퍼붓거나 저주를 내리거나 공갈을 치는 편지도 있었다. 그녀는 광적인 팬들과 정신이상자들의 추적을 피하기 위해 수시로 이사를 다녀야만 했고, 공공장소에는 결코 모습을 드러내지 않았다. 그래서 스크린에서가 아니라 실제로 그녀를 보았다고 뻐길 수 있는 사람은 얼마 되지 않았다. 그녀가 갇혀 지낸다는 소문이 나돌기도 했다. 그녀가 하루 스물네 시간 동안 철저히 감시를 받고 있으며, 새벽에 스튜디오에 갈 때에만 겨우 집에서 나올 수 있다는 것이었다. 그것도 두 손을 묶고, 입에 재갈을 물리고, 지금 어디에 사는지, 그리고 어디로 가고 있는지 그녀가 알지 못하도록 머리에 자루를 씌워 데리고 다닌다고 했다. 유명세를 치르는 거지, 뭐. 사람들은 그렇게 말했다. 그녀를 둘러싼 신비스러운 분위기와 그녀의 정체와 과거를 가리고 있는 비밀이 그녀의 영화를 더욱더 사실적으로 보이게 만들었다. 그녀는 짧고 굵게 영화계에서 활동하며 스물두 편이나 되는 장편영화에서 주연을 맡았다. 그녀가 출연했던 영화들 중에서 지금까지 남아 있는 것은 상태가 좋지 않은 필름 조각들뿐이다. 그 필름 조각들로 판단해 보건대, 나머지 영화들도 첫 번째 영화와 거의 비슷한 내용이었던 것으로 보인다. 하지만 바로 그런 점 때문에 사람들은 그녀의 영화에 열광했다. 영화 내용에 조금치라도 변화가 있으면 관객들은 화를 냈고 때로는 폭력을 행사하기도 했다. 그녀의 영화에 변화가 있었다면 그것은 연기가 점점 과장되어 갔다는 것이었다. 그녀는 비극의 여왕이었다. 클레오파트라 역을 맡은 그녀. 마르쿠스 안토니우스가 악티움해전에서 그녀의 실수로 말미암아 패배하는 장면에서 그녀는 입을 떡 벌린 채 머리를 흔들며 어쩔 수 없다는 표정으로 손을 흔들었다. 양말처럼 생긴 독사 한 마리가 그녀의 봉긋한 젖가슴을 물려고 할 때에도 마찬가지였다. 사랑하는 남자가 폐결핵으로 죽어 갈 때에도, 교활하기 짝이 없는 중국인들이 그녀를 술탄의 할렘에 팔아먹기 위해 그녀의 술잔에 마약을 탈 때에도 마찬가지였다. 알코올중독자에다 노름꾼인 남편이 노름판에서 그녀를 판돈으로 걸었다가 잃은 후, 그녀를 허리띠로 두드려 팰 때에도 마찬가지였다. 어느 말몰이꾼이 교수형을 당하기 직전에 자신의 어머니가 창녀가 아니라 그녀라는 사실을 밝히는 바람에 수녀원에서 쫓겨나야 했을 때에도 그녀는 마찬가지였다. 그녀가 출연했던 영화에서 남자들은 모두 잔인했고, 여자들은 모두 무정했고, 성직자들은 모두 광신자들이었고, 의사들은 모두 변태들이었고, 판사들은 모두 무자비했다. 하지만 그녀는 그 끝없이 이어지는 달콤한 고통 속에서 그 모든 사람들을 용서해 주었다.

"이따위 터무니없는 이야기를 누가 좋아하겠어?"

오노프레 부빌라가 그 첫 번째 장편영화의 줄거리를 읽어 주었을 때 우트 후작은 그렇게 소리 질렀다. 하지만 나중에 그 영화에 대한 연구는 지겨울 정도로 계속되었다. 오노프레 부빌라는 서재에 틀어박혀 밤낮을 가리지 않고 영화에 매달렸다. 그는 모든 것을 홀로 만들어 냈다. 상황, 무대, 장식, 의상 등, 아무리 사소한 것일지라도 하나도 빼먹지 않고 모든 것을 스스로 생각해 냈다. 그렇게 며칠이 지나갔다. 오노프레의 부인은 남편이 무슨 일을 하는지 알고 싶었다. 그녀는 남편의 서재로 찾아갔다. 문이 잠겨 있었다. 부인은 초조한 심정으로 문을 두드렸다. 오노프레, 나예요, 당신 괜찮아요? 대답 좀 해 봐요. 그래도 대답이 없었다. 부인은 주먹으로 미친 듯이 문을 두드리기 시작했다. 그 소동에 깜짝 놀란 하인들이 서재로 몰려들었다. 하인들이 몰려오자 부인은 더욱더 목소리를 높였다. 오노프레, 어서 문 열어요, 문을 열지 않으면 부수고서라도 들어가겠어요. 그 협박에 오노프레는 담담한 목소리로 대답했다. 내 손에 지금 권총이 들려 있어, 나를 방해하는 놈은 누구든지 죽여 버리겠어. 모두들 들으라는 소리였다. 부인은 오노프레가 한다면 하는 성격이란 걸 알았지만 쉽게 물러나지 않았다. 하지만 오노프레, 당신 이틀 동안이나 먹지도 마시지도 않았어요. 필요한 건 여기 다 있어. 오노프레가 대답했다. 그때 하녀 한 명이 부인에게 할 말이 있다고 했다. 부인은 어서 말해 보라고 재촉했다. 주인 어르신의 명령으로 이 주일 동안 지내실 수 있는 음식을 서재에 갖다 드렸습니다. 하녀가 말했다. 그리고 갈아입으실 옷과 동네 그릇 가게에 있던 요강도 모두 사서 갖다 드렸습니다. 주인 어르신께서는 그런 사실을 아무에게도 말하지 말라고, 무슨 일이 있어도 방해받고 싶지 않다고 말씀하셨습니다. 부인은 입술을 깨물고 한마디 나무라는 것으로 끝냈다. 그래도 내게는 미리 일러 주었어야지. 부인은 하녀의 말투에서 빈정거리는 듯한 느낌을 받았고, 하녀의 까만 눈동자에서 도전적인 분위기를 느낄 수 있었다. 부인은 생각했다. 기껏해야 열다섯이나 열여섯 살짜리 계집년이 내가 하녀고 지년이 주인인 양 행세한단 말이야. 사람들이 뒷전에서뿐만 아니라 심지어 면전에서도 자신을 비웃는다는 사실을 부인은 잘 알았다. 저 인간이 이년과 붙어먹은 게 분명해. 부인은 생각했다. 마늘 냄새와 썩은 치즈 냄새를 솔솔 풍기는 년인데, 저 인간이 그런 냄새를 좋아하는 모양이지, 내가 날마다 사용하는 프랑스 향수와 목욕 소금보다 그런 냄새를 더 좋아하는 모양이로군, 두 연놈이 침대에서 뒹굴며 증기기관들처럼 열을 뿜어낸 후 이불을 뒤집어쓰고 그 체취에 취해 드는 게 분명해, 계속 그런 식으로 지내겠지, 아버지 집 벽을 타고 올라와 창문을 통해 내 방으로 들어온 그날 밤과 마찬가지로 말이야, 저 인간은 그런 얘기도 저년한테 해 주었을 거야, 저년뿐만이 아니라 다른 년들한테도 그 첫날밤의 비밀을 털어놓았을 테지, 그 아름다운 추억을 우스갯거리로 만들면서 날이 새도록 회희낙락거렸겠지, 어서 빨리 저년을 집에서 쫓아내야 하는데. 부인은 그렇게 생각했다. 하지만 그저 생각만 할 뿐 감히 실행에 옮길 수 없었다. 그렇게 하면 저년은 그걸 모욕으로 받아들일 거야. 부인은 생각했다. 내가 왜 쫓아냈는지 그 진의를 알아내고 다른 하인들 앞에서 내 욕을 할 테지, 나를 걸레 취급하고, 돼지처럼 추잡한 인간으로 만들고, 모든 사람들에게 내 얘기를 떠들고 다니겠지, 그럼 나는 영락없이 우스갯거리가 되는 거지, 저 인간한테도 얘기할 테지, 그래도 저 인간은 나를 내치지는 않을 거야, 그 대신 저년에게 집을 하나 구해 주고 밤마다 저년을 보러 다니겠지, 무슨 핑계를 대서라도 저년과 밤을 꼬박 지새울 거야, 그러고는 일이 있어 집에 올 수 없었다고 둘러댈 테지, 항상 그래 왔듯 말이야. 부인은 이런 생각에 빠져 올바른 판단을 내릴 수 없었다. 부인은 이러한 소심함 탓에 자신의 사랑을 잃었던 것이다. 그로부터 두 주일이 지났다. 바로 그 하녀가 부인에게 달려와 새로운 소식을 전해 주었다. 주인 어르신께서 마침내 서재에서 빠져나왔다는 것이었다. 하녀가 소식을 전해 주었을 때 부인은 큰딸과 재봉사와 함께 간식을 먹고 있었다. 그 무렵 부인은 하녀에 대한 질투심과 원한을 까맣게 잊고 있었다. 부인은 소식을 전하는 하녀를 보며 이렇게 생각했다. 저 아인 정말로 충실하구나, 저 아이에게 뭔가 보답해 주어야겠네. 부인의 태도에는 일관성이 없었다. 부인은 사람들에게 자신이 인색한 사람이 아니라 대범한 사람임을 과시하고 싶어 했다. 부인의 딸과 재봉사 역시 엄청난 뚱보들이었다. 하마처럼 뚱뚱한 세 여자가 복도로 달려 나갔다. 오노프레가 서재에서 막 빠져나오는 순간 세 여자가 서재에 도착했다. 오노프레는 이 주일 동안 씻지도 않았고, 머리도 빗지 않았으며, 면도도 하지 않았다. 잠도 거의 자지 않았고, 음식도 거의 먹지 않았다. 옷도 갈아입지 않았다. 오노프레는 바싹 말라 있었고, 비틀거리며 걸었다. 무아지경에서 깨어난 사람처럼, 깊고도 감동적인 꿈에서 깨어난 사람처럼 보였다. 서재에서는 참을 수 없을 정도로 지독한 악취가 풍겨 나왔다. 악취는 유령처럼 복도로 흘러들었고, 하인들은 그 악취에 코를 틀어막았다.

"아구스티, 목욕물 좀 준비해 주게나."

오노프레가 집사에게 말했다. 부인과 딸과 재봉사가 앞에 있다는 사실을 모르는 것 같았다. 오노프레는 원고 한 뭉치를 손에 들고 있었다. 원고는 지우고 고쳐 쓴 자국으로 뒤덮여 있었다. 하녀 몇 명이 서재를 청소하기 위해 물통과 걸레를 들고 나타났다. 그러나 오노프레가 험상궂은 표정으로 하녀들을 제지했다. 청소할 필요 없어, 다른 집으로 이사 갈 테니까. 오노프레가 말했다. 우트 후작이 미심쩍어했던 그 환상적인 이야기에 오네스타 라브루가 자신의 표정과 몸짓을 더했다. 그리하여 환상이 현실로 바뀌었다. 우트 후작이 "이따위 터무니없는 이야기를 누가 좋아하겠어?"라고 말했을 때 오노프레 부빌라는 벌컥 화를 냈다.

"모든 사람들이 좋아할 거요."

오노프레는 딱 잘라 대답했다.

정말 그랬다. 관객들은 영화를 보며 울고 있었다. 사업으로 단련된 냉정한 남자들도 터져 나오는 눈물을 참지 못했다. 나중에 남자들은 그 예상치 못했던 눈물에 대해 변명을 늘어놓았다. 오네스타 라브루의 마법이 작용하지 않았다면 눈물을 흘리지 않았을 것이라고. 그 마법이 어디서 나오는지 도대체 모르겠단 말이야. 파블로 피카소는 그로부터 한참 후에 쓴 어느 편지에서 다음과 같이 밝혔다. 그 여자의 매력은 그녀의 시선에서, 최면을 거는 듯한 그녀의 눈에서 나온다. 파블로 피카소의 전기 작가들이 훗날 수집한 소문들에 따르면 이 의견은 타당한 것으로 보인다. 그녀와 피카소를 둘러싼 소문들이 당시에 무성했다. 피카소가 그녀를 개인적으로 알고 있었다는 둥, 피카소가 그녀에게 홀려 세탁소 배달 트럭으로 그녀를 납치했다는 둥(친구였던 하우메 사바르테스와 짜고 그의 도움을 받아), 그리고 베르게다에 있는 고솔 마을로 그녀를 데려갔다는 둥, 그리고 이삼일 후에 그녀를 안전하게 스튜디오로 돌려보냈다는 둥, 그 이삼일 사이에 그녀를 모델로 스케치를 여러 장 하고 유화를 그리기 시작했다는 둥, 그때 그린 작품들 중에서 소위 '청색 시대'에 해당하는 고가의 그림들이 탄생했다는 둥, 많은 소문이 나돌았다. 피카소의 연애 사건보다 더 믿을 수 없는 소문도 있었다. 어느 잡지에 실린 기사에 따르면 오네스타 라브루가 몇 년 전에 빅토리아노 우에르타와 만났다는 것이었다. 교활한 우에르타 장군은 프란시스코 마데로와 피노 수아레스를 암살하도록 지시를 내린 후 멕시코 대통령직을 강제로 차지한 적이 있었다. 그는 그 후 베누스티아노 카란사와 에밀리아노 사파타와 판초 비야가 혁명을 일으키자 대통령직을 사임한 후 멕시코에서 달아나 바르셀로나에 잠시 머물렀다. 우에르타는 중국인 거리의 술집을 전전하며 술에 취해 툭하면 싸우려 들었다. 그러다 정신을 차린 우에르타는 멕시코로 돌아가기 위해 계획을 세웠다. 유럽 전쟁에 뛰어든 미국을 딴 쪽으로 유도하기 위해 다양한 작전을 구사하고 있던 독일 스파이들은 우에르타를 미끼로 사용하기로 결정했다. 독일 스파이들은 우에르타의 입맛에 맞는 계획을 제시했다. 우에르타는 겨우 몇 달 동안 대통령직에 있으면서 많은 돈을 모아 스위스 은행에 예치해 두었다. 우에르타는 그 돈으로 오노프레 부빌라에게 무기와 탄약을 사들였다. 오노프레 부빌라는 우에르타에게 돈을 받고 주문받은 물건을 보내는 한편 무기를 팔았다는 사실을 미국 정부에 몰래 알려 주었다. 무기를 실은 배는 베라크루스 항구에서 미군에 의해 압류되었으며, 그 과정에서 해병대가 항구로 상륙했고, 그 결과 상당수의 시민들이 희생당했다. 무기를 되찾은 오노프레 부빌라는 그 무기를 다시 카란사에게 팔아넘겼다. 카란사는 그 당시 예전에 동지였던 비야와 사파타를 상대로 싸우고 있었다. 잡지 기사에 따르면 다음과 같은 사실을 알 수 있다. 오네스타 라브루는 영화계에 데뷔하기 전부터 오노프레 부빌라를 위해 일하고 있었다. 그녀는 어느 날 밤에 우에르타를 위해 춤을 추었다. 첫눈에 반한 우에르타는 오네스타 라브루에게 엄청난 돈을 주겠다고 제안했고, 멕시코로 돌아가 황제로 등극하면 비운의 카를로타처럼 그녀를 황후로 만들어 주겠다고 약속했다. 그러나 전혀 소용없는 짓이었다. 잡지에 따르면 그 장면은 매국노 우에르타가 묵고 있던 인터내셔널 호텔의 스위트룸에서 연출되었다. 인터내셔널 호텔은 1888년 만국 박람회 때에 손님들을 맞이하기 위해 예순여섯 날이라는 믿을 수 없을 정도로 짧은 기간 안에 세워진 건물이었다. 우에르타가 묵고 있던 스위트룸의 천장과 벽에는 총알 자국이 여러 개 있었다. 그런 일 때문에 호텔 측에서는 우에르타에게 강경하게 항의했다. 그러나 우에르타는 그에 아랑곳하지 않고, 호텔 종업원들을 함부로 대했을 뿐만 아니라, 숙박료도 제대로 지불하지 않았다. 소문에 따르면 오네스타 라브루와 우에르타가 만났던 날 밤 우에르타는 맨발이었다고 한다. 바지 앞섶은 벌어져 있었고, 셔츠 단추도 풀려 있어 구멍 난 누런 속옷이 보였다고 한다. 그런 꼴이었으니 오네스타 라브루가 우에르타의 말을 믿지 못했던 것은 지극히 당연한 일이었다. 피카소와 관련된 이야기와 마찬가지로 우에르타와 관련된 이야기도 지어낸 것이 틀림없을 것이다. 사실상 피카소는 1906년에 고솔 마을에서 몇 달 간 지냈으며, 빅토리아노 우에르타는 1916년에 텍사스 주 엘파소에 있는 감옥에서 알코올중독으로 죽었다. 하지만 그 당시 오네스타 라브루는 아직 세상에 알려지지 않았고, 영화배우로서의 예명도 지어지지 않았던 상태였다. 그녀는 그라시아 거리에 있는 아담한 집에서 브라울리오 씨와 함께 은둔 생활을 하고 있었던 것이다. 그녀는 자신이 평생을 두고 사랑했던 한 남자에게 두 번째이자 마지막으로 돌아가기 위해 아버지가 죽기만을 기다리고 있었다. 그녀는 사랑하는 남자에게 돌아가는 즉시 스스로 목숨을 끊을 작정을 하고 있었다.

  그녀를 그 신파조의 결심에서 벗어나게 한 사람은, 그녀가 그런 생각을 품도록 만든 바로 그 남자였다. 여러 해 전에 그녀의 삶으로 뛰어든 한 남자, 그녀로 하여금 그렇게 극단적인 생각을 품게 만든 바로 그 남자였다. 그녀는 그 남자의 말이 아니라 그 남자의 시선, 그 간사하고 냉혹한 시선 때문에 마음을 고쳐먹었다. 하숙집 다락방에서 그녀를 최초로 굴복시키고 겁을 줬던 바로 그 시선, 아무런 이유 없이 범죄 중에서도 가장 악랄한 범죄를 저지르게 만들었던 바로 그 시선. 바로 그날 밤 그녀의 어머니가 숨을 거두었다. 그리고 그녀의 잘못으로 그녀가 소속되어 있던 무정부주의자 비밀단체가 붕괴되었다. 그 후 대부분의 동료들이 몬주익 언덕의 구덩이에서 숨을 거두었다. 그녀는 그런 사실을 똑똑히 기억하고 있었다. 그 끝없는 고통과 괴로움이 그녀의 활활 타오르는 눈동자에 고스란히 드러나 있었다. 오노프레 부빌라가 그런 점을 모를 리가 없었다. 19세기 후반에 시작된 산업혁명은 시간에 대한 개념을 근본적으로 바꾸어 버렸다. 오노프레는 그런 사실 또한 알고 있었다. 산업혁명 이전에는 시간을 엄격하게 구분하지 않았다. 상황이 요구하거나 허용할 경우에는 인간은 몇 날 며칠 동안 쉬지 않고 일을 할 수 있었다. 그리고 일을 끝내고 나면 열심히 일을 한 기간만큼 빈둥거리며 쉴 수도 있었다. 그 결과 축제 기간은 오늘날 우리가 보기에 터무니없을 정도로 길었다. 예를 들어 추수철의 축제는 한 주나 두 주 동안 연이어 벌어졌다. 그와 마찬가지로 연극 공연, 운동경기, 투우, 종교의식, 퍼레이드나 분열식 등은 다섯 시간, 여덟 시간, 열 시간 혹은 그 이상 걸리기도 했다. 따라서 행사에 참여한 사람들은 처음부터 끝까지 남아 있을 수도 있었고, 중간에 자리를 뜰 수도 있었으며, 잠시 자리를 비웠다가 나중에 다시 돌아올 수도 있었다. 하지만 지금은 모든 것이 변하고 말았다. 매일 같은 시간에 일이 시작되었고 또 같은 시간에 일이 끝났던 것이다. 태어나서 죽을 때까지 한 사람의 인생이 어떻게 진행될지는 점쟁이가 아니더라도 누구나 다 예측할 수 있었다. 그가 무슨 일을 하고 어떤 직책에 있는지만 알면 그 사람의 일평생을 짐작할 수 있었다. 이로써 인생은 좀 더 편안해졌다. 불의의 사고를 어느 정도 미연에 방지할 수 있었고, 불확실성을 어느 정도 제거할 수 있었다. 철학자들은 이제 이렇게 외치고 있었다. 시간표가 운명이다. 그 반면에 근본적인 수정이 요구되었다. 이제는 모든 것이 규칙적으로 진행되어야 했다. 그 어느 것도 우연에 맡길 수 없었고, 임기응변으로 대처할 수도 없었다. 시간을 지키지 않으면 규칙성은 존재할 수 없다. 그 이전까지만 해도 사람들은 시간을 잘 지키지 않았다. 그러나 지금은 시간 엄수가 대단히 중요하게 여겨졌다. 약속된 시간에 정확하게 도착하기 위해 지친 말에게는 채찍질을 가해야 했고 너무 빨리 달리는 말은 고삐를 당겨야 했다. 단 일 분이라도 늦게 도착하거나 빨리 도착해서는 안 되었다. 모두들 시간 엄수를 가장 중요한 덕목으로 여겼기 때문에 몇몇 정치인들은 시간 엄수를 선거공약으로 내세우기도 했다. 저에게 표를 주시기 바랍니다, 저는 시간을 엄수하겠습니다. 후보자들은 유권자들에게 그렇게 호소했다. 다른 나라들도 마찬가지였다. 아름다운 자연 경관이나 예술품이나 국민들의 친절 따위를 자랑하는 나라는 없었다. 모두들 시간 엄수를 자랑했다. 예전에는 그 누구도 찾아가지 않았던 나라들이 이제는 관광객들로 넘쳐 났다. 그 나라가 전통적으로 자랑하는 시간 엄수(국민들, 관청, 대중교통)를 직접 확인해 보고자 관광객들이 몰려들었던 것이다. 만일 전기에너지가 공급되지 않았다면 그 정도로까지 대대적인 변화가 일어날 수 없었을 것이다. 변함없이 지속적으로 공급되는 전기에너지가 모든 분야에 있어서 규칙성과 시간 엄수를 보장해 주었다. 전기에너지로 움직이는 전차는 노새들의 건강이나 영양 상태와 상관없이 시간표에 정확하게 맞추어 운행되었다. 전차를 이용하는 사람들은 마냥 즐겁기만 했다. 지금이 몇 시인지만 알면 전차가 언제 올지 알 수 있단 말이야. 하지만 이러한 변화도 예수님의 말씀을 따를 수밖에 없었다. 모든 것이 순차적으로 진행될 것이다, 중요한 일들이 먼저 벌어지고 중요하지 않은 일들은 나중에 벌어질 것이다. 그래서 유흥업과 레저 산업은 뒤처질 수밖에 없었다. 투우 경기는 아직도 시간이 많이 걸렸다. 소의 건강 상태나 성질에 따라 시간 차이가 있었다. 소가 투우장에 등장한 말들과 어떻게 싸우느냐에 따라 빨리 끝나기도 했고 시간을 질질 끌기도 했다. 때로는 일요일 오후에 시작된 투우 경기가 월요일 아침까지 이어지기도 했다. 1916년에 카디스에서 열린 투우 경기가 특히 유명하다. 그 경기는 일요일에 시작되어 수요일에 끝났다. 그동안 관중들은 단 한 사람도 자리를 뜨지 않았다. 그 결과 조선소에서 일하던 노동자들이 직장에서 쫓겨났다. 파업과 폭동이 벌어졌고, 몇몇 수도원이 불에 타고 나서야 해고되었던 노동자들이 재고용되었다. 하지만 일이 그런 식으로 계속되어서는 안 된다는 사실이 명확하게 밝혀졌다. 오노프레 부빌라는 그와 같은 사정을 잘 알고 있었다.

델피나와 다시 만나기 전부터, 델피나가 속옷만 입은 채로 오노프레의 품으로 달려들어 타오르는 눈길로 그를 바라보기 전부터, 그 눈길을 보고 엉뚱한 생각을 하기 전부터, 오노프레 부빌라는 영화에 대해 곰곰이 생각하고 있었다. 영화야말로 사람들이 애타게 찾고 있던 새로운 오락거리였다. 영화는 이상적인 오락거리의 세 가지 특징을 갖추고 있었다. 영화는 전기에너지로 상영되고, 관객들의 참여를 허용하지 않으며, 내용에 있어서 변화가 전혀 없었다. 바로 이거야! 오노프레는 생각했다. 항상 같은 장면을 보여 줄 수 있어, 정해진 시간에 시작하고 정해진 시간에 끝낼 수도 있어, 항상 같은 시간에, 관객들은 어둠 속에서 조용히 앉아 있기만 하면 되는 거야, 마치 잠을 자듯이, 마치 꿈을 꾸듯이, 모두들 같은 꿈을 꾸게 만드는 거야! 오노프레 부빌라가 추구했던 것은 바로 그것이었다. 하지만 너무 이상적인 꿈이야, 절대로 그런 일은 벌어지지 않을 거야. 오노프레는 생각했다. 오노프레는 강아지가 등장하는 영화와 그와 엇비슷한 다른 영화를 몇 편 본 적이 있었다. 그래서 영화에 대해 비관적인 사람들의 의견에 동의할 수밖에 없었다. 다른 볼거리가 추가되지 않을 경우 아무도 영화를 보려고 하지 않았다. 영화가 끝나는 즉시 춤판이 벌어지거나, 자루 속에서 달리기를 하는 시합이 벌어지거나, 어린 송아지가 나와 날뛰거나, 바비큐 파티가 열려야 영화를 보러 왔다. 그런 거라도 있어야 영화 볼 맛이 나는 거지. 사람들은 그렇게 말했다. 하지만 오노프레 부빌라와 생각이 같았던 사람들도 당시에 많이 있었다. 1913년, 사상 최초로 영화 그 자체가 훌륭한 볼거리로 인정받은 작품이 이탈리아에서 촬영되었다. 「쿼바디스」라는 영화였다. 필름 릴이 쉰두 개가 사용되었고, 상영 시간은 두 시간 십오 분이었다. 하지만 이 영화는 터무니없는 이유로 스페인에서는 상영되지 않았다. 여담이 될 수도 있겠지만 그 이유를 살펴보도록 하겠다.

1906년, 파리의 어느 버라이어티 극장에서 한 무희가 선을 보였다. 이 무희는 그 후 세계적인 명성을 얻게 되었다. 그녀는 네덜란드 출신으로 이름은 마르가레타 지어트루이다 젤레였다. 그러나 그녀는 인도에서 온 여사제로 위장하여 마타 하리라는 이름을 사용했다. 그녀와 같은 무희들이 모두 그렇듯 그녀에게도 갖가지 제안이 쏟아졌다. 1907년 어느 여름날 밤에 한 신사가 그녀에게 놀라운 제안을 했다. 조금 특별한 일을 하나 부탁드리고자 합니다. 신사는 기름을 바른 콧수염을 매만지며 입을 열었다. 아마도 어느 누구도 이런 부탁을 드린 일은 없었을 겁니다. 마타 하리의 머리가 병풍 위로 나타났다. 마타 하리는 병풍 뒤에서 무대의상을 벗고 있었다. 오건디 튜닉, 은으로 만든 허리띠, 자수정, 터키석이 그녀의 몸에서 하나씩 떨어져 나갔다. 제 모습이 당신 눈에 충분히 이국적으로 보일지 모르겠네요. 마타 하리가 네덜란드 억양이 섞인 완벽한 프랑스어로 말했다. 마타 하리가 병풍 밖으로 나오자 신사는 외알 안경을 왼쪽 눈으로 가져갔다. 신사는 마타 하리를 찾아오기 전에 먼저 장미꽃 일흔두 송이와 다이아몬드 목걸이를 보내왔다. 지금 그녀는 신사의 제안을 받아들이겠다는 표시로 다이아몬드 목걸이를 걸고 있었다. 그녀는 기모노를 입었다. 기모노 등판에는 용 한 마리가 검은색과 금색으로 수놓아져 있었다. 마타 하리는 그런 차림으로 화장대의 둥근 거울 앞에 앉았다. 귀족들과 은행가들과 장군들의 모습이 거울을 통해 보였다. 그들의 눈은 활활 타오르는 장작불처럼 음욕으로 반짝이고 있었다. 마타 하리는 나른한 몸짓으로 손가락에 끼고 있던 반지들을 하나씩 빼냈다. 여사제의 장식물인 그 반지들은 신성해 보였다. 마타 하리는 손가락에서 빼낸 반지들을 백단나무 상자에 집어넣었다. 인간의 두개골처럼 생긴 반지도 있었다. 그래,

무슨 부탁인데요? 여기서 말씀하시겠어요? 마타 하리가 아양을 떨며 신사에게 물었다. 귓속말로 말씀드리겠습니다. 신사가 대답했다. 신사가 얼굴을 바싹 들이대는 바람에 콧수염 끝이 마타 하리의 뺨을 살짝 찔렀다. 신사의 눈은 음욕 대신 냉정한 계산속으로 빛나고 있었다. 저는 독일 정부를 대변하고 있습니다. 신사가 속삭였다. 우리를 위해 스파이 노릇을 해 주셨으면 합니다. 두 사람의 대화는 즉시 영국, 프랑스, 미국의 첩보원들에게 알려졌다. 머지않아 마타 하리는 스파이로서의 명성이 무희로서의 명성을 능가했다. 전 세계에서 마타 하리에게 제안이 밀려들었다. 이제 마타 하리의 몸값은 사라 베른하르트의 몸값을 능가했다. 몇 년 전까지만 해도 생각도 할 수 없는 일이었다. 파리 사람들은 두 스타 중 누가 더 잘났느냐를 두고 한동안 입씨름을 벌였다. 1915년, 사라 베른하르트는 한쪽 다리를 잘라내야 했다. 그때 그녀가 이런 말을 했다고 한다. 이제야 겨우 나도 마타 하리처럼 우아하게 춤을 출 수 있게 되었다. 마타 하리는 바르셀로나에서 한 차례 공연을 한 적이 있었다. 리리코 극장에서 한 공연은 비평가들보다는 청중들로부터 호평을 받았다. 마침내 연합국 측의 비밀 정보원들은 마타 하리를 제거하기로 결정하고 함정을 팠다. 사령부의 젊은 장교 한 명은 많은 선배들이 이전에 그랬던 것처럼 마타 하리의 매력에 홀딱 빠진 척했다. 젊은 장교는 마타 하리에게 선물을 쏟아부었다. 그는 마타 하리와 함께 사방을 돌아다녔다. 불로뉴 숲에서 승마를 즐겼고, 가장 비싼 레스토랑에서 점심과 저녁을 먹었으며, 파리 오페라극장 특별석을 이용했고, 롱샴 경마장에 함께 나타나기도 했다. 마타 하리는 장교에게 보잘것없는 장교 봉급으로 어떻게 그런 호화스러운 생활을 할 수 있는지 단한 번도 물어보지 않았다. 아마도 그녀는 그 장교에게 다른 소득원이 있든지 아니면 그 장교가 엄청난 부자라고 생각한 모양이었다. 어쩌면 그녀는 장교의 거짓된 사랑에 진정한 사랑으로 응답했는지도 모른다. 그게 아니라면 도무지 설명이 안 되는 것이다. 그렇게나 경험 많은 스파이가 그토록 고리타분한 함정에 쉽게 빠진다는 것은 도저히 있을 수 없는 일이었다. 어느 날 밤이었다. 마타 하리와 젊은 장교는 침대에 나란히 누워 있었다. 그 침대는 두 사람이 수없이 많은 사랑을 나눈 바로 그 침대였다. 젊은 장교가 느닷없이 한두 주 정도 떨어져 있어야 할 것 같다고 말했다. 당신 없이 그렇게 오랫동안 혼자 지낼 순 없어요. 마타 하리가 말했다. 어디로 가는지는 모르겠지만, 가지 마세요. 내 조국이 나를 원하고 있소. 장교가 말했다. 당신 조국은 여기 있어요, 내 품이 바로 당신 조국이에요. 마타 하리가 대답했다. 젊은 장교는 자신이 맡은 임무에 대해 설명했다. 그 임무를 수행하기 위해서는 그녀의 곁을 떠날 수밖에 없었다. 나는 헨다예로 가야만 하오, 그곳에서 필름 하나를 가로채야 한단 말이오, 불가리아 놈들이 산세바스티안에서 활약하는 독일 스파이들에게 필름 하나를 건네주려고 하고 있소, 나는 독일 스파이들보다 먼저 헨다예에 도착해 필름을 손에 넣어야 한단 말이오, 그리고 독일 스파이 놈들은 역 플랫폼에서 체포되어 바로 처형될 것이오. 젊은 장교가 말을 마치는 순간 마타 하리는 잔인한 신이자 파괴의 제왕인 시바의 조각상으로 장교의 머리를 내리쳤다. 젊은 장교는 얼굴이 피범벅이 되어 바닥으로 쓰러졌다. 마타 하리는 장교가 죽었다고 생각하고 잠옷 위에 은빛 여우 코트를 걸치고, 모자를 쓰고, 고무장화를 신고, 자신의 이십사 마력짜리 검은색 롤스로이스에 올라탔다.(그 외에도 그녀에게는 자동차 세 대와 이 기통 오토바이 한 대가 있었다.) 그 모든 것들은 프랑스와 다른 나라들의 고위 공직자들이 그녀에게 선물한 것이었지만, 실제로 돈을 지불한 사람들은 그 나라의 납세자들이었다. 마타 하리가 집을 빠져나가자마자 젊은 장교는 날렵하게 일어나 창문으로 달려갔다. 그리고 집 앞에 배치되어 있던 다른 비밀 정보원들에게 신호를 보냈다. 젊은 장교는 죽기는커녕 상처 하나 입지 않았다. 이런 일이 발생할 것에 대비해 프랑스 첩보 기관이 그 방에 있던 무거운 물건들을 모두 고무로 만든 모조품으로 바꾸어 놓고, 장교에게는 빨간색 잉크가 든 캡슐을 주었다. 장교는 그 캡슐을 이용해 피를 흘린 것처럼 꾸몄던 것이다. 이제 마타 하리가 탄 롤스로이스는 눈으로 하얗게 뒤덮인 노르망디의 벌판을 가로지르고 있었다. 차도 옆으로 기찻길이 나란히 달렸다. 멀리서 옆으로 누운 연기 기둥이 보였다. 기차였다. 기차가 헨다예를 향해 전속력으로 달려가고 있었다. 그리고 하늘에서는 비행기 한 대가 그 기차를 추격하고 있었다. 비행기에는 그 잘생긴 젊은 장교와 비밀 정보원 세 명이 타고 있었다. 롤스로이스는 자살이라도 하려는 듯이 속력을 높였다. 마침내 롤스로이스는 거리를 좁혀 기차 꽁무니에 달린 화차와 나란히 달리게되었다. 대담무쌍한 스파이 마타 하리는 롤스로이스의 발판에서 있었다. 그녀는 잠옷을 찢어 만든 끈으로 자동차 방향이 바뀌지 않도록 운전대를 단단히 고정했다. 그리고 그와 동시에 오다가 길가에서 주은 돌멩이를 액셀러레이터 위에 올려놓았다. 마타 하리는 자동차 앞 유리에 립스틱으로 다음과 같은 글을 썼다. '안녕, 아르망!' 마타 하리가 임무 수행을 위해 살해했다고 믿었던 바로 그 장교의 이름이 아르망이었던 것이다. 마타 하리는 자동차 발판에서 뛰어내려 한쪽 손으로 화차 뒤편에 달린 쇠막대를 붙잡았다. 마타 하리는 화차에 매달린 채 롤스로이스를 바라보았다. 롤스로이스는 미친 듯이 달려가다가 도로를 벗어나 들판 한가운데에서 가까스로 멈춰 섰다. 그러한 상황에서도 롤스로이스는 상처 하나 입지 않았다. 그야말로 기적이 아닐 수 없었다. 루앙에 있는 작은 박물관인 아르메 박물관에 가면 그 롤스로이스를 구경할 수 있다. 마타 하리는 화차 안으로 기어들어 가 희미한 차광식 각등 불빛에 의지해 젊은 장교가 말했던 필름을 찾기 시작했다. 그녀는 사진이 열두 장 정도 찍힌 오십 센티미터 정도의 필름이 있을 것이라고 생각했다. 하지만 그녀는 수십 개나 되는 원통형 깡통을 찾아냈다. 그것들이 바로 「쿼바디스」라는 영화가 담긴 쉰두 개짜리 필름 통들이 아니었을까? 비밀 정보원들이 화차로 뛰어들었을 때 마타 하리는 온몸에 멍이 들어 있었고, 두 팔은 피범벅이었다. 화차의 열린 문을 통해 들어온 바람이 그녀의 모자를 멀리 날려 버렸으며, 곱슬머리 또한 희롱했다. 그녀는 쉰두 개짜리 롤 중에서 스무 개를 화차 밖으로 던졌고, 그 필름들은 이제 눈에 파묻혀 버렸다. 그래서 「쿼바디스」라는 영화는 수신인에게 전달되지 못했고, 스페인의 극장에서 상영될 수 없었다. 전쟁은 유럽의 영화계를 마비시켜 버렸고, 이제 더 이상 그와 같은 영화는 찍을 수 없었다. 영화 산업을 부활시킬 수 있는 사람은 오노프레 부빌라밖에 없었다. 그러나 오노프레 부빌라 역시 델피나를 만나기 전까지는 그 방법을 모르고 있었다. 이제 델피나와의 숙명적인 만남이 오노프레 부빌라에게 새로운 길을 개척하게 만들었다.

6

멀리서 천둥소리가 들려오면서 비가 다시 억수로 퍼붓기 시작했다. 빗줄기는 창문을 후려쳤고 부엌 채광창을 두드렸다. 부엌에서는 절름발이 사내의 세 딸이 미지근한 벽에 몸을 기대고 다정하게 서로 얼싸안은 채 잠들어 있었다. 그동안 거실에서는 세 남자가 계속해서 토론을 벌였다.

"자넨 미쳤어."

에프렌 카스텔스가 오노프레 부빌라에게 소리쳤다. 오직 에프렌 카스텔스만이 오노프레에게 그런 식으로 말할 수 있었다. 오노프레는 그런 말을 듣고도 언짢아하지 않았다. 그는 윗도리 안주머니에서 사진 몇 장을 꺼내 손가락 끝으로 어루만져 보다가 다른 사람들도 볼 수 있도록 사진들을 식탁 위에 내려놓았다.

"내 말을 믿어요. 사진만으로는 올바른 판단을 내릴 수 없을 거요. 나는 처음부터 알고 있었소. 그래서 그녀에게 이십 킬로그램 정도 더 살을 찌우게 했소. 그러면 보기가 훨씬 더 좋을 테니까. 좀 더, 글쎄, 뭐라고 해야 하나, 몸매가 좀 더 나아 보이도록 말이지."

오노프레 부빌라는 그녀를 알레야에 있는 별장으로 데려갔다. 그 별장은 오로지 그녀를 위해 특별히 빌린 집이었다. 그곳은 키 큰 사이프러스 숲으로 둘러싸여 있어 계획을 실행하기에 적합한 곳이었다. 오노프레는 그녀에게 그동안 고생이 많았다고 얘기했다. 자넨 이젠 좀 쉬어야 해. 오노프레는 그렇게 말했다. 아버지를 돌보느라 오랫동안 수고했어, 이젠 자네도 누군가의 보살핌을 받을 필요가 있어. 델피나는 오노프레의 말에 아무런 대꾸도 하지 않았다. 그녀는 오랫동안 감옥에 갇혀 지내야 했고, 그 후에는 병들고 치매에 걸린 아버지를 보살피기 위해 세상으로부터 고립된 생활을 해야만 했다. 그녀는 오래전에 이미 자신의 삶을 포기하고 말았다. 맹목적인 복종 이외에 다른 탈출구는 생각할 수 없었다. 그녀에게 남아 있는 유일한 탈출구는 오로지 죽음뿐이었다. 오노프레가 델피나를 별장으로 데려갔을 때 그곳에는 운전사 한 명과 요리사 한 명과 하녀 한 명이 대기하고 있었다. 운전사는 있었지만 자동차는 없었다. 화려하게 꾸며진 일 층은 운전사와 요리사와 하녀가 차지했고 그녀는 썰렁한 이 층으로 쫓겨났다. 하지만 그녀는 그것을 이상하게 생각하지 않았다. 절대적으로 믿을 수 있는 사람들이야. 오노프레는 그렇게 말했다. 내가 다 지시해 놓았어, 저 사람들이 다 알아서 할 거야, 자넨 아무것도 신경 쓸 필요 없어, 저 사람들이 시키는 대로 하면 돼. 델피나는 그저 고맙다고 대답했을 뿐이었다. 델피나는 속으로 생각했다. 마치 우리가 결혼이라도 한 것 같아, 저런 인간과 결혼하면 이런 식으로밖에는 살 수 없을 거야.

그 후로 몇 달 동안 델피나는 말을 붙여 오는 사람들에게 '고마워요.'라는 말만 되풀이했다. 아침마다 하녀가 델피나를 깨웠고, 델피나는 침대에 누운 채 아침밥을 먹었다. 소시지 오 믈렛, 순대, 으깬 감자, 올리브기름으로 튀긴 빵, 뜨거운 우유 일 리터. 아침 식사치고는 엄청나게 많은 양이었다. 식사가 끝 나면 하녀는 델피나에게 옷을 입혀 정원으로 데려갔다. 델피 나는 미모사 그늘 아래 버들가지 의자에 몸을 파묻고 앉아 있 었다. 그녀는 밝은 노란색 앙고라 숄을 어깨에 두르고 있었고, 그 화려한 색에 이끌린 나비와 벌들이 숄로 몰려들었다. 델피 나는 그곳에서 점심을 먹고 낮잠을 잤다. 해가 저물어 갈 무 렵 그녀는 낮잠에서 깨어나 빵과 함께 차나 코코아를 마셨 다. 델피나는 간식을 먹은 다음 정원을 잠시 산책했는데, 운전 사가 멀리 떨어진 곳에서 은밀히 그녀를 감시했다. 별장으로 온 이후 처음 며칠 동안 델피나는 운전사에게 말을 걸어 보려 고 시도했다. 오노프레가 나를 보러 오겠다고 하지 않던가요? 델피나는 운전사에게 물어보았다. 운전사는 델피나를 아래위 로 훑어본 후 건방지게 대답했다. 주인 어르신에 대해 말씀하 시는 거라면, 그분은 내게 자신의 일정을 말씀해 주시지 않고, 나 또한 그분의 일정에 대해 물어보지 않습니다. 감옥과 다름 없구나. 델피나는 생각했다. 그녀는 운전사에게 고맙다고 말한 후 다시 정원을 산책했다. 어느 날이었다. 델피나는 길을 내다 보기 위해 울타리처럼 둘러쳐진 사이프러스 나무 사이를 빠져 나가려고 했다. 그 순간 운전사가 달려와 그녀를 거칠게 밀어 냈다. 델피나는 그 일을 별로 불쾌하게 생각하지 않았다. 그녀 가 진정 알고 싶었던 것은 오노프레가 그녀를 만나러 올 것이 냐 아니냐 하는 것이었다. 사실상 오노프레는 그녀를 만나러 올 수 없었다. 당시 오노프레는 서재에 틀어박혀 델피나가 주연을 맡게 될 영화의 시나리오를 쓰고 있었던 것이다. 오노프레가 시나리오를 쓰는 동안 그의 부하들은 델피나를 살찌우고 있었다. 오노프레의 부하들은 밤마다 델피나에게 수면제를 먹여 중간에 깨지 않고 오랫동안 잠들게 만들었다. 델피나는 자신이 과식하고 있다는 사실을 알아차리지 못했다. 감옥에 갇혀 있는 동안 너무나 굶주렸기 때문에 식사량에 대한 감각을, 어느 정도가 적당한지에 대한 기준을 잃어버렸던 것이다. 빵한 조각, 곰팡이가 핀 치즈 한 조각, 청어 한 마리나 소금을 뿌린 대구 한 조각만 줘도 그녀는 감사하게 생각하며 받아먹었을 것이다. 델피나는 오노프레의 부하들이 차려 준 진수성찬이 그저 고마울 뿐이었다. 인간에게는 살아가는 동안 여러 가지 선택권이 주어지고 또 그 선택권을 행사할 수도 있다는 사실을 그녀는 모르고 있었다. 그녀에게는 의지가 조금도 남아 있지 않았다. 그래서 오노프레를 계속해서 사랑했는지도 모른다. 마침내 델피나는 오노프레에게 편지를 보내기로 결심했다. 아버지가 살아 있을 때에는 감히 하지 못했던 이야기를 그 편지를 통해 전하고 싶었다. 델피나는 편지를 쓴 다음 하녀에게 건네주며 되도록 빨리 편지를 부쳐 달라고 부탁했다. 그날 밤 운전사와 요리사와 하녀는 부엌에 모여 델피나가 쓴 편지를 읽어 보았다. 그러나 그 내용을 하나도 이해할 수 없었다. 그들은 무식한 깡패들이었다. 그들은 주어진 임무를 제대로 수행하지 못했다. 세 명이 한꺼번에 술에 취한 적은 없었지만 한두 명은 늘 취해 있었다. 그들은 서로를 증오했지만 항상 붙어 있었다. 그들은 잠시라도 혼자서는 지낼 수 없었다. 운전사는 번갈아 가며 요리사와 하녀와 잠자리를 같이했다. 술에 엉망으로 취했을 때에는 두 여자와 동시에 몸을 섞기도 했다. 그런 경우 두 여자가 그를 놓고 싸움을 벌였다. 서로 머리끄덩이를 움켜 잡고 할퀴고 사정없이 물어뜯곤 했다. 두 여자는 악을 써 대며 난리를 피웠다. 그야말로 아수라장이었다. 델피나는 그런 소동이 벌어지면 잠에서 깨어나곤 했다. 하지만 수면제에 취해 있었기 때문에 상황을 제대로 파악할 수 없었다. 델피나는 자신이 아직까지 감옥에 갇혀 있다고 생각했다. 감옥에 갇혀 있는 동안 밤마다 지옥에서나 들을 수 있을 법한 비명 소리에 잠에서 깨어나곤 했던 것이다. 그렇게 몇 년을 지내다 보니 어느덧 비명 소리에 익숙해졌다. 델피나는 비명 소리가 들리면 자신이 악몽을 꾸고 있다고 생각하기에 이르렀다. 그날 밤에도 델피나는 악몽을 꾸었다고 생각했다. 델피나는 오노프레가 결코 받아 보지 못할 편지에 다음과 같이 썼다. '그날 밤에는 나 또한 비명을 내지르고 싶었어. 하지만 나는 참았어. 그래서 그 비명 소리가 내 몸 안에 남았고, 그때부터 밤마다 그 비명 소리가 들려. 너를 비난하기 위해 하는 얘기가 아냐. 그건 단순히 고통에서 나오는 비명이 아니야. 한없는 행복에서 나오는 비명이기도 해. 어쨌든 그 비명 소리는 내게서 평화를 빼앗아 갔어. 편안하게 꿈조차 꿀 수 없게 된 거야. 나는 죽음 이외에 다른 평화는 바라지 않아. 아냐, 아냐. 용기도 없으면서 괜히 용감한 척하기는 싫어. 너에겐 거짓말을 할 수 없어. 나는 지금까지 고통 속에서 살아왔어. 내 삶에 있어서 가장 찬란했던 순간마저도 거부하고 싶은 생각이 들 때가 가끔씩 있어. 내가 너를 사랑했다는 사실을 말이야. 너를 비난하기 위해 하는 소리가 아냐. 나는 항상 이런 생각을 하곤 해. 만일 네가 다른 사람이었다면, 만일 네가 좀 더 다르게 행동했더라면 내 인생도 달라졌을 거라고 말이야. 내게 고통을 안겨 줄 일도 벌어지지 않았을 테고, 나를 그렇게 놀라게 만들지도 않았을 거라고 말이야. 내가 단 한 순간만이라도 달리 생각했더라면, 지금의 나만큼 너를 사랑하지는 않았을지도 몰라. 나는 어느 누구도 시기하지 않아. 어느 누구와도 내 자리를 바꾸고 싶지 않아. 왜냐하면 어느 누구도 내가 너를 사랑하는 만큼 너를 사랑할 수 없을 테니까.' 운전사와 요리사와 하녀가 편지를 읽는 동안 포도주가 편지지로 떨어져 자국을 남겼다. 이런 제길, 이게 대체 무슨 소리야? 세 사람이 동시에 외쳤다. 이 포도주 자국을 보시면 주인 어르신께서 뭐라고 하실까? 세 사람은 증거를 남기지 않기 위해 편지를 불태워 버렸다.

우트 후작이 말했다. 이만 가 봐야겠군. 우트 후작은 힘겹게 자리에서 일어났다. 늦은 시간인 데다 비까지 오는 바람에 우트 후작은 관절이 쑤셨다. 더 하실 말씀은 없습니까? 오노프레 부빌라가 우트 후작에게 물었다. 후작은 시계를 들여다본 후 눈살을 찌푸렸다. 후작은 잠시 생각해 보았다. 자신이 무슨 말을 해도 통하지 않을 것임을 알 수 있었다. 후작은 인상을 펴고 한숨을 내쉬며 말했다. 일이 여기까지 온 이상 끝까지 남아 있어야겠지. 오노프레 부빌라는 고맙다는 듯 싱긋 웃어 보였다. 자, 앉아서 얘기해 보세요, 대체 뭘 걱정하는 겁니까? 후작은 손바닥으로 뺨을 문질렀다. 그동안 수염이 상당히 자라 있었다.

"내가 이해할 수 없는 문제가 하나 있는데 말이지." 마침내 후작이 입을 열었다. 후작은 질질 끌며 얘기했다. 가끔씩 생각이 막히는 듯했다. 후작은 너무 피곤해 정신을 집중할 수 없었다. 후작은 몸 상태가 좋을 때에도 정신을 집중하는 데 애를 먹곤 했다. 지금 후작은 델피나의 사진을 멍한 눈길로 내려다보고 있었다. 사이프러스 숲을 배경으로 잔뜩 멋을 낸 중년 여인이 양산을 쓰고 멍한 표정으로 허공을 올려다보고 있었다. 후작은 사진을 내려놓고 입술을 깨물며 손가락 관절을 꺾었다.

"어서 말씀해 보시지요."

오노프레가 조바심을 억누르며 말했다.

"이 일에서 내가 맡은 역할은 뭐요?"

우트 후작이 물었다.

모든 사업가들은 이런 생각을 했다. 그들은 조만간 죽을 것이며, 그들이 죽으면 전 세계의 경제 활동이 마비되고 말 것이라고 믿었다. 하지만 다행스럽게도 우트 후작은 그런 사람이 아니었다. 그는 프리메이슨 단원이었으며, 주책바가지에다가 난봉꾼이었지만, 속으로는 골수 보수주의자였다. 자기 의견을 공공연히 드러내지는 않았지만 후작은 스페인에서 가장 보수적인 집단에서 막강한 영향력을 발휘하고 있었다. 귀족들과 지주들과 몇몇 군인들과 성직자들로 이루어진 그 소규모 집단은 스페인 정치판에 은밀하지만 결정적인 영향력을 행사했다. 그들은 어떠한 경우에도 직접 끼어들지 않았지만, 변화를 초래할 수도 있는 문제가 발생하면 적극적으로 개입했다. 그들은 자신들의 존재를 사람들에게 은밀히 과시했고, 자신들의 확고부동한 기반이 위협을 받게 될 경우 불상사가 일어날지도 모른다고 은근히 협박했다. 그들은 우리 안에서 잠을 자는 사자나 다름없었다. 사실상 그들이 지지하는 사상은 따로 없었다. 하지만 그들의 지위를 위협하는 문제가 발생하면 단호히 대처했다. 그들의 존재를 놓고 옳으니 그르니, 필요하다느니 불필요하다느니 하고 따진다는 것은 사물의 자연 질서를 그르치는 행위였다. 그들은 그렇게 생각했다. 따지려면 저희들끼리나 따지라고 해, 우리를 판단하는 짓은 용납할 수 없어, 우리 자체가 정의니까 말이야. 그들은 그렇게 떠들었다. 그들은 변화라면 질색을 했다. 그 변화가 그들에게 이익을 가져다준다 해도 마찬가지였다. 그들에게 있어서 변화를 받아들인다는 것은 자살행위나 다름없었다. 변화와 관련된 문제에 있어서는 그들과 말이 전혀 통하지 않았다. 오노프레 부빌라는 그런 점을 경험을 통해 잘 알고 있었다. 그는 이따금 우트 후작을 떠보기도 했다. 보다 큰 악을 제거하기 위해서는 이런저런 분야에 어느 정도 변화가 필요하다고 후작에게 말하곤 했다. 그런 말을 들을 때마다 우트 후작은 노발대발했다. 이봐요, 당신이 세상을 바꾸겠다고? 무슨 이유로? 후작은 그렇게 대들었다. 당신이 뭔데? 당신이 전지전능하신 하느님이라도 된단 말이야? 그렇게 생각하는 거야? 관둬요, 관둬, 지금 이대로가 어때서? 당신은 지금도 갑부잖아, 영원히 살 수 있는 사람은 아무도 없어, 늙으면 다 죽기 마련이야, 당신 일이나 신경 써, 나중 일은 후손에게 맡기란 말이야! 우트 후작의 말에는 조리가 없었다. 그러나 우트 후작의 생각을 돌려놓을 수 있는 방법이 없었다. 벽창호도 그런 벽창호가 없었던 것이다. 오노프레 부빌라가 변화를 모색해야 한다고 주장할수록 우트 후작은 자신의 기본 입장을 더욱더 확실히 굳혀 갈 뿐이었다. 우트 후작은 오노프레에게 이렇게 말하곤 했다. 이러니저러니 해도 당신도 벼락부자일 뿐이야, 농사꾼으로 맨주먹 쥐고 올라와 돈을 갈퀴로 긁어모았잖아, 이제 좀 살맛이 난다 이거지, 이것저것 참견하고 싶기도 하고, 대장 노릇이라도 하고 싶은 모양이지, 그렇지 않아? 우트후작은 앞으로는 좀 더 엄격하고 인색하게 오노프레 부빌라를 대해야겠다고 생각했다. 오노프레 부빌라는 우트 후작의 건방진 말을 듣고 그를 좀 더 존경하게 된 동시에 시샘하게 되었다. 오노프레가 베푸는 호의를 단 한 번도 거절하지 않았고, 중요한 일이 있을 때마다 그의 도움을 받았으며, 엄청나게 많은 돈을 받아 썼던 친구에게 그런 말을 할 수 있는 후작이 그저 놀라울 뿐이었다. 오노프레는 후작에게 화를 낼 수가 없었다. 왜 그렇게 고집을 피우는 겁니까? 오노프레는 부드럽게 대답했다. 그렇게 고집을 부리다가는 완전히 망하고 말 겁니다. 오노프레의 말에 우트 후작은 미친놈처럼 고래고래 소리를 질러 댔다. 우트 후작은 오노프레에게 분명하게 경고했다. 참는 데에도 한계가 있다, 더 이상 참을 수 없다, 계속 이런 식으로 이야기를 끌고 나간다면 결투를 신청할 수밖에 없다. 결투가 벌어지면 우트 후작은 일말의 망설임도 없이 오노프레를 죽이고 말 것이다. 우트 후작과 그 패거리들에게는 기존 질서가 당연한 것이었다. 모든 무질서는 무슨 수를 써서라도 제거해야 할, 불필요한 대상이었다. 그런 토론이 벌어질 때마다 두 사람은 병이 든 신체와 병균과 수술을 예로 들었다. 사회학자도 외과의사도 두 사람의 복잡한 토론을 이해할 수 없었을 것이다.

"파리 길거리에서 무슨 일이 벌어지고 있는지를 신하들이 알렸을 때 루이 16세도 똑같은 말을 했습니다."

오노프레 부빌라는 우트 후작을 놀려 주기 위해 그렇게 말했다. 단지 장난을 치기 위한 수작이었을 뿐이었다. 하지만 우트 후작은 정색을 하고 말을 받았다. 프랑스 놈들은 하나같이 쌍놈의 자식들이다, 프랑스 놈에게 무슨 일이 벌어졌든 그건 내가 상관할 바가 아니다.

"왕에게도 관심이 없는 겁니까?"

오노프레 부빌라가 역공을 취했다.

"왕이든 뭐든 상관없어."

우트 후작이 자리에서 벌떡 일어나며 말했다.

"프랑스 놈들 얘기라면 더 이상 듣지 않겠어. 계속 이런 식으로 나오겠다면 결투를 주선할 사람을 당신에게 보낼 수밖에 없어. 똑똑히 새겨들으시오."

하지만 상황은 새로운 국면으로 접어들고 있었다. 러시아와 오스트리아-헝가리 제국과 독일에서 벌어진 일들을 가볍게 보고 넘어갈 수는 없는 노릇이었다. 근본적이며 대담한 변화가 있어야만 모든 것이 예전과 같은 상황을 유지할 수 있었다.

"그래, 그 근본적이며 대담한 변화가 이따위 것이란 말이오? 저 물개처럼 생긴 여자와 영화를 찍는 게 변화란 말이야?"

우트 후작이 씹어뱉었다.

오노프레 부빌라는 여전히 차분한 미소를 잃지 않았다. 오노프레는 우트 후작에게 그 계획의 진정한 목적을 알려 줄 수가 없었다.

"나를 믿어요. 딱 한 가지만 부탁하겠소. 거리로 군대를 불러들이지 마시오. 그리고 당신 동료들에게 내가 미치지 않았다는 점, 내가 나쁜 의도로 일을 저지르는 게 아니라는 사실만 납득시켜 주시오. 시간을 좀 주시오. 내 능력을 당신에게 보여 드리겠소. 하지만 그 시간 동안 당신들은 가만히 있어야 합니다. 어느 정도 소동이 벌어질 수도 있소. 그래도 사람들이 즐기도록 그냥 내버려 두시오. 그냥 모르는 척 넘어가 달라는 거요. 이 모든 것도 내 계획에 포함된 겁니다."

"나는 그런 소동에 휘말리고 싶지 않아."

우트 후작이 말했다. 후작은 피곤해서인지 몸을 사리는 것 같았다. 좀처럼 보기 힘든 일이었다.

"나도 당신이 소동에 휘말리는 걸 원치 않아요. 당신 동료들에게 말만 전해 주면 됩니다. 옛정을 생각해서라도 그렇게 해 주리라 믿습니다."

오노프레 부빌라가 말했다.

"한번 생각해 보겠소."

후작이 대답했다. 오노프레는 더 이상 졸라 댈 수 없었다. 그래서 그걸로 얘기를 끝냈다. 지금 극장은 우트 후작의 동료들로 가득 차 있었고, 우트 후작과 오노프레 부빌라와 에프렌 카스텔스는 비밀 관람석에서 그들의 반응을 지켜보고 있었다.

"일이 척척 진행되는 것 같은데그래."

에프렌 카스텔스가 말했다.

오노프레 부빌라가 고개를 끄덕였다. 내 이럴 줄 알았어. 오노프레는 속으로 중얼거렸다. 이번에도 역시 오노프레의 직관은 그대로 들어맞았다. 델피나를 영화 촬영장으로 데려갔을 때 그녀는 저항도 하지 않았고 호기심도 보이지 않았다. 어디로 데려가든 그녀는 군소리 없이 따라다녔다. 영화 촬영장은 산쿠가트와 사바델 사이에 있는 부지에 세워져 있었다. 현재의 바르셀로나 주립대학 건물들이 있는 곳에서 그다지 멀지 않은 장소였다. 모든 기자재를 여러 나라에서 수입해야 했기 때문에 촬영장 건물을 짓는 데 많은 비용이 들어갔다. 카탈루냐 출신 영화 선구자들 두 사람이 그 작업에 동참했다. 그들의 이름은 프룩투오소 헬라베르트와 세군도 데 초몽이었다. 하지만 두 사람 중 어느 누구도 오노프레 부빌라가 시나리오를 쓴 영화를 감독하려고 하지 않았다. 두 사람이 보기에 그 시나리오는 터무니없는 것이었다. 오노프레는 결국 할 일 없이 빈둥거리고 있던 늙은 카메라맨과 계약을 체결했다. 그는 중부 유럽 출신으로 지저분하고 무뚝뚝한 남자였다. 그의 이름은 파우스티노 주커만이었다. 탁월한 선택이라고 할 수 있었다. 파우스티노 주커만은 처음부터 일을 제대로 진행해 나갔다. 그는 델피나를 사정없이 대했다. 촬영이 있을 때마다 델피나는 이런저런 이유로 울음을 터뜨렸다. 그는 알코올중독자였고, 걷잡을 수 없는 분노에 수시로 시달렸다. 그가 분노에 휩싸일 때면 그를 가만히 내버려 두어야 했다. 그에게 얻어맞지 않으려면 멀리 달아나는 게 상책이었다. 의상 담당 아가씨 한 명은 그에게 얻어맞아 손가락 세 개가 부러졌고, 급사 한 명은 의자로 얻어맞아 머리가 깨지기도 했다. 오노프레 부빌라는 그가 촬영장에서 조성하는 공포 분위기를 좋아했다. 그런 분위기 속에서 좀 더 섬세하고 향기로운 꽃이 핀다는 사실을 오노프레는 알고 있었던 것이다. 하지만 그러한 결과가 나오기까지 한동안 기다려야 했다. 처음 시도는 실패로 끝나고 말았다. 당시 바르셀로나의 영화 기술은 다른 지역에 비해 한참 뒤떨어져 있었다. 첫 번째 영화가 나오기까지 무려 삼 개월이 걸렸다. 그러나 막상 필름을 현상해 놓고 보니 아무짝에도 쓸모없는 것으로 드러나고 말았다. 어떤 장면은 너무 어두웠고, 또 어떤 장면은 관객들의 눈을 멀게 할 정도로 지나치게 밝았다. 영화를 본 관객들은 여러 시간 동안 망막을 떠도는 이미지들에 시달려야 했다. 정체를 알 수 없는 누런 점들이 스크린을 누비기도 했다. 어떤 장면에서는 알 수 없는 이유로 동작이 역으로 진행되기도 했다. 모든 것이 거꾸로 진행되었다. 사람들이 뒤로 걸어 다니거나, 입에 머금고 있던 술이 술잔에 채워지기도 했다. 사람들이 땅바닥에서 걸어 다니는 동안 어떤 사람들은 천장에서 걸어 다니기도 했다. 그런 재앙에도 불구하고 오노프레 부빌라는 실망하지 않았다. 오노프레는 쓸모없는 필름들은 모조리 불태워 버리고 지금 당장 다시 시작하라고 명령했다. 파우스티노 주커만이 일을 할 수 있는 상태가 아니라고, 서 있을 수도 없는 상태라고 사람들이 말했다. 그러자 오노프레는 이렇게 대답했다. 그렇다면 의자에 앉아서 감독하라고 해. 그 후로 여러 유명 감독들이 그런 방식을 흉내 냈다. 두 번째 촬영을 위해서는 모든 것을 다시 시작해야만 했다. 첫 번째 촬영에서 사용되었던 세트와 의상을 모조리 불살라 버렸기 때문이다. 오노프레 부빌라는 그런 방식을 고수했다. 촬영장 안에서 벌어지는 일들이 외부로 알려지지 않게 하기 위한 조치였다. 오노프레는 비밀을 유지하는 것을 가장 중요하게 여겼다. 그는 촬영장에서 일하는 사람들을 공갈 협박했다. 그 대신 임금은 두둑이 지불했다. 마침내 두 번째 영화가 준비되었다는 연락이 왔다. 영화를 보고 싶다면 촬영장에 있는 영사실에서 지금 당장이라도 볼 수 있다는 것이었다. 오노프레는 하던 일을 내동댕이치고 불투명 유리를 끼운 자동차를 타고 촬영장으로 달려갔다. 우트 후작이 극장으로 불러 모은 바르셀로나의 거물들이 눈물을 펑펑 쏟으며 보고 있는 영화가 바로 그 영화였다. 첫 번째 시사회가 끝나자 오노프레 부빌라는 파우스티노 주커만을 불러들였다. 그 늙은 카메라맨의 몸에서 악취가 풍겨 나왔다. 적포도주와 생양파 냄새였다. 입 냄새가 마치 시궁창 냄새 같았다.

"축하하네."

오노프레가 말했다.

"내가 원했던 모든 것이 그 영화에 담겨 있더군. 그 눈빛 하나로 충분했어. 우리 인간의 희망과 두려움을 대변하는 그 눈빛 말이야."

파우스티노 주커만은 술에 취한 채 핏발이 선 눈으로 오노프레를 뚫어지게 쳐다보고 있었다. 오노프레는 그 눈빛을 보고 자신이 옳았음을 알 수 있었다. 저 눈빛도 마찬가지야. 오노프레는 생각했다. 저 눈빛에도 델피나의 눈에서 볼 수 있는 희망과 절망이 담겨 있어, 저 눈에서 반짝이는 불길도 머지않아 사그라지고 말겠지, 처음에는 깜부기불로 변했다가 나중에는 차가운 재로 변하고 말 테지, 하지만 델피나의 눈빛은 영화 필름 안에서 영원히 존재할 거야.

6

1

오노프레 부빌라를 맞이하러 나온 남자는 상당히 나이가 들어 보였다. 남자의 외모는 지나간 세월보다 그가 지내 온 환경의 영향을 더욱더 많이 받은 것 같았다. 머리카락은 한 올도 남아 있지 않았다. 남자의 동그란 머리는 짙은 점토색이었다. 이목구비는 오종종했고, 눈동자는 새파란 색이었다. 남자는 끈으로 허리를 졸라맨 줄무늬 바지와 색 바랜 플란넬 셔츠를 입고 샌들을 신고 있었다. 남자는 울퉁불퉁한 지팡이에 의지해 걸었고, 허리띠 대신 허리에 감은 끈에 엄청나게 큰 칼을 차고 있었다. 칼이 너무 커서인지 위협적으로 보이기보다는 우스꽝스러워 보였다. 남자의 발뒤꿈치 부근에서 작은 개 한 마리가 얼쩡거리고 있었다. 몸통에 비해 대가리가 지나치게 크고 꼬리가 짧고 다리가 가느다란 그 개는 보기에 역겨웠다. 개는 주인에게서 잠시도 눈을 떼지 않았고, 주인 역시 곧잘 개를 쳐다보았다. 마치 어떻게 행동해야 할지, 무슨 말을 해야 할지 개에게 물어보는 것 같았다. 이제 남자는 모자를 다시 쓰고 오노프레 부빌라 앞에 서서 길을 안내했다.

"저를 따라오시기 바랍니다, 어르신."

남자가 말했다.

"이쪽입니다. 길이 별로 좋지 않습니다. 발을 조심하셔야 할 겁니다."

오노프레 부빌라는 남자와 개를 따라가기 시작했다. 숲 속의 빈터까지 오노프레를 태우고 온 자동차 운전사가 뒤를 따라오려고 했다. 그러나 오노프레가 손짓으로 운전사를 제지했다.

"자넨 여기 남아 있게나. 내가 빨리 돌아오지 않아도 걱정할 필요 없어."

운전사는 자동차 발판에 앉아 모자를 벗어 옆에 내려놓고 담배를 말기 시작했다. 그동안 두 남자와 개는 숲 속 오솔길로 접어들어 어느덧 사라지고 말았다. 남자는 나이가 꽤 지긋했는데도 나무뿌리와 돌멩이와 덤불 사이를 잘도 빠져나갔다. 그런 반면 오노프레는 자주 걸음을 멈추고 옷자락에 걸리는 가시나무 가지를 빼내야 했다. 그럴 때마다 남자는 길을 되돌아와 칼로 가시나무 가지를 잘라 내며 오노프레 부빌라에게 용서를 구했다. 오노프레는 이미 옷을 버리기로 작정하고 있었다.

1918년에 오노프레가 시작한 영화 산업은 그로부터 이 년 후인 1920년 말경에 최전성기에 이르렀다. 1920년은 오노프레가 최고의 영광을 누린 해였다. 그러나 그 이후로 일이 꼬이기 시작했다. 1923년, 오노프레는 영화 사업을 에프렌 카스텔스에게 넘겨주었다. 에프렌 카스텔스는 영화 사업을 함께 시작한 사업의 동반자였다. 오노프레는 영화 사업뿐만 아니라 모든 사업에서 손을 떼겠다고 선언했다. 이 소식을 듣고 많은 사람들이 낙담했다. 오노프레에 대해 잘 알고 있다고 자부하는 사람들과 오노프레와 자주 접촉했던 사람들은 오노프레의 결정에 그다지 놀라지 않았다. 그 이전에 오노프레가 이사를 가겠다고 결정했을 때부터 그들은 오노프레가 변했다는 사실을 어느 정도 짐작할 수 있었던 것이다. 오노프레의 친구들은 그때를 회상해 보았다. 그것은 우연이 아니었다. 오노프레는 그의 생에 있어서 가장 야심찬 계획을 실행에 옮기기 시작했을 무렵 이사를 가기로 결정했던 것이다. 오노프레는 당시 확신에 차있었다. 어쩌면 그는 자신의 야심찬 계획이 어쩔 수 없이 실패로 끝나리라는 사실을 어렴풋이 짐작하고 있었는지도 모른다.

"이곳은 예전에 장사꾼들이 드나들던 문입니다."

늙은 남자가 말했다.

"이곳으로 모셔서 정말 죄송합니다. 용서해 주시기 바랍니다. 하지만 이곳이 가장 좋은 길입니다. 이곳 말고는 안으로 들어갈 수 있는 통로가 없습니다. 담을 뛰어넘어 가지 않는 한에는 말입니다."

오노프레 부빌라는 새집을 구하기 위해 집을 수백 채나 둘러보았다. 그러나 그곳만큼 마음에 드는 집은 없었다. 보나노바의 고지대에 위치한 그 저택은 카탈루냐어로는 로셀, 이탈리아어로는 로셀리라는 이름으로 알려진 가문이 소유했던 집이었다. 그 저택은 18세기 말경에 세워졌지만, 1815년에 대대적인 확장 공사가 이루어져 원래의 모습은 거의 찾아볼 수 없었다.

그 저택의 정원 역시 1815년에 꾸며진 것이었다. 원래는 낭만적인 모양으로 꾸미려 했으나 실제로는 이상야릇한 모양으로 끝나 버린 그 정원은 거의 십일만 제곱미터에 달하는 면적을 차지하고 있었다. 저택 왼편의 정원 남쪽에는 인공 호수가 하나 있었는데, 요브레가트 강과 직접 연결된 로마식 수로로 호수에 물을 댔다. 그리고 호수와 연결된 운하가 하나 있었다. 그 운하는 정원을 빙빙 돌아 저택 앞으로 지나갔다. 운하에서는 작은 보트나 너벅선으로 물놀이를 즐길 수도 있었다. 운하 양편에 심긴 버드나무와 체리나무와 레몬나무가 운하로 짙은 그늘을 드리우고 있었다. 운하를 건널 수 있는 다리도 몇 개 있었다. 교각이 두 개인, 돌로만 만들어진 가장 큰 다리는 저택의 현관으로 직접 연결되어 있었고, 그 다리보다 약간 작은 '수련 다리'라고 불리는 다리에는 분홍색 대리석으로 만든 난간이 설치되어 있었으며, '디아나 다리'라고 불리는 다리도 있었다. 그 다리에는 암푸리아스의 폐허에서 가져온 디아나 여신 조각상이 세워져 있었다. 티크 목재로 만든 지붕 달린 다리도 있었고, 일본식 다리도 있었다. 일본식 다리는 수면에 드리운 그림자와 함께 완벽한 원을 만들었다. 호수와 운하에는 여러 종류의 화려한 물고기들이 살고 있었다. 그리고 중앙아메리카와 아마존 강에서 채집해 온 여러 종류의 희귀한 나비들이 정원에서 날아다녔다. 그 나비들을 카탈루냐의 기후와 토양에 적응시키기 위해 당시까지 카탈루냐에 알려지지 않았던 과학적 지식과 온갖 노력들이 총동원되었다. 1832년, 로셀 가문 사람들은 이탈리아로 여행을 떠났다. 당시 이탈리아에서는 정원에 동굴을 만드는 것이 유행이었다. 로셀 가문이 이탈리아 출신인지, 아니면 카탈루냐가 시칠리아 섬이나 나폴리 왕국을 지배할 당시에 그곳에 뿌리를 내렸는지는 알 수 없다.(아마도 당시에 위에서 언급했던 것처럼 그 가문의 이름이 여러 차례 바뀌었을 것이다.) 바르셀로나에 정착해서 살고 있던 그 가문의 자손들은 결혼할 시기가 다가오면 정기적으로 이탈리아로 가서 배우자를 구해 왔다.(성질이 변덕스럽거나 취미가 유별나서 그런 것이 아니었다. 거기에는 그럴 만한 이유가 있었다. 어쩌면 전략적 차원에서 그랬는지도 모른다. 그들은 카탈루냐 사람들과 맺어지기를 싫어했다. 카탈루냐 사람들과 결혼하면 머지않아 가문이 풍비박산 날 것이라고 생각했던 것이다.) 로셀 가문 사람들이 이탈리아에서 돌아왔을 때 정원에는 당시로서 보기 드문 훌륭한 동굴이 추가로 건설되었다. 동굴은 두 방으로 구성되었다. 첫 번째 방은 상당히 널찍했다. 둥근 천장은 높이가 십 미터에 이르렀으며, 석고와 도자기로 교묘하게 만든 기이한 모양의 종유석과 석순이 그 방을 장식했다. 두 번째 방은 첫 번째 방보다 훨씬 이상야릇했다. 그 작은 방에는 장식물이 하나도 없었다. 그 방은 바로 옆에 있는 호수 바닥보다 낮은 지대에 만들어졌다. 천장은 돌로 만들어졌고, 천장 한 부분에 두께가 오십 센티미터에 이르는 유리를 끼워 호수 내부를 올려다볼 수 있게 만들었다. 햇빛이 호수 밑바닥까지 비치는 날이면 그 유리를 통해 해조류와 산호와 물고기 떼와 뉴기니에서 데려온 커다란 거북이 한 쌍을 볼 수 있었다. 그 거북이들은 환경의 변화를 이겨 내고 살아남았다. 거북이들은 비록 새끼를 치지는 않았지만 20세기로 접어들고 나서도 한참을 더 살았다. 역시 명성에 걸맞게 장수를 누렸던 것이다.

늙은 남자가 입을 열었다.

"제 아버지는 로셀 가문에서 사냥꾼으로 살았습니다. 그러다 귀머거리가 되자 사냥터지기로 살았습니다. 그러니까, 어르신, 저는 로셀 가문의 하인으로 태어났다고 할 수 있습니다."

그 정원에는 앞서 언급했던 것들 외에도 볼만한 것들이 아주 많았다. 셀 수 없을 정도로 많은 구석진 자리, 갈라진 틈, 별채, 정자, 예배당, 온실 등등. 그리고 의도적으로 복잡하게 만든 오솔길도 있었다. 그 오솔길에서는 길을 잃어도 걱정할 필요가 없었다. 오솔길을 따라 돌아다니다 보면 뜻밖의 장소에서 여러 가지 조각상을 만날 수 있었다. 말을 탄 아우구스티누스 황제의 조각상을 볼 수도 있었고, 받침대 위에 서서 심각한 표정을 짓고 있는 세네카와 퀸틸리아누스도 만나볼 수 있었다. 울타리 너머에서 들려오는 은밀한 속삭임도, 사랑을 속삭이는 소리도 들을 수 있었고, 밝은 달빛 아래서 열렬하게 입을 맞추는 연인들도 볼 수 있었다. 들판 위에서는, 산자락 아래로 층층이 펼쳐진 일곱 언덕 위에서는, 공작새 무리와 이집트에서 건너온 학들이 자기 나름대로의 일상을 살아가고 있었다.

"제가 기억하기로, 제가 제일 먼저 모신 사람은 클라라베야 아가씨였습니다. 저는 여섯 살 때부터 아가씨의 시동 역할을 했습니다. 제 기억이 확실하다면 당시 아가씨는 열세 살이나 열네 살이었을 겁니다. 클라라베야 아가씨는 몇 개 국어를 자유롭게 구사할 수 있었지만 하인들에게 명령을 내릴 때는 항상 이탈리아어를 사용했습니다. 저희 하인들은 아가씨가 내리시는 명령을 하나도 알아들을 수 없었습니다. 하지만 저는 어렵지 않게 제 임무를 수행할 수 있었습니다. 아가씨가 키우던

복슬강아지 일곱 마리를 산책시키는 게 제가 맡은 일이었으니까요. 어르신, 강아지가 일곱 마리나 있었던 겁니다. 그것도 다 순종이었는데, 종류도 다 달랐습니다. 정말 대단한 놈들이었습니다."

저택은 삼 층이었고, 각각의 층은 면적이 천이백 제곱미터였다. 남동쪽을 향한 저택 정면은 바르셀로나를 마주 보고 있었다. 이 층과 삼 층에는 각각 발코니가 열한 개씩 있었고, 일 층에는 커다란 창문과 현관이 열 개씩 있었다. 발코니, 창문, 채광창, 유리문, 전망대, 현관문에는 유리가 모두 이천여섯 장이 사용되었고, 그래서 하인들은 끊임없이 유리를 닦아 내야 했다. 지금 그 유리들은 모두 박살 난 상태였고, 집 안은 엉망진창이었으며, 정원은 밀림으로 변해 있었다. 다리들도 무너져 내렸고, 호수의 물은 바싹 말라 있었고, 동굴은 허물어져 있었고, 외국에서 들여온 동물들은 다른 들짐승에게 잡아먹히고 없었다. 이제는 들짐승과 쥐들이 그곳을 점령했다. 보트와 마차들은 장작더미로 변해 문짝이 떨어져 나간 창고에 수북이 쌓여 있었다. 그리고 현관문을 장식하고 있던 로셀 가문의 문장은 세월에 깎이고 곰팡이가 피어 제대로 알아볼 수도 없었다.

"도대체 무슨 일이 있었던 거요?"

오노프레 부빌라가 늙은 남자에게 물었다. 두 사람은 위험을 무릅쓰고 다리를 건너 현관문 앞에 서 있었다. 늙은 남자는 머리와 꼬리가 떨어져 나간 돌사자 등에 걸터앉았다. 못생긴 개가 그의 발치에 엎드렸다. 늙은 남자는 두 손을 지팡이 위에 올려놓고 그 위에 턱을 얹었다. 그러고는 한숨을 내쉬었다. 오노프레 부빌라는 사연 많고 기나긴 이야기가 시작되리라는 것을 알 수 있었다.

 "어르신, 어르신께서도 아시겠지만 로셀 가문 사람들은 대대로 카탈루냐에서는 결혼을 하지 않았습니다."
 늙은 남자가 이야기를 시작했다.
 "그러니까, 이곳 카탈루냐 사람들과는 짝을 맺지 않았습니다. 같은 땅에서 태어나 같은 햇빛을 받으며 자랐으면서도 우리와는 다른 사람들 같았습니다. 그 사람들은 우리와 사는 방식도 달랐고, 느끼는 방법도 달랐습니다. 하지만 사람들이 말하는 것처럼 그 사람들은 건방지거나 내성적인 사람들이 아니었습니다. 오히려 그 반대였죠. 손님들이 찾아오지 않는 날은 거의 없었습니다. 저는 정해진 시간에 맞추어 개들을 두 시간 정도 산책시키고 해가 질 무렵에 집으로 돌아왔습니다. 그때마다 손님들과 마주치곤 했지요. 개들을 산책시키는 일이 제가 맡은 일이었습니다. 아무리 더울 때라도 저기 보이는 저 벌판에서 개들을 산책시켜야 했습니다. 저기 보이는 저 미루나무 그늘 밑에서 말입니다, 어르신. 물론 지금은 저 나무들도 그때보다 키가 훨씬 더 자랐지만요. 그로부터 많은 세월이 지나갔습니다, 어르신. 제가 개들을 데리고 산책하는 것을 저 나무들이 지켜보았던 겁니다. 저 나무들은 지금은 죽어 버린 제 어린 시절의 꿈에 대해서도 알고 있을 겁니다."
 늙은 남자는 말을 길게 늘어놓았다. 떠올리기가 힘이 드는 것 같기도 했고, 자신이 기억하는 것을 말귀 어두운 외국인에게 설명하는 것 같기도 했다. 그러나 때로는 말을 멈추고 생각에 잠기기도 했다. 그런 때에는 어린 학생처럼 얼굴이 벌겋게 달아올랐고, 원래부터 불그스름했던 그의 피부는 검푸른 색으로 변하곤 했다. 그런 순간이 지나가면 늙은 남자는 고개를 흔들며 지팡이를 단단히 붙잡고 있던 손을 들어 올려 황량한 들판을 가리켰다. 마치 그의 기억 속에서 그 황량한 들판이 예전의 비옥한 초원으로 변하는 것 같았다. 늙은 남자는 그 비옥한 초원으로 사람들이 걸어 다니고 마차들이 달리는 모습을 보고 있는 듯했다.

"손님들이 나타나면 너무나 힘이 들었습니다."

늙은 남자가 다시 말을 이어 나갔다.

"개들이 흥분해서 날뛰는 바람에 놈들을 끌고 오기가 여간 어렵지 않았습니다. 놈들이 저를 이겨 먹는 경우도 드물지 않았습니다. 놈들은 몸집이 작았지만 저 역시 몸이 작은 데다 솜씨도 서툴렀기 때문이었습니다. 놈들은 부드러운 잔디 위로 저를 질질 끌고 다녔고, 저는 훌쩍거리며 놈들에게 끌려다녔습니다. 그렇게 우스꽝스러운 장면이 연출되면 마차를 타고 가던 손님들이 그걸 보고 깔깔대며 웃곤 했습니다. 제가 그런 꼴을 당하는 동안 손님들은 다리를 건너가서는 활짝 열린 현관문을 통해 집 안으로 잽싸게 사라졌습니다."

오노프레 부빌라는 주절거리는 늙은 남자를 내버려 두고 현관으로 들어섰다. 덧창도 커튼도 달리지 않은 커다란 창문들을 통해 빛이 홍수처럼 집 안으로 밀려들었다. 바닥은 마른 나뭇잎으로 뒤덮여 있었다. 값나가는 것은 모두 사라지고 몇몇 잡동사니들만 남아 있었다. 화려한 색의 공 하나, 청동 꽃병 하나, 의자 하나, 그런 것들이었다. 가구들이 있던 자리가 텅 비어 있는 꼴이 보기에 안쓰러웠다. 얼마나 많은 가구들이 이 집에 채워져 있었을까. 오노프레는 생각해 보았다. 갖은 공을 들여 짜고 맞춘 가구들도 상당히 많았을 것이다. 작업 시간으로 환산해 보면 이와 같은 저택을 짓기 위해서는 수많은 사람들이 평생을 바쳐 일했을 것이다, 그런데 이렇게 파괴되다니 무익한 투자를 한 것이나 다름없다, 이건 낭비야, 낭비. 오노프레는 사업가답게 그런 생각을 하고 있었다. 늙은 남자의 목소리가 생각에 잠겨 있던 오노프레를 깨웠다. 늙은 남자는 살그머니 오노프레에게 다가와 느닷없이 이야기를 이어 가기 시작했다.

"그리고 축제도 있었습니다, 어르신. 가든파티도 있었고 카니발도 있었습니다."

늙은 남자는 지팡이 끝으로 바닥에 쌓인 나뭇잎을 헤집기 시작했다. 나뭇잎 사이로 모자이크화가 나타났는데, 아마도 여자의 발과 장딴지를 그린 것 같았다. 나뭇잎을 모두 걷어 내면 현관 바닥을 가득 채운 신화의 한 장면이 나타날 것만 같았다. 하지만 그렇게 하려면 많은 시간이 필요할 듯싶었다. 늙은 남자는 나뭇잎 헤집기를 포기하고 오노프레가 이 방 저 방 둘러보는 동안 뒤를 따라다니며 축제와 무도회에 대해 장황하게 설명을 늘어놓았다. 당연하게도 그 늙은 남자는 밤에 벌어지는 그 축제에 참석할 수 없었다. 하지만 그는 으스스한 추위에도 불구하고 맨발로 잠옷만 입은 채 방에서 빠져나와 사람들 눈에 띄지 않는 곳에 숨어 축제를 구경하곤 했다. 축제가 벌어지면 대단히 혼란스러웠기 때문에 남자는 쉽사리 방에서 빠져나올 수 있었다. 그럴 때면 다른 하인들은 할 일이 너무 많아 그와 같은 꼬맹이한테는 신경을 쓸 겨를이 없었다. 늙은 남자는 그렇게 설명했다. 칼새들은 거울 방 격자 천장에 둥지를 틀었고, 쥐들은 창틀 테두리를 따라 내달렸다. 늙은 남자는 그러한 광경을 보고 마음이 더욱더 울적해진 것 같았다. 그는 한동안 입을 다물고 있다가 다시 이야기를 시작했다. 이번에는 말이 빨라졌다. 마치 그 집을 둘러보는 것이 너무나 괴로워 한시라도 빨리 끝내 버리고 싶어 하는 것 같았다. 실로 오랜만에 그 집을 낯선 사람과 함께 찾아온 것처럼 보이기도 했다.

"어느 여름날이었습니다, 어르신. 아주 끔찍한 날이었습니다. 저는 개들을 데리고 산책을 하다가 해 질 무렵에 집으로 돌아왔습니다. 와서 보니 집 안이 어수선했고, 사람들은 모두 어리둥절한 채 어찌할 바를 모르고 있었습니다. 그래서 처음에는 대단한 축제를 준비하는 모양이라고 생각했습니다. 하지만 그건 도저히 있을 수 없는 일이었습니다. 우리는 얼마 전에 연달아서 대규모 축제를 두 번씩이나 치러 냈기 때문이었습니다. 먼저 산 후안을 기리는 축제가 열렸고, 그다음에는 나폴리의 산 카를로 극장 단원들이 찾아와 잔치가 벌어졌습니다. 로셀 씨가 여름 휴가철을 이용해 그 사람들을 이곳으로 초대했던 겁니다. 가족과 가까운 친구들을 위해 모차르트의 「피가로의 결혼」을 특별히 공연해 달라고 부탁했던 거지요. 그 일 때문에 우리는 곤욕을 치러야 했습니다. 가수들과 합창단과 오케스트라 단원들뿐만 아니라 그 외에 극장에 딸린 식솔들을 재우고 먹여야 했으니까요. 악기와 의상은 물론이고 근 사백여 명에 이르는 사람들이 몰려들었던 겁니다. 그런 일을 치렀으니 이제부터 한동안은 소동이 벌어지지 않을 것이라고 생각했습니다.

저는 그렇게 생각했습니다. 그런 일은 벌어지지 않을 거라고 말입니다. 그러나 제 눈을 믿을 수 없었습니다. 한 떼의 사람들이 집 앞에 몰려 있었던 겁니다. 벽돌공, 목수, 미장이, 칠장이. 그건 결국 성대한 축제를 준비하고 있다는 뜻이었습니다. 틀림없었습니다. 저는 그러한 광경에 몹시 흥분되어 집 안으로 뛰어 들어갔습니다. 일곱 마리 개들과 함께 말입니다. 무슨 일이 벌어졌는지, 혹은 무슨 일이 벌어지고 있는지 궁금해서 견딜 수가 없었습니다. 누군가에게 물어보고 싶었습니다. 저는 집 안을 돌아다니다 식료품을 담당하는 하녀를 만났습니다. 평소에 저와 어느 정도 인연이 있다고 생각하던 하녀였습니다. 어느 집의 하인과 하녀가 결혼하는 일은 아주 흔한 일이었습니다. 그래서 아주 이상한 상황이 연출되기도 했습니다. 제 이모뻘 되는 여자가 사촌이 되기도 했고, 제 외삼촌이 조카가 되기도 했으니까요. 대충 그런 식이었습니다. 어쨌든 저는 그 식료품 담당 하녀가 저와 인연이 있다고 생각했습니다. 저는 그 여자가 제 어머니일지도 모른다고 생각했습니다. 가끔씩 아버지가 숲에서 나와 그 여자와 잠을 자기도 했으니까요. 하지만 그것만으로는 그 여자가 제 어머니라는 사실을 증명할 수 없었습니다. 아무튼, 제 어머니라고 짐작하던 그 식료품 담당 하녀는 도끼로 꿩의 목을 깨끗하게 잘라 낸 뒤 꿩의 몸통을 무릎사이에 끼고 털을 뽑아내고 있었습니다. 그 하녀가 제게 이런 얘기를 들려주었습니다. 오늘 오후에 기마병 한 사람이 찾아왔다, 그 기마병은 망토를 걸치고 펠트로 만든 삼각모자를 쓰고 있었다, 요즘에는 별로 볼 수 없는 옛날 복장이었다, 그 기마병은 말이 걸음을 멈추지도 않았는데 말에서 뛰어내렸다, 다리

위를 달려오는 말발굽 소리를 듣고 마부가 급하게 달려 나갔다, 그러나 그 기마병은 고삐를 묶거나 마부에게 건네줄 틈도 없이 현관 쪽으로 달려왔다, 그 틈을 이용해 말은 운하 속으로 뛰어들었다, 기마병은 집사에게 귀엣말로 뭔가를 속삭였고, 그 순간 현관문이 활짝 열렸다, 그리고 기마병과 로셀 씨의 면담이 즉석에서 이루어졌다, 낮잠에 취해 있던 로셀 씨는 기마병의 말을 듣고 즉시 정신을 차렸고, 오늘 밤 성대한 무도회를 열 수 있도록 모든 준비를 갖추라는 명령을 내렸다, 바로 오늘 밤에 말이다! 대단한 손님이 찾아오는 모양이다, 하지만 그 손님의 이름은 하인들에게 알려 주지 않았다, 심부름꾼은 즉시 되돌아갔고, 그 뒤를 이어 우리 집 하인들이 다른 손님들을 초대하기 위해 우르르 달려 나갔다. 제 어머니일지도 모르는 하녀는 그렇게 말했습니다. 그 사람이 대체 누군데요? 당시 철이 없었던 저는 궁금증을 도저히 참을 수 없어 물어보았습니다. 그러자 제 어머니일지도 모르는 그 하녀는 그건 비밀이라고 대답하더군요. 누구라고 이름을 말해 준다고 해도 저로서는 알수 없을 거라고 했습니다. 그 하녀는 문 뒤에 숨어 있다가 바람결에 실려 온 그 이름을 들었다고 합니다. 그러나 저로서는 그 사람이 누구인지 전혀 알 수 없을 것이라고 하더군요. 그래도 저는 그 사람이 누구인지 알려 달라고 떼를 썼습니다. 저는 그녀의 모성애를 자극했던 겁니다. 만일 그 여자가 진짜로 제 어머니라면 제게 알려 줄지도 모른다고 생각했습니다. 그 하녀는 결국 포기하고 그 손님에 대해 제게 알려 주었습니다. 우리가 그렇게 수선을 피우며 맞이하기 위해 준비하고 있던 손님은 바로 아르치발도 마리아 공작이었습니다. 로셀 가문은 오래전부터 그가 스페인 왕좌를 차지할 수 있도록 후원해 주고 있었습니다."

이 층에는 낙엽이 별로 없었다. 그러나 다른 층에 비해 이 층이 훨씬 더 더러웠다. 아마도 바닥 때문에 더 더러워 보이는 것 같았다. 세상에, 이렇게 지저분해질 수도 있다니. 오노프레 부빌라는 생각했다. 모든 사람들이, 아니 거의 모든 사람들이 자신이 살고 있는 집을 날마다 조금씩이라도 청소하지 않는다면 대체 무슨 일이 벌어질까. 이게 바로 인류의 운명인지도 모른다. 하느님은 지구를 깨끗하게 유지하기 위해 인간을 창조해 냈는지도 모른다. 오로지 청소만이 현실이고 나머지는 다 허상인지도 모른다.

"당시에 왕좌를 노리는 사람을 후원한다는 것은 취미 생활과는 전혀 다른 것이었습니다. 오늘날 자기 마음에 드는 투우사를 좋아하고 응원하는 것과는 달라도 너무나 달랐습니다. 그건 아주 위험한 정치 행위였습니다. 결과에 따라 패가망신할 수도 있는 일이었지요. 당시에 벌어지던 내전 상황에 따라서 말입니다."

늙은 남자가 잠시 입을 다물고 있다가 덧붙였다.

"어쨌든 우리 집을 찾아오겠다고 밝힌 그 문제의 인물은 저로서는 도무지 알아먹을 수 없는 어느 문서에서 카탈루냐를 제한된 독립국가로 만들어 주겠다고 밝혔습니다. 그러니까 영국이 인도를 다스리는 방식과 유사한 방식으로 카탈루냐를 다스리겠다는 것이었습니다. 몽펠리에에서 발표한 그 문서는 이런저런 이념과 장광설과 계획으로 가득 차 있었습니다. 사람들은 그 문서를 '포고문'이라고 불렀는데 저로서는 그 이유를 알 수 없었습니다. 그 두루뭉술한 약속 때문에 로셀 가문은 목숨과 재산을 담보로 도박판에 뛰어들었던 겁니다. 바로 그 양반이 갑작스럽게 우리 집을 방문하겠다고 연락해 왔고, 그래서 우리 집은 혼란에 빠지고 말았던 겁니다. 한편으로는 왕족을 그에 걸맞게 맞이할 준비를 해야 했으며, 다른 한편으로는 무슨 수를 써서라도 그 사람의 방문이 밖으로 알려지지 않도록 손을 써야 했습니다. 정부 당국과 그의 반대파들이 서로 힘을 합쳐 그의 목에 현상금을 내걸었기 때문입니다. 그런 이유로 일이 아주 어렵게 바삐 진행되었습니다. 로셀 가문의 상상력과 기품과 임기응변이 시험대에 올랐던 셈이었죠."

바닥에 도자기 파편이 널려 있었다. 두 사람이 걸음을 옮길 때마다 도자기 파편이 바스락거렸다. 오노프레 부빌라는 도자기 조각을 집어 들어 자세히 살펴보았다. 세브르나 리모지에서 만든 도자기가 틀림없었다. 이백여 명에 달하는 손님들을 한꺼번에 치를 수 있는 양이었다. 그 외에도 수프 접시, 양념 접시, 배식 접시, 과일 접시 파편도 있었다. 식당은 아래층에 있는데 왜 이곳에 도자기 파편들이 있는 거요? 오노프레가 늙은 남자에게 물었다. 그 질문에 대답할 수 있는 사람은 도자기를 깨뜨린 사람밖에 없을 것이다. 늙은 남자는 생각에 잠긴 채 오노프레의 질문에 아무 대답도 하지 않았다.

"우리는 그 사람을 보자마자 알 수 있었습니다. 그 사람은 이 집에 불행만을 안겨 줄 바로 그런 사람이었습니다. 아르치발도 마리아 공작은 당시 마흔 살이나 마흔다섯 살 정도로 보였습니다. 그는 평생 동안 망명 생활을 해 왔습니다. 평생을 이리저리 떠돌며 숨어 사는 바람에 방탕하고 부도덕한 인간이 되어 버렸죠. 그 사람은 다리를 건너는 동안 말에서 떨어졌습니다. 그만큼 곤드레만드레 취해 있었던 겁니다. 하인들은 운하에 배를 띄우고 촛대와 횃불을 들고 있었습니다. 움직이는 불빛을 연출하기 위해서 그랬던 겁니다. 하지만 그 사람은 그것도 보지 못했을 겁니다. 그러는 사이 어딘지 집시 냄새가 풍기는, 별명이 폴리탄인 그의 시종이 서커스에서 묘기를 부리는 사람처럼 날렵하게 말에서 뛰어내려 공작을 일으켜 세운 뒤 다리 난간으로 데리고 갔습니다. 공작은 다리 난간에 엎드려 꽥꽥 토해 내기 시작했습니다. 그동안 클라라베야 아가씨는 아버지의 지시에 따라, 오후 내내 무용 선생에게 배운 우아한 자태로 경의를 표하며 무릎을 꿇고 앉아, 바둑판무늬 비단 방석을 공작에게 내밀었습니다. 그 방석 위에는 집의 현관문 열쇠를 복사한 황금 열쇠와 백합꽃 한 송이가 놓여 있었습니다……. 이미 말씀드렸는지 모르겠습니다만, 어르신, 지독하게 무더운 여름밤이었습니다. 아주 끔찍한 날이었습니다. 공작은 여러 날 동안 면도도 하지 않았고, 여러 달 동안 씻지도 않은 상태였습니다. 공작의 옷에서는 썩은 냄새가 진동했고, 그의 콧구멍에는 누런 코가 매달려 있었으며, 웃기라도 하는 날에는, 즐거워서 웃는 것이 아니라 뭔가를 비꼬는 듯한 잔인한 웃음이었는데, 날카롭고 벌레 먹은 이가 드러났습니다. 왕족이라는 양반이 그런 꼬락서니였던 겁니다. 그건 도저히 있을 수 없는 일이었습니다. 공작은 황금 열쇠를 들어 무게를 가늠해 보더니 그 열쇠를 시종에게 건네주었습니다. 그러고는 백합꽃을 땅바닥으로 던져 버리고 클라라베야 아가씨의 볼을 꼬집었습니다. 클라라베야 아가씨는 얼굴을 붉히며 마지못해 다시 인사를 한 후 뒤돌아서 어머니 뒤로 달려가 숨었습니다."

오노프레 부빌라와 늙은 남자는 계단을 통해 삼 층으로 올라갔다. 계단 난간은 다 떨어져 나가고 바닥에서부터 수직으로 뻗은 기둥만 몇 개 남아 있었다. 다리를 질질 끌며 힘겹게 걸어 다니다가 방으로 들어설 때마다 잠시 주춤거리곤 했던 늙은 남자가 삼 층으로 올라선 순간부터는 갑자기 힘이 나는지 오노프레 부빌라 앞에서 걸음을 멈추었다. 마치 길을 가로막는 것 같았다.

"이곳에 침실들이 있었습니다."

늙은 남자가 느닷없이 말을 꺼냈다. 그때까지만 해도 남자는 방들의 용도에 대해 아무런 설명도 하지 않았다.

"그러니까 주인 어르신들의 침실이 이곳에 있었습니다."

늙은 남자는 무슨 실수라도 저지르지 않았나 싶었는지 겁을 내며 잽싸게 덧붙였다.

"물론 하인들은 저 위에 있는 다락방에서 잠을 잤습니다. 다락방은 여름이면 이 집에서 가장 더운 곳이었고 겨울에는 가장 추운 곳이었습니다. 하지만 다락방이 말로 표현할 수 없을 정도로 불편하기는 했지만, 농장 전체를 시원하게 내려다볼 수 있는 장점도 있었습니다. 저 역시 다락방에서 잠을 잤습니다. 제 방은 다른 방들과 떨어져 있었습니다. 잘난 체하려고 드리는 말씀이 아닙니다. 사실상 저는 클라라베야 아가씨의 일곱 마리 개들과 함께 잠을 자야 했습니다. 그렇지만 다른 하인들과 같은 방을 쓰지는 않았습니다. 그건 사실입니다. 대체로 그랬습니다. 그래서 저는 놀림을 당하지도 않았고, 채찍질을 당하지도 않았고, 비역질을 당하지도 않았습니다. 물론 한 번도 그런 일이 없었던 것은 아니었습니다. 간혹 그런 일이 있기도 했습니다. 그러니까 이렇게 말씀드릴 수 있습니다. 저는 일주일에 한 번 정도 놀림을 당하고 채찍질을 당하고 비역질을 당했습니다. 저와 같은 처지에 있던 사람으로서는 그리 심한 편이 아니었던 겁니다. 그 외의 시간 동안은 편안하게 혼자 있을 수 있었습니다. 저는 창턱에 걸터앉아 두 발을 창밖으로 내놓고 별을 올려다보곤 했습니다. 때로는 화재가 발생하기를 기대하며 바르셀로나가 있는 쪽을 내려다보기도 했습니다. 불이 나지 않는 한 바르셀로나는 너무 캄캄해 전혀 보이지 않았거든요. 저 멀리에 수많은 사람들이 살고 있는 대도시가 존재한다는 사실을 제 방에서는 상상하기 힘들었습니다. 그러다 전깃불이 들어오고 나서는 상황이 바뀌었습니다. 하지만 막상 전깃불이 들어왔을 때에는 이 집에 아무도 살고 있지 않았지만요. 어르신, 이쪽으로 와 보시지요."

남자가 갑자기 오노프레의 옷소매를 잡아끌며 말했다.

"다락방으로 올라가 보시지요. 조금 전에 말씀드렸던 제 방을 보여 드리겠습니다. 여기 있는 방들은 둘러볼 필요도 없습니다. 하나도 재미없거든요. 제 말을 믿으세요."

다락방 천장은 여기저기 내려앉아 있었다. 하늘이 훤히 올려다보였다. 다락방을 차지해 살고 있는 박쥐들이 천장 구멍을 통해 갈지자로 들락거렸다. 나돌아 다니지 않는 박쥐들은 서까래에 거꾸로 매달려 잠들어 있었다. 가시처럼 털이 뻣뻣한 커다란 쥐들이 바닥을 기어 다니고 있었다. 놈들은 고양이와 싸워도 이길 수 있을 정도로 힘이 세 보였다. 늙은 남자는 쥐들이 달려들까 싶었는지 개를 품에 안았다.

"그날 밤 저는 잠을 잘 수 없었습니다."

늙은 남자는 이야기가 한시도 중단되지 않았다는 듯이 말을 이어 나갔다.

"오케스트라가 연주하는 흥겨운 음악 소리가 제 방에까지 올라왔습니다. 아까도 말씀드렸다시피, 저는 습관적으로 창밖을 내다보았습니다. 그날 밤에, 어르신, 그 끔찍했던 날 밤에 하늘에는 수많은 별들이 총총히 떠 있었습니다. 그 별빛 아래로 다리 건너편에 있는 공터가 보였습니다. 특별히 선택받은 손님들과 아르치발도 마리아 공작을 지지하는 사람들이 마차를 타고 몰려들었습니다. 그리고 저 멀리 산등성이에서는 수많은 불빛들이 천천히 움직이고 있었습니다. 마치 게으른 개똥벌레 떼가 움직이는 것 같았습니다. 하지만 그것은 불행하게도 개똥벌레 떼가 아니었습니다. 그것은 에스파르테로 장군이 지휘하는 군대가 길을 밝히기 위해 켠 등불이었습니다. 어느 빌어먹을 놈의 배신자가 공작이 이곳에 있다는 사실을 장군에게 통보했고, 장군은 이 농장을 포위하기 위해 군대를 이끌고 왔던 겁니다. 하지만 얄궂은 운명의 장난으로 그런 사실을 알고 있었던 사람은 저 혼자뿐이었습니다. 겨우 여섯 살짜리 철부지 하나만이 그런 사실을 알고 있었던 겁니다. 그런 꼬맹이가 배신과 전쟁에 대해 뭘 알았겠습니까? 잠시 한숨 돌리겠습니다, 어르신, 용서해 주시기 바랍니다. 잠시 쉬었다가 마저 이야기해 드리겠습니다."

늙은 남자는 한숨을 내쉰 뒤 호주머니에서 바둑판무늬 손수건을 꺼내 눈을 훔쳤다. 그러고는 바로 그 손수건으로 개의 눈을 훔쳤다. 개가 고개를 뒤틀었다. 늙은 남자는 손수건을 호주머니에 집어넣은 뒤 다시 말을 이었다.

"저는 음악 소리를 듣고 있다가 저도 모르게 그만 잠이 들고 말았습니다. 그러다 깜짝 놀라 깨어났습니다. 도대체 몇 시나 됐는지 알 수 없었습니다. 저와 함께 잠이 들었던 개들은 저보다 먼저 깨어나 있었습니다. 개들은 불안하게 방을 이리저리 돌아다녔고, 문을 긁어 댔고, 방바닥에 깔린 돗자리를 물어뜯었고, 뭔가 불길한 낌새를 알아차렸는지 낑낑대고 있었습니다. 창밖은 아주 깜깜했습니다. 저는 창문을 내다보았습니다. 잠시 전까지만 해도 제 눈을 즐겁게 해 주었던 마차들은 모두 사라지고 없었으며 개똥벌레들도 보이지 않았습니다. 저는 짤막한 토막 초에 불을 붙여, 맨발에 잠옷 바람으로 복도에 나가 보았습니다. 개들이 밖으로 뛰쳐나와 집 안을 쏘다니지 못하도록 방문은 잠가 두었고요. 사람들은 모두 잠들어 있는 것 같았습니다. 어르신, 저는 저기 보이는 저 계단을 타고 삼 층으로 내려왔습니다. 제가 그때 왜 그랬는지는 저도 알 수 없습니다. 갑자기 손 하나가 제 팔을 잡고 다른 손 하나가 제 입을 막았습니다. 그 바람에 저는 달아날 수도 없었고 도움을 요청할 수도 없었습니다. 초가 바닥으로 떨어졌습니다. 누군가가 초를 잽싸게 줍더군요. 저는 정신을 차리고 저를 붙들고 있는 사람을 올려다보았습니다. 그 사람은 다름 아닌 아르치발도 마리아 공작이었습니다. 그리고 바닥에 떨어진 촛불을 주워 든 사람은 바로 공작의 시종인 그 막돼먹은 폴리탄이었습니다. 칼을 입에 물고 있는 그 무시무시한 모습이 촛불에 비쳐 보였습니다. 저는 그 모습을 보고 하마터면 오줌을 지릴 뻔했습니다. 겁내지 않아도 돼. 공작이 제 귀에 대고 속삭이는 소리가 들렸습니다. 얼굴로 쏟아지는 역겨운 구취와 지독한 술 냄새 때문에 저는 정신을 잃을 뻔했습니다. 내가 누군지 알아? 공작이 제게 물었습니다. 저는 알고 있다는 뜻으로 잽싸게 고개를 끄덕였습니다. 공작은 제 대답을 듣고 만족해하는 것 같았습니다. 그가 이렇게 덧붙였거든요. 내가 누구인지 알고 있다면 내가 무슨 명령을 내려도 그 말에 복종해야 한다는 것도 알겠군그래. 저는 다시 고개를 끄덕였습니다. 그러자 공작이 클라라베야 아가씨의 침실이 어디 있는지 아느냐고 다시 물었습니다. 제가 다시 고개를 끄덕이자 두 남자가 재빨리 눈짓과 미소를 교환했습니다. 저는 그 눈짓과 미소가 무엇을 의미하는지 짐작조차 할 수 없었습니다. 그렇다면 꾸물대지 말고 어서 그 방으로 안내해. 공작이 말했습니다. 클라라베야 양이 지금 나를 기다리고 있단 말이야, 클라라베야 양에게 전할 말이 있어. 공작은 이렇게 덧붙이고 나서 징그럽게 웃어 댔습니다. 시종 역시 공작을 따라 징그럽게 웃어 대더군요. 물론 저는 공작의 명령에 따를 수밖에 없었습니다. 아가씨의 침실에 도착하자 두 남자는 제게 초를 건네주며 즉시 제 방으로 돌아가라고 위협했습니다. 돌아가는 즉시 잠을 자도록 해, 오늘 밤에 있었던 일은 아무에게도 얘기하지 말고. 공작이 제게 일렀습니다. 만일 한마디라도 나불댔다가는 플리탄을 시켜 혓바닥을 잘라 버릴 테니까. 저는 단 한 번도 뒤돌아보지 않고 부랴부랴 제 방으로 돌아갔습니다. 하지만 제 방 앞에 도착했을 때 즉시 안으로 들어가는 대신 잠시 머뭇거렸습니다. 공작과 만난 이후로 뭐라고 설명할 수는 없었지만 이상하게도 기분이 찜찜했습니다. 그때 제가 서 있던 다락방 복도 안쪽에는 제 어머니일지도 모르는 식료품 담당 하녀가 잠을 자는 방이 있었습니다. 저는 그 방으로 살금살금 기어 들어갔습니다. 이미 설명드렸다시피 그 방에서는 다른 하녀들도 잠을 자고 있었습니다. 저는 식료품 담당 하녀가 자고 있는 침대로 다가가 그녀를 흔들어 깨웠습니다. 그녀는 눈을 반쯤 뜨고 저를 잡아먹을 듯 노려보았습니다. 이 우라질 녀석아, 지금 여기서 뭐 하는 거야? 그녀가 이를 부득부득 갈며 투덜거렸습니다. 저는 그 말을 듣고 그녀가 제 어머니가 아닐지도 모른다고 생각했습니다. 제 어머니였다면 그렇게 나오지는 않았을 테니까요. 그녀가 제 어머니가 아닌 이상 저는 매만 벌고 있는 셈이었습니다. 하지만 저는 이렇게 대답하고 말았습니다. 무서워 죽겠어요, 엄마. 그러자 그녀가 화를 누그러뜨리며 대답했습니다. 좋아, 원한다면 여기서 자도록 해, 하지만 내 침대에서는 안 돼, 오늘 밤에 손님이 있다는 걸 모른단 말이야? 그녀는 집게손가락을 입술에 갖다 댄 후 옆에서 코를 골며 자고 있는 남자를 가리켰습니다. 내친김에 한 말씀 더 올리자면, 그 남자는 사냥터지기인 제 아버지가 아니었습니다. 그렇다고 해서 제 신상에 변화가 있을 리는 없었습니다. 그래서 저는 침대 발치의 돗자리 위에 몸을 눕혔습니다. 그리고 눈에 보이는 요강들을 하나하나 세어 보기 시작했습니다. 저는 또다시 잠에서 깨어났습니다. 어머니가 저를 흔들고 있었습니다. 천장 채광창을 통해 희미한 빛이 스며들고 있었습니다. 하녀들과, 이런저런 이유로 하녀들의 방을 찾아온 남정네들이 이리저리 몰려다니며 옷을 찾고 있었습니다. 저는 무슨 일이냐고 어머니에게 물어보았습니다. 어머니는 대답 대신 제 뺨따귀를 한 대 올려붙였습니다. 아가리 닥쳐, 빨리 여기서 빠져나가야 해. 어머니는 그렇게 말했습니다. 어머니는 잠옷 위에 숄을 걸치고 저를 질질 끌고 방에서 빠져나갔습니다. 모든 하인들이 한꺼번에 계단으로 몰려드는 바람에 계단이 삐걱거리며 무너져 내릴 듯 아래위로 흔들렸습니다. 하인들은 모두 지하실로 몰려들었습니다. 로셀 씨와 로셀 부인도 지하실에 있었습니다. 로셀 씨는 연미복을 입고 있었습니다. 그 급한 와중에도 옷을 갈아입은 모양이었습니다. 오른손으로는 칼집에서 빼낸 군도를 쥐고 있었고, 왼손으로는 로셀 부인의 어깨를 감싸고 있었습니다. 로셀 부인은 남편의 가슴에 얼굴을 파묻고 흐느끼고 있었습니다. 그녀는 기다란 파란색 우단 실내복을 입고 있었지요. 저는 로셀 씨 옆을 지나가다가 그가 중얼거리는 소리를 들었습니다. 슬프도다, 카탈루냐여! 저는 혹시나 그 무리 중에 클라라베야 아가씨가 있는가 싶어 사방을 둘러보았습니다. 하지만 키가 너무 작아 주변이 잘 보이지 않았습니다. 제 주변에 모여 있던 사람들이 속삭였습니다. 에스파르테로 장군의 군대가 다리를 건넜다, 이제 곧 현관문을 깨부수고 들어올 것이다. 사람들의 말을 증명하기라도 하듯 우리들 머리 바로 위인 일 층에서 뭔가를 거세게 두드리는 소리가 들려왔습니다. 저는 제 주변에 있던 사람들의 무릎 사이로 제 머리를 틀어박았습니다. 로셀 씨가 차분한 목소리로 명령했습니다. 서둘러, 어서 서둘러, 꾸물대지 말고, 목숨이 걸린 문제야. 우리는 모두 식료품 저장실로 들어갔습니다. 그곳은 쇠테를 두른 밝은색 나무통들이 있던 곳이었습니다. 나무통에는 강낭콩이나 렌즈콩이나 이집트콩 따위가 들어 있었습니다. 저는 입이 딱 벌어지고 말았습니다. 그렇게 좁은 공간에 이 많은 사람들이 들어갈 수 있다니, 그저 놀라울 뿐이었습니다. 하지만 저 장실로 들어서는 순간 진상을 알게 되었습니다. 저장실 바닥에 문이 하나 있었던 겁니다. 평소에는 나무통들로 감추어 두었던 문이 이제는 활짝 열려 있었습니다. 저장실로 뛰어든 사람들이 그 문을 통해 빠져나가고 있었습니다. 그 문은 비밀 통로로 연결되어 있었습니다. 그 비밀 통로에 대해서는 오직 집주인만 알고 있었습니다. 그때처럼 집이 완전히 포위되었을 때에는 그 비밀 통로를 통해 빠져나갈 수 있었습니다. 어머니가 제게 손짓했습니다. 뒤처지지 말고 어서 서둘러. 아마도 그런 뜻을 전달하고자 했을 겁니다. 어르신, 만일 그때 갑자기 딴 생각이 떠오르지 않았다면 저는 어머니를 따라 곧장 빠져나갔을 겁니다. 그런데 몇 시간 전에 제 방에 가두어 둔 일곱 마리 개들이 갑자기 머리에 떠올랐던 겁니다. 제가 방에서 몰래 빠져나왔다가 공작과 마주쳤던 바로 그때 말입니다. 그 녀석들을 데려와야 해. 저는 속으로 다짐했습니다. 개들을 두고 달아나면 클라라베야 아가씨가 화를 내실 거야. 저는 두 번 생각할 것도 없이 뒤돌아서 달리기 시작했습니다. 지하실에서부터 다락방까지 정신없이 기어 올라갔습니다."

오노프레 부빌라는 창문으로 얼굴을 내밀고 아래쪽을 내려다보았다. 뒤엉킨 잡목과 덤불이 농장의 경계선을 지워 버렸다. 지금은 짙푸른 녹음이 오노프레의 발치에서부터 도시 변두리까지 길게 이어져 있었다. 도시에 차례차례 잡아먹힌 마을들이 선명하게 드러났다. 숲과 도로와 사치스러운 저택을 갖춘 신시가지가 보였고, 그 아래쪽으로 구시가지도 보였다. 많은 세월이 흘러갔지만 오노프레는 구시가지를 한눈에 알아볼 수 있었다. 그리고 마지막으로 바다가 펼쳐져 있었다. 도시 양쪽에 형성된 산업 지구의 공장 굴뚝에서 연기가 피어올랐다. 해가 지면서 하늘은 점점 어두워져 갔다. 거리에서는 느긋한 점등원들의 발걸음에 맞추어 가로등이 하나씩 켜지고 있었다.

"나머지 얘기는 듣고 싶지 않소."

오노프레 부빌라는 고개를 돌려 단호한 눈빛으로 늙은 남자를 쳐다보며 무뚝뚝하게 말했다.

"이 집을 사겠소."

2

우연이었는지 의도적으로 그랬는지는 알 수 없지만, 오노프레 부빌라의 영화 제국은 오노프레가 저택을 구입해 보수공사를 마치는 순간 침몰하기 시작했다. 오노프레는 불굴의 투지로 시간과 에너지와 비용을 아끼지 않고 저택 내부를 완전히 뜯어내고 모든 것을 본래의 모습으로, 혹은 이상적인 모습으로 복원시켰다. 오노프레는 그 보수공사에서 설계도 따위에 의존하지 않았다. 오로지 납득할 수 있는 증언과 개를 달고 다니는 그 늙은 남자의 불분명한 기억에 의존했을 뿐이었다. 오노프레는 건축가들, 역사가들, 실내장식가들, 가구 제작자들, 예술가들, 예술 애호가들, 협잡꾼들의 의견을 참을성 있게 들었다. 보수공사를 하는 동안 문제가 끊임없이 발생했고, 문제가 발생할 때마다 나름대로 한가락 한다는 사람들이 몰려들어 해결책을 제시했다. 하지만 자칭 전문가들의 의견은 서로 상반되는 경우가 많았다. 오노프레는 여러 사람(의견을 제시한 사람들에게는 보수를 넉넉히 지불했다.)의 의견을 들은 후에 가장 적절하다고 판단되는 의견을 채택했다. 오노프레는 결코 자신의 개인적인 취향에 휩쓸리지 않았다. 오노프레는 저택이 서서히 부활하는 모습을 지켜보았다. 정원, 마구간과 창고, 호수와 운하, 다리와 별채, 화단과 텃밭도 차례차례 부활했다. 저택 내부의 천장과 바닥도 남아 있던 잔재를 바탕으로 원래의 모습 그대로 복원되었다. 세월이 흘러 원래의 모습을 짐작할 수 없을 경우에는 새롭게 창조해 내기도 했다. 오노프레는 도자기와 유리 세공품 파편을 대리인들에게 나누어 주고 그들을 세계 각지로 보내 그와 똑같은 제품을 구해 오도록 시켰다. 불과 몇 년 전만 해도 세계 각지를 돌아다니며 최고 가격을 부르는 입찰자에게 대포와 포탄을 팔아먹던 오노프레의 대리인들은 이제 세공사와 골동품 상인들이 사는 눅눅한 지하실을 찾아가 문에 달린 초인종을 눌러 대고 있었다. 오노프레는 전 세계의 작업장과 다락방에 있는 화가와 조각가를 바르셀로나로 초청했고, 전 세계의 미술관과 박물관에서 예술품 복원 전문가들을 초빙했다. 사람 손바닥만 한 꽃병 조각을 두 번씩이나 상하이로 보내기도 했다. 오노프레는 안달루시아와 데번셔에서 말들을 수입해 자신을 위해 독일에서 특별히 제작한 마차를 끌게 했다. 이에 사람들은 모두 오노프레가 미쳤다고, 이성을 잃었다고 생각했다. 오노프레가 무슨 이유에서 그 답도 없는 수수께끼로 달려드는지 사람들은 도무지 이해할 수 없었다. 하지만 그 누구도 오노프레의 생각에 반대할 수 없었다. 오노프레는 적합성이나 편리함이나 경제성 따위는 안중에도 두지 않았다. 모든 것이 예전 것과, 로셀 가문이 살았던 시대의 것과 똑같아야만 했다. 하지만 오노프레는 이상하게도 로셀 가문의 자취를 찾으려고 하지는 않았다. 사람들은 놀라움을 금치 못하며 이렇게 묻곤 했다. 왜 영화를 그만두고 케케묵은 옛날로 되돌아가려고 하느냐, 무슨 이유로 시대에 걸맞지 않은 일을 벌이려고 하느냐, 진보가 내팽개친 일을 도대체 무슨 이유로 되살리려고 하느냐. 그럴 때마다 오노프레는 피식 웃으며 이렇게 대답했다. 바로 그런 이유 때문이지. 무슨 수를 써도 오노프레의 생각은 변하지 않았다. 그 엄청난 보수공사는 몇 년이 지나도 끝날 줄을 몰랐다.

어느 날이었다. 오노프레는 공사가 진행 중인 저택을 찾아가 어느 실내장식가와 대화를 나누었다. 실내장식가는 오노프레에게 이렇게 말했다. 별로 중요하지 않은 마졸리카 도자기 조각상 하나가 부족하다, 이리저리 수소문해 본 결과 파리의 어떤 공장에 가면 그와 똑같은 조각상을 구할 수 있다고 한다, 하지만 그처럼 하찮은 조각상을 구하기 위해 돈과 정력을 낭비하느니 차라리 일을 그만두고 싶다. 오노프레 부빌라는 파리의 공장 주소를 알아낸 뒤 그 실내장식가를 즉시 해고해 버렸다. 그리고 다리 위에서 대기하고 있던 자동차에 올라타 운전사에게 명령했다. 프랑스 파리. 오노프레는 카탈루냐에서 한 번도 벗어난 적이 없었다. 심지어 대부분의 사업이 이루어지는 마드리드에도 가 본 적이 없었다. 오노프레는 자동차를 타고 가는 동안 꾸벅꾸벅 졸았다. 국경선을 지날 무렵 날씨가 약간 쌀쌀해졌다. 오노프레는 다리를 감싸기 위해 여행용 담요를 하나 사려고 했다. 그러나 상인들은 담요를 팔지 않았다. 오노프레에게 프랑스 화폐가 없었던 것이다. 오노프레는 담요도 없이 페르피냥까지 갔다. 페르피냥에 있는 은행이 오노프레에게 필요한 돈을 빌려 주었고 언제, 어디서나 사용할 수 있는 백지수표도 발행해 주었다. 페르피냥을 벗어나는 순간 비가 내리기 시작했다. 여행이 끝날 때까지 비는 계속해서 내렸다. 오노프레와 운전사는 해가 질 무렵에 도착한 어느 마을에서 잠을 잤다. 다음 날 아침 두 사람은 다시 길을 떠났다. 두 사람은 파리에 도착해 그 무능력한 실내장식가가 가르쳐 준 공장을 곧장 찾아갔다. 마졸리카 도자기 조각상이 그곳에 있었다. 오노프레는 단돈 몇 푼으로 그 조각상을 구입할 수 있었다. 그는 조각상을 구입한 후 공장 근처에 있는 고급 호텔로 가서 로열 스위트룸에 투숙했다. 오노프레가 몸을 씻고 있을 때 연미복을 입은 호텔 지배인이 방으로 들어왔다. 지배인 윗도리의 접은 옷깃에 치자 꽃 한 송이가 꽂혀 있었다. 지배인이 물었다. 부빌라 선생님, 특별히 원하시는 바가 있습니까? 오노프레는 저녁 식사를 방으로 갖다 달라고 부탁했다. 그리고 다른 층의 다른 방에 투숙하고 있는 운전사에게는 예쁜 아가씨를 한 명 보내 달라고 부탁했다. 내일은 운전사에게 아주 힘든 하루가 될 겁니다. 오노프레가 말했다. 호텔 지배인은 알아들었다는 표정을 지어 보이며 오노프레에게 물었다. 선생님께서는 친구분이 필요 없으신지요? 과묵하고 친절한 친구라면 괜찮겠지요. 오노프레는 그렇게 대답하면서 우트 후작이라면 이런 상황에서 어떤 태도를 취할지 상상해 보았다. 호텔 지배인은 두 손을 허공으로 들어 올렸다. 그런 일이라면 저희 호텔이 전문입니다. 호텔 지배인은 그렇게 소리쳤다. 니네트라는 아가씨가 있습니다.

잠시 후 니네트가 로열 스위트룸에 도착했다. 오노프레는 옷을 입은 채로 깊이 잠들어 있었다. 니네트는 오노프레의 구두를 벗겨 주고, 조끼 단추와 셔츠 단추를 풀어 주고, 오노프레의 몸에 이불을 덮어 주었다. 불을 끄려는 순간 침실용 탁자 위에 놓인 봉투가 눈에 띄었다. 봉투에는 '당신에게.'라고 쓰여 있었고, 그 안에는 지폐 한 다발이 들어 있었다. 니네트는 돈이 든 봉투를 탁자 위에 내려놓고 불을 끈 후 스위트룸에서 조용히 빠져나갔다.

누가 뭐라 해도 여행은 지겹기만 할 뿐 도통 배울 게 없어. 오노프레는 다음 날 그렇게 생각했다. 호텔 지배인은 바르셀로나로 돌아갈 때 비행기를 이용하면 시간을 절약할 수 있다고 조언했다. 바르셀로나와 파리를 오가는 정기항로가 아직 개설되지 않았을 때였다. 하지만 돈이 있으면 문제 될 게 없습니다. 호텔 지배인은 그렇게 말했다. 이 세상의 어떤 문제라도 돈만 있으면 다 해결할 수 있습니다. 오노프레는 공항으로 달려가 벨기에 출신 조종사와 타협해 복엽비행기를 빌리기로 했다. 운전사는 바르셀로나를 향해 자동차를 몰며 떠났고, 오노프레와 조종사는 비행기로 올랐다. 비행기는 역풍을 만나 그르노블까지 밀려갔다. 두 사람은 리옹까지 날아가 그곳에서 비행기에 연료를 채우고, 체온을 올리기 위해 공항 술집에서 코냑을 여러 잔 마셨다. 피레네 산맥을 넘을 때에는 사고로 하마터면 목숨을 잃을 뻔했다. 우여곡절 끝에 비행기는 사바델 공항에 무사히 착륙했다. 놀랍게도 에프렌 카스텔스와 우트 후작이 공항

활주로에서 오노프레 부빌라를 기다리고 있었다.

"이런 제길, 이렇게 마중까지 나오다니. 정말 고맙소."

오노프레가 말했다. 두 사람이 뭐라고 소리를 질렀지만 오노프레는 한마디도 알아들을 수 없었다. 오랫동안 비행기를 타고 오는 바람에 잠시 귀가 먹었던 것이다. 오노프레는 발걸음을 제대로 떼어 놓을 수 없었다. 거인 에프렌 카스텔스가 오노프레를 거의 안고 가다시피 했다.

"내가 오늘 도착한다는 사실은 대체 어떻게 알아낸 거요?"

오노프레가 두 사람에게 물었다.

에프렌 카스텔스와 우트 후작은 오노프레를 찾아 사방팔방을 헤매고 다녔다. 두 사람은 은행을 통해 오노프레가 파리까지 갔다는 사실을 알아냈고, 파리의 호텔 지배인에게서 받은 전보로 오노프레의 행적을 알 수 있었다. '골동품을 구하고, 니네트를 실망시키고, 비행기를 타고 갔음.' 호텔 지배인은 그런 내용의 전보를 두 사람에게 보냈다. 이제 세 사람은 에프렌 카스텔스의 자동차를 타고 바르셀로나를 향해 달려가고 있었다. 에프렌 카스텔스는 보조석에 앉아 빨리 달리라고 운전사를 재촉했다. 오노프레는 왜 그렇게 서두르느냐고 에프렌 카스텔스에게 물었다. 도대체 무슨 일인데 그래? 아주 중요한 일이야. 에프렌 카스텔스가 대답했다. 자네가 멍청하게 나돌아 다니는 바람에 우리는 귀중한 시간을 잃어버렸어. 에프렌 카스텔스는 평소 모습과 다르게 정색을 하고 말했다.

"두건을 씁시다."

우트 후작이 말했다. 후작은 의자 밑에서 상감 무늬를 박아 넣은 직사각형 나무 상자를 꺼냈다. 그리고 그 상자에서 몰타

십자가가 새겨진 검은색 두건 세 개를 꺼냈다. 두건을 쓴 세 사람은 두건 끝이 자동차 천장에 닿아 찌그러지지 않도록 몸을 잔뜩 웅크려야 했다. 미친 듯이 달리던 자동차는 이윽고 티비다보 언덕 아래에서 멈추었다. 그 앞에 붉은 벽돌로 지어진 저택이 서 있었다. 그 저택은 탑과, 총안이 뚫린 흙벽과, 괴물이 조각된 홈통으로 장식되어 있었다. 어깨에 총을 멘 두 남자가 육중한 철문을 열었다가 자동차가 안으로 들어서자 다시 문을 닫았다. 자동차는 저택 현관 앞에서 멈추었다. 세 사람은 자동차에서 내리자마자 층계를 두 계단씩 뛰어 올라가 현관으로 들어갔다. 천장이 높은 둥근 방에 바삐 서두르는 세 사람의 발걸음 소리가 울려 퍼졌다. 세 사람 앞에서 문들이 열렸다가 다시 닫혔다. 반바지를 입고 하얀색 비단 가면을 쓴 하인들이 세 사람을 향해 절을 하며 그들이 가야 할 길을 가리켰다. 마침내 세 사람은 어느 방으로 들어섰다. 방 한가운데에 길고 좁은 테이블이 하나 놓여 있었는데, 그 테이블에는 두건을 쓴 사람들이 앉아 있었다. 오노프레 부빌라와 우트 후작과 에프렌 카스텔스는 비어 있던 나무 의자에 앉았다. 사회를 보는 남자가 걸걸한 목소리로 물었다. 모두 참석하셨습니까? 모든 사람들이 그렇다고 중얼거렸다. 그렇다면 시작하도록 하겠습니다. 의장이 십자가를 그으며 말했다. 모든 사람들이 의장을 따라 십자가를 그었다. 의장이 다시 입을 열었다.

"이 특별한 자리에 마드리드와 빌바오의 형제들이 파견한 대표들도 참석해 주셨습니다. 이렇게 자리를 빛내 주셔서 감사합니다. 바르셀로나에 오신 것을 진심으로 환영하는 바입니다."

의장의 인사말에 사람들이 다시 웅성거리기 시작했다. 의장은 의사봉을 두드린 후 말을 이었다.

"여러분 모두가 작금의 사태에 대해 잘 알고 계시리라 믿습니다."

1923년, 상황이 급속도로 악화되었다. '돌아올 수 없는 강을 건넜다.'라고 표현하는 사람들도 있었다. 오로지 오노프레 부빌라만이 그와 같은 비관적인 전망에 동의하지 않았다. 우리는 항상 혼란스러운 시대를 살아왔어. 오노프레는 그렇게 말했다. 이런 일은 다반사야, 일부러 손을 쓸 필요까지는 없어. 오노프레는 문제가 있기는 해도 그렇게 심각한 상태는 아니라고 생각했다. 사는 게 다 그렇지 뭐, 그냥 내버려 두면 저절로 해결되게 돼 있어, 가능하면 폭력은 최소한으로 줄여야 해. 그와 같은 사태를, 즉 혼란스럽고 뒤얽힌 그런 상황을 오노프레는 좋아했다. 그는 그런 상황을 역이용해 지금과 같은 위치로 올라올 수 있었던 것이다. 반면에 우트 후작과 그 패거리들의 생각은 달랐다. 그들이 누리고 있는 지위는 조상으로부터 물려받은 것이었고, 그러므로 그들은 행여나 그 지위를 잃을까 싶어 노심초사하며 살았다. 그들은 자신들의 지위를 지키기 위해서라면 수단 방법을 가리지 않았다. 볼셰비즘이라는 유령 때문에 그들은 잠을 이룰 수 없었다. 아, 볼셰비즘이 러시아에서처럼 이곳에서도 승리를 거둔다면 나는 레닌이 될 수 있을 텐데. 오노프레 부빌라는 볼셰비즘을 놓고 토론을 벌일 때마다 이렇게 생각했다. 그는 자신의 능력에 대해 자신감이 넘쳐흘렀다. 어떠한 사태라도 제압할 수 있다고, 어떠한 어려움도 극복해

낼 수 있다고 믿었다. 하지만 우트 후작과 그 패거리들에게는 차마 그런 말을 할 수가 없었다. 지금 오노프레는 그들과 함께 있는 것이었다.

"상황을 그렇게까지 극단적으로 몰고 갈 필요는 없을 것 같습니다. 바보라면 몰라도."

오노프레는 단지 그렇게 말했을 뿐이었다.

"작금의 상황은 '낙타와 천막 주인'이라는 우화와 아주 흡사합니다."

우트 후작이 목소리를 높였다.

"하층계급이 뭔가를 달라고 요구하면 우리는 그것을 줍니다. 하층계급은 그다음 날 다시 찾아와 다른 것을 요구합니다. 그러면 우리는 그것도 내줍니다. 그런 일이 계속 반복될 것입니다. 마침내 놈들은 무장봉기를 일으키고, 우리의 머리를 잘라 기둥에 매달아 놓을 겁니다. 그렇게 되면 썩은 내가 진동하겠지요."

우트 후작의 상황 분석에 많은 사람들이 동의를 표시했다. 에프렌 카스텔스의 오른편에 앉아 있던 남자가 입을 열었다. 노동자 놈들은 이미 선을 넘었습니다. 놈들은 이제 그 어떤 것으로도 만족하지 않을 겁니다. 이제 놈들이 바라는 것은 우리의 목을 따는 겁니다. 놈들은 우리의 목을 따고, 우리 딸내미들을 강간하고, 교회를 불사르고, 우리의 시가를 빼앗아 피울 겁니다. 두건을 뒤집어쓴 남자들이 모두 주먹으로 테이블을 두드리기 시작했다. 잠시 후 소란이 가라앉았다. 오노프레 부빌라는 그 틈을 이용해 연설을 시작했다.

"노동자들이 무엇을 원하는지 저는 알고 있습니다."

오노프레는 부드럽게 말을 꺼냈다.

"노동자들은 부르주아가 되고 싶어 합니다. 그게 뭐가 잘못이란 말입니까? 부르주아는 우리에게 최고의 고객입니다."

몇몇 사람들이 심기가 불편한 듯 투덜거렸다. 오노프레는 노동자계급이 어떻게 되든 상관하지 않았다. 그러나 사람들이 자신의 의견에 반대하는 것은 참을 수 없었다. 최후의 결정이 이미 내려졌다는 것은 알고 있었다. 돌이킬 수 없는 상황이었다. 하지만 그대로 물러설 수도 없는 노릇이었다.

"제 말을 좀 들어 보시기 바랍니다. 여러분은 모두 노동자들이 피에 굶주린 사나운 호랑이라고 생각하고 있습니다. 몰래 숨어서 우리의 목을 물어뜯을 기회를 엿보고 있는 호랑이라고 말입니다. 무슨 수를 써서라도 우리들로부터 먼 곳에 가두어 둬야 할 짐승이라고 말입니다. 감히 말씀드리지만, 사실은 그렇지 않습니다. 알고 보면 노동자들도 우리와 같은 인간입니다. 노동자들도 돈이 생기면 자신들이 손수 만든 물건을 사려고 달려갈 겁니다. 그렇게 되면 생산량은 엄청나게 증가할 겁니다."

한 사람이 중간에 끼어들었다. 그따위 경제 이론은 나도 언젠가 들은 적이 있소, 무슨 뜻인지 알아먹지는 못해도 헛소리처럼 들리던데요, 나중에 알고 보니 영국에서 나온 이론이더군요, 더 이상 말하지 않아도 내 말이 무슨 뜻인지 알 겁니다. 누군가가 지적했다. 지금 이 자리는 학술 토론장이 아닙니다, 누구라도 자신이 좋아하는 경제 이론을 지지할 권리는 있습니다, 그러나 지금은 그따위 탁상공론을 따지고 있을 때가 아닙니다. 우트 후작이 한마디 덧붙였다. 지금 상황은 앞서 말씀드린 낙타와 천막 주인 이야기와 비슷하단 말입니다. 우트 후작은 잠시 후 다시 입을 열었다. 그 이야기를 모르신다면, 피리 부는 당나귀 이야기와 비슷하다고나 할까요. 오노프레 부빌라가 다시 발언권을 차지했다.

"이제 상황은 우리 손에 달려 있습니다. 우리가 적당한 선에서 노동자들의 요구를 들어주면 노동자들은 자기들끼리 잘 먹고 잘살 겁니다. 하지만 우리가 강경하게 나가면 노동자들은 폭동과 같은 엉뚱한 짓을 저지를 수도 있습니다. 그렇지 않다고 누가 보장해 줄 겁니까?"

"군대가 있지요."

그때까지 입을 꾹 다물고 있던 남자가 말했다. 부드러운 목소리였다. 오노프레 부빌라에겐 귀에 익은 목소리였다.

"군대는 위급한 상황에 개입하기 위해 존재합니다. 예를 들어, 조국이 위험한 상황에 처하면 군대가 개입하지요."

오노프레 부빌라는 손에 들고 있던 연필을 바닥으로 떨어뜨렸다. 그리고 연필을 집기 위해 몸을 숙이는 척하며 테이블 밑을 살펴보았다. 군대 얘기를 꺼낸 남자는 목이 긴 장화를 신고 있었다. 골치 아프게 생겼네, 이제야 누군지 확실히 알겠군. 오노프레는 생각했다.

"혼란이 일어나면 군대가 나서서 사태를 수습하고 질서를 회복해야 합니다. 혼란은 조국을 위태롭게 만들기 때문입니다. 군대의 신성한 의무는 조국이 위험에 처했을 때 조국을 도와주는 것입니다."

남자의 말이 계속되었다. 확신에 찬 말투였다. 그의 어조는 아무도 거역할 수 없을 만큼 완고했다.

"우리가 주장하는 것이 무엇입니까. 혼란을 바로잡고, 무질서를 없애고, 무정부 상태를 예방하는 것이 아닙니까."

남자는 그와 같은 주장으로 말을 끝냈다. 사람들은 존경의 뜻으로 잠시 침묵을 지켰다.

"그건 우리가 주머니를 털어야 한다는 뜻이로군요."

오노프레 부빌라는 마지막으로 한마디 덧붙였다.

장군은 객차 발판에 서서 역까지 배웅 나온 두건을 쓴 남자들을 향해 인사를 건넸다. 그는 플랫폼을 가득 채운·두건을 쓴 사람들을 보고는 눈을 비비며 믿지 못하겠다는 표정을 지었다. 알코올중독으로 생긴 섬망증이 아냐, 아직은 아냐. 장군은 생각했다. 장군은 자신이 그곳에서 무슨 일을 했는지, 두건을 쓴 사람들이 왜 그 자리에 모였는지 다시 생각해 보았다. 장군이 몸을 똑바로 세우는 순간 기차가 기적을 울렸다.

"신사 여러분, 놈들이 먼저 나를 작살내지 않으면 나는 내일부터 스페인을 다스리게 될 것입니다."

장군이 비장하게 말했다. 두건으로 얼굴을 가린 남자들은 미소를 짓고 있었다. 그들은 자신들이 소유한 은행들로 전보를 보냈고, 목전에 다가온 쿠데타가 성공할 것을 확신하고 있었다. 플랫폼에는 여행객도 없었고 짐꾼도 보이지 않았다. 보병 연대가 기차역을 완전히 차단하고 있었고, 기마 부대가 도시를 순찰하고 있었다. 노동자들이 사는 지역과 시내 중심부에는 기관총과 소구경 대포가 배치되어 있었다. 바르셀로나는 무거운 침묵에 잠겨 있었다. 오노프레는 기차역에서 빠져나올 때 에프렌 카스텔스한테 집에 데려다 달라고 부탁했다. 오노프레에게는 자동차가 없었다. 거인 에프렌 카스텔스는 잠시 망설인 후 대답했다.

"물론이지. 자리도 넉넉하니까. 어서 올라타게나."

오노프레 부빌라는 안도의 한숨을 내쉬었다. 기차역 계단에서 누군가의 총에 맞아 죽고 싶지는 않았다. 자동차 안은 비교적 안전한 장소였다. 나는 자네가 나를 이곳에 내버려 두고 가버릴 줄 알았네. 오노프레는 에프렌 카스텔스에게 솔직히 고백했다. 우린 친구잖아. 에프렌 카스텔스가 대답했다. 두 사람은 두건을 벗고 상대방의 얼굴을 쳐다보았다. 오노프레는 뭔가가 가슴을 찌르는 듯한 통증을 느꼈다. 그는 만국박람회 공사장에서 만났던 털북숭이 곰을 떠올렸다. 그리고 머리가 벗겨진 자본가의 축 늘어진 얼굴을 다시 들여다보았다. 나이에 비해 훨씬 늙어 보였다. 나라고 별수 있겠나, 내 모습도 비슷할 테지. 오노프레는 헝클어진 머리를 손가락으로 가다듬으며 생각했다. 에프렌 카스텔스는 오노프레의 속마음도 모르는 채 며칠 동안 숨어 지내는 게 좋을 거라고 제안했다. 자네 역시 내가 위험에 처했다고 생각하는 건가? 오노프레가 물었다. 에프렌 카스텔스가 고개를 끄덕였다. 그 작자는 그다지 영리하지 않아, 하지만 그 작자가 일하는 방식을 봐서는 그럴 가능성도 배제할 수는 없을 것 같아. 에프렌 카스텔스가 말했다. 그러고는 이렇게 덧붙였다.

"프리모 데 리베라는 그렇게 잔인한 놈은 아냐. 그 작자에게 맡기면 피를 흘리는 일은 없을 거야. 모든 게 잘될 것 같아. 변화가 있었다는 것조차 눈치채지 못할 정도로 말이지. 하지만 말이야……."

에프렌 카스텔스의 얼굴이 어두워졌다. 얼굴에 그늘이 진 것은 오노프레를 염려해서라기보다는 그렇게 길게 설명하느라 힘에 부쳐 그런 모양이었다.

"……그 작자가 마드리드에 도착했을 때 어떤 저항에 부딪힐지도 몰라. 시민들의 저항이 아니라 그 작자와 권력을 나누기를 꿈꾸는 다른 군인들의 저항 말이야. 어쩌면 내전이 벌어질지도 몰라. 자네는 막강한 권력을 손에 쥐고 있어. 그리고 프리모 데 리베라는 자네가 맹목적으로 충성을 바치지 않으리라는 사실을 잘 알고 있어. 오늘 밤 자네는 좀 더 신중하게 처신해야만 했어."

에프렌 카스텔스는 오노프레의 신중하지 못한 태도를 나무랐다.

"자네가 무슨 이유로 그렇게 터무니없는 말을 했는지, 나로서는 도무지 모르겠단 말일세."

"내 생각을 솔직히 말했을 뿐이야."

오노프레 부빌라는 정겨운 눈길로 친구의 얼굴을 바라보며 말했다.

"이렇게 나이를 먹다 보니 내 본심을 감출 수 없게 되었나 봐. 그야 어쨌든, 이번에는 자네가 옳아. 프랑스로 건너가겠네. 파리에도 한 번 가 봤으니까. 무시무시한 도시처럼 보이더군. 그래도 적응하고 살아야겠지. 달리 방법이 없으니 말이야."

"놈들이 국경선을 넘어가도록 내버려 두지 않을 텐데."

에프렌 카스텔스가 말했다.

"내가 타고 온 비행기가 있잖나. 내일 새벽까지는 떠나지 않을 거야. 내 집에 들렀다가 사바델 공항까지 나를 데려다 주게. 그리고 아무에게도 이런 얘기는 하지 말고. 내게 크나큰 은혜를 베푼다고 생각하게나."

"좋아. 하지만 사바델 공항으로 곧장 데려다 주겠네. 시간적인 여유가 없어. 서두를수록 좋아. 지금 이 순간에도 프리모 데 리베라나 다른 놈들의 부하들이 자네를 찾아다닐지도 모르니까."

"그럴 수도 있겠지. 하지만 먼저 내 서재에부터 들러야 해. 자네와 함께 처리해야 할 일이 몇 가지 남아 있단 말이야."

에프렌 카스텔스는 꾸물대고 있을 시간이 없다고 말했지만 오노프레는 고집을 꺾지 않았다.

"지금 당장 처리해야 한단 말이야!"

자동차가 집 앞에 도착했다. 오노프레는 차에서 내렸다. 그리고 에프렌 카스텔스가 차에서 내리려 하자 손으로 막았다.

"내 장인어른을 모셔 오게나. 침대에서 끄집어내. 말을 안 들으면 질질 끌고 와도 좋아. 그 양반은 지금 사경을 헤매고 있지만 할 수 없어. 우린 변호사가 필요하단 말이야."

오노프레 부빌라는 조심스럽게 집 안으로 기어들었다. 부인과 딸들을 깨우고 싶지 않았다. 눈물을 흘리며 이별을 고하는 장면을 상상하니 신경이 곤두섰다. 나를 따라나서겠다고 달려든다면 그것보다 더 골치 아픈 일은 없을 거야. 오노프레는 초인종 줄을 손으로 더듬으며 그렇게 생각했다. 그는 집사가 나타날 때까지 초인종 줄을 계속 잡아당겼다. 집사는 잠옷을 입고 머리그물을 쓴 채로 나타났다. 옷을 차려입을 필요는 없네. 오노프레가 집사에게 말했다. 서재 벽난로에 불을 지펴 주게

나. 집사가 목덜미를 긁었다. 어르신, 벽난로에 불을 지피란 말씀이십니까? 지금은 9월 초순인데요? 집사가 벽난로에 장작을 쌓고 그 위에 기름을 부은 뒤 성냥으로 불을 붙이는 동안, 오노프레는 양복 윗도리를 벗고, 셔츠 소매를 걷어붙이고, 책상 서랍에서 권총을 꺼내 총알이 장전되어 있는지 확인했다. 오노프레는 권총을 책상 위에 내려놓고 집사를 서재 밖으로 내보냈다. 커피를 한 잔 갖다 주게나, 다른 사람들이 깨지 않도록 조심하고, 어느 누구의 방해도 받고 싶지 않아. 오노프레는 집사가 서재에서 나가려는 순간 다시 불러 세웠다. 잠깐만, 잠시 뒤에 에프렌 카스텔스와 움베르트 피가 이 모레라 씨가 도착할 거야, 그 사람들이 오면 곧장 서재로 모셔 오게나. 집사가 서재에서 나가자마자 오노프레는 서랍과 문서 보관함을 하나하나 열고 서류들을 꺼내 훑어본 후 보관할 것은 다시 보관하고 없애 버릴 것은 벽난로에 던져 버렸다. 그리고 때때로 부지깽이로 재를 흩뜨려 버리기도 했다. 집 안 어딘가에 있는 괘종시계가 12시를 알려 왔다. 집사가 서재로 들어와 에프렌 카스텔스와 돈 움베르트 피가 이 모레라가 도착했다고 알렸다.

"어서 들여보내."

오노프레의 장인은 눈물을 질질 흘리고 있었다. 짙은 색 외투를 걸치고 있었는데, 외투 자락 틈으로 줄무늬 파자마가 엿보였다. 돈 움베르트 피가 이 모레라는 부인이 죽은 뒤부터 치매기를 보이기 시작했다. 노인은 주변에서 벌어지는 일들을 하나도 이해하지 못했다. 에프렌 카스텔스가 여러 차례 설명을 시도했지만 노인은 단 한마디도 알아듣지 못했다. 노인이 알아들었던 말은 그의 사위가 이 나라에서 도망가려고 한다는 것

뿐이었다. 노인은 딸과 손녀들이 앞으로 맞이할 운명을 생각하며 울었다.

"오노프레, 오노프레, 이 짐승 같은 놈의 말이 사실인가? 가르시아 프리에토 정부가 이제 곧 무너지고, 자네는 총살형을 피하기 위해 프랑스로 달아난다고 하던데, 그게 사실이란 말이야?"

오노프레의 장인은 서재로 들어서며 그렇게 물었다.

"오, 하느님 맙소사, 하느님 맙소사. 그럼 내 딸과 손녀딸들의 운명은 어찌 된단 말인가? 죽은 마누라한테 늘 말해 왔다네. 우리 딸내미를 자네 같은 사람에게 주지 말았어야 했다고 말이야. 내 딸내미가 그 곱사등이와 결혼했다면 훨씬 더 행복했을 거라고 말이야. 오노프레, 자네도 알지? 내가 누구 얘길 하는지 말이야. 그 예절 바르고 수줍음 많던 청년 말이야. 파리에 살았던 그 청년 말이야. 이름이 뭐였더라?"

오노프레는 장인을 진정시켰다. 별일 아닙니다. 오노프레는 말을 이었다. 카탈루냐 총사령관이 몇 시간 전에 마드리드를 향해 떠났습니다, 카탈루냐와 아라곤의 수비대들이 그를 지지하고 있습니다. 오노프레는 장인에게 설명했다. 이제 우리는 마드리드에서 무슨 일이 벌어질지 지켜보아야 합니다, 카탈루냐 총사령관이 반대에 부딪히면 전쟁이 벌어질지도 모릅니다, 하지만 내 생각에 상황은 이미 끝난 것이나 다름없습니다. 참모 본부도 왕도 반대하지 않을 겁니다, 이 나라의 거물들이 그 사람 뒤에 버티고 있으니까요. 오노프레는 단정 지었다. 빈정대는 말투가 아니었다. 나도 그들과 같은 편입니다, 그들도 알고 있습니다, 하지만 그들은 나를 믿지 않습니다, 사실상 그들은 노동자계급보다 나를 더 두려워하고 있습니다. 오노프레는 잠시 생각에 잠긴 채 시가에 불을 붙였다. 그리고 다시 입을 열었다. 나는 오래전부터 이런 일이 벌어질 것을 예상하고 있었습니다. 1922년 10월 30일에 유명한 사건이 터졌다. 검은 셔츠를 입은 이탈리아 파시스트 당원들이 로마에 입성했던 것이다. 그로부터 일 년 후인 1923년 9월 13일, 미겔 프리모 데 리베라이 오르바네하가 무솔리니의 전철을 밟으려 하고 있었다. 하지만 수백만 시민들이 무솔리니를 지지했던 반면 프리모 데 리베라에게는 추종자들이 별로 없었다. 그래서 프리모 데 리베라는 군대를 동원해야만 했다. 그게 바로 무솔리니와 프리모 데 리베라의 차이입니다. 오노프레가 말했다. 프리모는 그다지 나쁜 인간은 아닙니다, 하지만 그는 멍청한 인간입니다, 멍청한 놈들이 다 그렇듯 프리모 역시 의심이 많고 소심한 인간입니다, 그 인간의 권력도 얼마 가지 못할 겁니다, 하지만 그 인간이 권력을 쥐고 있는 한 나는 피해 있어야 합니다. 오노프레가 마지막으로 한마디 덧붙였다. 돈 움베르트, 책상 앞에 앉으세요, 펜과 종이를 들고 양도 각서를 하나 만들어 주세요, 내 모든 재산을 여기 있는 에프렌 카스텔스에게 양도하고 싶습니다.

"자네 미쳤어? 지금 무슨 말을 하는 거야?"

돈 움베르트 피가 이 모레라가 소리쳤다. 집사가 서재 문을 두드린 후 오노프레가 부탁했던 커피를 들고 안으로 들어섰다. 집사는 찻잔 두 개를 더 가져왔다. 에프렌 카스텔스와 돈 움베르트도 커피를 마실 것으로 예상한 모양이었다. 기나긴 밤이 될 것 같군. 오노프레가 중얼거렸다. 사람들이 움직이는 소리가 벌써부터 들려왔다. 팽팽한 긴장감이 짙은 안개처럼 거리거리로 퍼져 나가고 있었다. 통신 비둘기들이 하늘을 날아다녔고, 반정부 폭력 집단의 우두머리들이 하수도로 숨어들었으며, 악취가 풍기는 터널의 교차점에서 무정부주의자들과 사회주의자들과 카탈루냐 민족주의자들이 스쳐 지나갔다. 그들은 각자 들고 있던 희미한 등불 빛으로 서로를 알아보았고, 간단하게 인사를 나눈 뒤 자신의 길로 서둘러 떠났다.

"재산을 몰수당하지 않으려면 이 방법밖에 없습니다."

오노프레 부빌라가 말했다.

"하지만 지금 자네가 내게 요구하고 있는 것은 불가능한 일이야. 자네의 모든 재산을 우리가 어떻게 평가할 수 있단 말인가?"

돈 움베르트 피가 이 모레라가 따지고 들었다.

"적당하게 평가하면 됩니다. 많고 적고는 중요하지 않아요. 문제는 내 모든 재산을 믿을 수 있는 사람에게 맡기는 겁니다."

세 사람은 오노프레의 재산을 계산하고 잠시 토론을 거친 후 영국 파운드화로 금액을 정했다. 에프렌 카스텔스는 그 금액을 스위스에 있는 오노프레의 계좌로 그날 당장 송금해 주기로 약속했다. 돈 움베르트 피가 이 모레라는 합의문을 작성하는 동안 내내 울먹였다. 돈 움베르트는 때때로 일손을 멈추고 이런 말을 주절거렸다. 마치 오토만 제국이 갈가리 찢어지는 것을 보는 것 같다. 최근에 벌어진 오토만 제국의 분열을 돈 움베르트는 안타깝게 지켜보았다. 그는 오토만 제국에 대해 특별한 애착을 느꼈다. 이런 감정은 말로는 표현할 수 없어, 나는 오토만 제국이 어디에 붙어 있는지도 모르고, 그 제국이 어떤 나라인지도 몰라, 그런데 오토만 제국이라는 이름만 들어도 화려하고 찬란한 느낌이 든단 말이야. 돈 움베르트는 그렇게 말했다. 오노프레는 돈 움베르트에게 딴 데 정신 팔지 말고

어서 일이나 하라고 재촉했다. 곧 날이 밝을 겁니다. 오노프레가 말했다. 오노프레는 날이 밝기 전에 멀리 달아나 있어야 했다. 장인어른이 책임지고 서류를 공증인에게 가져가 공증을 받도록 하세요. 오노프레가 돈 움베르트에게 말했다. 두 분께 부탁합니다, 내 가족을 안전하게 보살펴 주시기 바랍니다. 오노프레는 아무렇지도 않다는 듯이 말했다. 그러나 돈 움베르트는 그 말을 듣고 다시 울음을 터뜨리고 말았다. 마침내 서류가 작성되었다. 계약 당사자인 오노프레 부빌라와 에프렌 카스텔스가 서류에 서명했고, 돈 움베르트와 집사는 변호사와 증인 자격으로 서류에 서명했다. 일이 끝나자 에프렌 카스텔스는 오노프레를 사바델 공항으로 데려다 주었다. 돈 움베르트는 집에 남아 있었다. 딸이 잠에서 깨어나면 오노프레가 집을 떠난 이유를 설명해 주고, 두려움에 떨지도 모를 딸을 진정시키기 위해서였다. 자동차는 이제 텅 빈 거리를 달려가고 있었다. 날이 점점 밝아 왔다. 그러나 가로등을 관리하는 사람들은 감히 밖으로 나오지 못했다. 그래서 가로등들은 마치 한밤중일 때처럼 환하게 켜져 있었다. 거리를 달리는 동안 사람들의 모습을 볼 수 없었다. 신문 뭉치를 지고 가는 어린 꼬맹이 하나가 보였을 뿐이었다. 다른 날들과 마찬가지로 신문 배달은 허용되었다. 몇 시간 전에 마드리드에서 벌어진 사건을 사람들에게 알리기 위해서였다. 군대는 프리모 데 리베라를 열렬히 환영했고, 정부는 왕에게 사직서를 제출했으며, 왕은 프리모 데 리베라에게 새로운 내각을 구성하도록 위임했다. 신문 1면에는 새로운 내각을 구성한 장군들의 이름이 실려 있었고, 모든 헌법상의 권리가 일시적으로 제한된다는 기사도 실려 있었다. 그리고 나머지 면들은 검열을 받아 시커멓게 지워져 있었다.

오노프레와 에프렌 카스텔스는 공항에 도착했다. 그러나 비행기 조종사가 나타나기까지 한참을 기다려야 했다. 비행기 조종사는 얼이 빠져 있었다. 투숙했던 호텔에서 공항으로 오는 동안 각기 다른 순찰대로부터 여덟 번이나 검문을 받아야 했던 것이다. 그러다 마지막으로 만난 경찰들이 비행기가 있는 곳까지 조종사를 호위해 주었다. 비행기 조종사는 오노프레를 보자마자 벌컥 화를 내며 소리쳤다. 이런 제길, 이곳에서는 벨기에 사람을 좋아하지 않나 봅니다. 오노프레는 조종사에게 그와 함께 파리로 돌아가고 싶다고 말했다. 그 말에 조종사는 몹시 좋아했다. 혼자서 파리로 돌아가야 한다는 사실에 낙담하고 있었던 것이다. 에프렌 카스텔스와 오노프레 부빌라는 서로 얼싸안았다. 오노프레는 비행기에 올라탔다. 비행기는 즉시 출발했다. 삼십 분 정도 날아갔을 때였다. 오노프레는 조종사에게 왼쪽으로 약간 기수를 돌려 달라고 부탁했다. 조종사는 그쪽은 파리로 가는 방향이 아니라고 말했다.

"나도 압니다."

오노프레가 대답했다.

"나는 파리로 가지 않습니다. 내 말대로 해 주면 요금을 두 배로 드리겠소."

그 말에 조종사는 입을 다물었다. 이제 비행기는 산맥 사이에 안개로 뒤덮인 계곡 위에서 원을 그렸다. 비행기가 하강하기 시작하자 오노프레는 조종사에게 어디로 가야 할지 지시를 내렸다. 저쪽 산기슭을 조심하시오, 키 큰 떡갈나무들이 있어요, 방향을 이쪽으로 좀 더 트시오, 강줄기를 따라가야 한단 말입니다. 오노프레는 그렇게 지시했다. 마침내 저 멀리서 짙은 안개 사이로 최근에 탈곡을 마친 탈곡 마당이 나타났다. 비행기가 착륙하는 순간, 탈곡 마당에 쌓아 놓은 곡물 다발을 쪼아 먹던 시커먼 새들이 하늘로 날아올랐다. 새들은 엄청나게 많았다. 하늘이 잠시 어두워졌을 정도였다. 오노프레 부빌라는 프랑스 어느 은행에서라도 현금으로 바꿀 수 있는 약속어음을 조종사에게 건네준 다음 비행기에서 뛰어내렸다. 그리고 조종사에게 프랑스로 돌아가는 방향을 가르쳐 주었다. 조종사는 엔진을 끄지 않은 채 비행기 방향을 돌려 탈곡 마당을 달려가다가 이윽고 이륙했다. 비행기 뒤로 먼지와 지푸라기가 회오리쳤다. 그로부터 한 시간 뒤, 오노프레는 자신이 태어났던 집 앞에 도착했다. 이제 그 집에서는 마누라와 자식 여덟 명이 딸린 농부가 살고 있었다. 오노프레는 농부에게 이것저것 물어보았다. 그는 농부의 대답을 통해 시장이 교회 옆에 새로 지은 집에서 살고 있다는 사실을 알아냈다. 오노프레는 그 농부와 그의 부인이 누구인지 알 수 있었지만, 그들은 오노프레를 알아보지 못했다.

3

문을 두드리자 서른 살 정도 되어 보이는 여자가 나타났다. 지적인 용모에 그다지 세련된 차림은 아니었으나 그렇다고 매력이 전혀 없는 것도 아니었다. 청소를 하는 중이었는지 머리에 먼지가 떨어지지 않도록 머릿수건을 쓰고 있었고, 왼손에는 먼지떨이를 들고 있었다. 동생이 연락도 없이 결혼을 한 모양이라고 오노프레는 생각했다. 여자는 놀랐다기보다는 호기심 어린 눈초리로 오노프레를 멀뚱멀뚱 쳐다보았다. 뭐야 이건, 내 얘기는 한마디도 하지 않았단 말이지. 오노프레는 생각했다. 그는 큰 소리로 말했다. 오노프레 부빌라라고 합니다. 여자가 눈을 깜박였다. 조앙의 형입니다. 오노프레가 덧붙였다. 여자의 표정이 대번에 바뀌었다. 조앙 씨는 지금 주무시고 계십니다. 여자가 말했다. 하지만 지금 당장 조앙 씨에게 가서 형님께서 찾아오셨다고 전해 드리겠습니다. 말하는 투로 봐서는 조앙의 부인이 아닌 것 같았다. 애인일지도 모르지, 내연의 처일 수도 있고. 오노프레는 생각했다. 처녀 같아 보이지는 않는데 말이야, 남자 없이는 살 수 없는 젊은 과부인지도 모르겠군, 남자에게 보호도 받고 경제적인 안정도 찾고자 하는 과부 말이야. 여자는 오노프레를 문 앞에 세워 놓은 채 안으로 들어가 버렸다. 오노프레는 집 안으로 들어갔다. 복도 입구에 놓인 장식용 벽돌에 글자가 새겨져 있었다. '아베 마리아'라는 글자였다. 현관홀에서는 먼지 냄새가 진동했다. 여자가 청소를 하고 있었던 게 분명했다. 전기스탠드 하나, 연철로 만든 우산꽂이 하나, 등받이가 직각인 의자 네 개가 현관홀을 장식한 가구들이었다. 복도에는 문이 네 개 있었다. 양편에 각각 두 개씩이었다. 여자는 한쪽 문 앞에 서서 문을 두드리며 말했다. 조앙 씨, 형님 되시는 분이 찾아오셨습니다. 여자는 조용히 속삭였지만 오노프레가 듣지 못하도록 목소리를 죽인 것은 아닌 것 같았다. 잠시 후 방 안에서 우렁우렁한 목소리가 들려왔다. 여자는 문에 귀를 대고 주의 깊게 듣고 있다가 오노프레를 향해 돌아섰다. 즉시 일어날 것이니 잠시만 기다려 달라고 하십니다. 여자가 말했다. 여자는 먼지떨이를 들고 있던 손을 살짝 들어 올려 복도 끝에 있는 식당을 가리켰다. 오노프레는 여자의 지시에 따라 복도를 따라 걸었다. 여자가 길을 비켜 주었다. 식당에는 네모반듯한 식탁이 하나 있었고, 식탁 위에 반투명 유리 갓이 씌워진 전등이 놓여 있었다. 의자들은 벽을 따라 나란히 놓여 있었다. 어두운 색의 찬장, 하얀색 대리석을 입힌 사이드 테이블, 요리용 스토브도 있었다. 요리용 스토브는 철로 만든 것이지만 부분적으로 도자기로 장식되어 있었다. 그래서인지 식당은 어느 정도 화려하게 보였다. 사이드 테이블 위쪽 벽에 나무를 조각해 만든 「최후의 만찬」이 걸려 있었다. 식당 문 건너편에 두 짝으로 된 유리문이 있었고, 그 유리문 밖으로 네모난 안마당이 펼쳐져 있었으며, 안마당 끝에 작은 변소가 있었다. 안마당에서는 목련 한 그루와 진달래 한 그루가 자라고 있었다. 식당 오른편은 부엌이었다. 모든 것이 정갈하게 정리되어 있어서인지 차가운 인상을 풍겼다. 오노프레가 그 모든 것을 둘러보고 있을 때 교회 종이 울렸다. 너무나 가까운 거리에서 들려온 종소리에 오노프레는 화들짝 놀라고 말았다. 복도에 서서 오노프레를 지켜보고 있던 여자가 킥킥대며 웃었다.

"익숙해지면 괜찮아지겠죠."

오노프레가 말했다. 여자가 어깨를 으쓱했다.

"여기서 삽니까?"

오노프레가 여자에게 물었다. 여자가 문들 중 하나를 가리켰다. 방금 전에 문을 두드렸던 그 방이 아니었다. 그렇다고 해서 여자의 신분이 확실히 밝혀진 것은 아니었다.

바로 그 순간 오노프레의 동생이 복도로 나왔다. 맨발에 낡은 무명 바지와 단추가 반나마 풀린 헐렁한 짙은 남색 셔츠를 입고 있었다. 오노프레의 동생은 두 손으로 머리를 벅벅 긁으며 아무 말 없이 식당을 가로질러 갔다. 그는 형과 여자를 보지 못한 듯 안마당으로 나가 변소로 사라졌다. 여자는 부엌으로 들어와 수도꼭지를 틀고 양철 물통에 물을 받았다. 오노프레는 바로 전날 밤에 파리에서도 가장 호사스러운 호텔에서 잠을 잤지만 자신의 고향 땅에서 수돗물이 흐르는 것을 보니 감개무량했다. 우리 고향도 이렇게 물질적으로 안락해졌구나. 오노프레는 생각했다. 물통에 물이 채워지자 여자는 물통을 들고 나와 복도에 놓아두었다. 그리고 다시 부엌으로 들어와 성냥과 장작과 석탄과 밀집으로 꼬아 만든 부채를 꺼내 불을 피웠다. 여기서는 모든 것이 느리게 진행되는구나. 오노프레는 생각했다. 오노프레는 이전에도 그 집을 몇 차례 찾아왔고, 때로는 중요한 일을 그 집에서 처리하기도 했더랬다. 여기서는 시간이 전혀 중요하지 않아. 오노프레는 생각했다. 오노프레의 동생이 바지 앞섶을 여미며 변소에서 나왔다. 그는 물통에 있는 물로 손과 얼굴을 씻었다. 그리고 물통을 들고 안마당으로 나가 변소에 물을 부었다. 그런 다음 물통을 안마당에 내려놓고 식당으로 들어왔다. 그러자 여자가 부엌에서 안마당으로 나가더니 물통을 들고 왔다.

　"자동차를 타고 왔습니까?"

　조앙이 형에게 물었다.

　"비행기를 타고 왔다."

　오노프레가 싱긋이 웃으며 대답했다.

조앙은 입술을 비틀며 잠시 오노프레를 쳐다보았다.

"형님이 그렇게 말씀하신다면 사실이겠죠, 뭐."

조앙이 한숨을 내쉬며 말했다.

"아침 식사는 하셨습니까?"

오노프레는 아니라는 뜻으로 고개를 흔들었다.

"나도 아직 먹지 않았습니다. 보시다시피 이제 막 일어났거든요. 어젯밤에 늦게 잠자리에 들었어요."

조앙은 왜 늦게 자게 되었는지 설명하려고 하는 듯했다. 그러나 잠시 입을 벌리고 있다가 끝내 아무 말도 하지 않았다. 부엌에서 빵을 굽는 냄새가 풍겨 왔다. 여자가 식당 식탁 위에 나무판자 하나를 내려놓았다. 여러 종류의 순대가 나무판자에 놓여 있었고, 사냥용 칼이 판자에 꽂혀 있었다. 오노프레는 먹음직스러운 순대를 보는 순간 빈속이 몹시 쓰라렸다. 그 순간 오랜 시간 동안 아무것도 먹지 않았다는 사실을 깨달았다.

"어서 드세요."

조앙이 오노프레의 표정을 살펴보고 말했다.

"이 집을 내 집처럼 생각하세요."

오노프레는 진심으로 그런 집을 갖고 싶었다. 지금으로서는 그 집 말고는 아무것도 필요 없었다. 오랫동안 싸워 온 끝에 다시 원점으로 돌아온 듯한 기분이었다. 오노프레는 자신의 기분을 동생에게 설명해 주었다. 여자가 부엌에서 구운 빵을 커다란 접시에 가득 담아 식당으로 내왔다. 여자는 질그릇에서 기름병과 소금 종지와 마늘 몇 쪽을 꺼내, 구운 빵을 양념했다. 그리고 마지막으로 적포도주 한 병과 술잔 두 개를 꺼내 놓았다. 조앙은 포도주를 마시고 기분이 좋아졌는지 부쩍 말

수가 많아졌다. 오노프레는 동생의 그런 모습을 처음으로 보았다. 오노프레와 조앙과 여자는 정오가 가까울 무렵에 아침 식사를 끝마쳤다. 오노프레는 졸음이 몰려와 눈을 뜨고 있을 수 없었다. 조앙은 오노프레에게 아무 방에나 들어가 자라고 말했다. 비록 아무도 말을 꺼내지는 않았지만, 오노프레가 그 집에서 한동안 머무르게 될 것이라는 사실을 세 사람 모두 알고 있었다. 오노프레는 방을 하나 차지했다. 오노프레가 여자에게 이 집에 사느냐고 물었을 때 여자가 가리켰던 바로 그 방이었다. 이게 대체 무슨 일이란 말인가. 오노프레는 그 생각 때문에 좀처럼 잠을 이룰 수 없었다. 그 방에는 촌스럽고 낡아 빠진 서랍 달린 장롱이 하나 있었다. 그는 그 장롱을 이내 알아보았다. 예전에 어머니가 옷을 보관해 두던 바로 그 장롱이었던 것이다. 오노프레는 서랍을 열어 보고 싶었지만 그 순간에는 차마 용기가 나지 않았다. 식당에 있는 조앙과 여자가 서랍이 열리는 소리를 들을 수도 있었던 것이다. 침대 시트에서 상큼한 비누 냄새가 흘러나왔다.

시간이 흘러갔다. 오노프레는 기분 내키는 대로 생활했다. 먹고 싶을 때 먹었고, 자고 싶을 때 잤다. 오랜 시간 들판을 산책하기도 했고, 사람들과 잡담을 나누기도 했으며, 어떤 경우에는 사람들을 피하기도 했다. 아무도 오노프레를 귀찮게 하지 않았다. 오노프레가 마을에 나타났다는 것은 더 이상 비밀도 아니었다. 마을 사람들은 모두 오노프레에 대해 상세히 알고 있었다. 오노프레가 바르셀로나에서 오랫동안 살았다는 사실을 모두들 알고 있었다. 그가 엄청난 부자라는 소문도 떠돌았지만, 마을 사람들은 별다른 반응을 보이지 않았다. 마을 사람들은 모두 오노프레의 아버지인 조앙 부빌라에 대해 알고 있었다. 생전에 조앙 부빌라를 만나 보았던 노인들도 살아 있었다. 조앙 부빌라는 쿠바로 건너갔다가 한참 만에 고향으로 돌아왔다. 고향으로 돌아온 그는 부자라고 떠벌리고 다녔지만 그 사실은 결국 거짓말로 드러났다. 부전자전이라고, 조앙의 자식 역시 지금 거짓말을 하는지도 모르는 일이잖겠어? 사람들은 그렇게 수군거렸다. 오노프레는 속으로 쾌재를 부르며 사람들의 의구심을 더욱더 부추겼다. 사실상 사람들이 오노프레를 빈털터리로 여긴다고 해도 할 수 없는 노릇이었다. 오노프레가 자리를 비운 틈을 이용해 에프렌 카스텔스와 돈 움베르트가 그의 모든 재산을 뒤로 빼돌릴 가능성도 배제할 수 없었던 것이다. 돈 움베르트 피가 이 모레라가 문서를 조작할 수도 있는 일이었다. 먼 옛날, 오노프레가 필리핀 루손 섬의 전 총독이었던 오소리오 장군의 재산을 가로챘던 것처럼 말이다. 그때는 오소리오가 당했지만, 이제는 내가 당할 차례인지도 모르지. 오노프레는 모든 것을 달관한 듯 그렇게 말했다. 오노프레가 그런 식으로 말할 때마다 동생 조앙은 냉소를 머금고 오노프레를 쳐다보았다. 이런 식으로 끝내려고 평생 동안 그렇게 애썼단 말이죠? 조앙이 말했다. 청소부나 거지로 살았어도 그만큼 힘들었을 거다. 오노프레는 그렇게 대꾸했다. 오노프레는 이제야 겨우 자신이 부대껴 왔던 냉혹한 사회의 실상을 어렴풋이나마 알아차릴 수 있었다. 그는 지금까지 당당하게 마음 내키는 대로 살아왔더랬다. 그러나 젊은 시절의 천진난만했던 냉소주의는 이제 중년의 소극적인 비관주의로 변해 있었다.

"형님은 평생을 바보처럼 살았어요."

조앙은 오노프레가 불안에 떨 때마다 이렇게 말하곤 했다.

"이제야 겨우 형님 앞에서 대놓고 이런 말도 할 수 있게 되었네요."

오노프레는 동생의 당돌한 말에 신경 쓰지 않았다. 그는 이제 지극히 사소한 문제에만 관심을 보일 뿐이었다. 방 한쪽 구석에서 꺼져 가는 난로, 안마당에서 보이는 네모난 하늘 위로 구름이 지나갈 때 생기는 빛의 변화, 길거리에서 들려오는 사람들의 발걸음 소리, 장작 타는 냄새, 멀리서 들려오는 개 짖는 소리. 그런 따위였다. 그러나 모든 것을 달관한 듯한 무관심한 태도도 때로는 갑작스러운 분노에 자리를 내주기도 했다. 오노프레는 걷잡을 수 없을 정도로 화가 치밀어 오르면 동생에게 시비를 걸었다. 오노프레가 화를 내도 조앙은 별로 신경 쓰지 않았다. 조앙은 알코올중독자였다. 조앙이 비교적 맑은 정신으로 있는 시간은 하루에 두세 시간밖에 되지 않았다. 조앙은 그 짧은 틈을 이용해 시장으로서 업무를 교활하고 부정직하게 처리했다. 마을 사람들은 조앙의 그런 처신을 운명으로 받아들였다. 그런 것을 진보라고 여기며, 피해를 최소한으로 줄이기 위해 노력했다. 조앙 부빌라는 다른 일을 맡으려고 하지 않았다. 그는 그저 일을 하지 않고 빈둥빈둥 놀며 살고 싶어 했다. 하지만 그 마을처럼 작은 지역에서도 정치적인 상황은 조앙의 소박한 희망을 그냥 내버려 두지 않았다. 조앙은 그 마을에서 유력 인사들의 우두머리가 되어 있었다. 마을의 유력 인사들은 오노프레가 처음에 생각했던 것보다 그 수가 훨씬 더

많았다. 주임신부, 의사, 수의사, 약사, 학교 선생, 가게 주인, 술
집 주인 등이었다. 오노프레가 떠난 뒤로 마을은 상당히 발전
했던 것이다. 그 유력 인사들은 오노프레에 대해 잘 알았으며,
오노프레의 신임을 얻기 위해 각자 나름대로의 방식으로 접근
해 왔다. 그들은 비굴하게 오노프레 앞에서 아양을 떨었고, 오
노프레가 대놓고 그들을 무시하거나 경멸해도 아랑곳하지 않
았다. 매일 밤 손님이 끊이지 않았다. 그 변변찮은 인물들이 밤
이면 밤마다 돌아가며 조앙의 집을 방문했다. 그런 방문으로
주임신부는 엄청난 고통을 겪어야 했다. 어리석고 욕심 많고
위선적인 그 젊은 신부는 설교 시간마다 조앙과 함께 살고 있
는 여자를 비난했다. 그러나 오노프레가 조앙의 집에 머무르게
되자 다른 사람들과 마찬가지로 그 집을 찾아가야 했을 뿐만
아니라 그 여자에게도 잔뜩 예의를 갖추어야 했던 것이다. 오
노프레와 조앙은 쩔쩔매는 주임신부를 보며 고소해했다. 오노
프레는 신부에게 이렇게 묻곤 했다.

"이것 보시오, 신부님. 나는 복음서를 여러 차례 꼼꼼하게
읽어 보았습니다. 그런데 그 어디에도 예수그리스도가 밥을 벌
어먹기 위해 일을 했다는 기록이 없는 겁니다. 우리는 이런 점
에서 어떤 교훈을 얻어야 하는 겁니까?"

그 불경스러운 발언 앞에서 젊은 신부는 입술을 깨물며 눈
을 내리깔고 무자비한 복수를 다짐하곤 했다. 신부의 속셈을
쉽사리 알아챌 수 있었던 오노프레는 터져 나오는 웃음을 가
까스로 참아 내곤 했다. 다른 사람들은 신부에 비해 좀 더 교
활했다. 약사와 수의사는 사냥이라면 환장을 하고 달려들었다.
두 사람은 그레이하운드 몇 마리와 다른 순종 사냥개들을 키

였으며, 엽총 여섯 정도 소지했다. 그들은 가끔씩 오노프레와 조앙을 사냥에 초대했다. 하지만 조앙은 거의 하루 온종일 술에 취해 있었기 때문에 조앙과 함께 사냥을 나간다는 것은 매우 위험한 일이었다. 한편, 마을의 가게 주인은 일주일에 한 번씩 몇 가지 신문을 받아 보고 있었다. 이제는 소형 트럭이 마을과 바소라 사이를 오가며 물건들을 실어 날랐다. 오노프레는 가게 주인이 빌려 준 신문을 통해 자신을 이곳으로 몰아낸 정치적 상황이 어떻게 진전되는지 알 수 있었다. 그러나 다른 신문에 실렸던 기사를 재인용하는 그 신문에는 항상 오래된 과거의 사건이 실려 있었고, 때로는 사실과 다른 기사가 실리기도 했다. 신문 구독자들은 별로 불편해하지 않는 것 같았다. 정치 소식은 그 신문의 뒤쪽에 실렸고, 지역 소식과 일기예보와 같은 사소한 소식이 앞쪽에 실려 있어 그런 것 같았다. 오노프레는 앞뒤가 뒤바뀐 것 같은 그런 신문을 보고 처음에는 화를 냈다. 그러나 어느 정도 시간이 지나자 앞뒤가 뒤바뀐 그 신문이 처음 느꼈을 때처럼 그렇게 터무니없는 모양은 아니라고 생각이 바뀌었다. 이제 그는 얼마 전까지만 해도 지극히 중요하다고 생각했던 것들을 하찮게 여기게 되었던 것이다. 오노프레는 자신을 둘러싸고 아양을 떨어 대는 그 인간 기생충들로부터 벗어나, 어렸을 때 자주 찾아다녔던 은신처에 숨어들어 조용히 혼자서 그런 생각들을 곱씹어 보곤 했다. 오노프레가 어린 시절에 은신처로 삼았던 장소들은 이제 대부분 사라지고 없었다. 그때까지 남아 있던 곳들도 있었지만 오노프레는 길을 찾을 수 없었다. 또 어떤 곳들은 나이 든 노인네로서는 도저히 접근할 수 없는 위치에 있었다. 오노프레가 찾아갈

수 있었던 은신처는 작고 초라한 장소들뿐이었다. 어린 시절에
는 멋있고, 위험하고, 아름답게 보였던 장소들이 이제는 한없
이 초라해 보였다. 오노프레는 감동을 받기는커녕 오히려 분하
고 씁쓸한 기분이 되었다. 오직 실개천만이 어린 시절에 느꼈
던 신비스러운 분위기를 그대로 간직하고 있었다. 그 실개천은
아버지가 쿠바에서 돌아온 이후로 거의 날마다 오노프레와 함
께 찾아갔던 곳이었다. 이제 오노프레는 하루도 빼먹지 않고
날마다 그 실개천을 찾아갔다. 그는 바위 자락에 걸터앉아 물
이 흘러가는 모습과 송어가 뛰어오르는 모습을 지켜보았고, 흡
사 무슨 말을 거는 듯한 그 맑은 물소리에 귀를 기울였다. 실
개천 건너편 둑에서 자라고 있는 관목 위에는 아침마다 빨래
를 해서 널어놓은 시트들이 펼쳐져 있었다. 시트들은 그곳에서
햇볕을 받아 점점 말라 갔지만, 어두운 관목 틈에서 불쑥 솟
아난 그 새하얀 시트들 때문에 오노프레는 눈이 부시기도 했
다. 들판에서 풍겨 오는 냄새도 오노프레를 취하게 만들었다.
도시에 있을 때에는 냄새들도 사람들과 마찬가지로 이기적이
고 공격적으로 느껴졌더랬다. 도시에서는 가장 독한 냄새가 다
른 냄새들을 압도해 버렸다. 공장에서 흘러나오는 냄새, 귀부인
의 몸에서 풍기는 향수 냄새 등이 각축을 벌였던 것이다. 하지
만 시골에서는 정반대였다. 시골에서는 여러 가지 다양한 냄새
들이 사이좋게 하나로 섞여 들어 맑은 공기와 조화를 이루었
다. 실개천으로 통하는 길은 이제 낙엽으로 뒤덮여 있었고, 나
무 둥치 밑에서는 각양각색의 버섯들이 자라고 있었다. 어느새
가을이었다. 오노프레는 감상에 젖었다. 이제는 희미해진 다양
한 기억들이 머리에 떠올랐다. 하늘을 나는 새들이 땅에 점점

이 그림자를 뿌리듯, 그런 기억들이 빠르게 뇌리를 스치고 지나갔다. 오노프레는 그 희미한 기억의 자취를 따라가려고 시도할 때마다 짙은 안개에 빠져 길을 잃고 말았다. 그럴 때마다 백일몽을 꾸는 듯한 느낌을 받았다. 어머니 혹은 아버지가 오노프레를 좀 더 밝고 안전한 곳으로 데려가기 위해 있는 힘껏 손을 내밀고 있는 모습이 보이는 듯싶었다. 하지만 어머니와 아버지의 손은 결코 오노프레의 몸에 닿지 않았다. 오노프레는 동생의 집에서 여전히 살고 있었다. 그는 자신에게 배당된 방의 장롱 서랍에서 어머니가 사용했던 올이 굵은 양모 천 조각을 하나 발견했다. 어머니는 그 천을 날씨가 변덕스러운 가을이 되면 숄로 사용했다. 이제 그 천 조각은 딱딱하고 거칠어졌으며, 눅눅한 먼지 냄새를 풍겼다. 오노프레는 회상에 잠기거나 백일몽을 꿀 때면 어머니가 사용했던 그 숄을 장롱에서 꺼냈다. 그리고 의자에 앉아 무릎 위에 그 숄을 펼쳐 놓았다. 오노프레는 무의식적으로 숄을 쓰다듬으며 몇 시간씩 그런 식으로 앉아 있곤 했다. 그럴 때마다 오노프레는 다음과 같이 생각했다. 만일 내가 다른 길을 선택했더라면, 지금 살고 있는 것처럼 모험적인 삶이 아닌 다른 삶을 선택했더라면, 애정과 사랑이 넘치는 그런 삶을 살 수 있었을 텐데. 오노프레는 지금까지 저질러 왔던 악행에 대해서는 양심의 가책을 받지 않았다. 다만 사무치게 그리운 그 과거의 기억들을 도외시했던 것은 후회막심했다. 하지만 그 고통은 때늦은 후회였고, 이기심에서 나온 감정이었다.

어느 날 오후였다. 오노프레는 실개천에서 집으로 돌아가는 중이었다. 오노프레가 걸어가는 오솔길 옆에 심긴 나무에 한 남자가 등을 기대고 앉아 있었다. 남자는 고개를 숙이고 있었다. 아마도 잠이 든 모양이었다. 그러나 남자의 자세가 어딘지 이상해 보였다. 오노프레는 오솔길에서 벗어나 남자에게 다가 갔다. 남자는 사제복을 입고 있었다. 그 남자는 다름 아닌 마을의 주임신부였다. 오노프레가 불경스러운 농담으로 놀려 먹곤 했던 바로 그 젊은 신부였다. 오노프레는 신부에게 가까이 다가가기 전에 이미 신부가 죽었다는 것을 알 수 있었다. 오노프레는 신부를 자세히 살펴보았다. 신부가 자연사로 죽은 게 아니라는 사실은 분명했다. 누군가가 신부의 가슴에 총을 쏘아 죽인 것이었다. 구경이 큰 총, 아마도 사냥용 엽총을 사용한 것 같았다. 총알이 뚫고 지나간 옷자락 둘레는 흘러내린 피가 엉겨 붙어 뻣뻣해져 있었다. 오른손과 이마와 뺨에도 피가 묻어 있었지만 상처는 보이지 않았다. 총을 맞는 순간 오른손으로 가슴을 더듬었다가 얼굴을 만진 것이 분명했다. 그런 후에 숨을 거두었을 것이다. 오노프레는 폭력에는 어지간히 단련되어 있었지만 죽은 신부를 발견하고는 놀라지 않을 수 없었다. 왜 하필이면 내가 죽은 신부를 발견했단 말인가? 이 무슨 운명의 장난이란 말인가? 오노프레는 생각했다. 불길한 징조였다. 살해당한 신부와 나를 연관시키기 위해 누군가가 음모를 꾸민 것은 아닐까. 그럴 수도 있는 일이었다. 고향 마을에서 비로소 찾았다고 믿었던 마음의 평화가 그 순간 여지없이 깨지고 말았다. 오노프레는 범죄 현장에서 벗어나 전속력으로 내달리기 시작했다. 동생의 집에 도착할 때까지 한 번도 멈추지 않았다. 동생은 식당에 앉아 포도주를 마시고 있었고, 여자는 부엌에서 저녁 식사를 준비하고 있었다. 오노프레는 한숨 돌린 후 동생에게 무슨 일이 일어났는지 들려주었다. 오노프레가 이야기를 시작하자 여자는 하던 일을 멈추고 부엌 문 문설주에 기대어 오노프레의 말에 귀를 기울였다. 동생과 여자가 서로 눈짓을 교환했다. 오노프레가 그런 사실을 놓칠 리 없었다. 오노프레는 동생 집에 도착한 이후로 여자와 여러 차례 이야기를 나눠 보았다. 오노프레는 그 집을 실제적으로 지배하는 사람이 바로 그 여자라는 사실을 알아냈지만 그다지 놀라지 않았다. 조앙은 날마다 술을 마셨기 때문에 제정신으로 자정을 넘기는 날이 드물었다. 하지만 오노프레는 그와 반대로 술을 마시면 마음이 불안해져서 쉽게 잠을 이룰 수 없었다. 그래서 여자가 조앙을 재운 뒤에 오노프레는 그녀와 거의 매일 밤 식당에 마주 앉아 이야기를'나누었다. 여자는 휴식을 필요로 하지 않는 것 같았다. 적어도 대부분의 사람들이, 특히 남자들이 삶의 모든 단계에서 필요로 하는 그런 규칙적인 휴식은 필요 없는 것처럼 보였다. 여자와 오노프레는 평소보다 날씨가 따뜻하거나 습도가 낮은 날이면 진달래꽃 향기가 물씬 풍기는 안마당으로 나가 날이 밝아 올 무렵까지 차분하게 이야기를 나누기도 했다. 여자는 그다지 영리한 편은 아니었다. 그러나 그녀는 여자로서 특별한 능력이 있었다. 남자들이 알아내려고 아무리 애를 써도 놓쳐 버리는 것들을 여자는 아무런 사전 정보 없이도 척척 알아맞히곤 했다. 여자는 겉으로 드러난 것만 보고도 그 안에 숨겨진 진실을 알아차렸고, 그렇게 알아낸 진실을 오노프레에게 들려주었다. 오노프레는 그 여자

덕분에 많은 것을 알 수 있었다. 마을을 감싸고 있는 위선적인 조화 밑에서 원초적인 욕망과 뿌리 깊은 증오와 질투와 배반이 활활 타오르고 있었던 것이다. 여자의 말에 따르면 그 계곡에 사는 농부들은 모두 선천적인 유전병에 걸린 환자들이었다. 그들은 냉혹하고 잔인한 인간들이었다. 그들은 노인네들을 굶겨 죽였고, 자신들이 낳은 아이들을 살해했고, 단지 즐기기 위해 가축들을 학대했다. 오노프레는 처음에는 그런 말들을 믿을 수 없었다. 그 여자가 마을 사람들을 지독하게 미워하기 때문에 그런 말들을 꾸며 낸 모양이라고 생각했다. 여자가 무슨 음모를 꾸미기 위해 그렇게 무시무시한 이야기를 지어냈을지도 모르는 일이었다. 어쨌든 여자가 들려준 이야기는 오노프레에게 불쾌한 느낌을 안겨 주었고, 그 불쾌한 느낌은 오노프레의 불안감을 더욱더 악화시켰다. 의식이 몸으로부터 평안을 몰아내려고 할 때마다 오노프레는 동생처럼 술을 마시고 마음의 평안을 찾으려고 시도해 보았다. 오노프레는 술을 많이 마시고 잔 다음 날 수탉이 우는 소리에 잠에서 깨어났다. 그런데 여자가 오노프레 옆에서 곤히 잠들어 있었다. 오노프레는 전날 밤에 무슨 일이 있었는지 기억할 수 없었다. 오노프레가 여자를 깨워 무슨 일이 있었는지 물어보았지만 여자는 얼굴만 찡그릴 뿐 대답을 하지 않았다. 오노프레는 여자에게 방에서 나가 달라고 부탁했다. 여자는 벌컥 화를 내며 침대에서 벌떡 일어나 방에서 뛰쳐나갔다. 오노프레는 침대에 누워 생각에 잠겼다. 이 예기치 않은 사건으로 인해 앞으로 무슨 일이 벌어질 것인가, 내가 경솔한 짓을 저지른 모양이다, 아니면 누군가의 음모에 걸려들었는지도 모른다, 아무튼 일이 바람직하지 못한 방향으로 흘러가고 있는 건 분명하다. 그야 어쨌든 오노프레는 여자의 용기에 감탄할 수밖에 없었고, 여자의 매력에 빠져들기 시작했다. 그러나 술에 취해 엉뚱한 짓을 저지르는 것보다 여자의 매력에 빠지는 것이 훨씬 더 위험한 일이었다. 여자의 태도나 행동은 자연스럽지 않았다. 그 여자에게서 순진한 면이라곤 전혀 찾아볼 수 없었다. 여자는 그 집에서 자신이 어떤 위치에 있는지, 마을 사람들이 그 집에서 사는 자신을 어떤 시선으로 쳐다보는지 잘 알고 있었다. 그러나 그렇다고 해서 계산속이 밝다거나 교활한 여자는 아니었다. 그녀는 자신이 누릴 수 있는 최소한의 장점을 최대로 이용할 뿐이었다. 생존의 문제가 솜씨뿐만 아니라 운수에도 달려 있다는 사실을 잘 아는 직업적인 노름꾼처럼 그녀는 침착한 태도로 자신이 쥔 별 볼 일 없는 카드를 다루었다. 그렇게 시간이 흘러갔다. 오노프레와 여자는 서로를 신뢰하게 되었다. 그러나 오노프레는 그 여자와 동생이 서로 어떤 사이인지에 대해서는 도무지 알 수 없었다. 처음에 예상했던 바와 같이 그 여자는 과부였다. 그 여자는 살기가 어려워 조앙의 집으로 들어와 하녀로 일하고 있었다. 그러나 그 이외의 것은 신비에 싸여 있었다. 조앙은 항상 술에 절어 살았다. 따라서 두 사람 사이에 육체적인 접촉은 없는 것 같았다. 하지만 만일 그게 사실이라면, 그녀는 무슨 이유로 마을 사람들이 자신에 대해 오해하고 편견을 갖도록 그대로 방치하고 있단 말인가? 여자는 해명은커녕 사람들의 오해를 인정하는 듯한 태도를 취하고 있었다. 조앙을 잡아먹을 기회를 호시탐탐 노리고 있는지도 모르지. 오노프레는 생각했다. 조앙이 머지않아 함정에 빠질 것을 알고 있는 거야, 그렇게 되면 시장 부인이 되어 그동안 당해 온 수모와 고통에 대해 보복을 하려고 달려들 거야. 이런 생각이 들 때면 오노프레의 마음은 더욱더 어두워졌다. 우리 불쌍한 인생들에게는 선택권이 별로 없어. 오노프레는 생각했다. 정직하게 살면서 수치를 당하느냐, 아니면 악행을 저지르며 양심의 가책에 시달리느냐. 스페인에서 최고로 부자인 남자가 그런 생각을 하고 있었다. 나중에 오노프레는 그 여자의 남편 역시 살해되었다는 사실을 알게 되었다. 오노프레는 집요하게 파고들었지만, 그 여자는 남편의 죽음에 대해 상세하게 설명해 주지 않았다. 여자의 토막토막 끊어진 설명으로 오노프레는 온갖 상상에 시달리게 되었다. 저 여자는 남편의 죽음과 연관되어 있을지도 모른다, 남편의 죽음으로 물질적인 이득은 얻어 내지 못했지만 저 여자가 남편을 죽음으로 몰아넣었는지도 모른다, 어쩌면 동생이 저 여자의 남편을 살해했을지도 모른다. 그래서 저 여자와 떼려야 뗄 수 없는 관계를 유지하고 있는 것이다. 오노프레로서는 동생의 집에서 지내기가 갈수록 불편해졌다. 여자와 함께 한 침대에서 자고 난 이후로 오노프레는 마음이 더욱더 불안해졌다. 오노프레는 생각해 보았다. 저 여자는 이미 알고 있었어, 나와 함께 자도 그게 단 하룻밤으로 끝날 것이라는 사실을 말이야, 조앙이 어정쩡한 태도를 버리고 분명한 의사를 밝히도록 유도하기 위해 나를 이용했던 거야. 하지만 그런 논리적인 설명도 오노프레의 불안감을 해소해 주지 못했다. 어떤 음모의 희생양이 될지도 모른다는 두려움은 점점 더 커져만 갔다. 오노프레가 주임신부의 죽음에 대해 이야기했을 때 조앙과 그 여자는 은밀하게 눈짓을 교환했다. 거기에는 무슨 의미가 담겨 있는 게 분명했다. 오노프레는 주임신부가 엽총에 맞아 죽었다는 점을 강조했다. 그런 점에서 봤을 때 용의자는 약사와 수의사로 좁힐 수 있어, 사냥총 소지 허가권을 지닌 사람은 그 두 사람밖에 없으니까. 오노프레의 주장에 조앙은 껄껄대며 웃었다. 이 계곡에서는 어느 집이나 다 불법 무기를 하나씩은 숨기고 있어요. 조앙이 말했다. 용의자들이 갑자기 늘어나는 바람에 오노프레는 불안해졌다. 지금쯤은 소문이 마을로 퍼져 나갔을 것이다. 그리고 갖가지 억측들이 난무할 것이다. 오노프레의 이름도 사람들의 입에 오르내리고 있을 것이다. 오노프레가 주임신부와 자주 다투었다는 사실은 모든 사람들이 알고 있었다. 그러나 진지하게 다투었던 적은 한 번도 없었다. 그저 웃자고 던진 농담이었을 뿐이었다. 하지만 입이 거친 사람들이 그 의미를 왜곡할 가능성도 배제할 수 없었다. 수다스러운 사람들이 이 말 저 말 덧붙이다 보면 주임신부와 오노프레가 철천지원수로 돌변할 수도 있었다. 게다가 오노프레에게 떨어진 혐의는 주임신부와 여자 사이에 있었던 그 유명한 불화 탓에 더욱더 강화될 수도 있었다. 일은 그런 식으로 복잡하게 꼬이기 시작했고, 그 때문에 오노프레와 여자 사이에는 새로운 관계가 형성되었다. 상황은 종잡을 수 없을 정도로 복잡해지고 말았다. 사실상 오노프레는 자신이 저지르지도 않은 죄를 뒤집어쓸 위기에 놓여 있었지만 그다지 걱정하지 않았다. 오노프레는 자신이 저지른 범죄에서조차도 벌을 받지 않고 잘도 빠져나오곤 했다. 그래서 한갓 시골 주임신부의 죽음 때문에 입맛을 잃지도 않았다. 오노프레를 불안하게 만들었던 것은 다른 문제였다. 오노프레는 생각해 보았다. 만일 그가 그 마을에 나타나지 않았다면 그런 범죄는 발생하지 않았을 것이다. 살인범을 자극하고, 알리바이를 세워 사람을 죽이게 부추긴 사람은 바로 오노프레 자신이었다. 오노프레는 마음의 평화를 찾아 이 마을로 왔다. 그러나 결과적으로 불화와 폭력을 가져온 꼴이 되고 말았다. 그는 이 마을을 독으로 오염시키고 말았던 것이다. 오노프레는 자신의 운명으로부터 벗어날 수 없었다. 일단 악의 구렁텅이에 발을 빠트린 이상 끝까지 달려 나가는 수밖에 다른 방법이 없었다. 다음 날 아침, 오노프레는 바소라에서 온 소형 트럭을 타고 마을에서 빠져나갔다. 주임신부의 시체는 그날 아침에 다른 사람에 의해 발견되었다. 그러나 마을 사람들 중 누구도 오노프레를 붙잡아 두려고 하지 않았다. 마을을 떠나서는 안 된다고 주장하는 사람은 한 사람도 없었다. 오노프레는 마을 사람들의 그런 태도를 보고 그들 모두가 자신을 범인으로 지목하고 있다는 사실을 알 수 있었다. 조앙은 오노프레가 마을에 도착했을 때와 마찬가지로 멀뚱멀뚱한 표정으로 오노프레를 배웅했다. 아무런 느낌도 실려 있지 않은, 모든 것을 체념한 듯한 표정이었다. 오노프레가 떠나는 순간 여자 역시 아무런 감정도 표시하지 않았다. 하지만 그녀의 눈은 펑펑 울고 났을 때처럼, 깊은 절망에 빠졌을 때처럼 총기가 없어 보였다. 미래를 보장할 수 없는 덧없는 사랑 때문에 저러는 것일까? 어쨌든 저 여자는 나를 사랑했던 것일까? 그 나머지는 모두 내 어지러운 상상력이 지어낸 망상이었단 말인가? 오노프레는 트럭을 타고 가며 그런 생각에 잠겼다.

4

　오노프레가 집으로 돌아왔다. 가족들은 모두 흥분해 있었다. 가족들은 여러 날 동안 오노프레를 찾아 헤맸다. 오노프레가 파리에 있을 것이라고 생각한 그들은 파리 주재 스페인 영사관과 대사관에 연락을 취했고, 파리의 고급 호텔들도 수소문해 보았으며, 프랑스의 유력 인사들과도 접촉해 보았다. 그러나 오노프레가 막상 집으로 돌아온 후에도 집안사람들은 흥분을 가라앉히지 않았다. 오노프레에게 신경을 쓰는 사람은 아무도 없는 듯싶었다. 집안사람들이 왜 그렇게 흥분했는지 누군가가 오노프레에게 슬쩍 귀띔해 주었다. 어느 훌륭한 가문 출신의 잘생긴 젊은이가 느닷없이 오노프레의 둘째 딸에게 청혼을 했다는 것이었다. 당시 오노프레의 둘째 딸은 열여덟 살이었다. 내 재산을 차지하기 위한 전쟁이 벌써부터 시작된 모양이로군. 오노프레는 생각했다. 오노프레는 자신의 딸들을 그리 높이 평가하지 않았다. 재산을 노리는 자들이 조만간 나타나리라는 것을 오노프레는 예상하고 있었다. 하지만 이렇게 급작스럽게 일이 벌어질지는 몰랐다. 오노프레는 그 상황을 받아들일 수밖에 없었다. 그러나 일을 가볍게 처리할 수도 없는 노릇이었다. 오노프레는 딸에게 청혼한 그 젊은이를 그날 오후 자신의 서재로 불러오라고 지시한 후 서재에서 잠시 휴식을 취했다. 집사가 오노프레를 깨워 에프렌 카스텔스가 찾아왔다고 전했다. 에프렌 카스텔스는 서류가 가득 든 가방을 들고 서재로 들이닥쳤다. 사업을 의논하기 위해 찾아온 것이었다. 오노프레는 맥이 빠지고 말았다.

"사라지기를 참 잘했어."

에프렌 카스텔스가 입을 열었다.

"놈들이 진짜로 자넬 찾아다녔거든."

에프렌 카스텔스가 난감한 표정을 지으며 한숨을 토해 냈다. 다행히 위급한 상황은 지나간 모양이었다.

"슬그머니 나타났다가 슬그머니 사라져 버렸지."

처음 며칠 동안은 에프렌 카스텔스 자신도 불안감을 느꼈다. 한밤중에 정체불명의 자동차들이 거리를 누비고 다녔다. 한창 떠들썩거려야 할 시간에 거리는 인적이 끊기고 정적이 내려앉기도 했다. 사람들은 목소리를 죽여야 했다. 그러다 마침내 모든 것이 정상으로 돌아왔다. 에프렌 카스텔스는 가방을 열고 서류 뭉치를 꺼내기 시작했다.

"내가 자네를 찾아온 이유는 말이야……."

에프렌 카스텔스가 입을 열었다. 오노프레 부빌라는 손을 가로저으며 에프렌의 말을 막았다. 나중에 얘기하도록 하지, 시간은 많으니까. 하지만 에프렌 카스텔스는 고집을 피우며 두 사람이 처해 있는 특수한 경제적 상황에 대해 설명하기 시작했다.

"처음에는 놈들이 자네 재산을 모조리 빼앗아 가려고 했어. 하지만 우리가 작성한 서류를 보고는 더 이상 어쩌지 못하더군. 당혹스러워하면서 화를 내는 꼴이라니."

오노프레 부빌라를 찾아내면 당장이라도 죽여 버릴 태세였던 그 사람들은 합법적인 서류 몇 장 앞에서 맥을 추지 못했다. 오노프레는 그들의 심정을 충분히 짐작하고도 남았다.

"놈들은 수하에 있던 변호사들을 몽땅 총회로 불러들여 여러 날 동안 밤낮을 가리지 않고 그 문제에 대해 토의했어. 하지만 자네 재산에 이빨을 박아 넣을 수 있는 방법을 찾아내지 못했어. 그러자 놈들은 나를 붙들고 늘어졌어. 나는 버틸 수 있을 때까지 버텼어. 그러다 결국 놈들과 합의점을 이끌어 냈어. 나는 놈들에게 약속했어. 자네 사업을 내가 계속 맡아서 하기로 말이야. 그 대신 놈들은 내게 관여하지 않기로 했지. 그리고 말인데, 이 합의점을 자네가 받아들이도록 내가 자네를 설득하겠다고 약속했어. 어쩔 수 없었어. 이제 공은 자네에게 넘어간 거야."

에프렌 카스텔스가 말을 끝내고 오노프레의 대답을 기다리며 침묵을 지켰다.

"나는 이미 사업에서 은퇴한 것으로 알고 있는데, 그렇지 않나?"

오노프레 부빌라가 말했다.

"그럼 됐어."

에프렌 카스텔스가 대답했다.

저녁 8시 정각, 오노프레의 둘째 딸에게 청혼한 젊은이가 어리둥절한 표정으로 서재에 나타났다. 허약해 보이는 데다 그다지 똑똑해 보이지도 않았다. 그 젊은이는 말도 제대로 잇지 못하고 더듬거렸다. 철면피 같지는 않았지만 그렇다고 정직해 보이는 인상도 아니었다. 오노프레는 우선 그 젊은이를 정중하게 대했다. 예상을 빗나간 오노프레의 태도에 젊은이는 갈피를 잡지 못했다. 젊은이는 자신의 아버지로부터 이런 충고를 들었던 것이다. 무슨 일이 있어도 침착해야 한다, 그 양반이 네게 욕을 하거나 우리 집에 대해 듣기 거북한 말을 한다 해도 못 들은 척해야 한다. 그런데 오노프레가 그렇게 친절하게 나오자 젊은이는 무슨 말을 해야 할지, 어떻게 처신해야 할지 도무지 알 수 없었다. 당혹스럽기는 오노프레도 마찬가지였다. 에프렌 카스텔스가 떠나고 얼마 지나지 않아 장인이 오노프레를 찾아왔다. 돈 움베르트 피가 이 모레라는 에프렌 카스텔스가 전해 주었던 말을 그대로 반복했다. 지긋이 참는 게 최선의 방법이라네. 장인은 그렇게 충고했다. 오래간만에 장기 휴가를 즐긴다고 생각하게나, 가족과 함께 지내며 행복한 가정이 어떤 것인지 음미해 보게나, 맛있는 것도 좀 챙겨 먹고. 오노프레 부빌라는 충고에 따르겠다고 장인에게 약속했다. 장인이 가고 나자 이번에는 부인과 딸이 서재로 들어왔다. 지금 상황이 어떤지 아버지가 알려 주더군요. 부인이 말했다. 당신이 이 상황을 담담하게 받아들여 나는 너무나 기뻐요. 오노프레는 아내의 말투에서 만족감을 확인할 수 있었다. 그나마 천만다행이네요, 일은 꼬였지만 나와 아이들이 당신을 다시 차지할 수 있게 되었으니까요, 나로서는 반가운 일이에요. 부인은 에둘러서 자신의 심정을 표현했다. 그러나 딸은 단도직입적으로 말했다. 그이를 친절하게 대해 주세요, 아빠. 딸은 그렇게 부탁했다. 그이를 진정으로 사랑하고 있어요, 내 행복은 전적으로 아빠 손에 달려 있어요. 오노프레는 젊은이를 쳐다보며 딸이 했던 말을 되새겨 보았다. 딸아이가 마음대로 휘두를 수 있겠군. 오노프레는 생각했다. 딸아이가 애완견처럼 가지고 놀게 생겼어, 그래서 이 녀석을 원하는 모양이로군, 딸아이도 이런 일에 대해 충분

히 알 수 있는 나이야, 좋았어, 허락해 주고말고, 그러면 모두
들 고마워하겠지, 머지않아 이 집은 손자 녀석들로 가득 찰 것
이고, 어쩌면 장인 말이 맞을지도 몰라, 이젠 가족과 함께 지
내야 할 시간인가 봐. 오노프레는 그렇게 생각했다. 하지만 오
노프레의 입에서 나온 말은 그와 정반대되는 말이었다. 나는
이 말도 안 되는 결혼을 절대적으로 반대할 뿐만 아니라 자네
가 내 딸을 다시 만나는 것조차 허락할 수 없네, 만일 자네가
내 딸을 만나기 위해 무슨 수작을 부린다면, 우리 가족이든
하인이든 이 집에 있는 사람과 만나려 한다면, 내 부하들은 시
켜 어두운 골목길에서 자네 뼈를 모조리 부숴 버리게 할 테니
그리 알게나. 운명의 장난이었다. 오노프레는 하루 종일 쌓이
고 쌓였던 울분을 그 젊은이에게 토해 냈다. 오노프레로서는
놓칠 수 없는 절호의 기회였다. 집안에 난리가 나겠군. 오노프
레는 생각했다. 오노프레는 젊은이를 향해 돌아섰다. 젊은이는
오노프레의 말을 듣고 사색이 되어 있었다. 오노프레가 말을
이었다. 나는 분명히 반대 의사를 피력했네, 이젠 돌이킬 수 없
는 일일세, 시간이 지나면 내 생각이 바뀔 거라는 기대는 아예
하지도 말게나, 나는 지금까지 생각을 바꾸어 본 적이 단 한
번도 없었고 앞으로도 계속 그럴 거라네, 내가 이렇게 경고했
는데도 자네가 내 딸내미를 만나려고 한다거나 편지를 전하려
고 수작을 부린다면, 안타까운 일이지만 자네 대가리에 총알
을 박아 넣을 수밖에 없을 거야, 나는 자네가 충분히 알아들
을 만큼 분명하게 경고했다고 생각하네, 집사가 문까지 데려다
줄 걸세, 잘 가게나. 오노프레는 젊은이와의 만남을 통해 잃어
버렸던 기운을 어느 정도 회복할 수 있었다. 오노프레는 나중

에 그의 부인에게 부드럽게 말을 걸기도 했다. 걱정하지 마요. 오노프레는 부인에게 말했다. 두 사람이 진정으로 사랑한다면, 그리고 그 녀석에게 용기가 있다면, 그 녀석은 내 경고를 무시하고 우리 딸아이를 만나러 올 거야. 만일 녀석이 다시 찾아온다 해도 녀석을 죽이거나 하는 일은 없을 거야. 오히려 성대한 결혼식을 치러 주고 무엇 하나 부족한 점이 없도록 모두 다 챙겨 줄 거야. 하지만 그 녀석이 다시 찾아올 것 같지는 않아. 나를 믿어요, 여보, 그 녀석은 형편없는 놈이야, 우리 딸아이를 행복하게 만들어 줄 능력이 없는 놈이야. 신랑감은 쎄고 쎘어. 자, 그만 울고 어서 가서 딸아이나 달래 주도록 해요. 딸아이도 그 녀석을 금방 잊어버리게 될 테니, 두고 보란 말이야. 하지만 그와 같이 재미있는 사건은 드물었다. 오노프레는 집 안에 처박혀 살면서 어떠한 재미도 느낄 수 없었다.

이제 오노프레는 모든 시간을 저택 보수공사에 쏟아부었다. 오노프레가 집을 떠난 이후로 보수공사는 중단된 상태였다. 그 보수공사는 우여곡절 끝에 1924년 12월 중순경에 끝이 났다. 오노프레의 쉰 번째 생일로부터 며칠이 지난 시점이었다. 이제 정원은 밀림과 같은 형상에서 벗어나 예전의 조화로운 면모를 갖추었다. 새로 만든 작은 보트들이 운하에 떠 있었고, 여러 쌍의 백조들이 수정같이 맑은 호수 수면에 우아한 자태를 드리우고 있었다. 저택의 문들은 부드럽게 열렸다가 닫혔고, 전등 불빛은 거울에 반사되었고, 새롭게 칠을 한 아기 천사들과 요정들이 천장에서 웃고 있었으며, 두툼한 양탄자가 발걸음 소리를 줄여 주었고, 표면에 윤기가 흐르는 가구들이 커튼 사이로 스며드는 눈부신 빛을 빨아들였다. 이제는 이사를 가야 할 시간이었다. 오노프레의 딸들은 이사를 가자는 오노프레의 제안에 한사코 반대했다. 도시에서 벗어나기 싫었던 것이다. 하느님조차도 돌아보지 않을 그런 구석진 곳을 누가 찾아오겠어요? 오노프레의 딸들은 기를 쓰고 반대했다. 내가 부자인 이상 필요하다면 지옥까지라도 따라올 거야. 오노프레는 그렇게 대답했다. 사실상 오노프레의 부인과 딸들은 오노프레와 함께 세상으로부터 따로 떨어져 살아야 한다는 점을 두려워했다. 오노프레는 독재자였고, 또 그들이 보기에 오노프레는 단지 즐기기 위해 자신들을 괴롭히는 존재였던 것이다. 또한 저택 그 자체가 부인과 딸들에게 두려움과 불쾌감을 안겨주었다. 보수공사는 완벽하게 이루어졌지만, 완벽하게 복구되었다는 그 자체가 부인과 딸들을 알 수 없는 불안감에 시달리게 만들었다. 도를 지나칠 정도로 화려한 장식, 자신들과 전혀 상관없는 케케묵은 옛 모습을 그대로 재현해 낼 수 있다는 망상, 진품이 아니라 억지로 조작해 낸 그림들과 꽃병들과 시계들과 작은 조각상들에서 엿보이는 조잡함. 그것들은 누가 선물로 준 것도 아니었고, 애써 돌아다니며 찾아낸 유물도 아니었으며, 그때그때 기분 내키는 대로 사들인 것도 아니었다. 그러므로 물건들에는 그것을 입수했을 당시의 추억이, 집에 들여놓았을 때의 감상이 서려 있지 않았다. 그 집을 장식한 모든 것은 한 사람의 고집이 만들어 낸 것이었다. 모든 것이 가식적이고 위압적이었다. 시끌벅적하던 공사장 소음이 그치고, 벽돌공들과 허드렛일꾼들과 미장이들과 칠장이들이 모두 돌아갔다. 깨끗하게 질서가 잡힌 저택은 장례식과 같은 엄숙한 분위기에 싸여 있었다. 호수 위를 떠다니는 백조들조차 본연의 백치 같은 분위기를 풍기는 것 같았다. 날이 밝아 서광이 비치면 저택은 한결 더 을씨년스러운 모습으로 변했다. 오노프레 부빌라는 저택의 그런 특징을 좋아했다. 오노프레는 그 집에서 마음 내키는 대로 살 수 있었다. 일주일 내내 부인과 딸들을 만나 보지도 않았다. 정원을 산책하는 일도 없었다. 다른 사람들이 드나들지 못하도록 따로 정해 둔 방들이 몇 개 있었다. 오노프레는 그 방들 중 하나에 처박혀 온종일 꼼짝도 하지 않았다. 그는 손님들도 받지 않았다. 그러나 오노프레의 예상과 달리 자발적으로 찾아오는 손님은 단 한 사람도 없었다. 이사를 하고 몇 달이 지났을 때였다. 오노프레의 두 딸이 끝내 집을 박차고 떠나 버렸다. 둘째 딸이 먼저 집을 떠났다. 둘째 딸은 외할아버지인 돈 움베르트 피가 이 모레라의 도움을 받아 파리에 정착했다. 돈 움베르트는 손녀딸을 끔찍이 사랑했다. 그래서 나이가 많은 데다 병마에 시달리고 있었지만, 사위가 불같이 화를 낼 것도 알았지만, 용기를 내서 손녀딸을 도와주었다. 둘째 딸은 파리에 정착한 지 얼마 지나지 않아 한 남자를 만나 결혼했다. 그 남자는 헝가리 출신 피아니스트로 그다지 유명하지도 않았고 미래도 불투명한 사람이었다. 게다가 나이도 그녀보다 곱절이나 많았다. 오노프레의 둘째 딸과 그 남자는 결혼한 이후로 빚쟁이들에게 쫓겨 이 도시 저 도시를 떠돌며 살아야 했다. 오노프레의 첫째 딸도 머지않아 동생의 전철을 밟게 되었다. 그녀는 자신에게 그런 기질이 없음을 잘 알았지만 평신도 여성으로 이루어진 선교 단체에 가입했다. 그 선교 단체는 스페인에서 멀리 떨어진 낙후된 지역으로 건너가서 아이들을 가르치고 병을 고쳐 주는 일을 했다. 그녀는 페루 북동부의 아마존 강 상류 지역인 이키토스 부근에서 몇 년간 봉사 활동을 했다. 그녀는 산부인과 의사 역할을 수행하는 동안 지나치게 많은 위스키를 산모들에게 마시게 한 혐의로 페루 당국에 의해 체포되었으나, 적절하게 손을 쓴 다음 추방되었다. 그녀는 정부 공무원들을 매수하기 위해, 그녀의 태만함과 악습과 무식에 의해 희생된 사람들의 입을 막기 위해 엄청난 돈을 써야만 했다. 스페인으로 돌아온 그녀는 마드리드 리츠 호텔의 스위트룸에서 술에 절은 채 비교적 평화롭게 살다가 1981년에 숨을 거두었다. 오노프레 부빌라는 그의 가정이, 그의 가족이 무너져 가는 모습을 냉정한 눈길로 바라보았다. 그의 둘째 아들이 죽은 뒤에 다시 형성된 가족이었다. 그 가족은 찌꺼기로 이루어진 가족이었고, 오노프레에게 실망만 안겨 준 가족이었다. 오노프레의 부인은 밤늦은 시간까지 하루 온종일 이 층에 마련된 예배당에 틀어박혀 꼼짝도 하지 않았다. 그녀는 차갑게 얼린 초콜릿과 술이 들어간 과자를 예배당 안에 상자 째로 쟁여 놓고 기도를 하는 동안 쉴 새 없이 먹어 댔다. 아흐레간의 기도, 사흘 근행, 십자가의 길 앞에서 올리는 기도, 아기 예수에게 드리는 기도, 마흔 시간 기도, 팔 일제 기도, 철야 기도. 기도는 끝이 없었다. 오노프레의 부인은 기도에 파묻혀 살았다. 이제 집은 진짜로 텅 빈 것 같았다. 사람의 손길이, 사람의 애정이 닿지 않은 가구들과 장식물들은 금세 유령들이 사는 장소로 변했다. 밤이면 텅텅 비어 있는 방에서 소리가 들려왔다. 그리고 다음 날 아침이면 가구들의 위치가 변해 있었고, 양탄자들이 둘둘 말려 있었다. 마치 그 거대하고 무거운 가구들이 어둠을 틈타 집 안을 이리저리 돌아다니는 것 같았다. 하지만 그것은 귀신들의 장난이 아니었다. 그런 짓을 저지른 작자들은 바로 하인들이었다. 하인들은 그런 식으로 자신들의 불만과 불쾌감을 표현했다. 주인 여편네를 미쳐 버리게 만들잔 말이야. 하인들은 그렇게 수군거렸다. 하인들은 밤마다 냄비를 두드리고, 가구들을 이리저리 옮기고, 쇠사슬로 벽을 두드렸다. 하지만 오노프레 부빌라는 하인들의 짓거리를 알아채지 못했다. 오노프레는 집안을 감도는 스산한 분위기에서 벗어나기 위해 밤마다 집에서 빠져나가는 습관이 있었다. 오노프레는 운전사와 경호원을 달고 바르셀로나에서 가장 악명 높은 유흥가를 밤마다 찾아다녔다. 그는 깨끗하고 우아한 장소는 피해 다녔다. 뚜쟁이들과 불량배들과 창녀들이 우글거리는 곳만 찾아다녔다. 그런 곳에 있으면 자신이 성공을 거둘 수 있었던 그 옛날의 바르셀로나를, 자신이 행복하다고 믿었던 그 옛날의 바르셀로나를 다시 찾은 듯한 기분이 들었다. 사실상 오노프레가 진짜로 찾아다녔던 것은 잃어버린 청춘이었다. 가난에 찌들고, 악취가 진동하고, 수치스러운 일들이 벌어지는 그런 곳에 있어야만 오노프레는 마음이 편안해지는 걸 느꼈다. 아니 억지로라도 그렇게 믿고 싶었다. 하지만 사실은 전혀 그렇지 않았다. 아침에 깜짝 놀라 잠에서 깨어나 보면 돼지우리처럼 지저분한 그 장소가, 통풍이 되지 않는 그 장소가, 땀으로 범벅이 된 채 악취를 뿜어 대는 그 침대가 역겹기 그지없었다. 기분을 북돋우기 위해 밤새 마셔 댔던 싸구려 포도주와 가짜 샴페인과 코카인 때문에 속이 울렁거렸다. 날이 밝아 집으로 돌아오는 도중에 길거리나 자동차 안에서 토한 적도 몇 번 있었다. 협잡꾼들과 밀수업자들과 창녀들이 오로지 돈을 위해 그에게 허겁지겁 달려든다는 사실 또한 오노프레는 잘 알고 있었다. 운전사가 어느 사창굴에서 오노프레를 거의 강제로 끌고 나가면, 갖은 아양을 떨어 대며 그를 맞이했던 창녀들은 눈 깜짝할 사이에 안면을 바꾸었고, 뚜쟁이들은 오노프레가 창녀들에게 함부로 뿌린 돈을 다시 빼앗아 갔으며, 그걸로 잔치는 파장이었다. 오노프레가 떠난 자리에는 탐욕과 폭력과 원한만 남았다. 오노프레는 그 모든 것을 알고 있었다. 하지만 오노프레는 자신을 계속해서 속였다. 얼마를 쓰든 돈은 문제가 아니었다. 오노프레는 그 돈으로 과거를 새롭게 되새겨 볼 수 있는 권리를 사는 거라고 스스로 믿었다. 항구의 공기, 짭짜름한 바다 냄새, 기름 냄새, 항구에 정박한 배의 쓰레기통에서 흘러나오는 썩은 과일 냄새를 맡으며, 그는 오래전에 잃어버린 그 세계에 다시 속한 듯한 기분을 느꼈던 것이다.

어느 날 밤이었다. 오노프레는 좁디좁은 방에서 잠을 자다 불현듯 깨어났다. 원래 오렌지색이었을 벽지는 시커멓게 변해 있었다. 백열전구 하나가 전깃줄에 매달려 깜박였다. 손과 발은 얼음처럼 차가웠고, 왼쪽 옆구리가 기분 나쁘게 얼얼했다. 오노프레는 자신이 죽어 간다는 것을 알 수 있었다. 하지만 이상하게도 주변 풍경이 생생하게 눈에 들어왔다. 바로 옆에서 창녀 하나가 소리를 지르고 있었다. 이전에 한 번도 본 적이 없는 얼굴이었다. 오노프레는 젖 먹던 힘을 다해 창녀의 손목을 가까스로 붙잡았다. 오노프레는 알 수 있었다. 창녀는 그의 손에서 풀려나는 순간 그의 전 재산을 훔쳐 달아나 아무에게도 어떤 말도 하지 않을 것이다. 그러면 오노프레는 그곳에서 누구에게도 발견되지 못하고 죽을 수밖에 없었다. 나를 도와주면 한몫 주겠다고 약속해야겠다. 오노프레는 생각했다. 그러나 말이 목구멍을 틀어막아 숨쉬기조차 어려워지고 말았다. 죽기에 그리 나쁘지 않은 장소로군. 오노프레는 생각했다. 내가 죽으면 어떤 소동이 벌어질까, 아니, 내가 지금 무슨 생각을 하는 거야? 나는 죽고 싶지 않아, 여기서든 그 어느 곳에서든. 창녀는 오노프레의 손을 뿌리쳤다. 그리고 방바닥에 흩어져 있던 옷가지를 그러모아 품에 안고 복도로 달려 나갔다. 홀로 남은 오노프레는 정신을 잃지 않기 위해 혼신의 힘을 쏟았다. 이걸로 끝장이로구나. 오노프레는 생각했다. 오노프레는 복도에서 들려오는 고함 소리와 발걸음 소리에 귀를 기울이다 결국 정신을 잃고 말았다.

하지만 사람들은 오노프레의 기대를 저버리지 않았다. 창녀는 옷을 차려입자마자 오노프레의 운전사에게 달려갔고, 운전사는 일이 틀어지면 오노프레의 죽음에 대해 책임질 것이 두려워 에프렌 카스텔스를 찾아갔다. 운전사와 에프렌 카스텔스가 사창굴에 나타났을 때 창녀들과 뚜쟁이들은 나름대로 최선을 다해 오노프레에게 옷을 입혀 놓았다. 그들은 숟가락 손잡이로 오노프레의 입을 강제로 벌려서 코냑을 마시게 하려고 노력했지만, 오노프레는 그마저도 마실 수 없는 상태였다. 에프렌 카스텔스는 사람들의 노고를 치하하며 두둑한 수고비를 지불했다. 그 집으로 몰려왔던 야경꾼과 경찰도 자신들의 몫을 차지했다. 모두들 만족해하며 비밀을 지키겠다고 맹세했다. 운전사와 에프렌 카스텔스는 오노프레를 집으로 데려가 침대에 눕힌 후 오노프레의 부인에게 알렸다. 새벽 4시였다. 오노프레의 부인은 그 시각에도 귀부인처럼 차려입고 있었다. 에프렌 카스텔스는 즉석에서 말도 안 되는 거짓말을 지어내 어설프게 설명했다. 오노프레의 부인은 에프렌 카스텔스의 설명을 냉정한 표정으로 듣고 있다가 하인들에게 명령을 내렸다. 그로부터 몇 시간이 지나지 않아 오노프레의 집은 사람들로 들끓기 시작했다. 전문의들과 간호사들이 몰려왔고, 만약의 경우를 대비해 조수들을 대동한 변호사들과 공증인들, 주식중매인들, 등기소 직원, 세무서 직원, 각국 영사들과 상무관들, 신분을 밝히기를 꺼리는 암흑가의 두목들과 정치인들, 신문기자들과 통신원들, 필요한 경우 성사(고해성사, 성찬식, 종부성사)를 치르기 위한 사제들 등등이 집으로 몰려들었다. 집과 정원은 그런 사람들로 바글거렸다. 사람들은 이 방 저 방 들락거렸고, 찬장을 기웃거렸고, 서랍을 열어 보았고, 가구들을 뒤졌고, 예술품들을 만져 보았고, 실수로 혹은 고의로 값나가는 예술품들을 깨뜨리기도 했다. 신문사에서 나온 사진기자들은 방 한가운데에 삼각대와 사진기를 설치하고 마그네슘 플래시를 마구 터뜨려 사람들의 눈을 아리게 했다. 사진기자들은 집에 걸려 있는 초상화들도 마구 찍어 댔다. 그러나 사진을 찍는 순간 초상화들의 신비는 사라지고 말았다. 하인들은 뇌물을 받고 오노프레 부빌라 가족의 비밀(진짜도 있었고 가짜도 있었다.)을 사람들에게 팔아먹었다. 가족의 친구라고 주장하거나 오노프레와 가까운 동업자라고 주장하며 집 안으로 기어든 사기꾼들도 적지 않았다. 신출내기 신문기자들이나 애송이 사업가들은 그런 사기꾼들에게 걸려들어 비싼 값을 치르고 말도 안 되는 거짓 정보들을 입수했다. 그 결과 많은 주식시장에서 주식시가가 폭락하기도 했다. 오노프레는 주변에서 벌어지는 그런 일들을 거의 알아차리지 못했다. 그는 의사들이 처방해 준 약 때문에 허공에 둥둥 떠 있는 듯한 기분이었다. 아픈 곳도 없었고, 자신의 몸조차 느낄 수 없었다. 다만 손과 발이 여전히 차갑다는 느낌뿐이었다. 손과 발이 차갑다는 느낌만 없다면 그 어느 때보다 기분이 상쾌할 것 같은데. 그는 생각했다. 그리고 느긋한 기분이 든 바로 그 순간 아주 어린 시절의 기억으로 되돌아갔다. 오노프레는 시간 감각을 잃고 말았다. 그는 손가락 하나 까닥할 수 없었지만, 시간이 지루하게 느껴지지도 않았고, 움직일 수 없다는 사실이 고통스럽지도 않았다. 사람들이 끊임없이 방을 들락거렸다. 의사들은 수시로 찾아와 오노프레를 살펴보았고, 간호사들은 오노프레에게 약과 음식과 진정제를 먹였다. 간호사들은 또한 주사를 놓았고, 피를 뽑았고, 오노프레가 조절할 수 없는 똥과 오줌을 치워 주었으며, 몸을 씻기고 향수도 뿌려 주었다. 오노프레의 부인도 정기적으로 찾아왔다. 부인은 사람들이 곁에 없는 그 짧은 틈을 이용해 침대 옆에서 눈물을 흘렸다. 속임수를 써서 오노프레의 침실로 숨어드는 사람들도 있었다. 유산을 좀 남겨 달라고 부탁하는 사람도 있었고, 주님의 품에서 평안히 잠들기를 기원해 주는 사람도 있었고, 규모가 큰 사업이나 거래에 관한 중요한 정보를 들려 달라고 요구하는 사람도 있었고, 오노프레가 성공할 수 있었던 비결을 얘기해 달라고 떼쓰는 사람도 있었다. 오노프레의 눈에는 그 모든 사람들이 유령처럼 보였다. 마치 아이들이 보는 그림책에서 뛰쳐나온 사람들처럼 보였다. 그 유령 같은 사람들이, 그림에서 뛰쳐나온 것만 같은 사람들이 오노프레를 둘러싼 비좁은 공간에서 서로서로 섞여 들며 움직이고 있었다. 벽

을 통해 들려오는 중얼거리는 소리와 속삭이는 소리와 으르렁
거리는 소리들. 그 소리들은 문이 열리면 커졌다가 문이 닫히
면 다시 작아졌다. 그 소리들 역시 오노프레를 불안하게 만들
었다. 오노프레는 소리들과 냄새들과 형태들과 느낌들을 제대
로 분간할 수 없었다. 그것들은 서로서로 마구잡이로 섞여 들
었다. 너무너무 복잡했다. 종잡을 수 없었다. 의사들이나 간호
사들의 손길, 키니네 냄새, 새하얀 가운, 근심 어린 표정으로
자신을 내려다보는 얼굴. 그 모든 것들이 하나로 섞여 들었다.
오노프레는 도무지 그 의미를 알 수 없었다. 이게 대체 뭐란
말인가? 오노프레는 생각했다. 이런 것들이 무슨 이유로 내 옆
에 있단 말인가? 여기서 뭘 하고 있단 말인가? 그런 생각이 드
는 순간 오노프레의 고삐 풀린 상상력은 그를 순식간에 아주
멀고 먼 곳으로 데려가 잃어버린 과거의 어느 한 순간에 내려
놓았다. 그 순간 오노프레는 생생하게 재현된 주변을 둘러보며
혼란스럽고 고통스러운 기분을 맛보아야 했다. 그러다 잠시 후
면 후덥지근한 방 안에서 담배 연기가 사라지듯 모든 것이 서
서히 사라졌다. 그러고 나면 오노프레의 의식에는 이제 곧 죽
을지도 모른다는 확신에 가까운 두려움만이 남았다. 그런 순
간이면 무엇이든 내주고 싶은 충동을 느꼈다. 어떤 식으로든
조금만 더 살 수 있다면 무엇이든 아낌없이 내주고 싶었다. 하
지만 오노프레는 잘 알고 있었다. 그 순간에는 어떠한 타협도
불가능했다. 그래서 오노프레는 절망에 빠질 수밖에 없었다.
이럴 수가 있단 말인가? 이 무시무시한 상황에서 도저히 빠져
나갈 구멍이 없단 말인가? 오노프레는 생각했다. 자신의 삶이
곧 끝장나리라는 사실을, 스위치를 누르면 불이 꺼지듯 그렇

게 꺼지고 말 거라는 사실을, 어느 순간이 되면 영원히 사라지고 말 거라는 사실을, 오노프레는 잘 알고 있었다. 그는 갓 태어난 아기가 절망감에 빠져 자지러지게 울어 대듯 울음을 터뜨리고 말았다. 하지만 아무도 그런 사실을 알아차리지 못했다. 울음을 터뜨려도 표정에 아무런 변화가 없었다. 오노프레는 자신감 넘치는 평온한 표정을 짓고 있었다.

정신을 잃고, 추억에 사로잡히고, 두려움에 떠는 순간이 있는 반면, 비현실적이지만 유쾌한 환상을 꿈꿀 때도 있었다. 오노프레는 이런 꿈을 꾼 적이 있었다. 그는 안개가 낀 듯 단조로운 빛에 둘러싸인 어느 장소에 있었다. 시각은 정오쯤이었다. 오노프레는 자신이 왜 그곳에 있는지 알 수 없었다. 누군가가 그를 향해 다가오고 있었다. 오노프레는 멀리서도 그가 누구인지 알아볼 수 있었다. 그 사람이 가까이 다가왔다. 오노프레는 그 사람을 다시 만나 너무나 반가웠다. 아버지. 오노프레가 입을 열었다. 이게 대체 얼마 만입니까. 오노프레의 아버지가 싱긋 웃었다. 리넨 양복을 입고, 파나마모자를 쓰고, 원숭이가 들어 있는 새장을 들고 쿠바에서 돌아오던 그날과 모습은 크게 다르지 않았다. 턱수염을 멋지게 길렀다는 점만 그때와 달랐다. 그 턱수염은 뭡니까? 오노프레가 물었다. 아버지는 어깨를 으쓱했다. 나도 잘 모르겠다, 아들아. 마치 그렇게 말하는 듯싶었다. 아버지는 잠시 후 입을 벌렸다. 입술을 천천히 움직였다. 무슨 말인가를 하고 싶은 모양이었다. 그러나 입술은 움직였지만 말이 나오지 않았다. 오노프레는 숨을 죽였다. 아버지가 하늘나라에 대해 이야기해 줄 때까지 기다렸다. 그러나 아버지는 여전히 말이 없었다. 이윽고 아버지는 입을 다물고 다시 싱긋 웃었다. 이번에는 어딘지 씁쓸해 보이는 미소였다. 이게 과연 죽음이란 말인가, 사람은 죽어도 변하지 않는단 말인가. 오노프레는 생각했다. 소름이 쪽 끼쳤다. 사람은 죽고 나서 그 어느 곳으로도 가지 않는단 말인가, 모든 것이 그대로 남아 있는 것인가, 변화도 없고 고통도 없는 곳, 하지만 기쁨도 없는 곳, 그게 바로 죽음이란 말인가. 오노프레는 생각했다. 기쁨이 완전히 사라져 버리는 것, 그게 바로 죽음이란 말인가, 아버지의 표정을 보면 알 수 있지 않은가. 아버지의 얼굴에는 아무런 표정도 나타나 있지 않았다. 아버지는 진짜로 죽은 거야, 그 점에 대해서는 의심할 여지가 없어. 오노프레는 계속해서 생각했다. 그래서 그런 거야, 아버지를 처음 만났을 때는 너무너무 기뻤지만 지금은 너무너무 슬프기만 해, 이건 바로 내가 아직 죽지 않았다는 증거야, 만일 내가 진짜로 죽었다면 이런 생각도 할 수 없을 거야. 오노프레는 생각했다. 하지만 아직까지 살아 있는 것도 아냐, 내가 만일 살아 있다면 이런 환상은 볼 수 없을 테지, 틀림없어, 나는 지금 삶에서 죽음으로 건너가는 중이야, 사람들 말마따나 죽음의 문턱을 지금 막 넘어가는 거지, 다시 살아날 수만 있다면 무슨 짓이든 할 수 있을 텐데! 하지만 나는 다시 살게 해 달라고 부탁할 염치가 없어, 그건 불가능한 일이지, 설령 다시 산다 해도 나는 지금과 마찬가지로 살아가게 될 거야, 그건 분명해, 아니야, 나는 그냥 다시 살게 해 달라고 부탁할 수 있을 뿐이야, 다시 살 수 있다면 나도 달라질 수 있어, 아아, 다시 살 수 있다면 모든 것을 다른 눈으로 볼 수 있을 텐데. 오노프레는 생각했다.

5

"당신이 그녀와 만나도 좋을지 어떨지 저희로서는 잘 모르겠습니다. 그러니까 그녀가 당신을 만나도 좋을지 어떨지 말입니다."

수녀가 말했다.

"내가 누군지 아시나 보군요."

오노프레가 수녀에게 물었다.

수녀가 입술을 꼭 깨물었다. 수녀는 예리한 눈길로 상대방을 살펴보았다. 수녀의 시선에서 적대감은 찾아볼 수 없었다. 호기심과 신중함이 반반씩 섞인 그런 시선이었다.

"당신이 누군지는 세상 모든 사람들이 알고 있습니다, 부빌라 씨."

수녀는 목소리를 낮추어 속삭였다. 마치 아양을 떠는 것 같았다. 수녀의 성격은 얼굴에 그대로 드러나 있었다. 오노프레는 얼굴만 보고도 그 수녀가 관대하고, 온화하고, 인내심이 강하고, 용감한 여자라는 걸 알 수 있었다.

"그 가엾은 여자는 많은 고통을 받았습니다."

수녀가 말투를 바꿔 덧붙였다.

"지금은 대부분의 시간을 평안하게 지내고 있습니다. 때때로 병이 재발하는 순간도 있습니다만, 며칠 만에 정상으로 돌아옵니다. 병이 재발하면 그 가엾은 여자는 자신을 여왕이나 성녀로 생각한답니다."

오노프레 부빌라는 알아들었다는 듯 고개를 끄덕였다. 그녀의 상태에 대해서는 알고 있습니다. 오노프레가 말했다. 사실상 오노프레는 최근에 들어서야 그 여자의 상태에 대해 듣게 되었다. 오노프레는 몇 달 동안 병상에 누워 있었다. 그는 죽음의 발톱에 걸려 사경을 헤맸다. 그의 삶은 한 가닥 거미줄에 매달려 있는 듯 위태위태했다. 그동안 주변 사람들은 오노프레에게 많은 것을 감추었다. 아주 작은 충격도 치명적일 수 있습니다. 의사들은 그렇게 말했다. 그러나 사람들이 그렇게 조심했는데도 오노프레는 우연한 기회를 통해 그 여자에 대해 알게 되었다. 어느 가을날이었다. 오노프레는 거실 한쪽 끝에 있는 창문 옆에 앉아 무료함을 달래기 위해 잡지들을 뒤적이고 있었다. 오노프레의 다리에는 알파카 담요가 덮여 있었다. 오노프레는 어느 잡지에서 결혼식에 관한 기사를 읽었다. 처음에는 무슨 의미인지 제대로 이해하지 못했다.(얼마 전부터 오노프레는 글을 읽으면서도 그 의미를 제대로 이해하지 못하게 되었다.) 하녀가 다가와 오노프레가 거실 바닥에 던져 둔 잡지들을 치우고, 창문을 통해 들어오기 시작하는 오후 햇살이 오노프레의 얼굴에 닿지 못하도록 커튼을 쳤다. 하녀가 돌아가자 오노프레는 의자 등받이 덮개에 뺨을 기댔다. 다림질한 지 얼마 안된 덮개에서 신선한 박하 향이 풍겼다. 오노프레는 박하 향을 맡으며 꾸벅꾸벅 졸기 시작했다. 그는 생애 처음으로 자주 졸았고, 한 번 잠들었다 하면 오랫동안 깨지 않았다. 이제는 조금만 몸을 움직여도 피로가 몰려왔다. 다행히 자는 동안 악몽을 꾸지는 않았다. 하지만 이번에는 깜짝 놀라 잠에서 깨어났다. 몇 시간 동안이나 잠을 잤는지 알 수 없었다. 대리석 바닥에 드리운 그림자로 봐서는 얼마 자지 않은 것 같았다. 오노프레는 몇 분 동안 왜 이리도 마음이 불안한지 알아보려고 애를 썼다. 잡지에서 읽은 기사 때문에 이러는 걸까? 오노프레는 생각해 보았다. 그는 항상 옆에 두고 있던 작은 종을 울렸다. 하녀와 간호사가 놀란 얼굴로 뛰어왔다. 이런 제길, 아무 일도 아냐. 오노프레는 자기 직업에 열심인 하녀와 간호사의 표정을 보고 벌컥 화를 냈다. 내가 조금 전에 읽었던 잡지들만 갖다주면 돼, 걱정할 필요 없어. 하녀가 잡지를 찾으러 간 사이에 간호사가 오노프레의 맥박을 쟀다. 간호사는 말라깽이에 퉁명스러운 여자였다. 저따위 여자들을 이용해 마누라가 내게 복수를 하고 있는 거야. 오노프레는 에프렌 카스텔스가 찾아오면 그렇게 투덜거리곤 했다. 도대체 뭘 더 바라는 거야? 에프렌 카스텔스는 그럴 때마다 오노프레를 호되게 나무랐다. 어린 아가씨라도 바라는 모양이지? 그래서 또 정신을 잃고 싶은 거야, 뭐야? 에프렌 카스텔스는 주변을 둘러보고 듣고 있는 사람이 아무도 없으면 이렇게 덧붙였다. 내가 사창굴로 자네를 데리러 갔을 때 자네 꼬락서니가 어땠는지 안다면 감히 그따위 소리는 입에도 담을 수 없을 텐데. 이런 제길, 내가 살았는지 죽었는지 더 이상 살펴볼 필요 없어, 주머니 밖으로 삐져나온 그 솜뭉치로 내 안경이나 좀 닦아 주지그래. 오노프레는 간호사의 손을 뿌리치며 투덜거렸다. 간호사와 오노프레는 잠시 동안 잡아먹을 듯 서로를 노려보았다. 드디어 이 지경까지 오고 말았구나. 오노프레는 생각했다. 이제는 노처녀들과 말다툼까지 하게 되었어. 오노프레는 하녀와 간호사에게 커튼을 걷고 그만 돌아가라고 명령했다. 그러고 나서 허겁지겁 잡지 더미로 달려들어 조금 전까지 읽고 있던 기사를 찾아보기 시작했다. 나는 지금 행복합니다. 은막의 스타는 잡지사 기자에게 그렇게 고백하고 있었다. 제임스와 나는 대부분의 시간을 스코틀랜드에서 보낼 것입니다. 제임스는 스코틀랜드에 성을 한 채 가지고 있었다. 제임스는 영국 귀족으로 멋쟁이에다 돈도 많았다. 제임스와 그녀는 대서양 횡단 호화 유람선에서 만났다. 맞아요, 우린 첫눈에 서로에게 반했습니다. 두 사람은 나중에 그렇게 고백했다. 두 사람은 신문기자들의 추적을 따돌리기 위해 그들의 약혼을 몇 달 동안 비밀에 부쳤다. 그 몇 달 동안 제임스는 하루도 빼먹지 않고 그녀의 선실로 난초를 보냈다. 그녀가 아침에 일어나 눈을 떠 보면 난초가 맨 먼저 눈에 띄었다. 두 사람은 겨울이 오기 전에 결혼식을 올릴 예정이었지만 결혼식 장소는 밝히지 않았다. 결혼식이 끝나면 장기간 신혼여행을 떠날 겁니다, 우린 아주 낭만적인 나라들을 찾아다닐 거예요. 그녀는 그렇게 말했다. 나는 지금 행복합니다. 그녀는 그렇게 반복했다. 그리고 영화계에서 영원히 은퇴하겠노라고 선언했다.

"지금 어디 있어?"

그날 오후, 오노프레는 에프렌 카스텔스에게 불쑥 물었다. 에프렌 카스텔스는 순간 당황했다.

"그럭저럭 잘 지내는 편이야. 아주 편안한 곳에 있어. 곁에서 보면 정신병원처럼 보이지도 않아."

오노프레는 침묵을 지켰다. 에프렌 카스텔스는 오노프레가 말없이 자신을 원망하고 있다는 사실을 깨닫고 벌컥 화를 내며 변명을 늘어놓았다

"그런 눈으로 쳐다보지 마, 오노프레. 제발 부탁이야. 자네라도 그렇게 했을 거야. 다른 방도가 없었단 말이야. 그 사업이

그런 식으로 끝장나리라는 사실은 누구보다 자네가 먼저 알고 있었어. 처음부터 말이야. 예상했던 일이 벌어졌을 뿐이야."

에프렌 카스텔스는 설명했다. 오노프레가 영화 스튜디오를 다른 사람에게 넘긴 이후로 영화 사업은 악화일로를 걸었다. 오네스타 라브루는 다른 사람들의 말은 싹 무시해 버리고 오로지 오노프레의 말만 들으려 했다. 하지만 오노프레는 영화판으로 다시는 돌아가지 않았다. 오노프레가 자리를 지킬 때는 네댓새 만에 영화 한 편을 찍을 수 있었지만, 이제는 영화한 편을 찍는 데 몇 주씩이나 걸렸다. 문제는 갈수록 꼬여만 갔다. 마침내 그녀는 주커만을 죽이려 들었다. 어느 날이었다. 주커만은 평소보다 더욱 혹독하게 그녀를 다루었다. 그러자 그녀는 핸드백에서 권총을 꺼내 주커만을 향해 발사했다. 권총은 골동품이었다. 그녀가 어디서 그 권총을 구했는지는 아무도 알 수 없었다. 권총은 그녀의 손안에서 폭발하고 말았다. 하지만 천만다행으로 그녀는 그리 크게 다치지는 않았다. 그 사건 이후로 사람들은 그녀를 가두어야 한다고 하나같이 주장했다. 오노프레는 사람들의 주장에 마지못해 동의했다. 오네스타 라브루가 은막에서 사라지자, 오노프레가 창조해 냈던 영화 산업은 내리막길을 걷기 시작했다. 다른 여배우들을 고용해 보았지만 실패의 연속이었다. 한때 수만금을 벌어들였던 영화는 이제 본전을 찾기도 힘들었다. 대중은 미국에서 들여온 영화들을 더 좋아했다. 에프렌 카스텔스조차 메리 픽퍼드와 찰리 채플린을 입에 침이 마르도록 칭찬할 정도였다. 에프렌 카스텔스는 영화 스튜디오의 문을 닫고 영화사를 처분한 뒤 외국 영화를 수입하기로 결심했다. 저희들이야 대가리가 터지든 말든,

돈을 벌든 말든, 난 이제 깨끗이 손 씻었어. 에프렌 카스텔스는 그렇게 말했다. 오노프레 부빌라는 알파카 담요를 가슴께까지 끌어 올리고는 어깨를 으쓱했다. 이런들 저런들 그와는 상관없는 일이었다.

"이쪽으로 오세요."

갑자기 수녀가 말했다. 수녀는 오랫동안 심사숙고한 끝에 오노프레에게 면회를 허용하기로 결단을 내린 모양이었다. 말하는 투로 봐서 수녀는 정신이 오락가락하는 사람들을 다루는 데 익숙한 것 같았다. 오노프레는 수녀를 따라 보통 크기의 어느 방으로 들어섰다. 가구가 별로 없는 그 방은 깨끗하고 아늑해 보였다. 하지만 질병과 몰락의 냄새가 진하게 배어 있었다. 창백한 겨울 햇살이 창문을 통해 방으로 새어 들었다. 방 안은 몹시 추웠다. 나이를 짐작할 수 없는 세 남자가 밑에 화덕을 넣은 테이블에 둘러앉아 카드놀이를 하고 있었다. 세 남자 중 두 명은 베레모를 썼고, 세 명 모두 목에 목도리를 둘렀다. 벽에 붙여 놓은 테이블이 하나 있었다. 파란색 테이블보가 바닥까지 길게 늘어져 있었다. 그 테이블 위에 아기 예수의 탄생을 상징하는 장식물이 놓여 있었다. 산은 코르크로 만들었고, 강은 얇은 주석으로 만들었으며, 식물은 이끼 조각으로 만들었다. 진흙으로 만든 인형들은 크기가 제각각이었다. 탁자 옆에는 방수포로 덮어 놓은 직립형 피아노가 놓여 있었다.

"환자들이 손수 이 장식물을 만들었답니다."

수녀가 말했다. 수녀의 말에 세 남자가 카드놀이를 중단하고 오노프레 부빌라를 향해 미소를 지어 보였다.

"크리스마스이브에, 즉 성탄절 자정 미사가 끝난 후에 모두 함께 저녁 식사를 합니다. 원하신다면 환자의 가족들과 가까운 친구들도 그 저녁 식사에 참석하실 수 있습니다. 제가 보기에 선생님께서는 환자의 가족이나 친구가 아닌 것 같습니다만, 원하신다면 참석하셔도 좋습니다."

오노프레는 방을 둘러보았다. 모든 창문에 쇠창살이 쳐져 있었다. 수녀와 오노프레는 다른 문을 통해 방을 빠져나갔다. 두 번째 복도가 나왔다. 두 번째 복도 끝에 이르렀을 때 수녀가 발걸음을 멈추었다.

"이제 여기서 잠시 기다리셔야 합니다. 남자들은 여자들의 구역으로 들어갈 수 없습니다. 그 반대도 마찬가지입니다. 사람들이 어떤 옷차림으로 있는지 알 수 없으니까요."

수녀는 오노프레를 그곳에 홀로 두고 떠났다. 오노프레는 소용없는 짓임을 알고 있었지만 호주머니를 모두 뒤져 보았다. 의사들은 그에게 담배를 피우지 말라고 경고했고, 그 역시 담배를 몸에 지니고 다니지 않았다. 아까 그 방으로 돌아가 카드놀이를 하던 남자들에게 담배 한 개비만 달라고 부탁해 볼까 하는 생각이 들었다. 담배나 하다못해 그 비슷한 거라도 가지고들 있겠지, 그리 사나워 보이지도 않던데, 뭘. 오노프레는 생각했다. 아무튼지 간에 그 사람들이 날 어쩌기라도 하겠어? 오노프레는 그런 생각을 하며 복도 창문에 비친 자신의 모습을 찬찬히 살펴보았다. 몸집이 자그마한 노인이, 허리가 굽고 얼굴빛이 창백한 노인이 보였다. 아스트라한 칼라가 달린 검은색 외투를 입고, 손잡이에 상아가 박힌 지팡이를 짚고 서 있는 노인. 다른 손에는 중절모와 장갑이 들려 있었다. 오노프레 자신이 보기에도 우스꽝스러운 꼴이었다. 수녀가 돌아왔다. 오노프레는 그 가슴 아픈 모습에서 겨우 눈을 뗄 수 있었다. 이제 들어가셔도 됩니다. 수녀가 말했다.

델피나 역시 많이 늙어 있었다. 게다가 안쓰러울 정도로 비쩍 야위어 타고난 말라깽이 모습으로 되돌아가 있었다. 전 세계를 흥분시켰던 유명한 여배우의 모습을 이제는 더 이상 찾아볼 수 없었다. 오노프레는 그 황폐해진 모습에서 먼 옛날 몹시도 사나웠던 하숙집 딸의 면모를 발견할 수 있었다. 델피나는 플란넬 잠옷 위에 두툼한 양모 가운을 입고 있었다. 그리고 양모 양말과 토끼 가죽 슬리퍼를 신고 있었다. 누가 찾아오셨는지 한번 보세요, 델피나 부인. 수녀가 말했다. 하지만 델피나는 수녀의 말을 듣고도, 오노프레의 모습을 보고도, 아무런 반응을 보이지 않았다. 그녀는 복도 벽 저편, 아득히 먼 곳을 바라보고 있었다. 침묵이 흘렀다. 오노프레는 점점 초조해지기 시작했다. 수녀는 오노프레에게 델피나와 함께 단둘이 산책을 해 보면 어떻겠느냐고 제안했다. 날씨가 조금 쌀쌀하긴 하지만 햇볕을 쬐면 괜찮을 거예요. 수녀가 말했다. 정원으로 나가 보세요, 두 분 다 운동을 하면 좋을 거예요. 수녀가 보기에 은막의 스타는 창녀와 별로 다를 바가 없는 여자였다. 단둘이서 정원을 산책해도 좋단 말이지, 둘 다 파삭 늙었으니 엉뚱한 짓은 하지 않을 것이라 여기는 모양이지. 오노프레는 델피나의 손을 잡고 정원을 향해 복도를 걸어가며 생각했다. 복도를 걸어가는 것조차 힘이 들었고 시간이 많이 걸렸다. 델피나는 뻣뻣한 몸을 겨우겨우 움직이며 아주 느리게 걸음을 옮겼다. 심사숙고 끝에, 무슨 위험한 일은 없을까 싶어 신중하게 계산한 다음 결단을 내리고 발을 움직이는 것 같았다. 이제 반걸음 내디뎠어,

좋아, 이제 다시 반걸음 정도는 더 걸을 수 있어. 발을 내디딜 때마다 그렇게 말하는 듯싶었다. 델피나가 너무 굼뜨게 몸을 움직여서인지 그다지 넓지 않은 정원이 엄청나게 넓어 보였다. 그럴 만도 하겠지. 오노프레는 생각했다. 이곳에서 빠져나갈 수 없을 바에야 무슨 이유로 서두른단 말인가. 델피나는 느긋하게 몸을 움직이는 반면 오노프레는 금방 지쳐 버렸다. 이리와, 델피나. 마침내 오노프레가 입을 열었다. 저기 벤치에 앉아 잠깐 쉬도록 하지.

"여기가 좋겠어."

오노프레와 델피나는 돌의자에 나란히 앉았다. 오노프레는 무슨 수를 써서라도 델피나에게 말을 걸고 싶었다. 나뭇잎들은 모두 떨어져 버렸고, 병원 담장에는 이끼가 끼어 있었다. 오노프레는 델피나에게 물었다. 그래, 어떻게 지냈어? 어디 아픈 곳은 없고? 병원에서는 잘 대해 주겠지? 필요한 게 있으면 말해, 내가 해 줄 테니까. 하지만 델피나는 아무 말 없이 멍한 눈길로 앞만 바라보고 있었다. 자신이 어디에 있는지, 누구와 함께 있는지조차 모르는 것 같았다. 오노프레는 전혀 예상치 못했던 델피나의 태도에 당혹감을 감출 수 없었다. 참 많은 일들이 있었지. 오노프레가 담담한 목소리로 말했다. 그렇지만 변한 건 아무것도 없어, 당신이나 나나 예전 그대로야, 그렇지 않나? 우린 가진 게 별로 없어, 그것마저도 조금씩 잃어 가고 있어. 검은 새 한 마리가 정원 자갈밭에 내려앉았다. 새는 자갈밭에 잠시 머물러 있다가 다시 날아가 버렸다. 오노프레는 계속해서 말을 이었다. 델피나, 우리가 처음 만났던 때가 기억나? 정확한 날짜는 중요하지 않아, 우리는 1887년에 처음 만났어,

지난 세기에 말이지, 한번 생각해 보란 말이야, 당시 바르셀로나는 작은 도시에 불과했어, 전기도 없었고 전차도 없었고 전화도 없었지, 만국박람회가 열렸던 해였어, 만국박람회를 다시 한 번 더 개최한다고 하던데, 알고 있어? 그렇다면 우리도 옛날로 다시 돌아가야 할 것 같은데, 어떻게 생각해? 세상에, 나는 그때 외돌토리였어, 잔뜩 겁을 먹었더랬지, 그런 점에 있어서는 난 전혀 변한 게 없어, 하지만 그땐 당신이 내 곁에 있었지, 우리는 사이가 좋지 않았어, 하지만 난 당신이 항상 내 곁에 있다는 사실을 알고 있었어, 그것만으로도 충분했어, 비록 그게 얼마나 중요한 것이었는지 그때는 깨닫지 못했지만. 델피나는 꼼짝도 하지 않았다. 날씨는 그다지 춥지 않았고, 햇살이 비치고 있었다. 그러나 델피나의 몸은 꽁꽁 얼어붙은 것처럼 보였다. 얼음 조각상이야. 오노프레는 생각했다. 내 품에 그녀를 안았을 때를 제외하고는 그녀는 항상 얼음 조각상과 같은 여자였어. 오노프레는 델피나의 손을 잡았다. 손이 몹시 차가웠다. 하지만 염려했던 것처럼 얼어붙어 있지는 않았다.

"이러다 동상 걸리겠어. 자, 내 장갑을 끼도록 해."

오노프레는 장갑을 벗어 델피나 손에 끼워 주었다. 델피나는 자발적으로 응해 주지도 않았지만 그렇다고 거부하지도 않았다. 놀랍게도 장갑은 델피나의 손에 꼭 맞았다. 오노프레는 항상 커다랗게만 보였던 델피나의 손을 떠올렸다. 그 큼직한 손으로 필사적으로 내 어깨를 붙잡았더랬지. 오노프레는 생각했다.

"장갑은 그냥 갖도록 해."

오노프레가 큰 소리로 말했다.

"당신 손에 꼭 맞는구먼."

오노프레는 고개를 들었다. 방금 전에 카드놀이를 하던 세 남자가 창가에 서서 진지하고 엄숙한 표정으로 돌의자에 앉아 있는 오노프레와 델피나를 천연덕스럽게 구경하고 있었다. 상당히 먼 거리였고, 게다가 그들은 환자들이었다. 그러나 오노프레는 그때까지 붙잡고 있던 델피나의 손을 얼른 놓아 버렸다. 델피나는 두 손을 모아 무릎 위에 올려놓았다.

"그런 생각을 하다니, 다 부질없는 짓이야."

오노프레가 말을 이었다.

"내가 이런 얘길 하는 건 말이야, 얼마 전에 죽을 뻔했거든. 그래서 두려워서 이러는 거야. 당신에게는 뭐든지 다 얘기할 수 있어. 난 항상 그렇게 생각해 왔어. 나를 이해해 줄 수 있는 사람은 이 세상에 당신밖에 없다고 말이야. 당신은 내가 무슨 짓을 해도 그걸 다 이해해 주었어. 다른 사람들은 날 이해 못 해. 나를 증오하는 놈들조차도 나를 이해 못 해. 놈들에게는 나름대로의 사상이 있고, 나름대로의 이론이 있어. 놈들은 그 사상과 이론으로 모든 것을 다 설명할 수 있어. 무엇이든 다 정당화할 수 있단 말이야. 성공이든 실패든 모든 것을 다. 나는 도저히 그놈들과 어울릴 수 없었어. 그놈들이 보기에 나는 톡 튀어나온 혹이었고 이해하기 곤란한 놈이었어. 놈들이 미워하는 건 내 행동이 아냐. 내 야망도 아니고, 내가 야망을 충족시키기 위해, 위로 기어 올라가 부자가 되기 위해 동원했던 방법도 아냐. 그건 누구나가 다 원하는 거니까. 놈들도 나처럼 절박한 상황에 있었다면, 나처럼 배짱이 있었다면 나와 똑같이 행동했을 거야. 하지만 따지고 보면 실패한 사람은 바로 나야. 나는 지독한 악당이 되어야 세상을 차지할 수 있을 거라고 생각했어. 하지만 그건 착각이었어. 이놈의 세상은 나보다 더 지독한 악당이었던 거야."

어느덧 계절은 봄으로 접어들었다. 오노프레는 어느 수녀가 보낸 편지를 한 통 받았다. 오노프레가 병원으로 찾아갔을 때 그를 맞이했던 바로 그 수녀가 보낸 편지 같았다. 그 편지에는 델피나가 죽었다는 소식이 적혀 있었다. '그녀가 잠을 자는 동안 죽음이 찾아왔습니다.' 편지에는 그렇게 쓰여 있었다. 병원 측은 오노프레가 델피나의 친척도 아니고 가까운 친구도 아니라는 사실을 알고 있었지만 오노프레에게 그 안타까운 소식을 전해 왔다. '선생님께서 돌아가신 분과 특별한 관계였다는 사실을 알고 이렇게 소식을 전합니다.' 편지에는 그렇게 쓰여 있었다. 오노프레가 델피나를 찾아간 그날 이후로 델피나는 말을 하지도 못했고 의식을 회복하지도 못했다. 하지만 편지에는 '그녀는 당신의 이름을 나직이 속삭이며 숨을 거두었습니다.'라고 쓰여 있었다. 델피나의 방에서 몇 장의 편지가 발견되었다. 아마도 오노프레에게 보내기 위해 쓴 편지 같았다. '그 외에도 은밀하고 음란한 글들이 발견되었으나 저희들로서는 불살라 버리지 않을 수 없었습니다.' 수녀는 편지 말미에 그렇게 적었다. 델피나가 남긴 편지의 내용은 다음과 같았다. '우리를 둘러싼 현실은 검은색이 칠해진 커튼일 뿐이다. 커튼 저편에는 다른 삶이 없다. 같은 삶이 있을 뿐이다. 커튼의 다른 쪽 면을 벗어나야 비로소 내세에 이를 수 있다. 커튼만 쳐다보고 있으면 우리는 또 다른 삶을 보지 못한다. 커튼 저편의 삶도 이편의 삶과 마찬가지다. 현실이 환각일 뿐이라는 사실을 깨닫는 순간 우리는 검은색 커튼을 지나갈 수 있다. 우리는 검은색 커튼을 지나 다른 세상으로 나아가게 된다. 하지만 그곳의 삶도 이곳의 삶과 똑같은 삶이다. 그 세상에도 죽은 사람들과 아직 태어나지 않은 사람들이 살고 있다. 그러나 우리는 그들을 보지 못한다. 우리가 현실이라고 착각하는 검은색 커튼이 가리고 있기 때문이다. 일단 커튼을 지나갈 수 있는 능력이 생기면 커튼을 자유롭게 넘나들 수 있는 능력도 생긴다. 우리는 커튼 이쪽의 세상과 커튼 저쪽의 세상을 살 수 있지만, 그두 세상을 동시에 살 수는 없다. 검은색 커튼을 지나 저쪽 세상으로 건너가기에 가장 좋은 시간은 황혼 녘이며 다시 이쪽세상으로 건너오기에 가장 좋은 시간은 새벽녘이다. 이런 식으로 하면 모든 게 순조롭게 진행된다. 다른 방법은 아무 소용없다. 기도를 해도, 돈을 써도 소용없다. 검은색 커튼 저편에 있는 세상에서는 사물을 삼차원으로 구분하는 그런 어처구니없는 일은 벌어지지 않는다. 이쪽 세상의 각각의 차원은 우리가보기에도 우스꽝스럽다. 검은색 커튼 저편의 각각의 차원은 그런 점을 알고 우리를 비웃는다. 아직 태어나지 않은 이들은 죽은 사람들을 자신들의 조상으로 여긴다.' 그다음에 적힌 글자들은 도저히 알아볼 수 없었다.

7

1

컬리넌이나 엑셀지어처럼 크지도 않았고, 마하브하라타 이야기에 나오는 코히누어나 페르시아 국왕의 소유였던 그레이트 모굴이나 러시아 황제의 홀을 장식했던 오를로프처럼 유명하지도 않았지만, 리젠트는 역사상 가장 완벽한 다이아몬드로 평가받았다. 인도 골콘다의 전설적인 광산에서 나온 그 다이아몬드는 오를레앙 공작의 손에 들어갔고, 오를레앙 공작은 프랑스 혁명 기간 동안 베를린에서 그 다이아몬드를 전당포에 맡기지 않을 수 없었다. 그 후 리젠트 다이아몬드는 전당포 주인의 손을 벗어나 나폴레옹 보나파르트의 칼 손잡이를 장식하게 되었다. 산티아고 벨탈이 오노프레 부빌라를 찾아온 그날 밤, 오노프레는 리젠트 다이아몬드를 손바닥에 올려놓고 확대경을 이용해 다이아몬드의 순도와 광채를 살펴보고 있었다. 프리모 데 리베라의 독재 정권에 밀려 현역에서 은퇴한 오노프레 부빌라는 자신의 전 재산(에프렌 카스텔스가 스위스에 있는 은행으로 송금한 돈)을 국제 다이아몬드 시장에 투자하기로 결심했다. 이제 그의 대리인들은 인도의 데칸 고원과 보르네오의 밀림을 헤매고 다녔고, 브라질 남동부에 위치한 미나스제라이스와 남아프리카공화국의 광산 도시 킴벌리의 술집과 사창굴을 뒤지고 다녔다. 오노프레는 비록 의도하지는 않았지만 세상에서 가장 돈이 많은 사람으로 또다시 변해 가고 있었다. 마음만 먹으면 그는 프리모 데 리베라를 권좌에서 손쉽게 밀어낼 수도 있었고, 받은 만큼 혹독하게 복수해 줄 수도 있었다. 하지만 그러고 싶은 마음이 들지 않았다. 오노프레는 여느 때와 마찬가지로 정치를 경멸했다. 정치라는 진흙탕에는 발을 담그고 싶지 않았다. 사실상 오노프레는 허탈감과 무기력증에 시달리고 있었다. 시간이 갈수록 죽음에 점점 더 가까이 다가갈 뿐이야. 오노프레는 다이아몬드를 살펴보며 그렇게 생각했다. 델피나는 1925년에 죽었고, 그 뒤를 이어 오노프레의 장인 돈 움베르트 피가 이 모레라가 1927년 초에 숨을 거두었다. 그리고 오노프레의 동생 조앙이 그해 말경에 석연치 않은 상황에서 목숨을 잃었다. 세 사람의 죽음은 오노프레에게 불길한 징조로 보였다. 오노프레는 프리모 데 리베라의 독재 정권과 맞서 싸울 필요도 없었다. 독재 정권 스스로가 몰락의 길을 걷고 있었던 것이다. 프리모 데 리베라는 무솔리니를 본받아 '통일애국당'이라는 유일 정당을 만들었다. 프리모 데 리베라는 통일애국당이 각계각층의 유력 인사들을 모두 끌어모아 스페인을 하나로 통일할 수 있을 거라고 예상했다. 하지만 전 정권에 빌붙어 살던 식충이들과 야망에 불타는 소수의 젊은이들만이 그 정당에 가입했을 뿐이었다. 불과 몇 년 전까지만 해도 프리모 데 리베라를 지지했던 군부는 이제 독재자에게 결별을 선언했고, 국왕은 프리모 데 리베라를 쫓아낼 수 있는 방법을 찾기 위해 필사적으로 매달렸다. 프리모 데 리베라를 몰아내기 위한 음모가 스페인 안팎에서 끊이지 않았다. 프리모 데 리베라는 음모꾼들을 체포해 투옥하거나 추방하는 것으로 대응했다. 다행히 그는 피에 굶주린 늑대는 아니었다. 그는 어느 누구도 죽이려고 하지는 않았다. 반대파들의 무능력, 엄격한 검열, 부패한 관리들, 어떠한 변화도 받아들이지 못하는 보통 사람들의 두려움만이 그의 권력을 유지해 주는 힘이었다. 프리모 데 리베라는 미친놈처럼 권력에 매달렸다. 그의 독특한 개성과 역사적인 상황이 우연히 일치하는 바람에 그는 권력을 유지할 수 있었다. 그러나 그는 그 점을 깨닫지 못했다. 프리모 데 리베라는 그다지 악랄한 독재자는 아니었다. 다만 좀 유별난 구석이 있었을 뿐이었다. 그는 단기간 내에 공공사업을 촉진시켰다. 그는 대대적인 공공사업으로 높은 실업률을 감소시켰고, 스페인을 현대화했다. 일반 국민들에게는 좋은 지도자였던 것이다. 한마디로 말해 프리모 데 리베라는 나라를 다스리는 동안 흑자 경영을 했다고 말할 수 있었다. 그래서 그는 자신이 왜 따돌림을 당하는지 도저히 이해할 수 없었다. 프리모 데 리베라는 국왕의 지지를 잃게 되자 오노프레 부빌라에게 도움을 요청했다. 프리모 데 리베라는 그때까지 오노프레에게 충성을 다하던 우트 후작을 통해 접근을 시도했다. 그러나 오노프레는 가까이하기엔 너무 멀리 떨어져 있었다.

산티아고 벨탈이라는 이름은 오노프레 부빌라라는 이름과 영원히 함께할 것이다. 그날 밤 오노프레를 만나러 왔을 때, 산티아고 벨탈은 마흔세 살이었다. 그는 평소에는 지저분한 꼴로 다녔지만 그날 밤만은 말쑥한 차림으로 나타났다. 바로 그날 그는 목욕과 면도를 했고, 머리도 누군가가 돈을 떠나 지극 정성으로 매만져 준 것 같은 모양이었다. 그렇게 때 빼고 광을 낸 모습이 남에게 빌붙어 살아가는 그의 본색을 더욱더 두드러지게 만들었다. 바싹 여윈 얼굴에서 이글이글 타오르는 날카로운 눈빛만이 그 우스꽝스러운 모습을 어느 정도 완화해 주었다. 집사는 산티아고 벨탈에게 이렇게 말했다. 저희 주인 어르신께서는 직접 초대하신 손님이 아니면 다른 손님들은 일절 받지 않으십니다. 그러자 산티아고 벨탈은 호주머니에서 구겨지고 누렇게 색이 바랜 명함을 한 장 꺼내 집사에게 보여 주었다. 부빌라 씨께서 직접 내게 준 명함입니다. 산티아고 벨탈이 말했다. 이것도 정식 초대장과 다를 바 없다고 생각하는데요. 집사는 난감한 표정으로 명함을 살펴보았다. 우리 주인 어르신께서 언제 이 명함을 당신에게 줬단 말입니까? 집사가 물었다. 지금으로부터 십사 년 전입니다. 산티아고 벨탈이 자신만만한 표정으로 대답했다. 글쎄요, 이걸 초대장으로 받아들여도 좋을지 잘 모르겠습니다만, 성함이 뭐라고 하셨죠? 집사가 물었다. 산티아고 벨탈이 이름을 밝혔다. 그분께서 지금까지 나를 기억하고 계실지는 잘 모르겠습니다만. 그가 덧붙였다. 집사는 손으로 이마를 문지르며 의심스러운 눈초리로 상대방을 쳐다보았다. 집사는 마침내 그 불청객이 찾아왔다는 사실을 오노프레에게 알리기로 결심했다. 그는 오노프레가 화를 내지 않을까 두렵기는 했지만, 주인이 유별난 사람들을 좋아한다는 사실은 이미 알고 있었던 것이다. 집사의 판단은 옳은 것으로 증명되었다. 안으로 들여보내게나. 오노프레 부빌라가 집사에게 명령했다. 훈훈한 밤이었지만 서재의 벽난로에서는 장작이 활활 타오르고 있었다. 산티아고 벨탈은 서재로 들어서는 순간 뜨거운 열기로 숨이 막힐 것만 같았다.

"저를 기억하시리라고는 예상치 못했습니다."

산티아고 벨탈은 서재로 들어서자마자 그렇게 말했다. 아첨하는 투가 역력했다. 당신과 같이 중요한 인물이 나처럼 보잘것없는 인간을 기억하고 있을 줄은 꿈에도 생각하지 못했습니다. 산티아고 벨탈의 목소리와 얼굴 표정은 마치 그렇게 말하고 있는 듯싶었다. 오노프레 부빌라는 비웃는 듯한 미소를 머금었다. 내 기억력이 당신이나 다른 무지렁이들처럼 형편없었다면 나는 지금의 내 위치에 설 수 없었을 겁니다. 오노프레는 그렇게 말하며 오른쪽 주먹을 치켜들었다. 산티아고 벨탈은 오노프레가 주먹으로 후려갈길까 싶어 겁을 먹고 잠시 몸을 움츠렸다. 하지만 그것은 위협하는 동작이 아니었다.

"어르신과 저는 십사 년 전에 만났습니다."

산티아고 벨탈은 자신의 입장을 더욱더 공고하게 다지기 위해 같은 말을 반복했다.

"십사 년 전이 아니라 십오 년 전이야. 1912년에 바소라에서 만났지. 당신 이름은 산티아고 벨탈이고, 직업은 발명가. 마리아라는 딸내미가 하나 있고. 꽤나 고집이 센 아가씨였지. 자, 내게 뭘 팔아먹고 싶어 찾아온 거요?"

산티아고 벨탈은 할 말을 잃고 말았다. 오노프레는 산티아고 벨탈이 무슨 말을 할지 이미 알고 있었던 것처럼 쌀쌀맞은 태도로 나왔다. 산티아고 벨탈이 여러 시간 동안 준비하고 연습했던 말은 이제 소용이 없었다. 산티아고 벨탈은 저도 모르는 사이에 얼굴이 벌겋게 달아올랐다. 이곳을 찾아온 게 실수였던 것 같습니다. 산티아고 벨탈은 중얼거렸다. 오노프레에게 하는 말이라기보다는 자신에게 하는 말 같았다. 죄송합니다, 용서해 주시기 바랍니다. 오노프레 부빌라는 여전히 비웃는 듯한 미소를 머금고 있었다. 산티아고 벨탈의 소심함이 분노로 돌변했다. 산티아고 벨탈은 의자에서 벌떡 일어나 문을 향해 성큼성큼 걸었다. 이러면 당신만 손해라는 걸 아셔야지! 산티아고 벨탈이 소리쳤다.

"손해라니, 뭐가 손해라는 거지?"

오노프레 부빌라가 냉소적인 표정으로 침착하게 물었다. 발명가는 의자로 되돌아와 세상에서 가장 돈이 많은 남자의 얼굴을 노려보았다. 이번에는 남자 대 남자로 당당하게 말했다. 실로 불가사의한 일을 놓치게 됩니다. 산티아고 벨탈이 말했다. 오노프레 부빌라는 그때까지 쥐고 있던 주먹을 펼쳤다. 산티아고 벨탈의 두 눈은 리젠트 다이아몬드의 표면에 고정되었다. 다이아몬드에서 반사된 빛이 오노프레가 입고 있는 다마스크 비단 가운에 밝은 점을 흩뿌렸다.

"어떤 불가사의가 이 다이아몬드와 감히 비교될 수 있겠소."

오노프레가 중얼거렸다.

"하늘을 나는 겁니다."

발명가가 즉시 대답했다.

1920년대에 항공기 산업은 그 당시 신문이 명명한 바와 같이 성년기에 도달해 있었다. 이 점에 대해서는 아무도 이의를 제기하지 않았다. 당시 사람들은 공기보다 무거운 비행기가 다른 모든 항공운송 수단을 제치고 우위를 차지할 것을 믿어 의심치 않았다. 날이면 날마다 새로운 발명품이 나타나 항공기 산업 발전에 이정표를 세웠다. 그럼에도 해결되어야 할 문제들이 몇 가지 남아 있었다. 오늘날 우리가 보기에는 이상한 일이지만 당시에는 비행의 안전에 대해서는 그다지 신경을 쓰지 않았다. 사고도 별로 없었고, 심각하거나 치명적인 사고는 극히 드물었다. 게다가 대부분의 사고는 기계적인 결함에서 발생한 것이 아니라 조종사들의 장난기 때문에 발생했다. 철없는 조종사들이 비행기의 안전성과 노련한 조종술을 과시하기 위해 곡예비행을 펼쳤던 것이다. 이를테면 거꾸로 날아간다거나, 공중에서 원을 그린다거나, 나선형으로 날아오른다거나, 공중회전을 한다거나, 급강하를 한다거나 하다가 사고를 일으켰던 것이다. 항공기 산업의 초기 단계에서는 조종사들의 순발력, 민첩성, 체력 및 체격 등이 중요시되었다. 그래서 아주 젊은 청년들이 조종사로 선발되었는데(열다섯 살 정도의 소년들이 이상적인 시험 조종사로 인정되었다.), 어린 조종사들은 무분별한 행동을 보이기 일쑤였다. 1925년에는 바르셀로나의 어느 신문에 다음과 같은 기사가 실리기도 했다. '어느 선정적인 신문에서 "무모한 아이들"이라고까지 묘사된 비행기 조종사들이 파리와 런던에서 위험한 곡예비행을 하며 서로 경쟁하고 있다. 그 조종사들은 저공비행으로 센 강과 템스 강의 다리 밑을 지나다닌다. 그 결과 비행기 사고가 빈번히 발생하고 있다. 바르셀로나도 마찬가지다. 바르셀로나의 조종사들은 이곳에 강도 없고 다리도 없기 때문에 앞서 언급한 파리나 런던의 조종사들과 같은, 혹은 더 위험한 곡예비행을 생각해 냈다. 바르셀로나의 조종사들은 비행기 날개를 지면과 수직을 이루게 하여 마치 바늘구멍을 통과하듯 우리 신성한 성가족 교회의 탑들 사이를 날아다닌다.' 계속 이어지는 기사의 내용을 훑어보면 다음과 같은 사실을 알 수 있다. 조종사들이 곡예비행을 시작하면 성가족 교회 탑 꼭대기에 앙상하게 마르고 지저분한 옷을 입은 노인이 한 명 나타나 주먹을 휘두르곤 했다. 노인은 순진하게도, 조종사에게 욕설을 퍼부으며 주먹을 휘두르면 그 불경스러운 비행기를 떨어뜨릴 수 있을 것이라고 생각한 모양이었다. 그 감동적인 장면(이 장면은 그로부터 몇 년 후 지금은 고전이 되어 버린 「킹콩」이라는 영화에 영감을 주었는데, 실제로 영화에는 그와 유사한 장면이 등장한다.)을 연출한 장본인은 다름 아닌 안토니 가우디 이 코르네트였다. 가우디가 죽기 몇 달 전에 벌어진 일이었다. 그리고 그 부당한 대결에는 한 가지 비유적인 의미가 담겨 있었다. 당시 위대한 건축가가 대변하고 있던 모더니즘은 카탈루냐에 새롭게 등장한 소위 '누센티즘'이라는, 모더니즘과는 전혀 다른 사조에 의해 점점 밀려나고 있었다. 모더니즘은 과거, 특히 중세 시대를 중요하게 생각했고, 누센티즘은 미래를 중요하게 생각했다. 모더니즘은 이상주의와 낭만주의를 추구했고, 누센티즘은 물질주의와 회의주의를 추구했다. 누센티즘 추종자들은 가우디와 그의 작품들을 헐뜯었고, 풍자화와 신랄한 비평을 통해 가우디를 조롱했다. 그 때문에 괴로움에 빠진 그 늙은 천재는 잠자코 있지 않았다. 세월이 흐르면서 늙은 천재의 성격은 까칠해졌고, 때때로 이성을 잃는 경우도 있었다. 늙은 천재는 이제 성가족 교회의 지하 납골당에서 홀로 살고 있었다. 지하 납골당은 경우에 따라 작업실로 변하기도 했다. 자금이 부족해 제자리로 옮겨 놓지 못한 거대한 조각상들과 꽃무늬 조각들과 소용돌이 장식들이 납골당을 가득 채우고 있었다. 가우디는 그곳에서 옷을 입은 채로 잠을 잤다. 가우디의 옷은 금방 누더기로 변하고 말았다. 가우디는 시멘트와 석고 냄새가 진동하는 곳에 틀어박혀 지냈다. 아침에는 스웨덴식 체조를 했다. 미사에 참석해 성체를 받았고, 한 줌의 개암과 자주개자리나 장과류로 아침을 때웠다. 그리고 도저히 실현 불가능한 시대착오적인 작업에 매달렸다. 작업을 하던 중이라도 누군가가 찾아오거나 한 떼의 구경꾼들이 지나가기라도 하면, 작업대에서 날렵하게 뛰어내려(그럴 때에는 나이 많은 노인으로 보이지 않았다.) 손에 모자를 들고 사람들을 향해 달려갔다. 그리고 단 며칠이라도 작업을 연장하기 위해 거지처럼 돈을 구걸했다. 가우디는 죽는 순간까지 자신의 꿈을 이루기 위해 노력했다. 가우디는 돈 한 푼을 받아 내기 위해서라면 어떤 짓도 마다하지 않았다. 심지어 주식으로 먹는 개암 열매를 공중에 던져 놓고 그 구부정한 어깨와 후들거리는 무릎으로 공중제비를 돈 다음 입으로 받아먹기도 했다. 가우디의 얼굴은 변해 가기 시작했다. 그의 열정은 전염성이 강했다. 때로는 회반죽 통에 빠진 그를 끄집어내야 했다. 하지만 그런 가우디도 친구들과 있을 때에는 자신의 실망감을 감추지 못했다. 나는 지금 진보와 한바탕 전쟁을 치르는 중이야. 가우디는 친구들에게 그렇게 말했다. 그런데 내가 이 전쟁에서 질 것만 같아 너무나 두려워. 결국 가우디는 바일렌 거리와 그란비아 거리가 만나는 교차점에서 전차에 치이고 말았다. 그 어처구니없는 사고로 가우디는 산타크루스 병원에서 숨을 거두었다. 당시 항공기 산업 기술자들이 심각하게 고민했던 문제들 중 하나는 훗날 항속거리라고 알려진 문제였다. 가고 싶은 곳에 갈 수 없다면 비행기가 있어 봤자 무슨 소용이란 말인가? 기술자들은 그렇게 투덜거렸다. 이 문제를 해결하기 위해서는 비행기 본체에 커다란 연료통을 달아야만 했다. 하지만 커다란 연료통을 비행기에 달면 그 무게 때문에 비행기가 이륙할 수 없었다. 이제 이 문제를 해결하기 위해서는 비행기 동체를 가볍게 할 필요가 있었다. 그래서 조종사들은 글자 그대로 가연성이 지극히 높은 연료통에 걸터앉아 비행기를 조종해야만 했다. 조종사들은 이제 충돌이나 기계 고장보다 고통스럽기 짝이 없고 회복 불가능한 화상을 더욱더 두려워하게 되었다. 연료의 질도 괄목상대하게 개선되었다. 가솔린이 정제되었고, 혼합연료가 개발되어 엔진 성능이 향상되었다. 그러한 실험들은 대단한 성과를 가져왔다. 1927년 5월 21일, 미국의 비행기 조종사 찰스 린드버그는 뉴욕에서 파리까지 사상 처음으로 대서양 단독 횡단 비행에 성공했다. 찰스 린드버그의 성공적인 비행은 무한한 가능성을 열어 놓았다. 그로부터 얼마 후인 1928년 3월 9일, 영국 여성 베일리 여사가 백 마력 엔진을 장착한 하빌랜드 모스라는 비행기를 타고 영국 크로이돈을 출발하여 파리, 나폴리, 몰타, 카이로, 카르툼, 타보라, 리빙스턴, 블룸폰테인을 거쳐 4월 30일에 케이프타운에 도착했다. 베일리 부인은 케이프타운에서 며칠 휴식을 취한 후 5월 12일에 귀로에 올랐다. 그녀는 반둔도, 니아메이, 가오, 다카르, 카사블랑카, 말라가, 바르셀로나, 파리를 거쳐 1929년 1월 10일 크로이돈에 착륙했다. 여행을 떠난 지 꼬박 십 개월 만이었다. 스페인 역시 항공기 산업에 있어서는 다른 나라에 뒤처지지 않았다. 제1차 세계 대전이 참전국들의 항공기 산업을 이끌었듯이 모로코 전쟁이 스페인의 항공기 산업을 촉진했다. 1926년, 프랑코, 루이스 데 알다, 두란, 그리고 라다는 '플루스 울트라'라는 비행기를 타고 1월 22일 팔로스데모게르를 출발하여 2월 10일 부에노스아이레스에 도착했다. 같은 해, 로리가와 가야르사는 하부 날개가 다른 날개 면적의 절반 이하인 복엽기를 타고 4월 5일 마드리드를 출발하여 5월 13일 마닐라에 도착했다. 그리고 요렌테의 명령에 따라 정찰기 '아틀란티다'는 12월 10일부터 12월 25일까지 보름 동안 멜리야와 스페인령 기니를 왕복 운항했다. 각각의 비행은 희망찬 미래를 향해 내딛는 거인의 발걸음이었다. 그러나 한 걸음 한 걸음 내디딜 때마다 새로운 문제가 끊임없이 발생했다. 나침반은 반구를 지날 때마다 여지없이 미쳐 날뛰었고, 전통적인 지도는 비행기에게 무용지물이었다. 고도계, 캐시토미터, 기압계, 풍력계, 무선 방위계 등을 계속해서 수정 보완해야만 했다. 기계 이외에도 다른 문제가 많았다. 의복이나 식량 등도 새로운 상황에 맞게 개선되어야 했다. 그리고 이제는 정확한 일기예보가 그 무엇보다 중요해졌다. 폭풍이나 모래바람은 비행기와 승무원들에게 치명적이었다. 기차나 자동차는 급작스러운 기후 변화에 손쉽게 대응할 수 있었다. 위험하면 멈추어 서면 그만이었던 것이다. 선박도 폭풍을 뚫고 나아갈 수 있었다. 하지만 공중을 날아다니는 비행기는 그와 달랐다. 공항도 멀리 떨어져 있고, 남아 있는 연료도 별로 없다면 그런 급박한 상황에서 비행기가 무슨 재주를 부릴 수 있단 말인가? 또한 비행 중에 엔진이 고장 난다면? 그야말로 속수무책이었다. 과학자들은 그런 문제들을 해결하기 위해 골머리를 썩여야 했다. 그래서 그들은 날아다니는 곤충들의 해부학적 구조를 연구하기 시작했다. 어떤 곤충들은 좁다란 식물의 암술 위로 아무 문제 없이 사뿐히 내려앉을 수 있는 능력이 있었다. 그러나 비행기는 달랐다. 비행기가 산산조각 나지 않고 무사히 착륙하기 위해서는 길고 곧고 매끄러운 활주로가 필요했다. 시속 백 킬로미터 미만으로는 비행기 착륙이 불가능했기 때문이었다. 추진력과 상승력은 서로 별개의 것이 아니었다. 비행기는 그렇게나 까다로운 요물단지였던 것이다.

오노프레 부빌라는 발명가의 설명을 멍하니 듣고 있었다. 마침내 설명이 끝났다. 오노프레는 종을 울렸다. 집사가 서재로 들어왔다. 오노프레는 집사에게 벽난로에 장작을 더 집어넣으라고 지시했다. 오노프레는 이전과 똑같이 멍청한 표정으로 집사의 몸놀림을 지켜보았다.

"제가 내놓은 제안이 마음에 드시지 않는 모양이로군요."

집사가 서재에서 빠져나가자 산티아고 벨탈이 말했다. 오노프레 부빌라는 발명가의 그 말에 문득 정신을 차린 것 같았다. 오노프레는 생전 처음 보는 사람을 대하듯 발명가를 쳐다보았다.

"그저 관심이 없을 뿐이오."

오노프레가 차갑게 말했다. 오노프레의 생각은 아득히 먼 곳을 헤매고 있었다. 한시라도 빨리 발명가를 쫓아내고 싶은 심정이었다.

"당신 생각이 흥미롭지 않다는 얘기는 아닙니다."

오노프레는 당혹스러워하는 발명가의 얼굴을 쳐다보며 그렇게 덧붙였다. 처음에 오노프레가 자신을 반갑게 맞이해 준 탓에 발명가는 헛된 희망을 품었던 모양이었다.

"어쩌면 머지않아 나 스스로가 그런 문제에……."

오노프레는 기계적으로 말을 이었지만 끝맺지는 않았다.

그날 이후로 오노프레는 몇 주일 동안에 걸쳐 산티아고 벨탈에 관한 소식을 이런저런 경로로 듣게 되었다. 발명가는 사람들을 찾아다니며 자신의 계획을 설명했다. 기업뿐만 아니라 정부 기관도 찾아다녔다. 그러나 그가 얻을 수 있었던 것은 입에 발린 격려의 말과 불분명한 약속뿐이었다. 긍정적으로 검토해 보겠습니다, 그럴 만한 가치가 있을 것 같군요. 사람들은 그렇게 말했다. 오노프레는 부하들을 통해 벨탈 집안 사람들, 즉 두 부녀가 세풀베다 거리에 있는 어느 전세 아파트에 얹혀살고 있다는 사실을 알 수 있었다. 동네 사람들의 말에 따르면 아버지나 딸이나 모두 제정신이 아니며, 아무짝에도 쓸모없는 인간들이자, 돈 한 푼 없는 빈털터리라고 했다. 조만간 무슨 일이 벌어질 것만 같았다. 오노프레는 그때까지 기다려 보기로 결심했다. 하늘이 납덩이처럼 무겁게 내려앉은 어느 날 오후였다. 집사가 서재로 들어와 손님이 찾아왔다고 일러 주었다. 멀리서 천둥소리가 은은하게 울려 퍼졌다. 젊은 아가씨가 찾아왔습니다, 어르신과 조용히 만나고 싶다고 하더군요. 집사가 담담한 말투로 전했다. 하지만 집사의 말을 듣는 순간 오싹한 전율이 오노프레의 등줄기를 타고 흘러내렸다. 아가씨를 들여보내게나, 그리고 아무도 우릴 방해하지 못하도록 해 주게나. 오노프레는 당혹감을 감추려는 듯 집사를 등지고 명령했다. 잠깐만. 집사가 명령을 수행하기 위해 서재에서 나가려는 순간 오노프레는 그를 다시 불러 세웠다. 운전사에게 가서 전해, 내가 허락하기 전까지는 잠을 자지 말라고 말이야. 그리고 언제 필요하게 될지 모르니까 자동차를 항상 대기해 놓으라고 해. 오노프레는 더 이상의 명령은 내리지 않았다. 집사는 서재를 빠져나가 등 뒤로 문을 닫고 현관으로 향했다.

"저를 따라오십시오. 어르신께서 지금 기다리고 계십니다."

집사의 목소리가 서재까지 들려왔다.

오노프레를 만나러 온 아가씨 역시 집사의 말을 듣고 전율을 느꼈다. 앞으로 무슨 일이 벌어질지 이제 알겠군. 아가씨는 집사를 따라가며 그렇게 생각했다. 무슨 일이 벌어지든 이젠 주님께 의지하는 수밖에 없어.

아가씨가 집사를 뒤따라 서재로 들어왔다. 오노프레는 그 즉시 아가씨를 알아볼 수 있었다. 오노프레는 그 아가씨의 모습을 생생하게 기억했다. 놀라운 기억력이었다. 십오 년 전에 스치듯 잠깐 만났던 아가씨였다. 그 세월을 훌쩍 뛰어넘어 오늘 이 자리에서 다시 만난 것 같았다. 그 세월이 단 몇 분 정도로 느껴졌다. 순식간에 세월을 거슬러 올라가 애타게 기다리던 사람을 다시 만난 것 같았다. 잠깐 졸다가 깨어난 기분이었다. 그런데 그동안 내 평생이 흘러가 버린 느낌이로군. 오노프레는 생각했다. 아가씨가 입을 열었다. 마리아 벨탈이라고 합니다.

"당신이 누군지는 잘 알고 있어요."

오노프레가 말을 받았다.

"이 방은 너무 더워요."

오노프레는 침묵이 이어질까 두려워 얼른 덧붙였다.

"나는 항상 벽난로에 불을 지펴 둔답니다. 몇 달 전에 병을 앓았는데, 의사들이 지나치게 내 건강을 염려해서 말입니다. 거기 앉아요. 그래, 무슨 일로 찾아오셨는지 말씀해 보시지요."

마리아 벨탈은 잠시 망설이다 의자를 하나 골라 앉았다. 그녀는 매우 짧은 치마를 입고 있었기 때문에, 그녀가 서재의 깊은 안락의자에 앉아 있는 자세는 어색하다 못해 우스꽝스럽게 보였다. 1916년을 기점으로 구두 끝에서 점점 올라가기 시작한 치마 길이는 장딴지가 드러날 정도로 짧아졌다가 이제는 무릎까지 올라가 있었다.(치마 길이는 1960년대까지 그 높이를 계속 유지한다.) 치마 길이가 짧아지면서부터 카탈루냐의 기간산업이라 할 수 있는 섬유산업은 공황 상태에 빠지고 말았다. 그러나 섬유산업계의 두려움은 사실무근으로 드러났다. 여성복을 만드는 데 전보다 적은 양의 천이 사용되었지만, 여성들의 사회 활동이 늘어나면서 여성복 시장이 엄청나게 발전했던 것이다. 여성들도 이제는 직장에 다닐 수 있었고, 스포츠 분야에도 진출할 수 있었다. 지갑, 장갑, 신발, 모자, 스타킹, 머리 모양 등 모든 분야에서 유행이 바뀌었다. 보석류는 그다지 인기를 끌지 못했고, 부채는 한동안 보이지 않았다. 마리아 벨탈이 의자에 앉아 다리를 꼬았다. 오노프레는 그녀의 투명한 스타킹에서 눈을 뗄 수 없었다. 그녀가 무슨 의미로 다리를 꼬았는지 궁금하기 짝이 없었다.

"오해는 마시기 바랍니다."

마리아 벨탈이 이윽고 입을 열었다.

"아버지가 보내서 온 게 아니니까요. 저는 아버지와 한통속

이 아닙니다. 이런 식으로 행동하면 그런 소리를 들어 마땅하겠지만 말입니다. 아버지가 선생님을 찾아왔다는 것은 알고 있습니다. 잘은 몰라도, 아버지의 마지막 발명품을 팔아먹기 위해 선생님을 찾아왔을 겁니다. 저는 다만 이 말을 전해 드리기 위해 찾아왔을 뿐입니다. 아버지는 사기꾼이 아닙니다. 수다쟁이도 아니고, 정신 나간 사람도 아닙니다. 겉모습만 보면 그렇게 생각할 수도 있을 테지만 말입니다. 아버지는 진정한 과학자입니다. 정말입니다. 비록 독학으로 공부하긴 했지만, 기초부터 착실하게 연구했습니다. 아버지는 지칠 줄 모르는 일꾼이며, 성실하고 재능이 많은 사람입니다. 아버지의 발명품들은 헛되고 과장된 공상이 아닙니다. 물론 저도 알고 있습니다. 말로 떠드는 것과 그걸 증명하는 것은 별개라는 것을 말입니다. 제가 아버지의 딸이기 때문에 제 말을 더욱더 믿기 힘드시겠지요. 사실 이곳을 찾아왔다는 것 자체가 미친 짓인지도 모릅니다. 형편이 너무나 좋지 않아 찾아왔을 뿐입니다. 하기야 형편이 좋았던 적은 한 번도 없었습니다만, 최근 들어 아버지와 저는 절망적인 상태에 빠지고 말았습니다. 집세를 낼 돈도 없고, 먹을 것을 살 돈도 없습니다. 한마디로 살아 나갈 방도가 없습니다. 솔직히 말씀드리겠습니다. 선생님께 부탁이 있어 이렇게 찾아왔습니다. 저희를 좀 도와주시기 바랍니다. 아버지는 점점 늙어 가고 있습니다. 하지만 제가 걱정하는 건 그게 아닙니다. 저도 일을 할 수 있습니다. 그리고 사실 가끔씩 돈을 벌기도 합니다. 아버지와 제가 먹고살 수 있을 만큼은 벌 수 있습니다. 하지만 아버지에게도 한 번쯤은 기회가 주어져야 한다고 생각합니다. 지금이 바로 그때입니다. 쓸모없는 삶을 살았구나 하는 생각으로 늙어 가게 할 수는 없습니다. 그렇게 비꼬는 눈으로 보지 마세요. 저도 잘 알고 있습니다. 운명이라면 어쩔 수 없는 일이겠지요. 하지만 아버지를 위해 제가 엉뚱한 짓을 저지르도록 내버려 두시진 않겠지요?"

마리아 벨탈은 말을 마치고 의자에서 벌떡 일어나 양탄자 위를 서성거렸다. 오노프레 부빌라는 안락의자에 앉아 벽난로에서 활활 타고 있는 장작을 그녀의 종아리 사이로 쳐다보았다. 잠시 후 마리아 벨탈이 다시 자리에 앉아 좀 더 차분하게 말을 이어 나갔다.

"아버지는 아주 오래전부터 진흙 구덩이에 빠져 있습니다. 지금 이 순간 아버지를 그 진흙 구덩이에서 빼내 줄 수 있는 사람은 선생님밖에 없습니다. 그래서 이렇게 찾아온 겁니다. 선생님께 잘 보이기 위해 하는 말이 아닙니다. 선생님께서 모험을 회피하는 분이 아니라는 사실을 저는 알고 있습니다. 몇 년 전에 선생님께서 직접 아버지에게 명함을 건넸습니다. 그것만 봐도 알 수 있습니다. 선생님은 아직 알려지지 않은 것이나 새로운 것을 절대로 놓칠 분이 아닙니다. 그리고 그날부터……."

마리아 벨탈은 살짝 얼굴을 붉히며 말을 이었다.

"……저는 선생님의 모습을 가슴에 새겨 두었습니다. 아주 간단한 부탁입니다. 다시 한 번 생각해 주시기 바랍니다. 아버지가 제안한 내용을 무조건 거절하시지만 말고 재고해 주시기 바랍니다. 아버지의 계획을 전문가에게 의뢰해 검토해 보도록 하세요. 그 분야의 기술자들에게도 의견을 들어 보시고요. 전문가들의 의견을 들어 보세요. 해 볼 만한 가치가 있는지 없는지 전문가들이 판단하도록 해 주시기 바랍니다."

마리아 벨탈은 갑자기 말을 멈추고 꼼짝도 하지 않았다. 몸을 움츠리고 가쁜 숨을 몰아쉬었다. 오노프레가 어떤 반응을 보일지 짐작해 보자 순간적으로 두려움이 밀려와 온몸이 오그라들었다. 오노프레가 화를 내며 내쫓을까 싶어 두렵기도 했지만, 그보다는 그녀의 요청을 들어주는 대가로 수치스러운 짓을 요구하지나 않을까 싶어 더욱더 겁이 났다. 사실 그녀는 이곳을 찾아오는 것이 얼마나 위험한 일인지 잘 알고 있었다. 하지만 심사숙고 끝에 그 위험을 감수하기로 결심했다. 그녀가 두려워했던 것은 그런 일들이 어떤 식으로 벌어질 것이냐 하는 것이었다. 주변 상황을 보며 이런 날이 어김없이 찾아오리라는 것을, 그것이 자신의 운명이라는 것을, 그녀는 이미 오래전에 깨달았다. 하지만 막상 때가 되면 어떻게 처신해야 할지, 그런 일이 벌어질 때 자신의 감정이 어떤 식으로 반응할지에 대해서는 모르고 있었다. 집요하게 머릿속을 떠도는 한 가지 영상을 지워 버리기 위해 그녀는 노력했다. 그녀의 어머니는 오래전에 가족을 내팽개치고 떠나 버렸다. 어머니에 대한 기억은 하나도 남아 있지 않았다. 어머니가 집을 떠난 후부터 한 여자가 그녀의 상상 속에 끊임없이 나타났다. 그녀는 존재하지도 않는 한 여자와 함께 평생을 살아왔던 것이다. 하지만 오노프레는 마리아 벨탈을 뚫어지게 쳐다보고 있을 뿐이었다. 마리아 벨탈은 어린 시절에 보았던 그 눈초리를 지금껏 기억하고 있었다. 갑자기 모든 것이 창피하게 느껴졌다. 볼품없는 몸매가 창피했고, 누더기 같은 옷이 창피했고, 궁상맞은 삶이 창피했다. 하지만 마리아 벨탈은 오노프레의 눈을 똑바로 마주 보았다. 오노프레 역시 그녀와 비슷한 생각에 빠져 있었다. 그래,

저 캐러멜 색 눈을 기억하고 있어, 지금은 회색으로 변했구나.
오노프레는 생각했다.

2

최근에 다음과 같은 전설이 하나 만들어졌다. 금세기 초 어느 화창한 날이었다. 악마가 한 바르셀로나 부자의 사무실로 찾아와 그를 데리고 몬주익 언덕으로 날아갔다. 그날은 아주 화창한 날이었기 때문에 몬주익 언덕에서 바르셀로나 전체가 한눈에 들어왔다. 항구에서부터 콜세롤라 산맥까지, 요브레가트 강에서부터 베소스 강까지 다 내려다보였다. 세르다 계획에 따라 조성된, 13,989,942제곱미터에 이르는 부지의 대부분에 이미 건물들이 들어서 있었다. 이제 엔산체*는 인근 마을의 경계선까지 닿아 있었다. 그 마을의 주민들은 과거 한때 바르셀로나 사람들을 구경하는 것을 놀이로 삼았더랬다. 바르셀로나 사람들은 오랫동안 성벽에 갇혀서 비좁은 도시의 개미굴 같은 골목길을 어슬렁거려야 했고, 음산한 시우다델라의 감시 하에 살아야 했다. 공장 굴뚝에서 빠져나온 연기가 얇은 커튼을 이루며 산들바람에 흔들렸다. 그 연기 커튼 사이로 마레스메의 에메랄드 빛 초원과 금빛으로 물든 해변과 잔잔하게 일렁이는 초록빛 바다가 보였다. 바다에는 고기잡이배들이 점점이 흩뿌려져 있었다. 악마가 입을 열었다. 내 앞에서 무릎을

---

* '확장'이라는 뜻. 확장 공사의 범위를 의미함.

꿇으면 이 모든 것을 네게 주겠……. 부자는 악마가 말을 끝낼 틈도 주지 않았다. 부자는 라론하의 사무실에서 매일 일을 재까닥재까닥 끝내는 것에 익숙해 있었다. 그래서 그 거래를 매우 이로운 것으로 판단하고는 일말의 망설임도 없이 즉각 무릎을 꿇었다. 그 부자는 분명히 눈이 어둡고 귀가 먼 바보 멍청이였을 것이다. 부자는 악마가 그 대가로 자신의 영혼을 달라고 할 줄은 몰랐다. 그는 거래 대상이 자신이 서 있는 언덕뿐이라고 생각했던 것이다. 환영이 사라지자 부자는 잠에서 깨어났다. 부자는 어떻게 하면 그 언덕으로 이득을 볼 수 있을까 따져 보기 시작했다. 당시 몬주익 언덕은 상당히 가파른 지역이었고, 그건 지금도 마찬가지다. 그러나 전체적으로 보면 아늑하고 숲이 울창한 곳이었다. 당시 그곳에서는 오렌지 나무와 월계수와 재스민이 자라고 있었다. 몬주익 언덕 위에 세워져 있던 그 악명 높은 성에서 이런저런 이유로 바르셀로나 시를 향해 총을 쏘거나 기관총을 갈기거나 대포를 쏘아 댈 때만 아니라면 바르셀로나 사람들은 종종 떼를 지어 언덕을 올라와 쉬었다 가곤 했다. 언덕에 있는 샘과 개울은 소풍을 나온 노동자 가족들과 하인들과 군인들이 즐겨 찾는 곳이었다. 부자는 골머리를 썩이던 끝에 마침내 한 가지 묘안을 떠올렸다. 자신이 생각하기에도 기막힌 해결책이었다. 몬주익 언덕에서 만국박람회를 개최하는 거야. 부자는 생각했다. 1888년 만국박람회처럼 성공적인 박람회를 열어 신나게 돈을 긁어모으는 거야. 1888년 만국박람회를 치르느라 짊어졌던 빚을 겨우겨우 갚고 난 시점이었다. 그 빚을 갚느라 엄청난 희생을 치러야 했지만, 사람들은 온갖 축제와 화려한 장면만 기억하고 있을 뿐이었다. 바르셀로나 시장은 열정적으로 그 사업에 뛰어들었다. 이런 제길, 정말이지 끝내주는 생각이구나, 내가 먼저 생각해 냈더라면 얼마나 좋았을까. 부자가 만국박람회 계획을 설명하는 동안 시장은 질투심에 불타올랐다. 보조금이 즉시 지불되었다. 일반인들은 이제 몬주익 언덕으로 접근할 수 없었다. 나무들이 잘려 나갔고, 샘들은 다이너마이트를 이용해 운하로 연결되거나 흙으로 메워졌다. 경사면이 평평하게 다듬어졌고, 호화로운 건물과 부속 건물을 짓기 위해 시멘트가 들이부어졌다. 이전 박람회 때와 마찬가지로 암초들이 하나둘 나타나기 시작했다. 먼저 제1차 세계 대전이 발발했고, 마드리드 정부의 무책임한 태도 탓에 공사가 자주 중단되기도 했다. 부자는 죽어 가는 마당에 안토니우스 마리아 클라레트 성인의 도움으로 악마의 손아귀로부터 자신의 영혼을 되찾을 수 있었지만 만국박람회를 살려 낼 수는 없었다. 이십 년 세월이 그렇게 덧없이 흘러갔다. 그러다 마침내 프리모 데 리베라 장군의 공공사업 육성책이 만국박람회 계획에 새로운 활기를 불어넣었다. 이제는 몬주익 언덕뿐만 아니라 도시 전체가 그 엄청난 계획을 실현하기 위한 장소로 변했다. 많은 건물들이 철거되었고, 지하철을 건설하기 위해 도로들이 파헤쳐졌다. 바르셀로나의 모습은 만국박람회 계획을 엉망으로 만들어 버린 제1차 세계 대전 당시의 참호를 연상시켰다. 지하철 건설공사와 만국박람회 공사에 노동자 수천 명이 동원되었다. 막일꾼들과 벽돌공들이 이베리아 반도 전역에서 바르셀로나로 몰려왔다. 특히 남부 지방에서 많은 사람들이 몰려들었다. 사람들은 콩나물시루 같은 열차를 타고 와 최근에 확장 공사를 마친 바르셀로나의 프란시아 역

플랫폼에 내렸다. 물론 바르셀로나는 홍수처럼 밀려드는 외지인들을 모두 수용할 능력이 없었다. 집을 구하지 못한 외지인들은 판잣집을 짓고 살았다. 사람들은 그 판잣집을 '바라카'라고 불렀다. 바라카 동네는 하룻밤 사이에 도시 변두리 지역에, 몬주익 언덕 기슭에, 베소스 강의 강둑에 들어섰으며, 그 악명 높은 동네에는 '라 미나(광산)', '캄포 데 라 보타(술통)', '페킨(베이징)'이라는 별명이 붙었다. 바라카 동네가 야기한 가장 골치 아픈 문제는 그곳 사람들이 도통 움직일 기미를 보이지 않았다는 것이다. 바라카 동네 주민들은 그곳에서 떠날 생각을 하지 않았다. 언제까지라도 그곳에 눌러 살겠다고 공공연히 장담했다. 아주 형편없는 바라카의 창문에는 걸레 조각이 커튼이랍시고 걸려 있기도 했다. 각각의 바라카 앞에는 흰색 페인트를 칠한 돌멩이들로 경계선을 쌓은 텃밭이 있었다. 사람들은 그 텃밭에 토마토를 심었다. 그리고 빈 기름통을 화분 삼아 빨간색 제라늄과 흰색 제라늄, 파슬리, 바질 등을 키웠다. 시 당국은 바라카 동네를 없애 버리기 위해 '저가 아파트'라는 대규모 아파트 단지 건설 사업을 장려하고 공사비를 지원했다. 하지만 그런 아파트는 임대비뿐만 아니라 모든 것이 싸구려였다. 그런 아파트를 짓는 데 사용된 자재는 질이 형편없었다. 시멘트에는 모래와 자갈이 섞여 있었고, 철로 침목으로 쓰이다 쫓겨난 썩은 나무들이 건축자재로 사용되기도 했으며, 마분지나 압축 종이가 내벽으로 사용되기도 했다. 그런 아파트 단지가 위성도시를 형성했다. 그러나 위성도시에는 수돗물도 전기도 전화도 가스도 연결되지 않았다. 학교도 없었고, 의료 시설도 없었고, 놀이 시설도 없었고, 어떠한 종류의 녹지대도 없었다. 게다가 대중교통도 절대적으로 부족했기 때문에 위성도시에 사는 사람들은 모두 자전거를 이용해야만 했다. 경사가 심한 바르셀로나의 도로는 자전거를 이용하는 사람들을 쉽게 지치게 만들었다. 지친 몸을 이끌고 겨우 직장에 도착해 숨을 거두는 사람들도 적지 않았다. 여성들과 체구가 작은 사람들은 세발자전거를 선호했다. 그러나 세발자전거는 편하고 안전했지만 무거운 데다가 실용성이 떨어졌다. 싸구려 아파트에 설치된 전기용품과 수도관은 형편없이 질이 떨어져 화재와 물난리가 일상다반사였다. 당시 신문에는 어처구니없는 사건 사고 소식들이 풍년을 이루었다. 예를 들어 다음과 같은 기사도 있었다. '화요일인 어제 오후 판타그루엘 크리아도 이 초포 씨(무르시아 지방의 물라 태생, 당년 이십삼 세, 현재 만국박람회 독일 전시관 공사 현장에서 벽돌공 조수로 일하고 있음.)가 자신의 집에서 부인과 장모와 말다툼을 벌이던 중 울분을 참지 못하고 부엌 벽을 주먹으로 내리쳤다. 그 바람에 부엌 벽이 무너져 내리며 판타그루엘 크리아도 이 초포 씨는 후아나 데 라 크루스 마르케스 이 로페스 씨와 니세포라 가르시아 데 마르케스 씨가 살고 있는 이웃집 침실로 쓰러졌다. 판타그루엘 크리아도 이 초포 씨는 이웃집 부부에게 욕설을 퍼부었다. 그 결과 심한 몸싸움이 일어났고, 같은 층의 모든 벽들이 차례로 무너졌으며, 같은 층에 사는 주민들이 모두 그 싸움에 끼어들어 난장판을 이루었다.' 1926년에 발행된 어느 신문의 사회면에는 다음과 같은 제목이 등장하기도 했다. '위층에서 쏟아진 물에 어린이 익사.' 열악한 조건에서 살아가는 바라카 동네 주민들과 저가 아파트 주민들도 문제였지만, 소위 전차인이라는 사람들도 빼놓을 수 없었다. 전차인이란 합법적으로 아파트를 세 들어 사는 사람들에게서 방 하나(그 집에서 가장 형편없는 방이다.)를 다시 세 들어 사는 사람들이었다. 그들은 사용료를 지불하고 제한적인 조건 내에서 화장실과 부엌을 사용할 수도 있었다. 1927년도 통계에 따르면 바르셀로나에는 십만 명 이상의 전차인들이 살고 있었다. 하지만 통계에 나온 전차인들은 비교적 좋은 조건에서 살아갔을 것이다. 등록되지 않은 전차인들은 극소수를 제외하고는 비참한 환경에서 수치스럽게 살아가야 했다. 바르셀로나는 이러한 고통과 가난과 원한을 바탕으로, 세상을 깜짝 놀라게 만들 만국박람회를 준비해 갔다. 몬주익 언덕에서 멀리 떨어진 곳, 촛불에서 피어오른 연기로 검게 그을린 예배당에서 에우랄리아 성녀는 눈앞에 떠오른 환상을 보며 생각했다. 오, 주여, 이 도시를 어떻게 해야 한단 말입니까! 사실상 바르셀로나가 에우랄리아 성녀에게 친절했다고는 말할 수 없을 것이다. 서기 4세기, 에우랄리아 성녀는 이교도의 신들에게 경의를 표하지 않았다는 이유로 열두 살 나이에 고문을 받고 화형당했다. 아우렐리우스 클레멘스 프루덴티우스는 다음과 같은 사실을 우리에게 전해 준다. 에우랄리아 성녀가 숨을 거두는 순간 새하얀 비둘기 한 마리가 그녀의 입에서 날아올랐고, 느닷없이 함박눈이 펑펑 쏟아져 그녀의 몸을 순식간에 덮어 버렸다. 그런 이유로 에우랄리아 성녀는 오랫동안 바르셀로나의 수호성인으로 받들어졌다. 그녀의 뒤를 이어 메르세 성녀가 바르셀로나의 수호성인이 되었고 오늘날까지 받들어지고 있다. 에우랄리아 성녀는 수호성인의 자리를 박탈당했을 뿐만 아니라, 그걸로도 모자랐는지 나중에는 그 존재마저 부정당하고 말았다. 바르셀로나가 수세기 동안 경배해 온 숫처녀 순교자 에우랄리아 성녀가 이 세상에 존재하지 않았다는 주장이 제기된 것이었다. 그러니까 서기 304년에 메리다에서 태어나, 막시미아누스 황제가 부추긴 기독교 박해 당시 다른 기독교도들과 함께 화형당한 다른 에우랄리아 성녀를 표절한 인물이라는 것이었다. 성인들이 우릴 조롱하고 있어, 그래서 이 모양 이 꼴인 거야. 바르셀로나 사람들은 그렇게 수군거렸다. 그러다 마침내 메리다 출신의 에우랄리아 성녀마저 심판대에 오르게 되었다. 우리가 진짜라고 여겼던, 우리가 매년 12월 10일을 기념일로 삼아 온 그 성녀마저 진위를 의심받았던 것이다. 이제 신용이 떨어진 그 성녀의 조각상은 바르셀로나 대성당의 구석진 예배당에 놓여 주변에서 벌어지는 일들에 대해 묵상하듯 고요히 있었다. 일이 이런 식으로 진행되도록 방치할 순 없어. 어느 날 에우랄리아 성녀는 그렇게 중얼거렸다. 나는 누가 뭐래도 에우랄리아 성녀야, 어떻게든 손을 써야 해. 에우랄리아 성녀는 루시아 성녀와 레판토의 그리스도에게 부탁했다. 내가 자리를 비운 사이 사람들이 눈치채지 못하도록 기적을 베풀어 주세요. 에우랄리아 성녀는 받침대에서 내려와 성당 밖으로 달려 나갔다. 그리고 곧장 시청으로 찾아갔다. 시장은 착잡한 심정으로 에우랄리아 성녀를 맞이했다. 한편으로는 성녀의 도움을 받을 수 있어 기쁘기도 했지만, 다른 한편으로는 성녀의 간섭에 사람들이 어떤 반응을 보일지 두렵기도 했던 것이다. 이보세요, 다리우스, 엄청난 재앙이 다가오고 있어요. 에우랄리아 성녀가 시장을 나무랐다. 비베르 남작 다리우스 루메우 이 프레이사는 1924년부터 바르셀로나 시장으로 일해 왔다. 제가 시장

자리에 오르기 전부터 모든 일이 진행되고 있었습니다. 시장은 변명을 늘어놓았다. 제가 그전에 시장 자리에 있었다면 만국박람회는 결코 승인되지 않았을 겁니다. 그는 전임 시장이었던 그 유명한 리우스 이 타울레트와 같이 배짱이 두둑한 남자가 아니었고, 그렇게 되고 싶어도 될 수 없었던 인물이었다. 바르셀로나는 이제 거대하고 복잡한 도시로 변해 있었다. 프리모 데 리베라가 실수를 한 겁니다, 공공사업을 육성한답시고 날뛰는 바람에 이렇게 된 겁니다. 시장이 말을 이었다. 대중의 인기를 끌기 위한 그놈의 정책 때문에 우리는 좋든 싫든 그 뒷감당을 해야 하는 겁니다. 그 사람 잘못 때문에 도시는 외지인으로 넘쳐 나고, 남쪽에서 온 떨거지들이 득실거리게 된 겁니다. 시장은 에우랄리아 성녀 역시 남부 지방 출신이라는 사실을 기억해 내고 얼른 덧붙였다. 제 말을 오해하진 마십시오, 에우랄리아 성녀님, 남부 지방 사람들에게 유감이 있어서 그런 말을 한 것은 아닙니다, 우리는 하느님 앞에서 모두 동등합니다, 저는 그렇게 생각합니다, 그 불쌍한 사람들이 처참한 환경에서 살고 있다고 생각하면 저도 마음이 갈가리 찢어집니다, 하지만 제가 뭘 어떻게 할 수 있단 말입니까? 에우랄리아 성녀는 안타까운 듯 천천히 머리를 흔들었다. 나도 몰라요. 에우랄리아 성녀가 마침내 입을 열었다. 나도 모르겠어요. 에우랄리아 성녀는 깊은 한숨을 내쉬고 덧붙였다. 오노프레 부빌라를 이 일에 끌어들일 수 있다면, 그럼 모든 문제가 해결될 텐데! 하지만 당시에는 오노프레 부빌라를 끌어들일 수 없었다.

"어르신, 제가 따라가는 게 좋을 것 같습니다."

운전사가 말했다.

세풀베다 거리는 에스파냐 광장으로 이어졌다. 에스파냐 광장은 이제 황량한 분화구로 변해 있었다. 만국박람회 공사는 그곳에서부터 시작되었다. 에스파냐 광장에서 시작된 레이나 마리아 크리스티나 거리 양쪽으로 공사가 진행 중인 다양한 정부 청사 건물들과 전시관들이 늘어서 있었다. 광장 정중앙에는 거대한 분수가 세워지고 있었고, 분수 옆에는 새로운 지하철역이 공사 중이었다. 이곳에서도 노동자 수천 명이 일을 하고 있었다. 노동자들은 밤이면 집으로 돌아갔다. 바라카 동네에서 사는 사람도 있었고, 저가 아파트에서 사는 사람도 있었으며, 어둠침침한 방을 하나 빌려 사는 전차인들도 있었다. 집이 없는 사람들은 광장 주변의 길바닥에서 잠을 자야만 했다. 그나마 형편이 좋은 사람들은 담요를 덮고 잤지만 그것마저도 구할 수 없는 사람들은 신문지를 뒤집어쓰고 자야 했다. 어린아이들은 부모나 형제자매를 꼭 껴안고 잤고, 병에 걸린 사람들은 날이 밝으면 형편이 나아질지도 모른다는 막연한 기대감을 안고 남의 집 벽에 기대어 꾸벅꾸벅 졸며 새날이 밝기를 기다렸다. 저 멀리서 화톳불 불빛이 보였다. 화톳불 주위로 몰려든 사람들의 그림자가 일렁거렸다. 낮게 깔린 연기가 고기 타는 냄새를 실어 왔다. 그 냄새에 옷가지와 머리카락이 타는 냄새가 섞여 들었다. 한쪽 구석에서 누군가가 기타를 치고 있었다. 오노프레 부빌라는 운전사에게 자동차 옆에 남아 있으라고 명령했다. 아무 일도 없을 테니 걱정 말게나. 오노프레가 말했다. 오노프레는 그 부랑자들이 난폭하지 않다는 것을 알고 있었다. 오노프레는 모피 칼라가 달린 검은색 외투를 입고, 높다란 실크 모자를 쓰고, 새끼 염소 가죽 장갑을 끼고 길한가운데를 조용히 걸어갔다. 부랑자들은 적개심보다는 호기심이 어린 눈길로 오노프레를 쳐다보았다. 마치 재미있는 구경거리를 만났다는 듯한 기색이었다. 마침내 오노프레는 어느 집 앞에서 발걸음을 멈추었다. 장식물이 모두 떨어져 나간 평범한 집이었다. 오노프레는 문을 몇 차례 두드렸다. 누군가가 쪽문을 열고 밖을 내다보았다. 오노프레는 그 사람에게 돈을 내밀었다. 문이 즉시 열렸다. 오노프레는 집 안으로 들어가 문을 열어 준 늙은 여자와 잠시 귀엣말을 나누었다. 늙은 여자가 소리 없이 웃었다. 늙은 여자의 잇몸에는 이가 하나도 남아 있지 않았다. 오노프레는 계단을 오르기 시작했다. 돈을 받아 기분이 좋아진 늙은 여자는 오노프레에게 절을 한 다음 등불을 높이 치켜들어 오노프레의 발길을 비춰 주었다. 첫 번째 모퉁이를 지난 뒤부터는 더듬거리며 올라가야 했다. 그러나 오노프레는 속도를 줄이지도 않았고 방향을 잃지도 않았다. 예전에 몸에 익혔던 밤도둑과 같은 기민한 몸놀림을 여태껏 간직하고 있었다. 마침내 오노프레는 어느 층계참에 도착해 성냥을 켰다. 오노프레는 성냥불이 켜진 그 짧은 틈을 이용해 문에 붙은 번호를 확인하고 문을 두드렸다. 문이 즉시 열렸고, 수염이 지저분하게 자란 병약한 남자가 얼굴을 내밀었다. 남자는 더럽고 구겨진 파자마 위에 낡아 빠진 목욕 가운을 입고 있었다. 산티아고 벨탈 씨를 만나러 왔습니다. 오노프레는 그 남자가 무슨 일로 찾아왔느냐고 물어보기 전에 재빨리 말했다. 지금은 손님을 맞이할 시간이 아닙니다. 남자가 대답했다. 남자가 문을 닫으려고 했다. 오노프레 부빌라는 문을 발로 걷어찼다. 그리고 지팡이로 남자의 옆구리를 후려갈겼다. 남자가 도자기로 만든 우산꽂이 위로 쓰러지자, 우산꽂이는 바닥으로 넘어져 산산조각 나고 말았다. 나는 당신 의견을 묻지도 않았고, 당신 의견을 듣고 싶지도 않습니다. 오노프레는 목소리를 높이지 않고 차분하게 말했다. 산티아고 벨탈 씨에게 가서 밖으로 나오라고 이르고 당신은 내 눈에 띄지 않는 곳으로 사라져 주시길 바랍니다. 약골인 남자는 힘겹게 몸을 일으켰다. 그러고는 손을 뒤로 돌려 목욕 가운 허리띠를 붙잡았다. 가운 허리띠가 바닥으로 넘어질 때 풀어진 모양이었다. 남자는 아무 말 없이 현관과 집의 다른 공간 사이에 늘어진 커튼 뒤로 사라졌다. 잠시 후, 산티아고 벨탈이 그 커튼 뒤에서 나타났다. 산티아고 벨탈은 황공스러운 듯 장황하게 변명을 늘어놓았다. 손님이 찾아올 줄은 전혀 몰랐습니다, 이렇게 중요하신 분이 찾아오시리라고는 더더구나 생각도 못 했습니다, 사는 꼴이 워낙 이렇다 보니……. 산티아고 벨탈은 말을 끝맺지 못했다. 오노프레 부빌라는 발명가의 뒤를 따라갔다. 어둡고 칙칙한 복도를 지나 작은 방에 도착했다. 방 안 공기가 탁했다. 숨이 막힐 지경이었다. 그 방에는 작은 창문이 하나 있을 뿐이었다. 창문 밖은 사방이 꽉 막힌 안마당이었다. 철제 간이침대가 두 개, 테이블이 하나, 의자가 두 개, 전기스탠드가 하나, 가구라고는 그게 전부였다. 여러 개의 마분지 상자들이 한쪽 구석에 쌓여 있었다. 발명가와 그의 딸은 옷가지와 소지품을 그 상자에 보관하고 있는 모양이었다. 벽들은 발명가가 압정으로 꽂아 둔 설계도로 도배가 되어 있었다. 마리아 벨탈은 테이블에 앉아 있었다. 그녀는 침침한 불빛 밑에서 나무로 만든 공을 이용해 양말을 깁는 중이었다. 그녀는 방 안을 감도는 추위와 습기를 피하기 위해 유행이 지난 모직 평상복 위에 손뜨개 숄을 걸쳤으며, 손뜨개 스타킹과 펠트 실내화를 신고 있었다. 그녀의 옷차림은 초라하기 짝이 없었다. 그렇게 입고 있으니 그녀의 앙상한 몸매와 창백한 피부가 그대로 드러나고 말았다. 며칠 전에 오노프레를 만나러 갔을 때에는 화장이라도 한 모양이었다. 안색이 창백해서인지 감기 탓에 빨갛게 달아오른 코가 유난히 두드러져 보였다. 바르셀로나 사람들은 매년 겨울이면 만성적인 코감기에 시달렸다. 오노프레가 방으로 들어서자 그녀는 바느질을 잠시 멈추고 오노프레를 쳐다보다가 다시 눈길을 떨어뜨렸다. 그녀의 눈 색깔이 변해 있었다. 오노프레가 오래전에 보았다고 믿었던 바로 그 캐러멜 색으로 변해 있었던 것이다.

"방이 너무 지저분해서 정말 죄송합니다."

발명가는 초조한 듯 방 안을 서성거리며 말했다. 발명가의 달아오른 얼굴과 불안해 보이는 몸놀림이 그렇지 않아도 어수선한 방 분위기를 더욱더 어지럽게 만들었다.

"어르신께서 이렇게 찾아오실 것을 미리 알았더라면 하다못해 저 벽에 붙어 있는 종이쪽들이라도 떼어 내 버렸을 텐데 말입니다. 아이고, 이렇게 정신이 없어서야, 원. 아직 제 딸내미를 소개해 드리지 않았군요. 이 아이가 누구인지 모르실 겁니다. 제 딸내미입니다, 어르신. 이름은 마리아라고 하지요. 마리아야, 이 어르신은 오노프레 부빌라 씨란다. 왜 내가 자주 이분에 대해 얘기해 줬잖니. 며칠 전에 이분 댁을 찾아가 몇 가지 제안을 했단다. 어르신께서는 내 말을 진지하게 들어 주셨지."

마리아 벨탈과 오노프레는 은밀한 눈길을 주고받았다. 만일 다른 사람이 눈치챘다면 두 사람 사이에 무슨 일이 있었을 거라고 의심했을 것이다. 그러나 발명가는 두 사람이 주고받은 눈길을 알아채지 못했다. 발명가는 아무것도 모른 채 오노프레가 건네주는 모자와 지팡이와 장갑과 외투를 받아 조심스럽게 한쪽 침대에 내려놓았다. 그리고 상자 하나를 테이블로 끌고 왔다. 발명가는 오노프레에게 비어 있는 의자를 권한 후 곧바로 상자에 걸터앉아 두 손을 맞잡고 오노프레가 말을 꺼내기를 기다렸다. 도대체 무슨 말을 하려고 우리를 찾아왔단 말인가. 발명가는 초조하게 기다렸다. 오노프레는 여느 때와 마찬가지로 말을 빙빙 돌리지 않고 본론으로 곧바로 들어갔다.

"당신이 며칠 전에 제안했던 문제를 받아들이기로 결정했습니다."

발명가는 오노프레의 말에 충격을 받았는지 한동안 멍하니 있다가 환하게 웃으며 감사의 말을 전하려고 입을 열었다. 그러나 오노프레가 손을 흔들어 발명가를 제지했다.

"한번 도전해 볼 만한 가치가 있다고 생각합니다. 내게 얘기했던 그 실험을 끝까지 밀고 나갈 수 있도록 내가 자금을 대겠습니다. 하지만, 두말하면 잔소리겠지만, 이 계약에는 조건이 있습니다. 그 조건에 대해 말씀드리기 위해 이렇게 직접 찾아온 겁니다."

"말씀만 하십시오. 어떤 조건이라도 상관없습니다."

군주주의자였던 바르셀로나 시장 비베르 남작에게 에우랄리아 성녀가 찾아간 반면, 왕을 원망하며 군주주의자이기를 포기했던 프리모 데 리베라 장군에게는 티롤 지방의 모자를 쓴

게 한 마리가 가끔씩 찾아갔다. 독재자 프리모 데 리베라는 모든 사람들로부터 따돌림을 당했지만 다른 사람에게 권력을 양보하기 싫어했다. 그는 바르셀로나 만국박람회에 모든 희망을 걸고 있었다. 내가 정권을 잡았을 때 스페인은 그야말로 난장판이었어, 테러리스트와 날치기 들이 득실거리는 곳이었단 말이야, 나는 그런 나라를 겨우 몇 년 사이에 부유하고 안정적인 나라로 바꾸어 놓았단 말이야, 이제 이 나라에는 수많은 일자리와 평화가 있어, 만국박람회가 모든 것을 말해 줄 거야, 지금 나를 욕하고 있는 놈들은 후회하게 될 거야, 어디 두고 보라지. 프리모 데 리베라는 그렇게 호언장담했다. 산업성 장관이 조심스럽게 의견을 제시했다. 각하, 만국박람회는 훌륭한 사업입니다, 하지만 불행하게도 우리 능력으로는 해결할 수 없는 엄청난 자금이 필요합니다. 산업성 장관은 그렇게 말했다. 장관의 말은 사실이었다. 국가 경제는 최근 몇 년 동안 극심한 침체기에 빠져 있었고, 예비비는 고갈되었으며, 해외 시장에서 페세타의 환율은 어처구니없을 정도로 하락해 있었다. 독재자는 코를 긁적였다. 이건 분명 악마의 짓이야. 독재자가 씹어뱉었다. 나는 카탈루냐 놈들이 만국박람회 비용을 댈 줄 알았어, 욕심꾸러기 수전노 같은 놈들! 독재자는 이를 갈았다. 영악한 산업성 장관은 그 틈을 놓치지 않고 다음과 같은 사실을 지적했다. 카탈루냐 놈들은, 그게 장점인지 단점인지 확실히 알 수는 없으나, 끊임없이 자신들을 괴롭혀 온 사람을 위해서는 단 한 푼도 내놓으려 하지 않습니다. 망할 놈의 자식들! 프리모 데 리베라가 소리를 질렀다. 어디 한번 해보겠다 이거지! 독재자가 이를 앙다물었다. 밉살맞게 구는 놈들을 추방해 버리면 어떨까? 각하, 그곳에 백만장자들이 여럿 있습니다. 내무성 장관이 끼어들었다. 산업성 장관은 속으로 쾌재를 불렀다. 부담스러운 대화를 내각의 동료가 떠안았던 것이다. 프리모 데 리베라는 두 주먹으로 테이블을 내리쳤다. 장관이라는 놈들이 하는 짓이라고는, 모두들 쓴맛을 봐야 정신 차릴 거야! 그러나 화가 난 것은 아니었다. 위기에서 벗어날 수 있는 기막힌 생각이 떠올랐던 것이다. 좋았어. 프리모 데 리베라가 말했다. 그래, 이렇게 하는 거야, 스페인의 다른 도시에서 또 다른 만국박람회를 개최하는 거야, 부르고스든 팜플로나든 어디든 상관없어. 프리모 데 리베라는 깜짝 놀란 장관들을 바라보며 회심의 미소를 지었다. 그리고 덧붙였다. 그런다고 해서 많은 돈이 들어가지는 않을 거야, 시늉만 하면 되니까, 카탈루냐 놈들이 이 소식을 알면 돈을 써 대기 시작할 거야, 바르셀로나 만국박람회를 경쟁 도시의 박람회보다 더욱더 멋지게 만들기 위해 돈을 흥청망청 뿌리게 될 거야. 장관들은 그 계획이 훌륭하다는 점을 인정하지 않을 수 없었다. 그러나 농업성 장관은 홀로 과감하게 반대 의견을 내놓았다. 누군가가 우리의 속셈을 알아채고 폭로해 버릴지도 모릅니다. 그럼 그 녀석을 추방해 버리면 되잖아! 프리모 데 리베라가 으르렁거렸다. 이제 바르셀로나 만국박람회 공사는 빠른 속도로 진행되었다. 다시 한 번 빚더미가 시의 재산을 갉아먹었다. 몬주익은 찢어진 상처였고, 그 상처를 통해 바르셀로나 경제는 피를 흘렸다. 시장을 비롯해 만국박람회에 시큰둥한 반응을 보였던 사람들과 쓸데없는 데 돈을 쓴다며 만국박람회를 결사적으로 반대했던 사람들은 프리모 데 리베라에게 충성을 바치는 사람들에게 밀려나 버렸다. 만국박람회 공사를 떠맡은 사람들 중에는 그 혼란한 틈을 이용해 돈을 벌어 보겠다고 나선 투기꾼들도 섞여 있었다. 신문에는 기분 좋은 소식과 만국박람회를 찬성하는 의견만 실렸다. 만국박람회를 비판하는 기사는 검열을 통해 삭제되었고, 그런 기사가 실린 신문은 압수당했으며, 신문 발행인은 엄청난 벌금을 물어야 했다. 이 모든 것으로 인해 몬주익은 마법의 산으로 점점 변해 갔다. 몬주익에는 이제 전자기 관리국, 의류 섬유 관리국, 산업 응용 예술 관리국, 영화 산업 관리국, 그래픽 관리국, 건설 산업 관리국(알폰소 13세 궁전이라고 불렸다.), 노동 관리국, 통신 관리국, 운송 관리국 등의 건물이 들어섰다. 그 건물들은 수십 년 전인 모더니즘 시대에 공사가 시작되었다. 그래서인지 박식한 사람들의 눈에는 생뚱맞고, 유치하고, 투박하고, 촌스럽게 보였다. 그 건물들 옆으로 모양이 전혀 다른 외국 전시관들이 세워지고 있었다. 외국 전시관들은 최근에 공사가 시작되었다. 그래서 건축학적인 면에 있어서나 미학적인 면에 있어서나 최신 유행을 따르고 있었다. 1927년에 한 신문기자가 다음과 같은 기사를 썼다. '다른 지역의 만국박람회들이 산업이나 전기에너지 혹은 운송과 같은 특정한 주제에 집중한 반면 이곳의 박람회는 천박함에 전력을 기울인 것 같다.' 이 기사를 쓴 신문기자는 얼마 후 카나리아 제도의 고메라 섬으로 추방되었다. 아무튼 기사는 다음과 같이 이어진다. '우리는 경제적으로 파산했을 뿐만 아니라 세상 모든 사람들에게 동굴에 사는 더러운 원시인과 같은 우리의 모습을 고스란히 드러낼 것이다.' 하지만 이와 같은 날카로운 지적에도 불구하고 만국박람회를 추진하는 사람들은 눈 하나 깜짝하지 않았다.

만국박람회를 둘러싸고 이와 같은 일들이 벌어지는 동안, 오노프레 부빌라는 몬주익 언덕에서 멀리 떨어진 자신의 저택 정원에서 자기 자신과 싸움을 벌이고 있었다. 이게 대체 뭐란 말인가, 내가 사랑에 빠진 걸까? 오노프레는 생각했다. 지금 이 나이에, 아냐, 아냐, 그럴 리가 없어……, 아냐, 그럴 수도 있어, 그 일을 생각만 해도 이렇게 기분이 좋아지는걸, 허허, 내 이런 심정을 그 누가 알기나 할까. 오노프레는 그런 생각을 하며 속으로 웃었다. 오노프레는 생전 처음으로 애정을 품고 자기 자신을 돌아보았다. 파란만장했던 지난 과거를 돌이켜 보니 웃음이 절로 터져 나왔다. 그러나 잠시 후 그 미소가 사라지면서 인상이 구겨졌다. 어떻게 해서 그런 일이 벌어졌는지 이해할 수 없었다. 내 마음속에서 기적이라도 일어났단 말인가. 오노프레는 당혹감을 감출 수 없었다. 그 하찮은 여자애가 내게 무슨 영향을 끼쳤기에 이다지도 마음이 흔들린단 말인가. 오노프레는 도무지 알 수 없었다. 육체적으로 매력이 없는 여자는 아냐. 오노프레는 보이지 않는 상대와 계속해서 대화를 나누었다. 하지만 솔직히 말해 미인이라고는 볼 수 없어, 그건 확실해, 설령 그 아이가 미인이라고 해도 내가 이렇게까지 정신을 못 차리고 빠져들 수 있단 말인가? 지금까지 살아오면서 미인들은 질리도록 만나 봤어, 그녀들을 쳐다보느라 교통이 마비될 정도로 예쁜 아가씨들을 수도 없이 만나 보았단 말이야, 미인들은 돈만 주면 손쉽게 살 수 있었어, 최고 중의 최고만을 골라서 살 수 있었단 말이야, 하지만 나는 그 여자들을 경멸했을 뿐 다른 감정은 느끼지 못했어, 그러나 그녀는 달라, 그녀 앞에만 섰다 하면 왠지 모르게 주눅이 드는 거야, 왜 그러는

지 나도 잘 모르겠어, 그녀가 내게 말을 걸거나, 나를 보고 웃거나, 아니 그냥 나를 쳐다만 보아도 기분이 너무너무 좋은 거야, 그럴 때마다 나는 그녀에게 그 무엇보다 고마운 감정을 느껴. 오노프레는 그런 생각에 잠겨 있었다. 오노프레는 그 겸손함이 자신의 이기심이 저지른 죄를 보상해 주고 있다고 생각했다. 맞아. 오노프레는 지나간 삶을 돌이켜 보며 생각했다. 나는 지금까지 개망나니처럼 살아왔어, 벌을 받아 마땅한 짓거리를 수도 없이 저질렀어, 내가 내 손으로 직접 사람을 죽였다고 주장할 수 있는 사람은 아무도 없어, 하지만 몇몇 사람들은 직접적으로나 간접적으로 나와 관련된 문제 때문에 죽어야 했어, 나 때문에 불행해진 사람들도 많아, 괴롭구나, 괴로워, 어쩌자고 이런 생각이 자꾸 떠오르는 걸까, 때늦은 후회야, 너무 늦었어; 이제는 용서를 구할 수도 없어. 죄책감이 극에 달한 순간 오노프레는 벼락을 맞은 듯 그 자리에서 쓰러지고 말았다. 바람 한 점 불지 않았다. 인공 호수의 고요한 수면에서 햇빛이 반짝이고 있었다. 백조의 새하얀 깃털이 햇빛을 받아 눈부시게 빛났다. 오노프레는 어지러웠다. 백조들이 마치 하느님께서 보내 주신 전령처럼 보였다. 백조들이 오노프레에게 하느님의 자비와 희망의 메시지를 전해 주는 듯싶었다. 내가 너희에게 이르노니 이와 같이 죄인 하나가 회개하면 하늘에서는 회개할 것 없는 아흔아홉으로 인하여 기뻐하는 것보다 더하리라.(누가복음 15장 7절.) 백조들이 바로 그 성경 구절을 일깨워 주는 것 같았다. 오노프레는 깊은 감동을 받고 얼굴을 잔디밭에 파묻으며 중얼거렸다. 용서해 주십시오, 부디 용서해 주십시오, 저는 바보였습니다, 잔인한 놈이었습니다, 변명의 여지가 없습니다, 제 죄는 도저히 감출 수 없습니다. 오노프레의 머릿속으로 앨범을 넘기듯 그를 비난하는 얼굴들이 열을 지어 지나갔다. 오돈 모스타사, 돈 알렉산드레 카날스 이 포르미가와 그의 아들인 가엾은 니콜라우 카날스 이 라타플란, 조앙 시카르트와 아르나우 푼셀라, 필리핀 루손 섬의 전 총독이었던 오소리오 장군, 아내와 딸내미들, 델피나와 브라울리오 씨, 어머니와 아버지, 동생 조앙도 빠지지 않았다. 이 모든 사람들이, 한 번도 얼굴을 본 적도 없고 앞으로도 보지 못할 수많은 사람들이 오노프레의 야심과 광기에 의해 희생당했다. 그 많은 사람들이 오노프레의 터무니없는 복수심에 의해 희생당했고, 잠깐 동안의 달콤하면서도 씁쓸한 승리감을 오노프레에게 안겨 주기 위해 부당하게 시련을 겪어야 했다. 평생을 개망나니로 살아온 나 같은 놈을 용서해 줄 정도로 하늘나라는 너그러울까? 꼭 감은 눈꺼풀 사이로 홍수 같은 눈물이 쏟아지려고 했다. 오노프레가 이런 생각에 잠겨 있을 때 누군가가 그의 어깨를 툭툭 두드렸다. 오노프레는 정원에 홀로 있다고 생각했기 때문에 깜짝 놀랐다. 오노프레는 두려운 마음에 감히 눈을 뜰 수가 없었다. 눈을 뜨면 무시무시한 천사가, 불길이 활활 타오르는 칼을 치켜든 천사가 보일 것만 같았다. 오노프레는 마침내 눈을 떴다. 백조 한 마리가 오노프레 곁에서 부리로 어깨를 쪼고 있었다. 웬 낯선 남자가 호숫가에 나타나더니 갑자기 쓰러져 꼼짝도 않고 엎드려 있는 것을 보고, 궁금한 마음에 호수에서 나와 오노프레 곁으로 다가온 모양이었다. 어쩌면 다른 백조들이 무슨 일인지 가서 알아보고 오라고 대표로 보냈는지도 모른다. 오노프레는 자리에서 벌떡 일어났다. 그 바람에 백조는 깜짝 놀라 허둥지둥 달아났다. 뒤뚱뒤뚱 달려가는 모습이 괴상망측했다. 걱걱 울어 대는 소리도 불쾌할 정도로 귀에 거슬렸다. 저렇게 보잘것없는 짐승을 보며 깊은 감상에 빠져들었다고 생각하자 오노프레는 화가 끓어올랐다. 오노프레는 백조가 호수로 안전하게 달아나기 전에 재빨리 그놈에게 달려가 있는 힘을 다해 발로 걷어차 버렸다. 백조는 포물선을 그리며 하늘로 날아올라 이윽고 호수로 떨어졌다. 백조는 머리와 목을 물속에 처박고 꼬리만 물 밖으로 내놓은 채 둥둥 떠 있었다. 백조가 떨어지는 순간 출렁거렸던 호수 수면은 서서히 잠잠해지기 시작했고, 발길질에 채인 충격으로 백조의 몸에서 떨어져 나온 새하얀 깃털들은 수면으로 사뿐히 내려앉았다. 오노프레 부빌라는 옷에 달라붙은 풀잎을 털어 내고 다시 걷기 시작했다. 백조가 살았는지 죽었는지 확인해 보지도 않았다. 오노프레는 그 우연한 사고 덕에 현실로 되돌아올 수 있었다. 감상적인 죄책감은 자취도 없이 사라져 버렸고, 그 대신 오노프레가 생활의 신조로 삼아 온 냉철하고 이해타산에 밝은 이성이 자리 잡았다. 제길, 도대체 무슨 책임을 진단 말인가, 만약 남들이 내 말을 들었다면 걱정도 팔자라고 떠들어 대겠군, 글쎄 말이야, 걱정도 팔자지. 오노프레는 보이지 않는 상대와 계속 말을 주고받았다. 내가 태어나기 전부터 사람들은 불행했어, 내가 죽은 뒤에도 사람들은 여전히 불행할 거야, 그래, 그건 사실이야, 나는 몇몇 사람들을 불행하게 만들었어, 하지만 오로지 나 때문에 그 사람들이 불행해진 것은 아니잖아, 나 역시 운명의 장난에 놀아난 것뿐이야, 만일 내가 오돈 모스타사의 길을 가로막지 않았더라면, 그 뻔뻔스러운 살인마가 그렇게 비참하지 않게, 좀 더 우아하게 죽을 수 있었을까? 그 녀석이 원래부터 교수형을 당할 운명으로 태어난 건지도 모르잖아. 그럼 델피나는, 내가 어느 날 갑자기 그녀의 부모가 운영하는 하숙집에 나타나지 않았더라면, 그녀의 운명이 다른 식으로 바뀌었을까? 내가 나타나지 않았더라면 그녀는 평생을 하숙집 하녀로 살아갔겠지, 틀림없어. 그러다 적당한 때에 성질머리 사나운 술주정뱅이 놈팡이를 만나 결혼했겠지. 그리고 일에 시달리는 중에도 매일같이 남편에게 얻어맞았을 테고, 아이들을 줄줄이 낳아 대면서 늙어 갔겠지. 빌어먹을, 나한테 붙어먹은 놈들은 적어도 잘살 수 있는 기회는 얻었단 말이야. 내 돈을 써대며 한동안 잘나가기도 했단 말이야. 어디선가 무언가가 폭발하는 소리가 들렸다. 희미했지만 가까운 곳에서 들려온 소리가 분명했다. 오노프레는 그 소리를 듣는 순간 상념에서 벗어났다. 그 소리에 뒤이어 다른 폭발음들이 연속해서 들려왔다. 숲 속 나뭇가지에서 살던 새들이 하늘로 날아올랐다. 여러 종류의 새 무리가 한데 뭉쳐 높은 하늘에서 원을 그리며 시끄럽게 울어 댔다. 오노프레 부빌라는 다시 미소를 지었다. 이 가엾고 불행한 놈처럼 멀리 도망가지도 못하는군. 오노프레가 나직이 중얼거렸다. 그러나 이번에 지은 미소는 조금 전에 지었던 미소와는 달리 행복에 겨운 그런 미소가 아니었다.

  오노프레 부빌라는 호수를 등지고 폭발음이 들려오는 쪽을 향해 걸어갔다. 그러고는 잘 가꾼 초원을 벗어나 숲 속으로 들어섰다. 오노프레는 나무 뒤로 몸을 숨기며 조심스럽게 다가

갔다. 이윽고 숲이 끝나는 지점에 도착했다. 오노프레는 사람들 눈에 띄지 않게 몸을 숨기고 눈앞에서 벌어지는 장면을 살펴보았다. 멀지 않은 곳에 서커스 천막이 세워져 있었고, 기술자들로 보이는 사람들이 짐을 들고 끊임없이 천막을 들락거리고 있었다. 화려한 장식 리본과 가지각색의 깃발이 달려 있는 천막 입구에서는 무장한 경비원 두 명이 천막을 들락거리는 기술자들을 감시했다. 뒤편은 천막에 가려 보이지 않았지만 오노프레는 그곳에 무엇이 있는지 잘 알았다. 그곳에는 몇 개의 격납고가 세워져 있었고, 그 안에 복잡한 기계가 설치되어 있었다. 그 기계는 천막 안에서 몸을 떨며 으르렁대는 또 다른 전기기계에 에너지를 공급했다. 물론 전력 공급 회사에 의뢰하면 좀 더 쉽고 저렴한 가격으로 에너지를 공급받을 수 있었겠지만, 그렇게 되면 이곳에서 비밀리에 진행되는 작업이 외부로 알려질 위험이 있었다. 그래서 사람들의 눈을 피하기 위해 외딴 곳에 격납고를 짓고 그 안에 발전기를 설치했던 것이다. 이번 작업을 위해 특별히 설립된 각국의 유령 회사에서 밀수해 온 그 발전기들은 조각조각 분해된 채 카탈루냐로 들어와 다시 조립되었다. 발전기에 사용되는 석탄 역시 그와 같은 방식으로 들여왔다. 소량으로 사들인 석탄은 이제 초원과 숲과 호수 밑에 파놓은 저장고에 무더기로 쟁여져 있었다. 이번 작업에 필요한 기계장치와 재료들 역시 그와 같은 방식으로 긁어모았다. 작업에 동원된 사람들 역시 극히 까다로운 절차를 걸쳐 채용되었다. 일반 잡부들은 수많은 외지인들 중에서 은밀하고 신중하게 선별해 채용할 수 있었다. 전문가들은 사정이 달랐다. 전문가들과 기술자들과 공학자들이 그들의 직장과 가정에서 일시에 사라져 버리면 복잡한 문제가 발생할 수 있었다. 그걸 어떻게 설명할 수 있단 말인가. 그래서 그들을 고용할 때는 유형별 각개격파로 나갔다. 외국인을 고용하기도 했고, 이런저런 이유로 퇴직할 수밖에 없었던 사람들을 고용하기도 했으며, 미국 대학의 초청장을 위조해 빼낸 사람들도 있었다. 초청에 응한 기술자들은 며칠 후에 대서양 횡단 여객선의 일등실 표를 받았다. 이 기술자들이 탄 배가 스페인 영해를 넘어서는 순간 총을 든 괴한들이 선실로 뛰어들었고, 기술자들은 강제로 쾌속정에 태워져 육지로 다시 돌아왔다. 그러면 대기하고 있던 자동차가 그들을 태우고 저택으로 달려갔다. 저택에 도착한 기술자들은 설명을 들었다. 무슨 이유에서 속임수를 써서 납치해야만 했는지, 그들이 앞으로 떠맡을 일이 어떤 것인지, 그런 이상한 상황이 어느 정도 지속될 것인지, 협력하고 수고한 대가로 얼마만큼의 돈을 받을 수 있는지 모두 알게 되었다. 해피 엔딩으로 끝난 모험에 기술자들은 열광했다. 하지만 작업은 느리게 진행되었고, 복잡하기 짝이 없었으며, 돈이 많이 들었다. 그러나 작업을 끝까지 수행하기 위해서는 아낌없이 돈을 뿌릴 수밖에 없었다. 유일하게 돈이 적게 들어간 것은 서커스 천막이었다. 천막의 크기도 작업을 하기에 적당했다. 오노프레는 이탈리아 남부 지방에 있던 어느 서커스단으로부터 그 천막을 구입했다. 그 서커스단은 콜레라가 유행하는 바람에 단원 대부분을 잃고 말았다. 대학살에서 살아남은 생존자들(수염 난 여자, 말을 타고 재주를 부리는 여자, 힘이 엄청나게 센 거인)은 서커스단을 해산하고 장비를 헐값에 팔아넘겼다. 오노프레는 그 유별난 사람들도 고용해 스페인으로 데려왔다. 천막을 제대로 설치할 수 있는 사람이 그들밖에 없었던 것이다. 이제 그 세 사람도 저택 안을 어슬렁거리고 있었다. 세 사람은 몸에 꼭 끼는 옷을 입고, 짧은 치마를 입고, 요란한 장식을 달고, 집 안을 돌아다니며 시도 때도 없이 자신들의 재주를 선보였다. 주변 사람들은 그들을 귀찮아하기도 했지만 두려워하기도 했다.

오노프레가 그 만화 같은 장면들을 회상하고 있을 때였다. 그녀가 천막에서 나왔다. 그녀는 하늘하늘한 장밋빛 치마를 입고 있었다. 치마가 너무 짧아 걸음을 옮길 때마다 무릎이 훤히 드러났다. 치마에 잡힌 주름 때문에 허벅지 윤곽까지 고스란히 드러났다. 기술자들의 시선이 그녀의 다리 쪽으로 쏠렸다. 오노프레 부빌라는 속이 끓어올랐다. 치마 길이만 제외하면 단순하고 점잖은 옷이었다. 이 점에 대해 따끔하게 한마디 해 주어야겠어. 오노프레는 그녀와 기술자들을 번갈아 쳐다보며 그렇게 생각했다. 심장이 벌렁거렸다. 그녀는 햇빛에 눈이 부셨는지 눈을 가늘게 뜬 채 천막 입구에서 잠시 발을 멈추었다. 그녀는 손가락으로 헝클어진 머리카락을 정리한 다음 챙이 넓은 모자를 썼다. 그리고 오노프레가 숨어 있는 숲을 향해 성큼성큼 걷기 시작했다. 이런, 왜 저러는 걸까. 나를 봤을 리가 없을 텐데. 오노프레는 떡갈나무 뒤로 완전히 몸을 숨기며 그렇게 중얼거렸다. 마리아 벨탈과 그녀의 아버지는 오노프레의 저택으로 옮겨 와 살게 되었다. 그 후로 몇 달 동안 오노프레와 마리아 벨탈은 의례적인 인사 외에는 말을 주고받지 않았다. 오노프레는 그런 식으로 마리아 벨탈에게 관심이 없는 척했다. 그는 오로지 발명가의 계획에만 관심을 두는 척하며 수시로 발명가와 많은 얘기를 주고받았다. 그 이상야릇하고 복잡한 작업은 발명가의 지시에 따라 착착 진행되고 있었다. 처음부터 마리아 벨탈과 그녀의 아버지는 정원에 있는 오래된 사냥 별장에서 살았다. 그 별장은 저택 본채로부터 멀리 떨어진 곳에 있었다. 벨탈 부녀는 그 별장에서 아무런 간섭도 받지 않고 독립적으로 살았다. 별장이 그리 화려하지는 않았지만 살기에 불편함은 없었다. 만일 그 별장을 화려하게 장식했더라면 오노프레 부빌라의 속셈이 드러나고 말았을 것이다. 오노프레는 우선 당장은 작업에 전념하는 것처럼 보였다. 오노프레는 자신이 직접 고른 가구와 장식물로 별장을 꾸몄지만, 벨탈 부녀가 그 별장에서 살기 시작한 이후로는 단 한 번도 별장을 찾아가지 않았다. 발명가와 만날 필요가 있을 때에는 심부름꾼을 보내 발명가를 서재로 데려오도록 했다. 작업은 비밀을 유지할 필요가 있었다. 따라서 그 작업에 동원된 사람들은 그 누구도 저택을 벗어날 수 없었다. 오노프레는 마리아 벨탈이 항상 그곳에 있다는 사실을 알고 있었다. 아직 그녀를 차지할 수 없었지만 다른 사람도 그녀를 차지할 수 없다는 사실 또한 알고 있었다. 오노프레와 마리아는 같은 공간 안에서 살고 있었다. 오노프레의 재산인 같은 땅을 밟고 살고 있는 것이다. 그것만으로도 충분했다. 오노프레는 마리아를 자신의 여자라고 여기며 매 순간 행복하게 살았다. 그리고 지금과 같이 숨어서 그녀의 일거수일투족을 몰래 엿보곤 했다. 참으로 이상한 일이로군. 오노프레는 떡갈나무 뒤에서 몸을 웅크리고 앉아 그녀를 엿보며 생각했다. 몸매는 날씬하고, 자태는 우아하며, 발걸음은 경쾌했다. 내가 어렸을 때는, 살아가야 할 날이 많았을 때는, 그때는 모든 것이 조급하게 느껴졌더랬지, 하지만 지금은 달라, 시간이 쏜살같이 흘러가는데도 전혀 초조해지지 않는 거야, 그동안 기다리는 법을 터득한 모양이야. 오노프레는 생각했다. 삶의 의미는 기다리는 것에 있단 말이지, 그렇지만 지금은 서두를 필요가 있어. 오노프레는 하늘을 올려다보았다. 하늘은 구름 한 점 없이 새파랬다. 하루 전에 있었던 일이 떠올랐다. 오노프레는 그 전날 만국박람회 공사장을 구경하러 갔다. 그리고 그곳에서 오랫동안 만나 보지 못했던 우트 후작과 우연히 마주쳤다. 우트 후작은 만국박람회 이사회 이사였고, 바르셀로나에서 활약하는 프리모 데 리베라의 오른팔이었다. 우트 후작은 마드리드로부터 지시를 받아 바르셀로나 시장 뒤에서 그 역할을 수행했다. 우트 후작은 그에 대한 대가를 챙겼다. 마드리드의 묵인 아래 더러운 사업을 벌여 돈을 벌었던 것이다.

우트 후작은 오노프레 부빌라가 만국박람회 공사장에 나타나자 눈살을 찌푸렸다. 오랫동안 쌓아 왔던 두 사람의 우정은 이제 찾아볼 수 없었다. 오노프레 부빌라는 우트 후작에게 원한을 품고 있었고, 두 사람은 서로를 불신했다. 하지만 둘은 다른 사람들이 보고 있는 앞에서 속마음을 드러내지는 않았다.

"안녕하시오, 신수가 훤하시구먼그래."

우트 후작이 오노프레 부빌라를 껴안으며 소리쳤다.

"몹시 앓았다고 하던데, 이렇게 쾌차한 모습을 보니 반갑구먼. 더 젊어진 것 같은데!"

"당신 역시 좋아 보이는데요."

오노프레 부빌라가 대꾸했다.

"설마, 그럴 리가……."

우트 후작이 말했다.

두 사람은 팔짱을 끼고 걸었다. 물웅덩이와 돌무더기를 피하며, 구덩이 위에 걸쳐진 발판을 건넜다. 발판은 두 사람의 무게를 이기지 못해 휘청거렸다. 공사장을 둘러보는 동안 우트 후작은 오노프레 부빌라에게 중요한 작업에 대해 일일이 설명해 주었다. 청사 건물, 전시관, 레스토랑, 화장실 등등은 한창 공사 중이었다. 우트 후작은 자신만만한 표정으로 종합 운동장 공사장도 구경시켜 주었다. 만국박람회 종합 계획에 나중에 추가된 그 건물은 46,225제곱미터의 부지에 건설되고 있었는데, 각종 스포츠 경기가 열릴 곳이었다. 파시즘이 유럽 전역으로 확산되면서 각국 정부는 각종 스포츠 경기를 장려했고, 그 스포츠 경기에 대중을 동원했다. 각국 정부는 그런 유행을 따르기 위해 시대착오적인 것으로 여겨졌던 로마 제국을 흉내 냈다. 이제 스포츠 경기에서의 승리는 한 민족의 위대성을 드러내는 것으로 여겨졌다. 스포츠는 더 이상 여유 있는 계층이 즐기는 활동이 아니었고 부자들의 특권도 아니었다. 도시인이라면 누구나 즐길 수 있는 놀이였다. 정치인들과 사상가들은 스포츠를 통해 우리 인간의 삶을 개선할 수 있다는 희망을 품기 시작했다. 스포츠는 우리 시대의 우상이야, 청춘을 비쳐 주는 거울이란 말이지. 우트 후작은 그렇게 역설했다. 오노프레 부빌라는 우트 후작의 말에 동의했다. 저도 동감입니다. 오노프레는 부드럽게 대답했다. 두 사람은 그리스 극장과 스페인 마을을 둘러본 후 복잡하기 짝이 없는 어느 공사장에 도착했다. 파이프, 케이블, 발전기, 통풍관 들이 어지럽게 널려 불빛이 반짝이는 분수를 작동시키고 있었다. 그 분수는 가장 매력적인 볼거리였다. 만국박람회의 여러 볼거리 중에서 가장 많은 사람들이 찾아왔고 가장 많은 사람들의 입에 오르내린 작품 중의 작품이었다. 지난번 만국박람회에서 마법의 분수가 차지했던 지위를 이번에는 그 분수가 차지했던 것이다. 그 분수는 산중턱에 설치되어 있었다. 그래서 만국박람회장 어느 곳에서나 그 분수를 볼 수 있었다. 지름이 오십 미터에 이르는 저수지에 삼천이백 세제곱미터의 물을 저장할 수 있었고, 여러 개의 분수대가 설치되어 있었다. 천백칠십오 마력의 펌프 다섯 대가 삼천 리터의 물을 분수대에 공급했고, 천삼백 킬로와트의 전기에너지가 불을 밝혔다. 그래서 분수는 끊임없이 모양과 색을 바꿀 수 있었다. 만국박람회장 중앙 산책로 양쪽에 설치된 분수와 작은 분수들은 바르셀로나 시 전체가 하루에 사용하는 물을 단 두 시간 만에 공중으로 뿜어낼 수 있어요. 우트 후작이 설명했다. 저런 장관을 언제 어디서 본 적이 있소? 우트 후작이 물었다. 오노프레 부빌라는 아무런 반감 없이 우트 후작의 말에 공감할 수 있었다. 자신이 하는 말마다 오노프레가 공감을 표시하며 흥미를 보이자 우트 후작은 오노프레를 의심하기 시작했다. 이 여우 같은 놈이 이곳에는 무슨 일로 왔을까? 우트 후작은 속으로 생각했다. 이렇게 흥미를 보이다니, 무슨 꿍꿍이속이 있는 건 아닐까? 하지만 우트 후작은 아무리 생각해도 오노프레의 속셈을 알아차릴 수 없었다. 이 주 전에 있었던 일을 우트 후작이 알 턱이 없었다. 이 주 전이었다. 어떤 이상한 대표단이 만국박람회 조직 위원회 사무실을 찾아왔다. 대표단은 우아하고 세련되게 차려입은 신사와 부인으로 이루어져 있었다. 두 사람의 몸가짐은 신중했고, 말투에는 외국어 억양이 섞여 있었다. 두 사람은 그들을 맞이하는 직원에게 이렇게 말했다. 우리는 규모가 큰 제조 회사를 대표해서 왔다. 우리 회사는 국제적으로 널리 알려진 다국적기업이다. 사무실 직원으로서는 한 번도 들어 본 적이 없는 회사였다. 두 사람은 직원이 요청하지 않았는데도 관련 서류를 제출했고, 직원은 그 서류를 보고 나서는 그들의 정체를 의심할 수 없었다. 직원과 대화를 나누는 내내 부인은 얼굴을 가리고 있던 베일을 벗지 않았다. 그러나 직원은 수염이 덥수룩한 부인의 얼굴을 알아볼 수 있었다. 물론 직원은 그 수염에 대해 감히 언급할 수 없었다. 그에 반해 면담 시간 동안 거의 입을 열지 않았던 신사는 날카로운 눈빛으로 직원의 태도와 반응을 지속적으로 관찰했다. 나중에 직원은 그 신사가 어마어마하게 힘이 센 단단한 체격의 남자였다는 사실을 기억해 냈다. 하지만 그 모든 것에도 불구하고 직원은 두 사람을 의심할 수 없었다. 직원은 만국박람회 조직 위원회에서 일을 하면서부터 수많은 외국인들을 상대해 왔고, 그래서 좀처럼 볼 수 없는 이상한 얼굴이나 유별난 행동에 익숙해져 있었던 것이다. 맡은 바 업무에 충실했던 직원은 두 사람에게 물었다. 무엇을 도와 드릴까요? 만국박람회장 경내에 전시관을 하나 설치하고 싶은데, 허락을 받기 위해 이렇게 찾아왔습니다. 두 사람이 대답했다. 저희 회사 전시관에 기계와 생산품을 전시하고 싶습니다. 부인이 설명했다. 그리고 나무 게시판이나 슬라이딩 도어를 몇 개 설치해 저희 회사의 조직 구조에 대해 사람들에게 알려 주고자 합니다. 부인이 덧붙였다. 이에 직원은 다음과 같이 지적했다. 만국박람회에 참가한 외국 회사는 그 나라의 전시관 내에서만 제품을 전시할 수 있습니다. 만일 저희가 어느 특정 회사에 독립적인 전시관을 허용하게 되면 독립 전시관을 원하는 모든 회사에게도 같은 권리를 허용해야 합니다. 직원이 말을 이었다. 그런 일이 벌어지면 그렇지 않아도 복잡한 만국박람회가 엉망이 되고 말 겁니다, 따라서 저희로서는 어떠한 예외나 특권도 인정할 수 없습니다. 직원이 말을 마쳤다. 직원은 자신의 말이 공연한 소리가 아님을 증명하기 위해 테이블 위에 놓여 있던 책을 가리켰다. 신사는 직원이 가리키는 책을 두 손으로 집어 들어 별로 힘을 들이지도 않고 두 동강 내 버렸다. 그 책은 구백팔십사 쪽에 이르는 박람회 참가자 카탈로그였다. 우리가 그 모든 문제를 해결하도록 하겠습니다, 믿어도 좋습니다. 부인이 말했다. 부인은 한 손으로 수염을 쓰다듬으며 다른 손으로 가지고 온 검은색 가방을 열었다 다시 닫았다. 직원은 그 가방에 돈이 가득 들어 있는 것을 확인하고는 입을 다무는 게 현명한 처사라고 생각했다. 이제 그 알려지지 않은 회사의 전시관이 만국박람회장 경내 한쪽에 세워지고 있었다. 원래 그곳에 세워지기로 예정되어 있었던 선교사 전시관은 다른 곳으로 밀려났다. 그 새로운 전시관은 작업이 진행됨에 따라 서커스 천막과 비슷한 형태로 변해 갔다. 그 전시관은 리우스 이 타울레트 거리 바로 옆에 있는 우주 광장에 세워질 예정이었다. 최적의 장소라고 할 수 있었다. 후문을 통해 전시관을 드나들 수 있었고, 주변은 텅 빈 공터(현재는 레리다 거리로 바뀌었다.)여서 비밀을 유지하기에도 좋았다. 인상이 험악한 사람들이 전시관 주변을 스물네 시간 감시했다. 그들의 임무는 사람들이 전시관으로 접근하지 못하도록 막는 일이었다. 구경꾼들은 그들의 인상에 질려 감히 전시관으로 접근하지 못했고, 공사를 감독해야 하는 만국박람회 감독관들도 겁을 내며 가까이하기를 꺼렸다. 우트 후작은 그 모든 사실에 대해 전혀 모르고 있었다. 설령 그런 사실을 알고 있었다 해도 오노프레 부빌라와 그런 일들을 연결시킬 수도 없었고, 그래서 오노프레가 무슨 이유로 만국박람회 공사장을 찾아왔는지 도무지 알 수 없었다. 이제 오노프레는 떡갈나무 뒤에 숨어서 그런 일들을 회상하고 있었다. 그래, 모든 일들이 내가 계획했던 대로 척척 진행될 거야. 오노프레는 생각했다. 하찮은 실수로 그 완벽한 계획을 망칠 수는 없어, 그건 불가능해, 그녀는 너무나 아름다워, 나 역시 너무나 똑똑하고 막강해, 어쩜 저렇게 경쾌하게 몸을 움직일 수 있을까, 어쩜 저렇게 우아하게 걸을 수 있을까, 그녀는 타고난 왕비야, 한눈에 알 수 있어, 맞아, 그래, 모든 것이 소원대로 이루어질 거야, 그건 당연한 거야. 오노프레는 그렇게 중얼거리면서도 불길한 느낌이 들어 하늘을 슬쩍 올려다보았다. 기대치가 지나치게 컸던 걸까, 지나치게 경망스럽게 생각했던 걸까, 구름 한 점 없는 새파란 하늘로 불길한 그림자가 언뜻 스치고 지나가는 듯한 느낌이 들었다.

사실상 모든 것이 비극으로 끝날 조짐을 보이고 있었다. 1929년 1월, 바르셀로나 만국박람회로 인한 적자가 일억 사천만 페세타에 달했다. 바르셀로나 시장 비베르 남작은 그의 발치에서 바다이 보이지 않는 구덩이가 입을 벌리는 것을 목격했다. 무슨 수로 이 상황을 헤쳐 나간단 말인가, 이제는 이 방법밖에 없어. 시장은 그렇게 외쳤다. 시장이 사무실 바닥에 가솔린을 뿌리고 성냥을 켜려던 순간이었다. 사무실 문이 활짝 열리며 에우랄리아 성녀와 이네스 성녀와 마르가리타 성녀와 카탈리나 성녀가 사무실로 뛰어들었다. 그 성녀들은 로마네스크 양식의 제단에서 뛰어 내려와 시장에게 달려온 것이었다.(솔소나 교구 교회 박물관에 가면 지금도 그 제단을 구경할 수 있다.) 그 네 성녀들은 모두 끔찍한 죽음을 당했기 때문에 시장이 처한 상황을 잘 알고 있었다. 성녀들은 비탄에 빠진 시장에게서 성냥을 빼앗고 시장이 정신을 차리도록 만들었다. 이네스 성녀는 새끼 양을 한 마리 데려왔고, 마르가리타 성녀는 휴대용 난로를 가져왔다. 시장이 너무나 절망한 나머지 품게 되었던 어처구니없는 생각들을, 성녀들은 시장의 머리에서 말끔히 씻어냈다. 시장은 자살을 결심하기도 했지만 한편으로는 사람들을 선동해 폭동을 일으킬 생각도 있었다. 그러나 자살과 폭동은 서로 모순되는 행동이었다. 프리모 데 리베라의 시대는 이미 저물어 가고 있습니다. 성녀들이 시장에게 말했다. 그 짐승 같은 놈은 지금 마지막 발악을 하고 있는 겁니다. 성녀들은 시장에게 자만심에 빠져 몸을 부풀리다가 끝내 배가 터져 죽어버린 두꺼비 이야기를 상기시켜 주었다. 게다가 폭동을 일으킨다고 해도 문제가 많습니다. 우리는 폭동이 어떻게 시작되는지 알고 있습니다, 하지만 폭동이 어떻게 끝나는지에 대해서는 아무도 모릅니다. 마르가리타 성녀가 말했다. 마르가리타 성녀의 축일은 7월 20일이다. 당신은 당신 집 문 앞에 앉아 당신 원수의 시체가 지나가는 것을 보게 될 겁니다. 이네스 성녀가 말했다. 이네스 성녀의 축일은 1월 21일이다. 시장은 앞으로 무분별한 짓을 하지 않고 지긋이 기다리겠다고 성녀들에게 약속했다. 당시로서는 참고 기다리는 것이 최선의 방법이었다. 프리모 데 리베라는 협력적인 사회를 이룩하겠다고 공언했지만 아무도 그 말을 믿지 않았다. 그리고 독재 정권을 원하는 사람은 아무도 없었다. 독재 정권은 사회 혼란을 조장했고, 사회 혼란은 혁명으로 이어질 조짐을 보였다. 프리모 데 리베라가 벌인 공공사업은 도저히 손을 쓸 수 없는 인플레이션을 초래했고, 페세타의 가치는 나날이 떨어져 내렸다. 쿠데타가 일어나지 않았던 이유는 프리모 데 리베라처럼 야심만만한 군인이 없었기 때문이었다. 그뿐만이 아니었다. 엎친 데 덮친 격으로 만국박람회 개막을 석 달 앞둔 2월 6일에 마리아 크리스티나 여왕이 협심증으로 숨을 거두었다. 마리아 크리스티나는 섭정 황후 자격으로 1888년 만국박람회의 개막을 선포한 인물이었다. 모든 사람들은 그때의 만국박람회를 그리워했다. 그래서 사람들은 여왕의 죽음을 불길한 징조로 받아들였다. 게다가 마드리드에서는 요상한 소문이 떠돌고 있었다. 여왕이 죽어 가면서 아들에게 프리모 데 리베라를 가능한 한 빨리 쫓아내라는 유언을 남겼다는 것이었다. 국왕은 어머니의 유언에 큰 충격을 받지 않을 수 없었다. 그런 어수선한 분위기 속에서 마침내 만국박람회 개막일이 다가왔다.

3

"이제 그만 가서 주무세요, 아버지. 내일은 정신없이 바쁘게 돌아갈 거예요. 편히 쉬면서 힘을 비축해 두셔야죠."

마리아 벨탈이 말했다.

발명가가 안락의자에서 몸을 일으켰다. 발명가는 저녁을 먹은 뒤에 안락의자에 앉아 파이프 담배를 피우고 있었다. 자리에서 일어난 발명가는 침실로 향하지 않고 현관문을 향해 걸어갔다. 아버지, 어디 가시는 거예요? 마리아 벨탈이 물었다. 산티아고 벨탈은 아무 대답 없이 사냥 별장에서 나가 버렸다. 마리아는 알고 있었다. 오늘 밤처럼 특별한 날에는 마음이 들뜰 수도 있는 일이지, 뭐. 마리아는 아버지를 따라가기로 결정했다. 마리아는 단 한 순간도 아버지 곁을 떠나지 않았다. 그것은 수년 동안에 걸쳐 몸에 밴 습관이었다. 밤공기가 쌀쌀했다. 마리아는 집을 나서기 전에 숄을 찾아 어깨에 걸쳤다. 정원에서는 돌풍이 불고 있었다. 머지않아 비가 들이닥칠 것 같았다. 이건 아닌데, 다른 건 몰라도 비는 좀 곤란한데. 마리아는 그렇게 생각하며 주변을 둘러보았다. 산티아고 벨탈이 천막을 향해 걸어가고 있었다. 매일 밤 치러지는 행사였다. 산티아고 벨탈은 밤이면 밤마다 일단 천막을 둘러보고 나서야 잠자리에 들었다. 마리아는 밤마다 잔소리를 늘어놓아야 했다. 산티아고 벨탈이 천막에서 밤을 새우지 못하도록 어르고 달래 사냥 별장으로 데리고 와야 했다. 하지만 이번에는 달랐다. 굳이 천막을 찾아갈 필요가 없었다. 기계와 연료는 이미 몬주익 언덕으로 옮겨져 그곳에서 완벽하게 재조립되어 있었던 것이다. 몸에밴 습관 때문인지 아니면 걱정이 지나쳐서인지 경비원 한 명이 천막 입구에서 계속 보초를 서고 있었다. 경비원이 산티아고 벨탈을 보고 상냥하게 인사를 건넸다. 안녕하세요, 산티아고 교수님. 산티아고 벨탈은 무의식적으로 고개를 끄덕이며 경비원의 인사에 답했다. 경비원이 덧붙였다. 내일은 굉장한 날이지요, 교수님, 그렇지 않습니까? 산티아고 벨탈은 경비원의 말을 듣고 머리를 흔들며 물었다. 방금 뭐라고 하셨습니까? 경비원은 머스킷총 개머리판을 잔디밭에 내려놓고 싱긋 웃었다. 내일이 굉장한 날이라고요. 경비원은 신이 나는지 같은 말을 반복했다. 모든 일이 잘되기를 주님께 빌어야겠네요. 경비원은 목소리를 조금 낮추어 덧붙였다. 산티아고 벨탈이 고개를 끄덕였다. 참으로 이상한 일이로군. 산티아고 벨탈은 천막으로 들어서며 생각했다. 오늘 밤에는 모든 사람들이 흥분해 있어, 모두들 이 사업에 참여하고 있다고 여기는가 보군, 저 총잡이까지 말이야, 과학과는 전혀 상관없는 일을 하는 주제에 말이야, 우리가 지금 무슨 일을 하는지 아무것도 모르면서 말이지, 마치 자신의 행복이 이 사업의 성패에 달렸다는 듯이 말하고 있잖아. 한편 경비원 역시 나름대로의 생각에 잠겨 있었다. 진짜 까다로운 사람이로군, 그러나 천재라는 것만은 의심의 여지가 없어, 오늘 밤 무척이나 긴장되는 모양이야, 당연한 일이지, 뭐, 그나저나 저 양반 딸내미 말이야, 진짜 끝내주는 계집이란 말이야! 천막 안에는 잡동사니들만 남아 있었다. 여기저기 널린 공구들, 포장용으로 쓰다 남은 나무판자들, 빈 상자들, 충격 흡수용으로 포장할 때 사용한, 구십이 톤에 달하는 대팻밥 중에서 남은 찌꺼기. 그야말로 난장판이었다. 황량하고 황폐한 분위기였다. 산티아고 벨탈은 그 거대한 빈 공간 앞에서 그만 맥이 풀리고 말았다. 나는 내 평생의 꿈을 비로소 이룰 수 있었어, 하지만 왜 이다지도 쓸쓸하고 착잡한 기분이 드는지 모르겠군. 산티아고 벨탈은 생각했다. 그 텅 빈 천막 안 공간이 자신의 기분을 그대로 반영해 주는 것 같았다. 그러나 끊임없이 싸워 왔던 그 힘든 과거가 이제는 행복했던 시절로 여겨지기도 했다. 그래, 그때는 꿈을 먹고 살았지. 잠시 그런 생각이 들었다. 하지만 이내 깨달았다. 그건 사실이 아니었다. 나는 그 꿈을 위해 내 평생을 희생했던 거야. 그렇게 평생을 희생해야만 했을까. 그럴 가치가 있었던 걸까. 산티아고 벨탈은 다시 생각해 보았다. 경비원의 목소리가 생각에 잠겨 있던 산티아고 벨탈을 깨웠다. 안녕하세요, 아가씨. 경비원의 목소리가 들렸다. 마리아로군, 나를 데리러 온 모양이지. 산티아고 벨탈은 생각했다. 마리아야말로 내 미친 짓거리의 최대 희생양이야. 나는 항상 마리아의 행복보다 내 원대한 꿈을 우선시했어. 나는 아버지로서 의무를 다하지 못했어. 내가 마리아를 먹여 살려야 했는데 오히려 마리아가 나를 먹여 살렸던 거야. 마리아는 나 때문에 평생을 양보하며 살아야 했고 끊임없이 모욕을 당해야 했어. 천막 안에는 석유 등잔이 켜져 있었다. 그 희미한 불빛에 마리아의 그림자가 어른거리는 것을 감지할 수 있었다. 지금도 마찬가지야. 마리아는 지금 이 순간에도 나 때문에 여기 있는 거야. 내가 쉬어야 한다고 믿기 때문에 나를 데리러 여기까지 온 거야. 산티아고 벨탈은 생각했다. 맞아, 지금이 좋은 기회인지도 몰라. 마리아에게 꼭 해 주고 싶은 말이 있거든. 물론 그 말을 한다고 해서 나아지는 건 아무것도 없어. 그동안 내가 마리아에게 저지른 잘못을 보상할 수도 없고, 잃어버린 시간을 되찾을 수도 없어. 하지만 그동안 수고했고 네가 얼마나 고생이 많았는지 내가 다 알고 있다고 말해 준다면 어느 정도 위안이 되겠지.

"아버지, 이제 주무셔야 할 시간이에요. 너무 늦었어요. 그리고 여기서 우리가 할 수 있는 일은 이제 하나도 없어요."

마리아 벨탈이 말했다.

"자, 보세요. 모든 것이 몬주익에 있어요. 기술자들까지 모두 떠났어요. 모두들 집으로 돌아갔단 말이에요."

마리아의 말은 사실이었다. 작업이 단계별로 하나씩 종료되면서 일꾼들과 기술자들이 하나둘 자리를 떴다. 오노프레 부빌라는 현대 항공역학 전문가들을 원래 있던 곳으로 돌려보냈다. 그들이 그곳에서 했던 일과 그들이 목격한 다른 사람들의 일을 비밀로 지켜 준다면 엄청난 사례금을 지급하겠다고 약속했다. 이제는 마무리 작업에 꼭 필요한 인원만 남아 있었다. 산티아고 벨탈, 프로이센 출신 탄도학 전문가 한 명, 그렇게 두 명뿐이었다. 탄도학 전문가는 오노프레 부빌라가 제1차 세계 대전 기간 동안 자주 접촉했던 인물로, 계획을 성공적으로 끝내기 위해서는 반드시 필요한 사람이었다.

"얘야, 꼭 해 주고 싶은 말이 하나 있단다."

산티아고 벨탈이 말했다.

"너무 늦었어요, 아버지. 우리 내일 아침에 얘기하도록 해요."

마리아 벨탈이 대답했다.

"아니다. 내일이면 너무 늦어."

산티아고 벨탈은 고집을 꺾지 않았다.

부녀간의 대화가 막 시작되려는 순간, 한 사람이 천막 안으로 불쑥 들어섰다. 저택을 관리하는 집사였다. 집사는 오노프레 부빌라의 명령에 따라 사냥 별장을 찾아갔다. 그러나 별장은 텅 비어 있었다. 그래서 천막으로 다시 찾아왔던 것이다.

"주인 어르신께서 서재에서 기다리고 계십니다."

집사가 말했다.

산티아고 벨탈이 한숨을 내쉬었다. 우리의 은인을 기다리게 하면 안 되겠지. 산티아고 벨탈이 마리아에게 말했다.

"잠시 후에 따라가도록 하겠소."

산티아고 벨탈이 집사에게 말했다.

집사가 머리를 흔들었다. 죄송합니다만, 주인 어르신께서 기다리고 계시는 분은 선생님이 아니라 따님이십니다. 집사가 퉁명스럽게 말했다. 발명가와 딸은 깜짝 놀라 서로를 쳐다보았다. 어서 가 보려무나, 얘야. 마침내 산티아고 벨탈이 입을 열었다. 나는 지금 자러 가야겠다, 걱정 마라. 잠시 사냥 별장에 들러 옷을 갈아입어야 할 것 같은데. 마리아 벨탈은 그렇게 생각했다.

집사가 전했다. 마리아 벨탈 아가씨가 오셨습니다. 그러나 오노프레는 말도 하지 않았고 눈길도 들지 않았다. 오노프레는 계속해서 책상만 내려다보고 있었다. 안으로 들여보내, 그리고 문을 닫고 자넨 돌아가게나. 오노프레가 조용히 말했다. 오늘 밤에는 자네 도움이 더 이상 필요 없어. 마리아 벨탈은 오노프레와 단둘이 서재에 남았다. 그녀는 오노프레가 무엇을 원하는지도 모른 채 책상으로 주춤주춤 다가갔다. 마리아가 가까이 다가오자 오노프레 부빌라가 입을 열었다. 이것 좀 봐, 마리아, 이게 뭔지 알아? 오노프레가 마리아에게 반말을 하기는 이번이 처음이었다. 마리아는 그 점을 놓치지 않았다. 바람이 유리창을 후려치고 있었다. 내일 비가 오려나? 오노프레는 생각했다. 리젠트 다이아몬드야, 세상에 있는 다이아몬드 중에서 가장 완벽한 다이아몬드지, 내 보물이야, 이 다이아몬드로 몇 개 나라를 통째로 살 수도 있어, 이렇게 작은 게 말이야, 봐, 손바닥 안에 쏙 들어오잖아. 오노프레는 다이아몬드를 마리아의 손바닥 위에 올려놓고 주먹을 쥐게 했다. 마리아는 다이아몬드 표면에서 번뜩이는 광채를 잠시 바라보았다. 마치 다이아몬드 내부에서 불길이 타오르는 듯싶었다. 모든 것에는 나름대로의 가치가 있어. 오노프레가 말했다. 마리아는 손가락을 폈다. 오노프레는 다이아몬드를 집어 들어 하얀 손수건으로 싼 후 입고 있던 가운 주머니에 보관했다. 입술이 약간 떨리는가 싶더니 이내 멈추었다. 네 감정에 대해 알고 싶어. 오노프레가 불쑥 말을 꺼냈다. 나에 대한 감정이 감사함이나 두려움뿐이라면 더 이상 말할 필요 없어. 그렇게 덧붙였다. 마리아 벨탈은 눈을 감았다. 바로 지금 이 순간을 위해 지난 이십 년을 살아왔어요. 마리아가 가느단 목소리로 말했다. 오노프레가 자리에서 벌떡 일어났다. 겁낼 것 없어, 다 잘될 거야. 오노프레가 말했다.

 산티아고 벨탈은 땀에 흠뻑 젖은 채 잠에서 깨어났다. 딸을 잃어버리고 다시는 만나지 못하는 꿈을 꾸었다. 이거 참 이상한 일이로군. 산티아고 벨탈은 그렇게 생각하며 침실용 탁자에 놓인 전등을 켰다. 왜 이렇게 마음이 불안하지? 뭔가 그럴 만한 이유가 있는 게 분명해. 시계를 쳐다보았다. 새벽 4시였다. 바람은 잠잠해졌고, 하늘은 맑게 개었다. 아직 깊은 밤이었지만 지평선 쪽에서 회색 띠가 하나 만들어지기 시작하면서 별들이 하나씩 희미해져 갔다. 날씨가 화창할 모양이로군, 하느님, 감사합니다. 산티아고 벨탈은 생각했다. 하지만 그렇게 생각해도 불안한 느낌은 완전히 사라지지 않았다. 뭔가 잘못된 것 같은데. 산티아고 벨탈은 중얼거렸다. 자리에서 일어나 맨발에 잠옷 바람으로 방에서 나갔다. 사냥 별장은 침묵에 잠겨 있었다. 마리아의 침실 문이 빠끔히 열려 있었다. 침실을 살짝 들여다보았다. 눈이 어둠에 익숙해질 때까지 잠시 기다렸다. 침대에 잠을 잤던 흔적이 남아 있지 않았고, 마리아도 보이지 않았다. 이게 대체 무슨 일이지? 그는 생각했다. 부빌라 씨와 아직까지 함께 있는 걸까? 아직 얘기가 끝나지 않았단 말인가? 무슨 얘기를 하고 있는 걸까? 산티아고 벨탈은 창문으로 다가가 저택이 있는 쪽을 쳐다보았다. 불빛은 전혀 보이지 않았다. 지금 이 순간 저 집에서 무슨 일이 벌어지고 있단 말인가? 그는 생각했다. 산티아고 벨탈은 한순간도 지체하지 않았다. 신발을 찾아 신을 생각도, 옷을 입을 생각도 하지 않고, 곧바로 사냥 별장에서 달려 나갔다. 저택 정원에 도착했을 때 세 남자가 산티아고 벨탈의 길을 막아섰다. 세 명 중 한 명은 몇 시간 전에 천막 입구에서 산티아고 벨탈에게 인사를 건넸던 경비원이었다. 다른 한 명은 앞서 말한 천막과 함께 그곳으로 옮겨 온 서커스 단원인 천하장사였고, 세 번째 남자는 이전에 한 번도 본 적이 없는 사람이었다. 불그스름한 피부에 눈이 파란 노인이었다. 노인은 몸집이 잡고 몸놀림이 둔한 개를 항상 데리고 다녔다. 그 노인이 우두머리 역할을 하는 것 같았다.

"우리를 따라오시기 바랍니다, 벨탈 씨. 그리고 목소리를 낮추시기 바랍니다. 신중하고 재빠르게 일을 처리해야 합니다."

노인이 말했다.

"뭐라고?"

산티아고 벨탈이 소리를 질렀다.

"당신 대체 뭐 하는 작자야? 당신이 뭔데 내게 이래라저래라 명령이야? 이게 대체 뭐 하는 짓거리야?"

"화내지 마십시오, 벨탈 씨."

개를 데리고 다니는 노인이 말했다.

"우리는 부빌라 씨의 명령에 따를 뿐입니다. 따님에게는 아무 문제도 없습니다."

"내 딸이라고!"

산티아고 벨탈은 이를 갈며 씹어뱉었다. 그러고는 개를 데리고 다니는 노인을 향해 위협적으로 주먹을 휘둘렀다.

"당신 지금 뭐라고 씨부렸어? 내 딸에게 아무 문제도 없다니, 그게 대체 무슨 말이야? 시건방진 영감탱이 같으니!"

산티아고 벨탈은 노인에게 달려들려고 했다. 그러나 그런 일이 벌어질 것을 예상하고 산티아고 벨탈 뒤에 버티고 있던 천하장사가 두 팔로 산티아고를 꼼짝 못하게 붙잡았다. 산티아고 벨탈은 이제 있는 힘껏 고함을 질러 대기 시작했다.

"경찰을 불러! 경찰을! 살려 줘요! 놈들이 나를 납치하려고 해요!"

"이곳엔 아무도 없어요. 소리 질러 봤자 소용없단 말이야."

개를 데리고 다니는 노인이 말했다.

"하지만 집 안으로 들어가서는 조용히 해야 합니다. 사람들을 깨우고 싶지 않다면 말입니다. 클로로포름을 사용하고 싶지는 않으니까 알아서 하세요."

　노인의 경고에 산티아고 벨탈은 이성을 되찾았다. 입을 다무는 쪽을 택하기로 했다. 이게 꿈인가, 생시인가? 산티아고 벨탈은 도저히 이해할 수 없었다. 나와 내 딸이 한갓 장기의 졸이었단 말인가? 우리도 모르는 사이에 누군가가 우리를 가지고 놀고 있었단 말인가? 섬뜩한 대답이 머리에 떠올랐다. 산티아고 벨탈은 그 대답을 떨쳐 버리기 위해 절망적으로 머리를 흔들었다. 단꿈을 꾸다가 잠에서 깨어나 혹독한 현실과 마주친 심정이었다. 아냐, 아냐, 이 모든 게 악랄한 속임수였다니, 절대로 그럴 리가 없어. 산티아고 벨탈은 그렇게 중얼거렸다. 그동안 하늘은 무지개 빛깔로 물들어 있었다. 바르셀로나 하늘 위로 심홍색 띠들이 나타나기 시작했다. 어디선가 큰불이라도 난 것처럼 보였다. 이건 또 뭐야? 산티아고 벨탈은 경악을 감출 수 없었다. 바르셀로나 전체가 불타고 있단 말인가? 바로 그 순간 마리아 벨탈도 그 충격적이고 장엄한 새벽하늘을 바라보고 있었다. 지평선에 불이라도 난 줄 알겠어. 마리아는 중얼거렸다. 지옥이 우리를 방문하기 위해 찾아온 거야. 마리아는 암홍색 벨벳 커튼으로 몸을 감싸고 서재의 퇴창 옆에 서 있었다. 그녀는 몸을 돌려 방 안을 둘러보았다. 양탄자 위에 흩어진 옷가지가 눈에 들어왔다. 그녀는 으스스한 한기를 느끼며 다시 한 번 불길한 하늘을 올려다보았다. 나는 이제 어떻게 될까? 생각했다. 갑자기 들려온 비명 소리에 마리아는 정신을 차렸다. 이건 또 뭐예요? 마리아가 물었다. 오노프레 부빌라는 옷을 다 차려입고 애써 침착한 표정을 지으며 시가에 불을 붙이고 있었다. 오노프레는 대답을 하기 전에 먼저 성냥을 입으로 불어 꺼서 재떨이에 버린 다음 시가를 몇 차례 빨았다. 나도 몰라. 오노프레가 대답했다. 하인이나 노새 몰이꾼이 노새를 채찍으로 갈겼나 보지, 뭐. 신경 쓸 것 없어. 비명 소리가 다시 들려왔다. 마리아 벨탈은 다시 몸을 떨었다.

"아버지로군요."

마리아가 목소리를 높이지도 않고 말했다.

"지금 뭐라는 거야? 환청이겠지. 너 지금 흥분해 있잖아."

마리아는 오노프레의 대답을 믿을 수 없었다.

"옷 좀 건네주세요. 제발요. 무슨 일인지 내가 직접 가서 확인해 봐야겠어요."

마리아가 애원했다.

오노프레는 앉은 자리에서 꼼짝도 하지 않았다. 그는 눈을 게슴츠레 뜨고 자욱이 피어오르는 시가 연기 사이로 마리아를 쳐다보았다. 커튼 밖으로 드러난 그녀의 어깨와 목을, 커튼으로 가려진 그녀의 가녀린 몸매를, 그녀의 거친 숨결을 따라 오르내리는 커튼 자락을 쳐다보고 있었다.

"결코 너를 내보내지 않을 테야."

오노프레가 이윽고 입을 열었다. 내 곁에서 도망가지 못하게 할 테야. 오노프레는 생각했다.

"사랑해, 마리아. 처음 보는 순간부터 너를 미치도록 사랑해 왔어. 그런데 나는 그걸 깨닫지 못했어. 이십 년 동안이나 말이야."

"그럼 아버지는요? 아버지는 어떻게 하실 건데요?"

마리아가 물었다.

"나쁜 일은 없을 거야."

오노프레가 대답했다.

"지금 어디에 계신 거죠? 당신 부하들이 지금 아버지에게 무슨 짓을 하는 거죠?"

마리아 벨탈이 집요하게 물고 늘어졌다.

"안전한 곳으로 모시고 갔으니 걱정 마. 네가 마음 아파하는 짓을 내가 저지를 것 같아?"

오노프레가 긴장을 풀며 말했다. 은은한 미소가 얼굴에 번지고 있었다. 바로 그 순간 서재 문을 두드리는 소리가 들렸다. 몸을 잘 가리도록 해. 오노프레가 마리아에게 말했다. 어느 누구에게도 너의 몸을 보여 주고 싶지 않아. 오노프레는 목소리를 높여 명령했다. 들어와. 문이 빠끔히 열리며 개를 데리고 다니는 노인의 얼굴이 나타났다. 명령대로 다 처리했나? 오노프레가 물었다. 개를 데리고 다니는 노인이 아무 말 없이 고개만 끄덕였다. 좋아. 오노프레 부빌라가 말했다. 우린 즉시 출발하도록 하겠네.

노인의 얼굴이 사라지고 서재 문이 닫혔다. 오노프레는 성큼성큼 책상으로 돌아왔다. 이제 나와도 돼. 오노프레가 마리아에게 말했다. 자, 어서 옷을 입으란 말이야, 꾸물댈 시간이 없어. 마리아가 망설이는 기색을 보이자 비웃듯 덧붙였다. 그래, 알았어, 알았다고, 쳐다보지 않으면 되잖아, 여기까지 온 마당에 부끄러워하기는. 마리아가 바닥에 흩어진 옷가지를 주섬주섬 챙기는 동안 오노프레는 등을 돌리고 있었다. 하지만 곁눈으로 계속해서 그녀의 동작을 살펴보았다. 한눈을 파는 틈을 이용해 그녀가 도망가거나 무슨 물건을 손에 쥐고 공격해 올까 싶어 두려웠던 것이다. 그러나 마리아는 도망갈 생각도 공격할 생각도 하지 않았다. 마리아가 옷을 입는 동안 오노프레는 책상 서랍에서 편지를 한 통 꺼내 서명을 하고 곱게 접어 봉투에 집어넣었다. 그리고 봉투에 뭐라고 휘갈겨 쓴 다음, 풀을 바른 곳에 침을 묻혀 봉투를 봉한 후 책상 위에 내려놓았다. 눈에 잘 띄는 곳이었다. 그런 다음 마리아를 향해 돌아섰다. 마리아는 가터벨트 끈을 조이고 있었다. 준비됐나? 오노프레가 물었다. 마리아가 고개를 끄덕였다. 그럼, 출발하자고! 오노프레 부빌라가 외쳤다.

오노프레와 마리아는 손을 맞잡고 복도로 나왔다. 아래층으로 통하는 계단을 내려가기 시작했을 때 오노프레는 집게손가락을 입술에 대고 속삭였다. 쉿! 마누라가 잠에서 깨어나면 골치 아픈 일이 벌어질 거야. 두 사람은 발끝으로 살금살금 걸어 현관에 도착했다. 집사가 재킷을 팔에 걸고 두 사람을 기다렸다. 오노프레 부빌라는 가운을 벗고 집사가 건네준 재킷을 입었다. 그리고 가운 주머니에 손을 집어넣어 다이아몬드를 싼 손수건을 꺼냈다. 오노프레는 손수건을 재킷 주머니에 찔러 넣은 후 손바닥으로 집사의 어깨를 툭툭 두드렸다. 이제부터 무슨 일을 해야 할지 잘 알고 있겠지. 오노프레가 집사에게 말했다. 집사가 알고 있다고 대답했다. 조심하십시오, 어르신. 집사가 아무런 감정도 실려 있지 않은 덤덤한 목소리로 덧붙였다. 오노프레 부빌라는 집사의 말을 묵살하고 마리아 벨탈의 손을 다시 붙잡았다. 두 사람은 정원으로 나갔다. 정원 잔디는 이슬에 촉촉이 젖어 있었다. 다리 건너편에 새벽의 붉은 장막을 배경으로 자동차 한 대가 서 있었다. 오노프레 부빌라와 마리아 벨탈은 자동차에 올라탔다. 어디로 가야 할지 알고 있겠지. 오노프레가 운전사에게 말했다. 자동차 전조등이 짙은 안개 속에 구멍을 뚫었고, 이윽고 자동차가 출발했다.

지역 행정관들이 온갖 아첨을 늘어놓았고, 시의 유력 인사들이 상스러운 농담을 떠들어 댔고, 축제 분위기는 점점 무르익어 갔지만, 국왕 알폰소 13세는 인상을 구긴 채 입을 꼭 다물고 있었다. 알폰소 13세는 페드랄베스 궁전에 틀어박혀 이십삼 년 전에 벌어졌던 그 끔찍한 사건을 생생하게 곱씹고 있었다. 당시 국왕은 아주 젊은 나이로 바텐베르크의 빅토리아 오이게니아 공주와 이제 막 결혼식을 올린 뒤였다. 부슬부슬 비가 뿌리고 있었지만 수많은 사람들이 마드리드 거리로 몰려나와 국왕 부처가 지나가기를 기다렸다. 국왕 부처는 결혼식을 치른 산 헤로니모 교회에서 빠져나와 국왕 전용 마차를 타고 오리엔테 궁전을 향해 가고 있었다. 마차가 마요르 거리를 지나가는 순간 어느 아파트에서 폭탄이 하나 날아와 마차 앞에 떨어지며 터졌다. 국왕은 정신을 잃을 정도로 크게 놀랐지만 다행히 다친 곳은 없었다. 국왕은 몸이 멀쩡한 것을 확인하고 부인을 돌아보았다. 당신, 괜찮소? 국왕이 물었다. 신부의 옷은 붉게 물들어 있었다. 길가에 서 있던 구경꾼들과 마차를 따르던 호위군들의 피가 신부에게 튀었던 것이다. 빅토리아 오이게니아 공주는 담담한 표정으로 고개를 흔들며 '예스.'라고 간단히 대답했다. 폭탄이 터지는 바람에 스무 명에서 서른 명 정도의 사람들이 목숨을 잃었다. 국왕 부처는 궁전에 도착하자마자 옷을 갈아입었다. 알폰소 13세는 망토 주름 사이에서 손가락

하나를 발견했다. 국왕은 신부가 보지 못하도록 손가락을 재빨리 바지 주머니에 쑤셔 넣었다. 그리고 결혼식 피로연이 열리는 동안 로마노네스 백작에게 그 손가락을 몰래 건네주었다. 이걸 받게나, 화장실 변기에 던져 버리게. 국왕이 말했다. 폐하, 이건 기독교인의 유해입니다. 백작이 소리쳤다. 그럼 알무데나 지역에 묻어 주도록 해, 어서 치워, 다시는 보고 싶지 않으니까. 국왕이 쏘아붙였다. 귀족들과 외교관들이 춤을 추며 노는 동안 수천 명의 경찰들이 동원되어 국왕을 살해하려고 시도했던 범인을 찾아 마드리드 거리를 구석구석 뒤지고 다녔다. 며칠 후, 범인의 시신이 토레혼데아르도스에서 발견되었다. 범인은 어느 농장의 경비원에게 붙잡혔다. 범인은 이제 끝장이라는 생각에 먼저 경비원을 살해하고 스스로 목숨을 끊고 말았다. 하지만 이 각본은 허점투성이였다. 앞뒤가 맞지 않았던 것이다. 그러나 사람들은 모두 그 사건을 빨리 잊어버리고 싶어 했다. 그래서 군소리 없이 그 각본을 그대로 받아들였다. 범인의 신원은 즉시 밝혀졌다. 마테오 모랄이라는 그 남자는 사바델 출신으로 어느 제조업자의 아들이었다. 마테오 모랄은 페레르 구아르디아 모던 스쿨에서 선생이나 사무직원으로 근무한 적이 있었다. 그때부터 알폰소 13세는 카탈루냐 사람들을 반항적이고 성급하고 종잡을 수 없는 종자로 여기게 되었다. 이제 알폰소 13세는 페드랄베스 궁전의 국왕 침대 머리맡에 엽총을 여러 자루 놓아두고 지냈다. 만일의 사태에 대비해서야. 국왕은 왕비에게 그렇게 말했다. 엽총 사격술에 있어서는 국왕을 능가할 자가 없었다. 국왕은 자주 사냥을 즐겼다. 국왕은 사냥을 나갈 때마다 장전이 된 엽총을 세 자루씩 가지고 다녔다. 국왕은 그 엽총으로 자고새를 사냥했다. 정면에서 날아가는 두 마리, 머리 위로 날아가는 두 마리, 등 뒤에서 날아가는 두 마리, 이렇게 자고새 총 여섯 마리를 사냥했다. 사냥에서 국왕과 견줄 수 있는 사람은 영국 왕 조지 5세 단 한 사람뿐이었다. 그 모든 것에도 불구하고 알폰소 13세는 그날 밤 잠을 이루지 못했다. 알폰소 13세는 시종들이 와서 잠을 깨우기 전에 먼저 일어나 창가에 서서 날이 밝아 오는 것을 지켜보았다. 하늘이 불타고 있었다. 장관이로군. 국왕은 생각했다. 무슨 의미일까, 좋은 징조일까?

도시의 다른 쪽에서 프리모 데 리베라 장군 역시 하늘을 올려다보며 점을 치고 있었다. 틀림없어, 분명해. 장군은 중얼거렸다. 이건 북극광이야, 재앙이 다가올 모양이로군, 그런데도 나는 여기서 꼭두각시 인형처럼 앉아 있는 거야. 장군은 생각했다. 프리모 데 리베라 장군 역시 잠을 이룰 수 없었다. 그래서 정신이 오락가락했다. 장군은 보좌관을 불러 커피를 가져오라고 명령했다. 보좌관이 커피를 들고 돌아왔을 때 독재자는 목이 긴 장화를 신기 위해 애쓰고 있었다. 제가 도와 드리겠습니다, 장군님. 보좌관은 그렇게 말하며 무릎을 꿇었다. 프리모 데 리베라는 손수 커피를 잔에 따라 입으로 가져갔다. 어느 날 오후였어. 장군이 입을 열었다. 아주 오래전 일이야, 내가 탕헤르에 있을 때였어, 어느 술집으로 들어갔지, 별다른 이유는 없었어, 그냥 한잔 마시고 싶었던 거야, 그래서 술집으로 들어갔는데 말이야, 그곳에서 내가 누굴 만났는지 자네 아나? 한 번 말해 보게나, 내가 누굴 만났을 것 같나? 보좌관이 어깨를 으쓱했다. 글쎄요, 전혀 모르겠는데요, 장군님. 이봐, 그러지 말고 아무나 한번 말해 봐. 독재자가 고집을 부렸다. 보좌관이 머리를 긁적였다. 아무리 생각해도 모르겠습니다, 장군님. 보좌관이 죄송한 듯 말꼬리를 흐렸다. 아무나 말해 보라니까, 가장 먼저 머리에 떠오르는 사람이 있을 거 아냐. 독재자가 계속해서 을러댔다. 하기야, 아무리 머리를 쥐어짜도 절대로 알 수 없을 거야. 독재자가 미소를 지으며 덧붙였다. 독재자는 커피를 한 모금 마시고 한숨을 토해 냈다. 하루를 시작하는 데 진한 커피만큼 좋은 건 없지! 독재자가 소리쳤다. 멀리서 나팔 소리가 요란하게 울려 퍼졌다. 뒤를 이어 북소리가 들려왔다. 그리고 군악대가 행진 예행 연습을 하는 소리도 들려왔다. 이런 제길. 독재자가 투덜거렸다. 항상 같은 곡만 연주하지, 게다가 매번 엉망진창이야, 내 훈장들은 대체 어디에 처박혀 있는 거야? 보좌관이 짙은 색 나무 상자를 독재자에게 내밀었다. 상자 뚜껑에 왕관이 하나 새겨져 있었다. 그 상자는 그의 삼촌인 첫 번째 에스트레야 후작이 지니고 있는 것이었다. 프리모 데 리베라는 상자를 열고 자부심과 회한이 뒤섞인 감정으로 훈장들을 살펴보았다. 좋아, 내가 탕헤르의 그 술집에서 누굴 만났는지 도저히 모르겠단 말이지? 장군이 보좌관에게 물었다. 보좌관은 부동자세를 취하고 대답했다. 버펄로 빌입니다, 장군님. 프리모 데 리베라는 눈을 휘둥그레 뜨고 보좌관을 쳐다보았다. 어쭈구리, 제법인데, 그걸 어떻게 알았지? 죄송합니다, 장군님. 보좌관은 얼굴을 붉히며 말을 더듬었다. 그냥 그런 생각이 들었을 뿐입니다, 제 어머니를 걸고 맹세할 수 있습니다. 사과할 필요 없네, 이 사람아, 자네가 뭘 잘못했단 말인가. 독재자가 보좌관을 다독거렸다.

바로 그 시간, 바르셀로나 시장 비베르 남작 역시 맡은 바
임무를 수행하기 위해 준비하고 있었다. 하지만 속으로는 화
가 치밀어 올랐다. 하루 전날 시청 사무실로 왕실 의전을 담당
하는 책임자가 시장을 찾아왔다. 의전 담당 책임자는 시장에
게 도무지 알아먹을 수 없는 설계도를 보여 주며 이런저런 지
시를 내렸다. 그 태도가 건방지기 짝이 없었다. 건방진 새끼 같
으니라고! 시장은 집에서 혼자 울부짖었다. 감히 내게 이래라
저래라 명령했단 말이지! 저희들이 뭔데! 잘났어, 정말, 이 시
건방진 놈들아, 여긴 내 도시야! 시장은 소리를 질러 댔다. 실
크 모자 위로 두 손을 들어 올려 흔들어 대며 방 안을 빙빙
돌았다. 누가 먼저 만국박람회를 생각해 냈는데? 시장은 하늘
을 향해 소리쳤다. 처음에는 국왕이, 그다음에는 왕가가, 그다
음에는 프리모 데 리베라와 그 졸개 장관들이, 그다음에는 만
국박람회를 위해 구성된 왕실 위원회가, 그다음에는 주교 양
반이, 그다음에는 그 잘난 대사들과 사절단이……, 그럼 난 뭐
야, 도대체 내 자리는 어딘데, 고작 이 꼬랑지가 내 자리란 말
이야? 시장은 문으로 달려갔다. 그리고 당장이라도 달려 나가
려는 듯 문손잡이를 붙잡았다. 그러다 잠시 멈추었다. 시장은
문손잡이를 놓고 방을 가로질러 반대 방향으로 달려갔다. 아
냐, 그럴 리가 없어. 시장은 마음을 추스르며 생각했다. 그렇게
명백한 일이 우연일 리는 없어, 놈들이 무식하고 무능력해서
그런 게 아냐, 나 자신과 바르셀로나 시장 자리를 비웃기 위해
사전에 음모를 꾸민 거야, 그렇게 해서 바르셀로나 전체를 욕보
이려는 수작이야. 그런 생각이 들자 다시 화가 끓어올랐다. 시
장의 생각은 이제 극단적인 방향으로 흘러가기 시작했다. 복수

하고 말 거야, 하느님께 맹세코 반드시 복수하고 말 테야. 시장은 이를 악다물고 씹어뱉었다. 개막식이 한창 진행 중일 때 바지를 까 내리고 놈들의 신발에 오줌을 갈기는 거야, 그곳에서 총살을 당해도 좋아. 용기가 있으면 그렇게 하라지, 뭐! 하지만 그 격렬한 분노도 얼마 가지 못했다. 시장은 어느새 맥이 쭉 빠지고 말았다. 모든 것이 암울하고 암담하기만 했다. 내 생각이 사실일까? 시장은 다시 생각에 잠겼다. 공연한 과대망상은 아닐까? 내가 정말로 바르셀로나 시를 대표하는 걸까? 그렇게 생각할 권리가 있을까? 오히려 나는 가장 하찮은 머슴이 아닐까? 공무원 중에서도 맨 밑바닥 공무원이 아닐까? 나는 시장이 되기 위해 선거를 치른 것도 아니다. 나를 시장으로 임명한 사람이 바로 프리모 데 리베라가 아닌가. 모두들 좋아하는데 나만 이렇게 설치는 건 아닐까? 아이고, 두야, 어떻게 해야 할까? 이거 정말 미쳐 버리겠군! 마침내 태양이 구름을 뚫고 나타났다. 장엄했던 여명도 그것으로 끝이었다. 구름이 서서히 흩어지면서 새파란 하늘이 나타나기 시작했다. 그렇게 상쾌한 봄날 아침이 밝아 왔다. 인생이란 과연 무엇이란 말인가? 시장은 씁쓸한 한숨을 토해 내며 중얼거렸다.

국왕 알폰소 13세는 페드랄베스 궁전의 홀과 복도를 따라 걸으며 장갑을 꼈다. 시종 한 명이 국왕을 정문까지 안내했다. 굉장하군! 국왕은 생각했다. 고작 이틀 밤을 지내기에는 지나치게 큰 궁전이야. 국왕은 성큼성큼 걸었다. 그 바람에 뒤를 따르던 수행원들은 종종걸음을 쳐야만 했다. 영국인인 왕비만이 별로 힘을 들이지 않고 국왕과 보조를 맞출 수 있었다. 왕비는 걸으며 국왕과 대화를 나누기까지 했다. 당신, 이거 알아? 국왕이 속도를 늦추지 않고 왕비에게 말했다. 이건 바르셀로나에서 두 번째로 열리는 만국박람회란 말이지, 첫 번째 만국박람회가 열렸을 때 나는 겨우 두 살배기 꼬맹이였지, 그래서 박람회에 대해 기억나는 게 하나도 없어, 하지만 어머니께서 박람회에 대해 여러 가지 얘기를 들려주시곤 했지. 국왕이 유년 시절에 대해 기억하는 것이라곤 공식적인 행사들뿐이었다. 국왕의 부친 알폰소 12세는 국왕이 태어나기도 전에 죽고 말았다. 나는 태어나면서부터 스페인 왕이었어. 알폰소 13세는 곧잘 그렇게 말하곤 했다. 국왕이 태어났을 때 국왕의 모친을 수발했던 산파들과 간호사들은 첫울음을 터뜨리게 하기 위해 국왕의 궁둥이를 치기 전에 먼저 큰절을 올려 용서를 구해야만 했다. 국왕에게는 아버지가 없었기 때문에 국왕은 처음부터 어머니와 돈독한 정을 키워 나갈 수 있었다. 이제는 국왕의 모친마저 죽고 말았다. 사람 나이 마흔네 살이 되면 두 번째 인생을 산다고 할 수 있지. 국왕은 장갑 마차에 오르며 그렇게 말했다. 국왕이 오르자 마차는 몬주익 언덕을 향해 달려갔다.

자네 참 대단하구먼그래. 프리모 데 리베라가 말했다. 하지만 내 장담하건대 자네가 본 사람은 광대였어, 사기꾼, 협잡꾼이었단 말이야. 장군님께서 그렇게 말씀하신다면 그렇겠지요, 장군님. 보좌관이 말했다. 하지만 광고 포스터에 분명히 나와 있었습니다, '버펄로 빌, 오직 하나밖에 없는 진짜 버펄로 빌.'이라고 말입니다. 쓸데없는 소리! 독재자가 보좌관의 입을 막았다. 버펄로 빌은 1917년에 죽었어, 이건 분명한 사실이야, 어디 한번 말해 보게나, 자네가 보았다는 그 쇼에 인디언들이 등장하던가? 독재자가 싱글싱글 웃으며 덧붙였다. 두 사람이 탄

자동차는 전속력으로 바르셀로나를 가로지르고 있었다. 두 사람은 조금 늦게 출발했다. 국왕 부처가 만국박람회장에 도착하기 전에 먼저 그곳에 도착하려면 급히 서둘러야 했다. 국왕 부처가 먼저 도착해 독재자를 기다리는 상황이 되면 아슬아슬하게 유지되던 스페인 정치판의 균형이 깨지고 말 것이다. 그리고 그 하찮은 사건은 엄청난 결과를 초래할 수도 있었다. 보좌관의 얼굴이 밝아졌다.

"인디언 말씀이십니까? 분명히 보았다고 생각합니다, 장군님. 놈들이 얼마나 소리를 질러 대던지, 그 멍청한 놈들이 말입니다."

"그래? 그럼 카우보이들은?"

"카우보이들도 나왔습니다, 장군님."

"정말인가? 카우보이들이 나와 밧줄을 던졌단 말이야?"

"그렇습니다, 장군님. 확실합니다."

길을 따라 구경꾼들이 줄을 지어 길게 늘어서 있었다. 그리 많지는 않았지만 사람들의 줄은 끊이지 않았다. 독재자 일행에게 길을 내주기 위해 앞서 달려가는 오토바이의 사이렌 소리를 듣고 몇몇 행인들이 그 줄로 끼어들었다. 그러나 박수를 치거나 손수건을 흔드는 사람은 아무도 없었다. 대부분의 사람들은 국왕이 지나갈 것을 예상하고 그곳에 모여 있었다. 사람들이 실망감을 드러내 놓고 표시하지 않았던 이유는 그곳에 경찰들이 깔려 있었기 때문이다. 단지 그 이유뿐이었다.

"역마차도 나왔단 말인가?"

보좌관이 멍청한 표정을 지으며 눈을 깜박거렸다.

"역마차요? 장군님, 역마차라니요?"

"아하, 내가 전에 말해 주지……."

자동차가 급정거하는 바람에 독재자는 양탄자가 깔린 자동차 바닥으로 굴러떨어질 뻔했다.

"이봐, 무슨 일이야?"

독재자는 운전수에게 소리를 지르며 차창 밖을 내다보았다. 사람들이 환하게 웃으며 자동차 안을 들여다보고 있었다.

"드디어 도착했군. 천만다행으로 왕은 아직 도착하지 못한 모양이로군. 자, 어서 내리게, 뭘 꾸물대는 거야."

독재자가 보좌관을 재촉했다.

독재자가 자동차에서 내리자 박수갈채가 쏟아졌다. 나팔 소리와 북소리가 하늘로 울려 퍼졌다. 주변으로 몰려든 사람들에게 이리 치이고 저리 치이며 바르셀로나 시장은 목을 길게 빼고 발돋움을 해서 수면 부족과 분노로 시뻘겋게 달아오른 눈으로 철천지원수를 잡아먹을 듯 노려보았다. 꼬락서니가 말이 아니로군. 시장은 생각했다. 어딘가 아픈 게 분명해, 내 장담할 수 있어. 그런 생각이 들자 독재자를 향한 원한이 순식간에 사라져 버렸다. 바로 그 순간 포성이 들려왔다. 포성은 예포 발사 의식이 끝날 때까지 계속 이어졌다. 성에 주둔한 포병대는 몬주익 언덕에 도착한 국왕에게 예포를 쏘아 경의를 표했다. 바르셀로나 시장은 사람들에게 휩쓸려 팔라시오 나시오날을 향해 걸어갔다. 그곳 연회장에서 만국박람회 개막식이 거행되었다. 박람회장 경내는 셀 수도 없을 정도로 많은 사람들로 넘쳐 났다. 사람들의 머리가 바다를 이루어 서서히 흘러가고 있었다. 개막식 행사가 끝나고 국왕 부처가 발코니에 나타났다. 사람들은 한참 동안 환호성을 질러 댔다. 사람들 틈바구니에 숨어 아무도 알아보지 못할 것이라고 생각하며 프리모 데 리베라에게 욕을 퍼붓는 사람들도 적지 않았다. 우트 후작은 사람들의 반응을 보고 자신의 후견인인 프리모 데 리베라가 머지않아 몰락하게 될 것이라고 직감했다. 우트 후작은 재빨리 국왕 곁으로 자리를 옮겼다. 국왕의 환심을 다시 얻기 위해서는 그럴 수밖에 없었다. 우트 후작은 발코니 아래에 펼쳐진 그 대단한 광경을 연극배우와 같은 동작으로 가리켰다.

"보십시오, 폐하. 카탈루냐가 폐하께 드릴 수 있는 선물입니다. 카탈루냐 사람들이 재능을 발휘하고 힘을 써서 만들어 낸 것들입니다."

우트 후작이 웅변조로 말했다.

"그리고 폭탄도 선물했지."

국왕은 마테오 모랄을 떠올리며 그렇게 대답했다. 우트 후작은 국왕의 말에 뭐라고 대답하고 싶었지만 할 말이 떠오르지 않았다. 그리고 바로 그 순간 예기치 않았던 장면이 국왕을 비롯한 모든 사람들의 시선을 빼앗아 가 버렸다. 발코니 오른쪽, 리우스 이 타울레트 거리 바로 옆에 위치한 우주 광장 한쪽 끝에 원형 모양의 전시관이 하나 세워져 있었던 것이다. 그 전시관은 이상하게도 서커스 천막을 연상시켰다. 만국박람회장 경내에 세워진 다른 전시관들과 달리 그 전시관에는 아무런 깃발도 달려 있지 않았고, 어떠한 표시도 되어 있지 않았다. 그렇기 때문에 그 전시관은 지금까지 어느 누구의 눈길도 사로잡지 못했던 것이다. 그런데 지금 그 전시관에서 그르렁거리는 소리가 끊임없이 흘러나오고 있었다. 마치 비행기 엔진이 점점 속도를 높이는 소리처럼 들렸다. 그 소리는 마침내 엄청나게 큰 소음으로 돌변해 사람들의 웅성거림을 집어삼켜 버렸다. 만국박람회 관계자들은 어찌할 바를 모르고 우왕좌왕했다. 관계자들 수는 많았지만 자신들이 맡은 임무가 무엇인지 제대로 파악하고 있는 사람은 아무도 없었다. 그들은 자신의 책임 범위가 어디까지인지도 모르고 있었다. 관계자들은 신경 질적으로 서로서로 힐끗거리며 책임을 전가하려고 들었다. 소음은 그치지 않았고, 그 문제를 해결하려고 나서는 사람은 아무도 없었다. 결국 프리모 데 리베라 장군이 직접 나섰다. 장군은 주변에 모여 있는 군인들에게 단호하게 명령을 하달하기 시작했다. 그리고 명령을 하달받은 군인들은 각각 자신의 부하들을 불러 지시를 내렸다. 잠시 후 다음과 같은 군대가 그 전시관을 향해 출동했다. 알바로 플라니스 가수야 중위가 지휘하는 시 경비대 소속 일개 지대, 아구스틴 메리노 델 코르돈 시요 대위가 지휘하는 바다호스 보병 연대 소속 일개 분대, 앙헬 델 올모 멘데스 대위가 지휘하는 경찰 일개 중대, 안토니오 훌리아 쿠벨스 대위가 지휘하는 보안군 소속 기병대 일대 중대, 호세 마리아 페랄레스 파우라 중위가 지휘하는 지역 방위대 소속 일개 중대, 마누엘 히메네스 산타마리아 사령관이 지휘하는 몬테사 기병 연대 소속 일개 중대, 토마스 피뇰 이 마요프레 경사가 지휘하는 지역 경찰 소속 일개 지대, 그리고 상당수의 사복 경찰들. 모두 합해 이천 명이 넘는 병력이 사람들을 밀어붙이며 전시관을 향해 다가가자 군중은 크게 동요하기 시작했다. 많은 사람들이 몇 년 전에 있었던 피비린내 나는 폭탄 테러를 떠올렸다. 성체축일 행사 중 폭탄이 터져 많은 사람들이 목숨을 잃었던 것이다. 사람들은 그때와 비슷한 상황이 벌어졌다고 생각하며 무슨 수를 써서라도 그 자리에서 벗어나기 위해 난리를 피웠다. 여기저기서 사람들이 한데 뒤엉겨 넘어지고 자빠지고 있었다. 폭탄이 터지는 것보다 더 위험한 사태가 벌어졌던 것이다. 이유는 알 수 없었지만 누군가가 총을 쏘았고, 그로 인해 사람들이 미친 듯이 울부짖기 시작했다. 사태는 바야흐로 비극으로, 대재앙으로 치닫고 있었다. 팔라시오 나시오날 발코니에 모여 있던 고위급 인사들의 시선은 모두 그 전시관을 향하고 있었다. 전시관의 벽들이 떨리기 시작했다. 전시관 자체가 엄청나게 큰 폭발물처럼 보였다. 전시관을 향해 나아가던 군인들은 반대 방향으로 달려드는 사람들 때문에 더이상 전진할 수 없었다. 전시관 주위에 모여 있던 사람들이 그곳으로부터 벗어나기 위해 필사적으로 군인들을 밀어붙였던 것이다. 이게 대체 무슨 일이야! 만국박람회 책임자들은 한목소리로 외쳤다. 체면에 먹칠을 하는구먼, 망신이야, 망신! 그들은 마음속으로 다음 날 아침 전 세계 신문에 실릴 기사 내용을 걱정하고 있었다. 어쩌면 바로 그날 호외가 발행될 수도 있었다. '바르셀로나 상복을 입다.' 그런 제목이 보이는 것 같았다. '비극은 안전조치가 부족해 발생했다. 이 비극을 책임져야 할 사람들은……' 그들의 이름이 그다음에 줄줄이 이어질 것 같았다. 하지만 사태가 급박하게 돌아가고 있었다. 한가하게 그런 생각에 잠겨 있을 여유가 없었다. 유압 장치에 의해 작동되는 전시관 지붕이 열리고 있었다. 슬라이딩 도어 두 개가 옆으로 밀리며 전시관 측면 벽의 틈으로 사라졌다. 그리고 그 열린 공간을 통해 뜨거운 강풍이 솟아올랐다. 그 강풍은 아지랑이로 인하여 거대한 기둥처럼 보였고, 하늘 높이 솟아올랐다. 마침내 슬라이딩 도어 두 개가 벽 안으로 완전히 사라졌다. 전시관은 이제 위쪽이 뚫린 원통으로 변해 있었다. 그 모습이 마치 대포 같았다. 사람들은 기대에 부풀었다. 지금껏 한 번도 본 적이 없는 새로운 기계가 그곳에서 금방이라도 튀어나올 것만 같았다. 사실이었다. 잠시 후, 그 새로운 기계가 모습을 드러내기 시작했다. 기계는 순식간에 전시관에서 완전히 빠져나왔다. 기계는 저 혼자 공중에 둥실 떠 있었다. 그 모습은 마치 행성 같았다. 만국박람회장 경내 그 어느 곳에서도, 아니 경내를 벗어난 지역에서도 그 기계를 볼 수 있었다. 두려움에 떨며 입을 꼭 다물고 있던 사람들이 별안간 놀라움과 경이로움이 뒤섞인 감탄사를 뱉어 냈다. 아무리 봐도 신기한 물건이었다. 모양은 타원형이었고, 길이는 십 미터 정도였고, 최대폭은 사 미터 정도였다. 그 수치는 그날 사람들이 눈대중으로 대충 재어 본 결과에 불과했다. 그 점에 대해서는 아직까지도 논란이 벌어지고 있다. 사실상 정확한 수치는 밝혀지지 않았다. 그 기계와 그 기계를 제작할 당시 사용되었던 설계도를 어느 누구도 다시 볼 수 없었던 것이다. 그 기계의 뒷부분은 반짝반짝 빛나는 매끄러운 금속이었고, 앞부분은 유리였다. 유리는 강철이나 유연한 나무로 만든 틀에 끼워져 있었다. 앞부분과 뒷부분은 폭이 오십 센티미터인 쇠테(나무통을 만들 때 사용하는 쇠테와 비슷했다.)로 연결되어 있었고, 그 쇠테에 꼬마전구 수백 개가 매달려 반짝이고 있었다. 그래서 기계는 빛의 홍수 속에 잠겨 있는 것 같았다. 그 기계는 뒷부분에 달린 엔진을 이용해 움직였다. 앞으로 나아갈 수도 있었고 제자리에 멈출 수도 있었다. 기계의 앞부분은 탑승객들을 위한 자리였다. 기계가 날아오르며 먼지구름을 일으켰기 때문에 탑승객들의 얼굴을 제대로 알아볼 수 없었다. 사람들은 그 경이로운 발명품을 넋을 놓고 바라보았고, 알폰소 13세조차도 그때까지 유지하고 있던 무덤덤한 표정을 버리고 감격에 겨워 휘파람을 불며 나직이 중얼거렸다. 세상에! 모두들 저게 대체 뭐냐고 떠들어 대기 시작했다. 그 기회를 이용해 자신의 재치를 과시하려고 달려드는 사람도 적지 않았다. 틀림없어, 저건 화성인들이야, 화성인들이 그 무엇과도 견줄 수 없는 진보된 과학 기술을 우리 지구인에게 자랑하기 위해 특별히 바르셀로나를 선택한 거야, 우리 바르셀로나가 선택된 거란 말이지, 이제 파리 놈들과 베를린 놈들과 뉴욕 놈들과 다른 시건방진 도시 놈들은 배 아파하며 이를 부득부득 갈겠지. 사람들은 고소해 죽겠다는 심보로 그렇게 떠들어 댔다. 당시 사람들은 다른 행성에도 생명체가 살고 있다고 철석같이 믿었다. 외계 생명체에 관한 별의별 소문이 떠돌아다녔지만, 과학자들은 그런 소문에 굳이 찬물을 끼얹으려고 하지 않았다. 훗날 외계인 혹은 우주인이라고 이름 붙인 그 지구 바깥 생명체들은 한결같이 사람 몸에 물고기 머리를 단 모습으로 표현되었다. 만화가들이 주로 외계인들 모습을 그렸다. 만화 속에서 외계인들은 대부분 벌거벗은 채 돌아다녔지만 독자들은 그에 대해 따지지 않았다. 외계인의 몸에서는 생식기를 구별해 낼 수 없었고, 게다가 그들의 몸은 비늘로 덮여 있었기 때문이었다. 간혹 옷을 차려입은 외계인도 볼 수 있었지만, 고작해야 조끼와 반바지가 전부였다. 외계인들이 나팔형 보청기 모양의 코를 달았거나 하는 식으로 좀 더 구체적으로 묘사되기 시작한 것은 1940년대부터였다. 그제서야 영화는 현미경의 도움을 받아 모기를 비롯한 다른 곤충들의 모습을 확대해서 보여 줄 수 있었던 것이다. 당시 보통 사람들은 다른 행성에서 찾아온 손님들을 싸잡아 '화성인'이라고 불렀다. 외계인들은 지구인보다 지능이 뛰어난 존재로 간주되었다. 외계인들은 평화를 위해 지구를 찾아올 것이며, 그들의 성격은 천진난만하다고 여겨졌다. 사람들은 어림짐작으로 저마다 떠들어 댔다. 그러나 그것도 오래가지 못했다. 그 경이로운 기계가 팔라시오나시오날의 원형 지붕 위로 둥실 떠올라 반원을 그리는가 싶더니, 마법의 분수 저수지 위로 천천히 내려앉기 시작했던 것이다. 기계에 타고 있던 사람들의 모습이 확실히 보이기 시작했다. 그들은 지구인과 똑같은, 살과 뼈가 있는 사람들이었다. 그리고 그 기계의 정체도 밝혀졌다. 당시에 이런저런 이름으로 불리던 기계와 유사한 것이었다. 다시 말해 우리가 지금 헬리콥터라고 부르는 기계, 한마디로 수직으로 이륙하고 착륙할 수 있는 비행기였던 것이다. 최근 들어서는 헬리콥터와 관련된 실험이 빈번하게 이어지고 있었다. 그러나 그 당시까지 이렇다 할 성과는 나타나지 않았다. 1924년 4월 18일, 페스카라 후작이 이시레물리노에서 수직 이착륙에 성공했다. 그러나 비행 거리는 보잘것없었다. 겨우 백삼십육 미터를 날아갔을 뿐이었다. 한편 스페인 공학자 후안 데 라 시에르바는 한 해 전인 1923년에 소박하지만 위력적인 기계를 발명했다. 후안 데 라 시에르바는 자신의 발명품에 '아우토히로(잠자리비행기)'라는 이름을 붙였다. 그 발명품은 기존의 비행기 부품(날개, 꼬리, 보조 날개, 동체)에 여러 개의 날이 달린 프로펠러를 추가했다. 그 프로펠러는 비행기 동체 윗부분에 위치한 중심축을 따라 돌았으며, 비행기가 하늘을 나는 동안 일어나는 바람의 힘으로 움직였다. 비행기가 엔진을 멈추고 수직으로 떨어질 때에는, 비행기가 떨어지는 힘에 의해 일어난 바람이 프로펠러 날개를 힘차게 돌려서 떨어지는 속도를 안정적으로 유지했다. 마찰이나 안정성과 같은 추가적인 문제점들도 모두 해결되었다. 그리하여 잠자리비행기는 안전하고 사용 가능한 발명품으로 인정되었다. 잠자리비행기는 1930년대에 마드리드와 리스본을 중간 착륙 없이 정기적으로 오갔다. 여지껏 수직 이착륙이 가능하고 공중에서 안정적으로 떠 있을 수 있는 헬리콥터와 잠자리비행기 사이에는 깊고 깊은 심연이 가로놓여 있었다. 하지만 그 심연은 지금 만국박람회장 경내를 날아다니고 있는 기계에 의해 순식간에 사라지고 말았다. 그 기계는 승무원의 기분에 따라 위로 솟구치기도 했고 아래로 떨어지기도 했으며, 천장에 달린 전등처럼 일정한 높이에 둥둥 떠 있기도 했고, 비틀거리거나 흔들리지 않고 수평으로 이동하기도 했다. 기적이 아닐 수 없었다. 놀라운 것은 그런 동작들만이 아니었다. 그 기계에는 기계를 움직이는 프로펠러도 달려 있지 않았던 것이다.

4

만국박람회장 경내 주변의 넓은 벌판에 바라카 동네, 즉 판자촌이 퍼져 있었다. 수많은 이주민들이 그 더러운 동네에서 힘겹게 살아갔다. 아무도 미리 계획하지 않았지만 판잣집들은 길들을 만들어 내며 질서 정연하게 지어졌고, 그 길들은 수직으로 교차하고 있었다. 몇몇 판잣집 문가에는 나무 상자가 놓여 있었다. 토끼나 병아리를 키우는 상자들이었다. 상자에는 뚜껑 대신 철망이 덮여 있어 상자 안에서 바글대는 동물들을 들여다볼 수 있었다. 또 다른 판잣집 문가에는 눈빛이 흐린 삐쩍 마른 개들이 꾸벅꾸벅 졸고 있기도 했다. 어느 판잣집 문 앞에서 자동차가 한 대 멈추었다. 그리고 그 자동차에서 오노프레 부빌라와 마리아 벨탈이 내렸다. 두 사람이 곁을 지나가는 순간 개가 신음 소리를 토해 내더니 다시 졸기 시작했다. 자동차 소리를 듣고 한 여자가 문가에 늘어진 마대 자루로 만든 커튼을 헤치며 판잣집에서 튀어나왔다. 여자는 부스스한 머리에 누더기를 걸치고 있었다. 못이 잔뜩 박힌 나무판자 네 개를 맨땅 위에 세워 지은 판잣집이었다. 갈대와 마른 야자수 잎으로 엮은 지붕 틈새로 새벽빛이 스며들었다. 오노프레 부빌라와 마리아 벨탈이 판잣집 안으로 들어서자 머리가 부스스한 여자가 다시 커튼을 내렸다. 그리고 여자는 멍청한 눈길로 오노프레 부빌라를 쳐다보았다. 깊은 잠에 곯아떨어졌다가 방금 전에 깨어난 모양이었다. 당신 남편은? 오노프레가 여자에게 물었다. 당신 남편은 왜 여기 없는 거야? 여자는 두 손을 허리에 받치고 머리를 뒤로 뺐다. 그러나 위협적이거나 건방진 모습으로 보이지는 않았다. 어제 오후에 집을 나갔다가 아직 돌아오지 않았어. 여자가 대답했다. 여자는 기분이 나쁜지 잔뜩 인상을 쓰고 있었다. 당신이 준 돈으로 술을 퍼마시고 계집질을 한단 말이야. 여자는 마리아 벨탈을 노려보며 그렇게 덧붙였다. 그건 그 친구 문제지. 오노프레 부빌라는 여자의 눈초리에 개의치 않고 말했다. 그 친구가 돈을 어떻게 쓰든 그게 나와 무슨 상관이야. 마대 자루 커튼이 흔들리며 개가 판잣집 안으로 들어왔다. 개는 축축한 주둥이를 마리아 벨탈의 종아리에 대고 킁킁거리다 이따금 요란하게 재채기를 했다. 좋아, 어서 서두르는 게 좋겠어. 오노프레는 마리아 벨탈을 돌아보며 말했다. 두 사람은 여전히 손을 맞잡고 있었다. 여자가 무릎을 꿇고 앉아 손날로 바닥의 흙을 긁어내기 시작했다. 어느 정도 흙을 걷어 내자 문이 하나 나타났다. 개는 이제 그 문에 코를 대고 킁킁거렸다. 여자는 개를 밀어내고 고리를 잡아 당겨 문을 열었다. 문을 열자 커다란 구멍이 나타났다. 구멍에는 흙을 파서 만든 계단이 있었다. 오노프레 부빌라는 주머니에서 얼마간 돈을 꺼내 여자에게 내밀었다. 당신 남편이 모르는 곳에 숨겨 두도록 해. 오노프레가 충고했다. 여자가 입을 삐죽이며 웃었다. 이 집구석에 그런 곳이 어디 있겠어? 여자가 집 안을 둘러보며 말했다. 하지만 오노프레는 여자의 말을 듣고 있지 않았다. 오노프레는 계단을 내려가기 시작했다. 그 뒤를 마리아 벨탈이 따랐다. 두 사람은 각등 불빛에 의지해 통로를 걸어갔다. 백여 미터쯤 걸어가자 앞서 내려왔던 계단과 비슷한 계단이 나타났다. 그 계단 끝에 또 다른 문이 있었다. 오노프레가 각등 손잡이로 문을 세 번 두드리자 문이 열렸다. 오노프레와 마리아는 이제 전시관 안에 들어와 있었다. 철근콘크리트로 지은 그 전시관은 며칠 전까지 작업을 했던 그 서커스 천막과 똑같은 모양이었다. 서커스 천막은 저택 정원에 텅 빈 채아직까지 그대로 세워져 있었다. 그 서커스 천막과 다른 점이 있다면 전시관에는 문이나 창문이 하나도 없다는 것이었다. 바닥에 있는 비밀 통로를 통해서만 드나들 수 있었다. 오노프레와 마리아에게 문을 열어 준 사람은 나이가 지긋하고 얼굴이 불그죽죽한 남자였다. 그 남자는 평상복 위에 외과 의사들이 입는 흰색 가운을 걸치고 있었다. 남자는 오노프레 부빌라가 나타나자 인상을 찡그리며 집게손가락으로 손목시계를 가리켰다. 마치 너무 늦었다고 나무라는 듯한 표정이었다. 오노프레 부빌라는 제1차 세계 대전 기간 동안 그 남자를 알게 되었다. 당시 남자는 권위 있는 공학자이자 탄도학 전문가로 군에서 일하고 있었다. 그러나 동맹국의 패배로 그는 일자리를 잃고 말았다. 그는 십여 년 동안 튀빙겐에 있는 마리스트 교육 수사회에서 운영하는 어느 학교에서 물리학과 기하학을 가르치며 근근이 먹고살았다. 남자는 그렇게 살아가다가 1928년 초에 오노프레 부빌라가 보낸 초대 편지를 받았다. 오노프레는 편지에서 이렇게 밝혔다. '당신의 전문 분야와 관련된 계획이 있으니 부디 바르셀로나로 건너오셔서 협조해 주시기 바라마지 않습니다. 여행에 필요한 경비는 튀빙겐의 어느 은행에서 내줄 겁니다. 유감스럽게도 이런저런 이유로 비밀을 요하는 계획이라서 더 이상 자세한 내용은 알려 드릴 수 없습니다.' 편지는 궁금증만 남기고 그렇게 끝났다. 프로이센 출신의 공학자는 그 편지를 읽고 잘나가던 시절을 떠올렸다. 공학자는 튀빙겐에서 기차를 잡아타고 나흘 낮 닷새 밤을 쉬지 않고 여행한 끝에 마침내 바르셀로나에 도착했다. 그렇게 긴 여행을 하는 동안 공학자의 고질적인 우울증은 더욱 악화되었다. 면담은 오노프레 부빌라의 서재에서 이루어졌다. 오노프레가 모든 것을 명확하게 설명하고, 설계도를 보여 주고, 어떤 도움이 필요한지를 밝히자, 공학자는 끼고 있던 안경을 서재 바닥으로 내팽개치고 두 발로 짓뭉개 버렸다. 이건 미친 짓거리야, 이따위 계획을 생각해 낸 놈은 미친 정신병자가 분명해, 그리고 당신은 그보다 더한 멍청이야, 내가 지금까지 만나 본 사람들 중에서 가장 멍청한 인간이야. 공학자가 소리쳤다. 오노프레 부빌라는 빙그레 미소 지으며 공학자가 제풀에 지쳐 떨어질 때까지 기다렸다. 오노프레는 알고 있었다. 공학자는 튀빙겐의 학교에서 지옥에서와 다름없이 살고 있었다. 학생들은 그를 '붐붐 장군'이라는 별명으로 불러 댔고, 입에 담기 거북할 정도로 심한 농담으로 그를 놀려 먹었다. 산티아고 벨탈의 터무니없는 발상이 과학적인 체계로 발전할 수 있었던 것은 다 그 공학자 덕이었다. 그 공학자가 어느 천재의 기발한 발상을 하늘을 날 수 있는 기계로 변화시켰던 것이다. 한편 오노프레 부빌라는 최대한의 인내심을 발휘해야 했으며, 툭하면 터져 나오는 카탈루냐 발명가와 프로이센 공학자 사이의 피 튀기는 말다툼을 말리기 위해 온갖 지혜를 짜내야만 했다. 오노프레가 없었다면 그 두 사람의 협력은 불가능했고, 따라서 아무런 성과도 이루어 낼 수 없었을 것이다. 이제 그 기계는 전시관 정중앙에 설치된 그물망처럼 복잡한 받침대 위에 놓여 있었다. 이 세상에 하나밖에 없는 물건이야! 오노프레가 소리쳤다. 정말 굉장하군! 공학자가 한숨을 내쉬었다. 단순한 장난감 하나를 만들기 위해 그렇게나 많은 재능과 그렇게나 많은 노력과 그렇게나 많은 돈을 쏟아부었다고 생각하니 마음이 아팠다. 오노프레 부빌라는 공학자가 무슨 이유로 심란해하는지 잘 알고 있었기 때문에 공학자의 한숨 소리를 못 들은 척했다. 탁상공론으로 허비할 시간이 없었다. 전시관 밖에서 대포 소리가 울려 퍼졌다. 국왕 부처가 만국박람회장에 도착한 모양이었다. 시작하자고. 오노프레가 공학자에게 말했다. 전시관 안에는 많은 사람들이 돌아다니고 있었다. 그들은 모두 기름으로 범벅이 된 파란색 작업복을 입었고, 각자가 맡은 일에 너무 바빠 다른 사람들이 무슨 일을 하는지 신경도 쓰지 않았다. 아무도 말을 하지 않았다. 담배를 피우거나 물을 마시기 위해 일손을 멈추는 사람도 없었다. 프로이센 출신 공학자가 프로이센식 작업 방식을 그들에게 주입했던 것이다. 그들은 정비사들 중에서도 최정예 요원들이었다. 마리아 벨탈이 바로 옆을 걸어가도 한눈을 팔지 않을 정도로 훈련이 잘된 정비사들이었다. 마리아 벨탈은 오노프레가 무슨 이유로 자신을 이곳으로 데려왔는지 마침내 알아차렸다. 그녀는 그곳에서 달아나려고 했다. 오노프레가 그녀를 꼭 붙잡았다. 하지만 거칠게 다루지는 않았다. 마리아의 눈에는 두려움이 서려 있었다. 아버지의 발명품을 믿지 못하는 모양이로군, 그리고 나를 미친놈으로 보고 있고, 어쩌면 마리아가 옳을지도 모르지. 오노프레는 생각했다. 오노프레는 이제 발아래에 펼쳐진 만국박람회장 경내를 내려다보고 있었다. 참으로 이상한 일이로군. 오노프레는 생각했다. 여기서 보니 모든 것이 현실 같지 않아, 가엾은 델피나의 말이 옳았던 것 같아, 실제로 현실은 영화와 같단 말이야, 좋아, 좀 더 밑으로 내려가서 사람들의 얼굴을 보고 싶군. 오노프레가 조종간을 움직였다. 비행기가 고도를 낮추었다. 이제 사람들은 마음을 진정하고 비행기에서 잠시도 눈을 떼지 않았다. 비행기와 사람들 사이의 거리가 좁혀졌다. 이제 사람들은 비행기 탑승객들의 얼굴을 알아볼 수 있었다. 저기 봐, 저기, 오노프레 부빌라야. 사람들이 수군거렸다. 맞아, 그 사람이네, 그 사람, 그런데 함께 있는 저 아가씨는 대체 누구지? 젊고 예쁜 여자 같은데, 우와, 저 여자 치마 좀 봐, 너무 짧잖아, 부끄럽지도 않나! 사람들은 공경에 가까운 애정을 느끼며 그렇게 수군거렸다. 오노프레의 엄청난 재산과, 그 재산을 어떤 식으로 모았는지에 관한 소문이 널리 퍼져 있었다. 오노프레는 사람들 사이에서 유명 인사였다. 그가 길을 걸어가면 사람들은 모두 발걸음을 멈추고 오노프레를 쳐다보았다. 물론 몰래 훔쳐보는 것이었지만 사람들의 표정에는 한결같이 궁금증이 담겨 있었다. 자신들이 들었던 소문이 사실인지 거짓인지 알아보기 위해 오노프레의 얼굴을 살펴보았던 것이다. 사람들은 오노프레의 평범하지만 어딘지 신중해 보이는 얼굴을 살피며 생각했다. 저 사람이 젊었을 때 무정부주의자에 도둑놈에 총잡이였단 말인가? 저 사람이 정말로 전쟁이 벌어졌을 때 무기를 사고팔았단 말인가? 저 양반이 진짜로 유명한 정치인들과 장관들을 통째로 매수했단 말인가? 아무런 도움도 없이 혈혈단신으로 시작해서 그렇게 많은 돈을 벌었단 말인가? 가진 것이라곤 배짱과 잔꾀밖에 없었다는데 그게 사실이란 말인가? 사람들은 모두 그 모든 게 사실이기를 바랐고 또 그렇게 믿었다. 모든 사람들의 꿈은 오노프레를 통해 이루어졌고, 모든 사람들은 오노프레를 통해 이 한 많은 세상에 복수할 수 있었다. 그 사람이 과거 한때 범죄자였다고 해도, 그게 무슨 상관이란 말인가. 사람들은 그렇게 말했다. 이 나라에서 그렇게라도 하지 않으면 무슨 수로 살아 나갈 수 있단 말인가. 그래서 사람들은 오노프레를 알아보고 열광했던 것이다. 사람들은 국왕을 맞이할 때와 마찬가지로 박수갈채로 오노프레를 맞이했다. 저기 좀 봐, 저기, 사람들이 나를 환영하고 있어. 오노프레는 마리아 벨탈을 돌아보며 말했다. 마리아 벨탈은 눈도 제대로 뜨지 못했다. 참 좋은 사람들이야, 그렇지? 오노프레는 요란한 엔진 소리 때문에 목소리를 높여야 했다. 참 좋은 사람들이야, 사람들이 아무런 불평 없이 참아 내는 게 무엇 때문인지 알아야 한단 말이야! 오노프레는 그렇게 말하며 버튼을 하나 눌렀다. 그러자 비행기 뒤쪽에 있던 문이 자동으로 열리며 그 문을 통해 비둘기 수십 마리가 밖으로 빠져나갔다. 갑자기 풀려난 비둘기들은 떼를 지어 비행기에서 멀리 벗어났다. 사람들은 그 장면을 보고 환호성을 질러 댔다. 단 한 사람도 예외가 없었다. 국왕까지 환호성을 질러 댔던 것이다. 오노프레 부빌라는 사람들의 반응에 만족하며 비행기를 천천히 몰아 국왕이 서 있는 발코니로 가까이 다가왔다. 그곳으로 몰려든 사람들의 무게 탓에 발코니가 곧 무너져 내릴 것만 같았다. 오노프레는 사람들의 얼굴을 똑똑히 볼 수 있었고, 사람들 또한 오노프레의 얼굴을 알아볼 수 있었다. 저기 좀 봐, 저기! 오노프레가 소리쳤다. 국왕이야, 국왕, 국왕 만세! 왕비 만세! 알폰소 13세 만세! 함께 있는 사람이라고는 마리아 벨탈밖에 없었지만 오노프레는 다들 들으라는 듯이 큰 소리로 외쳤다. 어라, 프리모 데 리베라도 저기 있군그래! 오노프레는 말을 이었다. 똥이나 처먹어라, 이 술주정뱅이 놈아! 오노프레는 아는 사람들의 얼굴을 하나하나 가리키며 마리아 벨탈에게 설명했다. 저기 저 사람들 머리 위로 불쑥 튀어나온 키 큰 남자 보이지? 저 친구가 바로 에프렌 카스텔스야, 내가 지금까지 사귄 친구들 중에서 진정으로 믿을 수 있는 놈은 저 친

구밖에 없어, 하기야, 저 친구 외에도 몇 명 더 있었지, 하지만
지금은 모두 죽고 없어. 오노프레는 목소리를 바꾸어 덧붙였
다. 이런, 감상에 젖을 것까지는 없지, 자, 이제 여기서 빠져나
가는 거야, 볼만한 것은 다 봤으니까. 오노프레 부빌라는 조종
간을 끝까지 잡아당겼다. 비행기가 위로 솟구쳐 오르며 둘은
잠시 뒤로 주춤했다. 이제 도시 전체가 오노프레의 발아래에
펼쳐져 있었다. 콜세롤라 산맥, 요브레가트 강과 베소스 강, 반
짝반짝 빛나는 드넓은 바다가 모두 내려다보였다. 아아, 바르셀
로나여, 참으로 아름다운 도시로구나! 감격에 겨워 목소리가
갈라졌다. 내가 처음 바르셀로나에 왔을 때에는 아무것도 없
었는데, 이렇게도 많이 변했구나, 저기서부터 들판이 시작되었
고, 집들도 모두 자그마했는데, 저기 저 복잡한 동네는 한적한
시골 마을이었는데. 오노프레는 수다스럽게 말을 이어 나갔다.
지금 신시가지가 들어선 자리에서 소들이 풀을 뜯어 먹었단
말이야, 물론 너는 믿을 수 없을 테지, 나는 저기 저 뒷골목에
서 살았어, 저곳은 지금도 변함이 없군, 어느 하숙집에서 살았
지, 그 하숙집은 아주 옛날에 문을 닫고 말았어, 아주 재미있
는 사람들과 함께 살았는데 말이야, 지금도 생각나, 점쟁이 여
자가 한 명 있었는데, 그 여자가 어느 날 밤에 내 미래에 대해
알려 주었어, 그때 그 여자가 무슨 말을 했는지 하나도 기억나
지 않아, 당연하지, 뭐. 오노프레는 갑자기 입을 다물고 생각에
잠겼다. 지금 그 말을 기억한다고 해서 뭐가 달라진단 말인가?
그 미래는 이미 지나간 과거일 뿐인데.

몬주익 언덕에서부터 비행기를 따라 달리는 사람들이 있었
다. 그리고 엔진 소리에 놀라 발코니로 나오거나 지붕으로 올

라와 비행기를 구경하는 사람들도 있었다. 그 사람들은 비행기가 바다 쪽으로 방향을 돌리는 모습을 목격했다. 마치 갑작스러운 서풍이 비행기를 몰아붙이는 것 같았다. 비행기는 해안에서 멀리 떨어진 지점에서 고도를 잃고 떨어져 내리다 잠시 날아오르는 듯하더니 마침내 바다로 추락하고 말았다. 같은 시간, 가까운 곳에서 고기를 잡고 있던 어부들은 자신들의 머리 위로 다가오는 이상하게 생긴 물체를 보고 경악을 금치 못했다. 어부들은 그 물체가 과연 무엇인지 도무지 알 수가 없었다. 별똥별이라고 생각한 사람도 있었고, 불이 붙은 공이라고 생각한 사람도 있었다. 하지만 어느 누구도 장담하지 못했다. 비행기가 실제로 불길에 휩싸였을 수도 있고, 금속과 유리로 이루어진 비행기 표면에 햇빛이 반사되어 그렇게 보였을 수도 있었다. 그러나 한 가지 점에 있어서는 어부들의 의견이 일치했다. 비행기가 떨어지기 직전에 엔진이 갑자기 멈추었다는 것이다. 엔진 돌아가는 소리가 멈추고 잔잔한 파도 소리가 다시 들려오자 아주 편안한 마음이 들더군요. 어부들은 그렇게 말했다. 모든 것이 정지해 버린 듯싶었지요, 마치 시간이 멈추어 버린 것 같았어요. 어부들은 신문기자에게 그렇게 말했다. 그 물체는 곧바로 바다로 떨어졌어요, 마치 대포가 발사한 포탄 같았지요. 어부들은 그렇게 묘사했다. 어부들은 그 물체가 떨어졌을 거라고 짐작되는 방향으로 배를 몰고 갔다. 그러나 어떠한 흔적도 남아 있지 않았다. 하다못해 기름이나 윤활유도 바다에 떠 있지 않았어요. 어부들은 그렇게 말했다. 비행기가 떨어진 정확한 지점에 대해서는 어부들의 의견이 엇갈렸다. 어부들이 타고 있던 배에는 초보적인 거리 측정 장치조차 없었던 것이다. 해군 사령부는 비행기가 추락했을 거라고 예상되는 지점으로 군함 여러 척을 즉시 파견했다. 여러 나라가 구조 작업에 참여하겠다고 자원했다. 사실상 모두의 관심은 오노프레가 아니라 그 비행기에 몰려 있었다. 모두들 그 비행기의 비밀을 알고 싶었던 것이다. 그러나 합동작전도 이렇다 할 성과를 거두지 못했다. 잠수부들은 빈손으로 바다를 들락거렸고, 쓰레그물에는 모래와 해조류만 걸려들었다. 그러다 마침내 폭풍이 몰아쳐 작업이 중단되었고, 폭풍이 지나간 다음에도 작업은 재개되지 않았다. 비행기 탑승객들의 시신이 발견되지 않았기 때문에 죽은 자의 명복을 비는 기도회는 어느 성당에서 치러질 수밖에 없었다. 사람들은 기도회를 마치고 항구로 나가 시커먼 물을 향해 화환을 던졌고, 조류가 화환을 먼바다로 몰고 갔다. 신문들은 일제히 부고를 실었다. 여느 때와 마찬가지로 미사여구로 점철된 내용이었다. 오노프레 부빌라의 일생을 다룬 전기도 출간되었다. 그 전기들은 독자들에게 교훈을 줄 목적으로 상당 부분 순화되어 있었다. 위대한 인물이 사라졌다는 사실에 대해서는 모두 의견이 일치했다. '우리 시는 그에게 평생을 두고 갚아야 할 빚을 지고 있다.' 당시 어느 신문에 이런 기사가 실렸다. '그는 한 시대의 정신을 상징하는 인물이었다. 어느 누구도 그를 능가할 수 없었다. 그러나 그 시대도 그의 죽음과 함께 어느 정도 빛을 잃었다.' 다른 신문에는 이런 기사가 실렸다. '그는 1888년 만국박람회와 함께 활동을 시작했다. 그리고 1929년 만국박람회와 함께 생을 마감했다. 이와 같은 우연의 일치를 우리는 어떻게 해석해야 하는가?' 세 번째 신문 기사는 오노프레 부빌라에 대한 적의를 숨기지 않고 그렇게 끝을 맺었다. 오노프레 부빌라가 엄청난 돈을 투자했던 1929년의 만국박람회는 시작부터 형편없는 실패로 끝날 조짐을 보이고 있었다. 만국박람회가 개막하고 네 달이 지난 그해 10월에 뉴욕 증권거래소가 붕괴되었다. 단 하룻밤 사이에 자본주의 체제는 비틀거렸다. 졸지에 당한 일이었다. 뉴욕 증권거래소가 붕괴하면서 회사 수천 개가 파산했다. 파산한 회사 대표들은 정신없이 만국박람회장으로 달려가 전시관에 전시하고 있던 물건들을 뒤로 빼돌렸다. 사법관들이 차압 영장을 들고 나타나기 전에 먼저 선수를 친 것이었다. 박람회에 참가했던 많은 사람들이 스스로 목숨을 끊었고, 파산으로 인한 불명예와 고통을 이기지 못한 사람들은 월스트리트 마천루의 사무실 빌딩에서 몸을 날렸다. 전시관은 갑자기 텅 비기 시작했고, 관람객들은 실망하지 않을 수 없었다. 스페인 정부는 그러한 사태를 막기 위해 전시관 빈자리에 아무 물건이나 닥치는 대로 갖다 놓았다. 그 바람에 몇몇 전시관은 벼룩시장과 같은 꼴로 변하고 말았다. 그런 비참한 상황이 당시 바르셀로나를 떠돌던 새로운 소문을 뒷전으로 밀어냈다. 새로운 소문에 따르면 오노프레 부빌라가 죽지 않고 살아 있다는 것이었다. 비행기 사고는 속임수였고, 스페인으로부터 아득히 먼 곳에서 마리아 벨탈과 함께 편안하게 살고 있다는 것이었다. 오노프레는 마리아 벨탈에게서 마침내 진정한 사랑을 찾을 수 있었고, 밤이나 낮이나 그녀를 품에 안고 산다는 것이었다. 그런 낭만적인 이야기를 증명하기 위해 여러 가지 증거가 제시되었다. 사실상 오노프레 부빌라는 사고가 일어나기 전에 모든 것을 완벽하게 준비해 두었다. 그래서 나중에 증명된 바와 같이 비행기를 찾아낼 수 없었을 뿐만 아니라 비행기 설계도와 그 작업에 참가했던 기술자들도 찾아낼 수 없었던 것이다. 공병대가 전시관 벽에 구멍을 뚫고 안으로 들어갔을 때에는 비행기를 세워 두었던 나무 받침대 외에 아무것도 남아 있지 않았다. 비밀 통로가 우연히 발견되어 수색해 보았지만 버려진 판잣집이 하나 나타났을 뿐이었다. 비행기 사고가 났을 당시 오노프레 부빌라가 역사상 가장 완벽한 다이아몬드인 리젠트를 몸에 지니고 있었는지에 대해서도 사람들은 의심을 품었다. 오노프레가 사라진 그해에 연달아 발생했던 사건들을 감안하여 이렇게 주장하는 사람들까지 나타났다. 세계경제가 무너진 배후에는 오노프레 부빌라가 버티고 있다는 것이었다. 하지만 오노프레가 무슨 목적으로 세계경제를 무너지게 했는지 그 이유를 설명할 수 있는 사람은 아무도 없었다. 이제 사람들의 시선은 오노프레의 미망인에게 쏠리게 되었다. 하지만 그녀는 오노프레에 대해 아무 말도 하지 않았다. 오노프레의 저택은 바르셀로나 지방의회가 사들였다. 그러나 지방의회는 그 저택을 전혀 신경 쓰지 않았고, 그런 무관심 때문에 저택은 점점 무너져 내려 급기야 예전의 그 황폐했던 모습으로 되돌아가고 말았다. 오노프레의 미망인은 야바네라스에 있는 어느 별장으로 이사했다. 필리핀 루손 섬의 전 총독이었던 오소리오 이 클레멘테 장군이 예전에 소유했던 별장이었다. 그녀는 그 별장에서 꼭꼭 숨어 살다가 1940년 8월 4일에 숨을 거두었다. 그녀는 서류 몇 장을 남기고 죽었다. 그러나 그로부터 십일 년 전, 오노프레 부빌라가 몬주익 언덕으로 떠나기 전에 서재 책상 위에 놓아두었던 봉투는 어디에서도 발견되지 않았다. 시간이 흐르면서 오노프레를 둘러싼 소문들은 서서히 잦아들었다. 그런 소문을 증명할 수 있는 증거가 더 이상 나타나지 않았던 것이다. 게다가 그보다 더 급박한 문제들이 바르셀로나 사람들의 관심을 사로잡았다. 그동안 만국박람회는 시들해지고 말았다. 여론은 대놓고 만국박람회를 조직했던 사람들을 비웃었고, 그들을 비웃는 것으로 프리모 데 리베라 정권을 간접적으로 조롱했다. 사람들은 그런 식으로 독재자에 대한 반감을 표시했던 것이다. 철저한 검열에도 불구하고 사람들은 주저하지 않고 1929년의 만국박람회와 1888년의 만국박람회를 비교하고 분석했다. 1929년 만국박람회에는 신랄한 비판이 쏟아졌다. 그에 반해 1888년 만국박람회에 대해서는 칭찬이 자자했다. 당시에 있었던 문제점들을, 당시에 품었던 의문점들과 원한들을, 바르셀로나가 떠안아야 했던 엄청난 빚을 들먹이는 사람은 아무도 없었다. 이제 바르셀로나 시장은 좀 더 강경한 태도를 보이지 못했던 자신을 원망하고 있었다. 겨우 이따위 짓거리를 위해, 우리 모두를 웃음거리로 만든 이따위 놀이를 위해 우리 시를 저당 잡혀야 했단 말인가. 시장은 울상을 지으며 그렇게 한탄하곤 했다. 시장은 곧바로 사표를 던지고 말았다. 프리모 데 리베라도 입장은 마찬가지였다. 그는 만국박람회를 부추긴 장본인이었고, 만국박람회가 성공하느냐 실패하느냐에 따라 운명이 바뀌게 되어 있었다. 프리모 데 리베라는 더 이상 그 자리에 버티고 있을 수 없다는 사실을 인정해야만 했다. 자신이 인기가 없다는 사실을 잘 알았던 것이다. 1930년 1월, 프리모 데 리베라는 사직서를 국왕에게 제출했고, 국왕은 활짝 웃는 얼굴로 그 자리에서 받아들였다. 자리에서 물러난 독재자는 그 즉시 파리로 망명했다. 그는 파리에서 고작 몇 개월 동안 살다가 1930년 5월 16일에 숨을 거두었다. 바르셀로나 만국박람회 개막식 일주년 기념일을 며칠 앞둔 날이었다. 그로부터 일 년 후, 알폰소 13세 역시 스페인 왕위에서 물러나 망명길에 올라야 했다. 그런 사건들을 뒤이어 여러 중요한 사건들도 줄줄이 벌어졌다. 사건들이 벌어질 때마다 기뻐하는 사람도 있었고 슬퍼하는 사람도 있었다. 그러나 기뻐했던 사람들도 슬퍼했던 사람들도 나중에 가서는 같은 배를 타게 되었다. 사람들은 집단적인 기억 속에서 하나로 모여들었고, 사람들의 머릿속에는 오로지 한 가지 생각밖에 없었으며, 그 한 가지 생각은 필연적으로 전쟁과 대학살로 연결되었다. 나중에 사람들은 그들의 지난 역사를 되돌아보며 다음과 같이 결론지었다. 오노프레 부빌라는 바르셀로나가 몰락의 길로 접어들었을 때 그 도시에서 사라졌다.

작품 해설

　에두아르도 멘도사는 1943년 1월 11일 스페인 바르셀로나에서 태어났다. 어린 시절에는 모험가를 꿈꾸었지만 검사인 아버지의 영향으로 대학에서 법학을 전공했으며 영국으로 건너가 일 년 정도 사회학을 공부하기도 했다. 그러나 학업에 열중하기보다는 독서와 산책으로 대부분의 시간을 보냈다고 한다. 귀국 후에는 변호사로 활동하기도 했으나 조국의 정치적, 사회적, 경제적 상황에 염증을 느껴 1973년 뉴욕으로 이주했고, 1982년까지 유엔 본부에서 통역과 번역을 맡아 했다. 그러는 동안에도 후안 베네트를 비롯한 여러 스페인 작가들과 긴밀한 관계를 유지했다.

　에두아르도 멘도사는 1975년에 첫 번째 소설 『사볼타 사건의 진실(La verdad sobre el caso Savolta)』을 발표하며 화려하게 등장했다. 스페인 문학사에 큰 획을 그었다는 평가를 받는 이 작품은 풍부한 역사적 자료와 다양한 기법을 사용해서, 당시 스페인에서 일어나기 시작한 개혁적인 변화를 주도했다. 이 작품에서 작가는 20세기 초반의 노동조합 투쟁을 다루었으며, 그 당시 바르셀로나의 사회적, 문화적, 경제적 현실을 그려 냈다. 멘도사는 이 작품으로 1976년에 '비평 상'을 수상했다.

1979년에 그는 『납골당의 미스터리(El misterio de la cripta embrujada)』를 발표했다. '세페리노 모험 삼부작'의 첫 번째 소설에 해당하는 이 작품은 일종의 패러디 소설로, 피카레스크 소설 양식, 탐정소설 양식, 고딕소설 양식이 교묘하게 배합된 소설이다. 평탄치 않은 가정에서 자라나 사회 밑바닥을 전전하다 정신병원에 수용된 한 사내가 우연한 기회에 어느 여학교에서 발생한 사건을 해결한 후 다시 정신병원에 갇히게 된다는 줄거리가 전개된다.

삼부작의 두 번째 작품에 해당하는 『올리브 열매의 미로 (El laberinto de las aceitunas)』는 1982년에 발표되었다. 멘도사는 이 작품에서 패러디 작가로서 재능을 유감없이 발휘했다. 세 번째 작품은 2001년에 발표된 『여자 화장실에서의 모험(La aventura del tocador de señoras)』이다.

1986년, 자타가 공인하는 멘도사의 대표작 『경이로운 도시 (La ciudad de los prodigios)』가 발표되었다. 1888년과 1929년, 두 번의 만국박람회를 개최한 바르셀로나를 배경으로 한 이 작품은 1999년에 영화화되기도 했다.

그밖의 작품으로는 『전대미문의 섬(La isla inaudita)』(1989), 『구르브 씨, 소식 없음(Sin noticias de Gurb)』(1991), 『대홍수가 일어난 해(El año del diluvio)』(1992), 『가벼운 코미디 (Una comedia ligera)』(1996), 『호라시오 도스의 마지막 여행(El último trayecto de Horacio Dos)』(2002), 『바르셀로나 모더니스트(Barcelona modernista)』(2003), 『예수를 부탁해요, 폼포니오(El asombroso viaje de Pomponio Flato)』(2008) 등이 있다.

그의 작품은 발표될 때마다 특유의 문학성과 대중성으로 스페인 언어권에서만 수백만 부의 판매고를 올리는 한편, 세계의 주요 언어로 번역되었고, 영화를 비롯해 텔레비전 드라마나 연극으로도 각색되었다. 멘도사는 1998년에는 프랑스의 '최고 외국도서 상'을, 2002년에는 '올해의 작가 상'을 수상하기도 했다.

세르반테스에서부터 시작되어 피오 바로하로 이어지는 스페인 소설의 전통적 사실주의를 바탕으로, 유머, 아이러니, 패러디를 적절히 배합해 독특한 작품 세계를 구현하는 멘도사는 '현대 소설의 대부', '오늘날 가장 스페인 작가다운 작가'로 평가된다.

에두아르도 멘도사가 1986년에 발표한 『경이로운 도시』는 두 번에 걸쳐 만국박람회를 개최한 바르셀로나를 배경으로 어느 산골 출신 사나이의 파란만장한 인생 유전을 다룬다. 그리고 이 소설의 또 다른 주인공이라고 할 수 있는 바르셀로나의 역사를 서술한다. 그러나 이 소설은 작가 본인이 서문에서 밝힌 바와 같이 통상적인 역사소설이 아니다. 작가의 말에 따르면 이 소설은 한 세대에 걸친 바르셀로나 사람들의 집단적인 기억이다. 한마디로 이 소설은 역사 속에 허구가 가미된 것이 아니라 허구를 보강하기 위해 역사를 차용한 작품이라고 할 수 있다.

주인공 오노프레 부빌라는 최하층 계급을 대변하는 인물이다. 가난한 집안에서 태어나 혼자 힘으로 험난한 세상을 헤쳐 나가 마침내 스페인 최고 갑부가 되어 세상의 주인이 되려는 꿈까지 꾸는 남자. 그리고 또 다른 주인공 바르셀로나는 마드 리드로부터 끊임없이 학대를 당하면서도 마침내 세계적인 명 소가 된 불굴의 도시이다.

오노프레 부빌라는 가난을 견디다 못해 바르셀로나로 탈출 한 뒤 세 여자를 만나 파란만장한 인생을 시작한다. 오노프레 를 부자로 만들어 주는 여자, 오노프레의 신분을 상승시켜 주 는 여자, 그리고 오노프레를 행복하게 만들어 주는 여자. 이 세 여자가 직간접적으로 오노프레에게 영향을 끼쳐 그의 삶을 좌지우지하고 주변 상황을 안락하게, 때로는 복잡하게 만들어 간다.

오노프레는 빈털터리에서 최고 갑부가 되기까지 수많은 과 정을 거치게 된다. 하숙비를 벌기 위해 무정부주의자 하수인 이 되어 공사판에서 전단지를 뿌리고, 발모제 행상으로 돈을 벌고, 조무래기 깡패가 되고, 나아가 깡패 두목이 되고, 땅장 사를 하고, 전쟁 물자를 밀거래하고, 급기야 거부가 되어 스페 인뿐만 아니라 전 세계에 영향력을 행사하게 된다. 그 과정에 서 많은 인물들이 등장한다. 하숙집 딸내미에서 무정부주의자 를 거쳐 최고 인기 여배우가 되었다가 정신병원에서 생을 마감 하는 여자. 변호사의 딸로 태어나 오노프레와 결혼한 후 비극 적인 삶을 살아가는 여자. 변변치 않은 발명가의 딸로 태어나 우여곡절 끝에 오노프레의 애인이 되는 여자. 그리고 바르셀로 나 상류층을 대변하는 인물들, 스페인 왕가, 정치인들, 군인들, 깡패들, 부도덕한 변호사들, 떠돌이 노동자들, 집시들……. 그

중에는 실존 인물도 있고 허구적인 인물도 있다. 심지어 이 소설에는 천사, 악마, 성녀, 성인도 등장한다.

그렇다면 이 소설은 어떤 유형의 소설일까. 이 소설은 역사소설이면서도 역사소설이 아니다. 에두아르도 멘도사는 역사적 사실에 의존하면서도 그 사건들에 대한 주관적인 해석을 추가한다. 그러다 보니 유머, 아이러니, 패러디가 사용될 수밖에 없다. 에두아르도 멘도사의 소설은 이 세 가지 요소에 의해 그가 다루는 역사적 사실의 진위를 애매모호하게 만든다. 역사가 현실을 반영하는 거울처럼 나타난다. 작가는 무슨 의도로 역사적인 사실을 애매모호하게 만드는 걸까. 그 이유는 바로 역사적 사실을 의심하고 깨뜨리기 위해서가 아닐까. 멘도사는 작품 초반부에서 바르셀로나 과거에 대한 객관적인 자료를 이용하겠다고 밝힌다. 게다가 그는 『사볼타 사건의 진실』이라는 소설을 통해 진지한 역사가의 솜씨를 유감없이 발휘하기도 했다. 그러나 멘도사가 진정으로 보여 주고자 하는 것은 바르셀로나의 역사 이면에 숨겨진 '내적인 역사'이다. 이를 위해 작가는 중요한 점과 하찮은 점, 사실과 허구를 교묘하게 뒤섞었던 것이다.

이 소설에서는 주인공 오노프레 부빌라의 생년월일을 비롯해 많은 점이 불분명하게 묘사되는 반면, 소설의 줄거리와 전혀 상관없는 사실에 대해서는 정확하게 기술되기도 한다. 즉, 작가는 고의로 믿을 수 있는 것과 믿을 수 없는 것의 경계선을 자유분방하게 넘나든다. 사실주의의 기본적인 원칙들(전지적 작가 시점, 시공간의 설계)에 충실하면서도 그와 동시에 그런 원칙들을 고의로 위반한다. 이 점이 바로 작가의 독특한 개성이다.

멘도사는 "스페인 고전소설, 피카레스크 소설, 19세기 소설을 추종한다."라고 말하지만 이전의 역사소설과는 다른 면을 보여 준다. 그는 스페인의 역사를 기술하기 위해 소설을 이용하는 것이 아니라, 사용 가능한 모든 자료를 이용해 역사를 허구화한다. 따라서 역사는 소설을 위한 하나의 요소일 뿐이며, 패러디의 대상이 될 수도 있다.

소설 내용이 진짜인지 허구인지, 사실인지 거짓인지, 그게 중요할까. 에두아르도 멘도사는 이렇게 대답한다.

"많은 독자들이 내게 묻는다. 『경이로운 도시』에서 이야기하는 사건들이 진짜인지 허구인지, 내가 소설에서 인용하는 역사적 자료들이 사실인지 거짓인지. 당연한 얘기지만 대답은 하나밖에 없다. 그게 뭐가 그리 중요합니까, 어쨌든 소설은 소설일 뿐인데요."

그렇다. 소설은 소설일 뿐이다.

2010년 10월
김현철

작가 연보

1943년   1월 11일 스페인 바르셀로나에서 출생. 아버지는 검사, 어머니는 가정주부. 어린 시절 투우사, 탐험가, 선장 등을 꿈꾸지만 아버지의 영향으로 문학에 관심을 보임.

1950년   1960년까지 마리스타 교육 수사회에서 운영하는 학교에서 공부.

1960년   1965년까지 법학 공부.

1965년   유럽 각국을 여행. 1966년부터 1967년까지 장학금을 받고 영국에서 유학. 사회학을 공부했으나 읽고 쓰고 산책하는 데 대부분의 시간을 보냄. 귀국 후에 변호사로 활동.

1973년   조국의 상황에 염증을 느끼고 미국 뉴욕으로 이주. 1982년까지 유엔 본부에서 일함.

1975년   첫 번째 소설 『사볼타 사건의 진실(La verdad sobre

el caso Savolta)』 발표.

1976년   『사볼타 사건의 진실』로 '비평 상' 수상.

1979년   『납골당의 미스터리(El misterio de la cripta
         embrujada)』 발표.

1982년   『올리브 열매의 미로(El laberinto de las aceitunas)』
         발표.

1986년   『경이로운 도시(La ciudad de los prodigios)』 발표.

1989년   『전대미문의 섬(La isla inaudita)』 발표.

1991년   『구르브 연락 없다(Sin noticias de Gurb)』 발표.

1992년   『대홍수가 일어난 해(El año del diluvio)』 발표.

1996년   『가벼운 코미디(Una comedia ligera)』 발표.

1998년   『가벼운 코미디』로 프랑스의 '최고 외국도서 상' 수상.

1999년   마리오 카무스 감독이 영화「경이로운 도시」 제작.

2001년   『미용실에서 생긴 일(La aventura del tocador de
         señoras)』 발표.

2002년   『호라시오 도스의 마지막 여행(El último trayecto de
         Horacio Dos)』 발표. '올해의 작가 상' 수상.

2003년   『바르셀로나 모더니스트(Barcelona modernista)』 발
         표.『대홍수가 일어난 해』 영화화.

2006년   멘도사를 다룬 르포『멘도사의 세계(Mundo
         Mendoza)』 출간.

2008년   『예수를 부탁해요, 폼포니오(El asombroso viaje de
         Pomponio Flato)』 발표.

2010년   『고양이 싸움. 마드리드 1936(Riña de gatos. Madrid
         1936)』 발표.

세계문학전집 **256**

경이로운 도시 2

1판 1쇄 펴냄 2010년 10월 11일
1판 10쇄 펴냄 2022년 8월 8일

지은이 에두아르도 멘도사
옮긴이 김현철
발행인 박근섭, 박상준
펴낸곳 (주)민음사

출판등록 1966. 5. 19. (제 16-490호)
서울특별시 강남구 도산대로1길 62(신사동) 강남출판문화센터 5층 (우편번호 06027)
대표전화 02-515-2000 팩시밀리 02-515-2007
www.minumsa.com

한국어 판 © (주)민음사, 2010. Printed in Seoul, Korea

ISBN 978-89-374-6256-6 04800
ISBN 978-89-374-6000-5 (세트)

* 잘못 만들어진 책은 구입처에서 교환해 드립니다.

표지에 사용된 일부 작품은 SACK를 통해 ADAGP와 저작권 계약을 맺은 것입니다.
저작권법에 의해 한국 내에서 보호를 받는 저작물이므로 무단 전재와 무단 복제를 금합니다.

세계문학전집 목록

세계문학전집은 계속 간행됩니다.